潘军小说典藏

重瞳 Chong Tong

时代出版传媒股份有限公司
安徽文艺出版社

潘军，男，1957 年 11 月 28 日生于安徽怀宁，1982 年毕业于安徽大学。当代著名作家、剧作家、影视导演，闲时习画，现居北京。

主要文学作品有：长篇小说《日晕》、《风》、《独白与手势》（《白》《蓝》《红》三部曲）、《死刑报告》以及《潘军小说文本》（六卷）、《潘军作品》（三卷）、《潘军文集》（十卷）等。作品曾多次获奖，并被译介为多种文字。

话剧作品有：《地下》、《合同婚姻》（北京人民艺术剧院首演，哈尔滨话剧院、美国华盛顿特区黄河话剧团复演，并被翻译成意大利文于米兰国际戏剧节公演）、《霸王歌行》（中国国家话剧院首演）；多部作品先后赴日本、韩国、俄罗斯、埃及、以色列等国演出，多次获得奖项。

自编自导的长篇电视剧有：《五号特工组》《海狼行动》《惊天阴谋》《粉墨》《虎口拔牙》等。

潘军小说典藏

重瞳

潘　军/著

Pan Jun Xiaoshuo Diancang

Chong Tong

APETIME 时代出版
时代出版传媒股份有限公司
安　徽　文　艺　出　版　社

图书在版编目(CIP)数据

重瞳/潘军著. —合肥:安徽文艺出版社,2017.2
(潘军小说典藏)
ISBN 978-7-5396-5980-0

Ⅰ.①重… Ⅱ.①潘… Ⅲ.①中篇小说-小说集-中国-当代 ②短篇小说-小说集-中国-当代 Ⅳ.①I247.7

中国版本图书馆 CIP 数据核字(2016)第 308272 号

出 版 人:朱寒冬
出版策划:朱寒冬　　　　出版统筹:姜婧婧　张妍妍
责任编辑:姜婧婧　柯　谐　　　　装帧设计:徐　睿

出版发行:时代出版传媒股份有限公司　www.press-mart.com
安徽文艺出版社　www.awpub.com
地　　址:合肥市翡翠路 1118 号　邮政编码:230071
营 销 部:(0551)63533889
印　　制:安徽新华印刷股份有限公司　(0551)65859551

开本:880×1230　1/32　印张:16.25　字数:350 千字
版次:2017 年 2 月第 1 版　2017 年 2 月第 1 次印刷
定价:68.00 元(精装)

新版自序

秋天里回合肥，在一次朋友聚会上，安徽文艺出版社社长朱寒冬先生建议我，将过去的小说重新整理结集，放进“作家典藏”系列。作为一个安徽本土作家，在家乡出书，自然是一件幸福的事。况且他们出版的“作家典藏”系列，从已经出版的几套看，反响很好，看上去是那样的精致美观。我欣然答应。这也是我在安徽文艺出版社第一次出书，有种迟来的荣誉感。寒冬是我的校友，社里很多风华正茂的编辑与我女儿潘萌也是朋友，大家一起欢悦地谈着这套书的策划，感觉就是一次惬意的秋日下午茶。这套书，计划收入长篇小说《风》，《独白与手势》之《白》《蓝》《红》三部曲和《死刑报告》；另外，再编入两册中短篇小说集，共七卷。这当然不是我小说的全部，却是我主要的小说作品。像长篇小说处女作《日晕》以及若干中短篇，这次都没有选入。向读者展现自己还算满意的小说，是这套自选集的编辑思路。

每一次结集，如同穿越时光隧道，重返当年的写作现场——过去艰辛写作的情景宛若目下，五味杂陈。从1982年发表第一个短篇小说起，三十多年过去了！那是我人生最好的时光，作为一个写作人，让我感到最大不安的，是自觉没有写出十分满意的作品。然而重新翻检这些文字，又让我获得了一份意外的满足——毕竟，我在字里行间遇见了曾经年轻的自己。

不同版本的当代文学史，习惯将我划归为“先锋派”作家。国外的一些研究者，也沿用了这一说法。2008 年 3 月，我在北京接待因“中国当代文学研究计划”采访我的日本中央大学饭冢容教授，他向我提问：作为一个“先锋派”作家，如何看待“先锋派”？我如是回答：“先锋派”这一称谓，是批评家们做学问的一种归纳，针对的是 20 世纪 80 年代中期中国文坛出现的一批青年作家在小说形式上的探索与创新，尽管这些创新不可避免地会受到西方某些流派作家的影响，但“先锋派”的出现，在某种程度上改变了中国小说的范式。这些小说在当时也被称作“新潮小说”。批评家唐先田认为，1987 年发表的中篇小说《白色沙龙》，是我小说创作的分水岭，由此“跳出了前辈作家和当代作家的圈子”而出现了“新的转机，透出了令人欣喜的神韵和灵气”。这一观点后来被普遍引用。像《南方的情绪》《蓝堡》《流动的沙滩》等小说，都是这一特定历史时期的作品。这些小说在形式上的探索是显而易见的，带有实验性质，而长篇小说《风》，则是我第一次把中短篇小说园地里的实验，带进了长篇小说领域。它的叙事由三个层面组成，即“历史回忆”“作家想象”和“作家手记”。回忆是断简残篇，想象是主观缝缀，手记是弦外之音。批评家吴义勤有文指出：“在某种意义上，潘军在中国新潮小说的发展中起到了继往开来的作用，而长篇小说《风》更以其独特的文体方式和成功的艺术探索在崛起的新潮长篇小说中占一席之地。”

在某种意义上，现代小说的创作就是对形式的发现和确定。如果说小说家的任务是讲一个好故事，那么，好的小说家的使命就是讲好一个故事。“写什么”固然重要，但我更看重“怎么写”。这一立场至今没有任何改变。在我看来，小说在成为一门艺术之后，小说家和艺术家的职责以及为履行这份职责所面临的困难也完全一致，这便是表达的艰难。他们都需要不断地去寻找新的、特殊的形式，作为表达的手段，并以这种合适的形式与读者建立联系。对于小说家，小说的叙事就显得尤为重要。在某种意义上，叙事是判断一部小说、一个小说家真伪优劣的尺度。一个小说家的叙事能力决定着一部作品的品质。

与其他作家不同，我写小说首先必须确定一个最为贴切的叙述方式，如同为脚找一双舒服的鞋子。而在实际的写作中，又往往依赖于自己的即兴状态，没有所谓的腹稿。在我这里的每一次写作，不是作家在领导小说，依照提纲按部就班，更多的时候是小说在领导作家，随着叙事的惯性前行——写作就是未知不断显现的过程。《风》脱胎于我的一部未完成的中篇小说《罐子窑》，我认为《罐子窑》的结构与意识，应该是一个长篇，于是就废弃了；长篇小说《死刑报告》最初写了三万字，觉得不是我需要的叙事方式，也废弃了；《重瞳——霸王自叙》则有过三次不同样式的开篇，直到找到“我讲的自然是我的故事，我叫项羽”才一气呵成。等到了长篇三部曲《独白与手势》，我开始尝试把图画引入文字，让这些图画变成小说叙事的一个有机的组成部分，文字和绘画，构成了一个复合文本。《死刑报告》后来决定把与故事看似不相干的“辛普森案件”并行写入，使其形成了一种观照,也就构成了中西方刑罚观念的一种比较与参照。这些都表明,即使在所谓先锋小说式微之后,我本人对小说形式的探索依旧没有停止。如果说我算得上先锋小说阵营里的一员,那么,所谓的先锋其实指的是一种探索精神。

我是个自由散漫的人。换言之,我毕生都在追求自由散漫。当初选择写作,看中的正是这一职业高度蕴含着我的诉求。通过文字进行天马行空的想象与自由表达,以此建筑自己的理想王国,这种苦中作乐的美好与舒适,只有写作者亲历才可体味。然而几百万字写下来,我越发感受到这种艰难的巨大,原来写作的路只会越走越窄。同时我也清醒地意识到,今天的写作未必都是自由的。于是我的小说写作,便于1990年暂时停歇下来。两年后,我只身去了海口,后来又去了郑州,自我放逐了五年。虽然那几年过得身心疲惫,但毕竟还是拥有了一份可贵的自由。另一个意思,是我乐意以这种方式将自己从所谓的文坛中摘出来,心甘情愿地被边缘化。我喜欢独往独来。批评家陈晓明曾经说我是一个难以把握的人物,“具有岩石和风两种品性,顽固不化而随机应变”,指的就是这个阶段,但我的这种应变却是因为现实的无奈与无望。我深知写作不仅是一个艰难的职业,更是一个奢侈的职业。决定放弃一些既得利益,就意味着今后必须自己面对一切,单打独斗。其实我从来没有觉得自己真的下过海,倒是向往江湖久矣!我必须换一个活法。1996年2月,我在郑州以一部中篇小说《结束的地方》,结束了这段颠沛流离的生活,重新回到阔别的案头。

我开始思考,“先锋派”作家一直都面临着一个挑战:形式的探索在很大程度上影响到阅读的广泛性。尽管这些作家不会去幻想自己的作品成为畅销书，但从来不会忽视读者的存在，至少我是如此。实际上，阅读也是创作的一个构成元素。很多年前我打过一个比方：好小说是一杯茶，作家提供的是茶叶，读者提供的是水。上等的茶叶与适度的水一起，才能沏出一杯好茶。强调的就是读者对创作的参与性。我甚至认为，好的小说作家只能写出一半，另一把是由读者完成的。我希望自己的小说好看，但先锋作为一种探索精神不可丧失。毕竟，小说不是故事，小说是艺术，是依靠语言造型的艺术，是语言的"有意味的形式"。小说更是一种人文情怀的倾诉与表达。我要尽力去做的，还是要向大众讲好一个好故事。这之后，我陆续写出了《海口日记》《三月一日》《秋声赋》《重瞳——霸王自叙》《合同婚姻》《纸翼》《枪，或者中国盒子》《临渊阁》等一批中短篇以及长篇三部曲《独白与手势》和《死刑报告》。我骨子里"顽固不化"的一面再次呈现而出。批评家方维保说："对于潘军可以这么说，他算不得先锋小说的最优秀的代表，但是他确实是先锋小说告别仪式中最引人注目的一位。正因为潘军的创作，才使先锋小说没有显得那么草草收场，而有了一个辉煌的结局。"这当然是对我的鼓励，但始料不及的是，八年后，我的小说创作再次出现了停歇，而这一次的停歇，我预感会更长。果然，一晃就过去了十年。

我又得"随机应变"了。这十年里，我的主要精力都放到了影视导演上。因为这种突兀的变化，我时常受到了一些读者的质疑与指责。但他们却是我小说最忠实的读者，我由衷地感谢他们，诚恳地接受他们的批评。但需要说明的是，我作为小说家的工作并未就此结束，只是暂告一段落。十年间我自编自导了一堆电视剧。这看起来是件很无聊的事情，但对我则是一次蓄谋已久的热身，接下来我会去做自己喜欢的电影。由作家转为导演，本就是圆自己一个梦，企图证明一下自己在这方面的野心。我要拍的，不是所谓的作家电影，而是良心电影。这样的电影之于我依然是写作，依然是发自内心的表达。但是，这样的电影不仅难以挣钱，也许还会犯忌，所以今天的一些投资人早就对此没有兴趣了，而我却一厢情愿地自作多情。他们只想挣钱，至于颜面，是大可以忽视的。更何况，要脸的事有时候又恰恰与风险结伴而行。

面对这样的局面，我的兴趣自然又一次发生了转移——专事书画。写作、编导、书画，是我的人生三部曲。近两年我主要就是自娱自乐地写写画画。其实，在我成为一个作家之前，就是学画的，完全自学，但自觉不俗。我曾经说过，六十岁之前舞文，之后弄墨。今天是我的生日，眼看着就奔六了，我得"hold(稳)住"。书画最大的快乐是拥有完全的独立性，不需要合作，不需要审查，更不需要看谁的脸色。上下五千年，中国的书画至今发达，究其原因，这是根本。因此，这次朱寒冬社长提议，在每卷作品里用我自己的绘画作为插图。其实，在严格意义上，这算不上插图，倒更像是一种装饰。但做这项工作时，我意外发现，过去的有些画之于这套书，好像还真是有一些关联。比如在《风》中插入《桃李春风一杯酒》《高山流水》《人面桃花》以及戏曲人物画《三岔口》，会让人想到小说中叶家兄弟之间那种特殊的复杂性;在《死刑报告》里插入《苏三起解》《乌盆记》《野猪林》等戏曲人物画以及萧瑟的秋景,或许是暗示着这个民族亘古不变的刑罚观念与死刑的冷酷;在《重瞳》之后插入戏曲人物画《霸王别姬》和《至今思项羽》,无疑是对西楚霸王的一次深切缅怀。如此这些都是巧合,或者说是一种潜在的缘分,这些画给这套书增加了色彩,值得纪念。

书画最大限度地支持着我的自由散漫,供我把闲云野鹤的日子继续过下去。在某种意义上,书画是我最后的精神家园。今年夏天,我在故乡安庆购置了一处房产,位于长江北岸,我开始向往叶落归根了。我想象着在未来的日子里,每天在这里读书写作,又时常在这里和朋友喝茶、聊天、打麻将。我可以尽情地写字作画,偶尔去露台上活动一下身体,吹吹风,眺望江上过往帆樯,那是多么的心旷神怡!然而自古就是安身容易立命艰难。我相信,那一刻我一定会情不自禁地想起电脑里尚有几部没有写完的小说,以及计划中要拍的电影,也不免会一声叹息。我在等待,还是期待?不知道。

是为序。

潘军

2016年11月28日于北京寓所

目录

新版自序 / 1

白色沙龙 / 1
南方的情绪 / 51
蓝堡 / 99
流动的沙滩 / 142
夏季传说 / 185
三月一日 / 217
关系 / 254
重瞳 / 298
戊戌年记事 / 356
陷阱 / 403
那年春天和行吟诗人在一起的经历 / 411
白底黑斑蝴蝶 / 420
蓝堡市的撒谎艺术表演 / 431
纪念少女斯 / 442
寻找子谦先生 / 451

九十年代的获奖作品 / 463
去茂名的路上幻想一顶帽子 / 477
枪,或者中国盒子 / 487

附录　恣情的诗意　方维保 / 499

白色沙龙

1

我头一回见到达宁就断定他是个浑蛋。可他说“达宁”这两个音节若放在英语里就纯粹是“亲爱的”“心肝”一类的意思。于是我就唤他“亲爱的浑蛋”或者“浑蛋的心肝”，他坦然接受。

达宁的父亲是位下台养老的高干。究竟高到什么程度连达宁也无法说清。这老人天生怕热，执意要住本城最高点。但是碰上断电或者电梯发毛病时他就极大地表现出思考犯了片面性错误的懊恼。而达宁头痛的是当初设计这房子的人为什么不可以在晾台上装一架轱辘。达宁的母亲由于职业信仰对卫生高度重视，她说我宁可过露天生活也不忍看见家中有煤球一类的杂物。她要求有关部门考虑一下她的生活理想，于是才有了楼顶平台上的那个尖尖的铁屋。但问题依然没有解决。达宁历来以丢三落四显示自己的存在，为此他每周至少要同其妈反目两次。唯一的选择是他与杂物的位置对换。“你放心，”他对老头说，“一断电我就下来把你搀上搀下。”老头就相当感动，把铁屋钥匙掏出并且要求道：

“不许在里面胡来。”

“什么叫胡来？”

老头只挤了一下眼。据后来达宁说这一细微表情使他对老头青春期的童贞产生了极大的怀疑。

那时我在下面一个什么局里当见习干事。有一天,大概就是达宁弄到铁屋那天,他给我挂来了长途。他张口就说我必须马上调过去,因为有了个属于我们的铁屋。我问如何才能过去,他说照顾夫妻关系什么的。“记住,这理由最硬!”他说,“结婚证我替你借。”这事越扯越乱,我就说:“达宁,拜拜吧!”这句话碰巧被我的上司听见,立即问我:“恋爱了? 别瞒,你说达宁可就是亲爱的? 宋美龄总是这么喊老蒋的嘛!”我于是以达宁的名义打了调动报告。但是没有批准。上司说:“人才难得呀! 好不容易才弄到个大学生。你可以把你那位达宁调过来嘛,这地方不比市里差,鱼至少每斤便宜七八毛。”

其实我之所以要调走是因为这地方什么都便宜,连人也便宜七八毛。

后来皇甫正式出任于希的秘书。他把我的能耐放大几十倍介绍给担任重要职务的于希同志。不久一纸调令下达。

我去省城的那天早晨,天气极好。同事们捧着茶杯来送我,他们像平时那样同我讨论奖金与福利问题。这使我极端心花怒放——我巴望自己的去留之于他们像见到一片叶子落下那么自然。我搭的是便车。我的行李先几日办了托运,所以有手去握那些被茶杯温暖了的手。这个程序刚完毕，上司出现了。他丘陵般的体魄极容易区别于其他。上司沉重地走向我，像来认领一具无头尸体似的悲哀流了一脸。他突然提高嗓门说："上面太不像话！尽挖墙脚！这样的人才我们是要用的！"

我到的时候，达宁像个举世无双的刽子手正依照二郎的设计抡着板斧咣咣当当地补开一个窗户什么的。达宁一贯对二郎崇拜得五体投地。二郎是我们班公认的秀才。他那炉火纯真的作弊手段远远超出社会的意识范围。二郎说这些窗户多样而不统一完全符合现代美学原则。皇甫始终对这一串举动保持缄默，只仰脸盯着二郎，想让对方相信他是尊重这美学实践的。第二天我陪达宁去裁玻璃。由于尺寸变化无穷所以那位精瘦的女师傅温柔地骂我们是疯子。达宁说这下长见识了，长了二十五年总算听到了这个评价。后来他又提出买窗帘什么的。我说等学会了胡来再买不迟。他说完全对，窗帘后面一般都是胡来。

有一天皇甫突然说不该把这屋子都涂成白的。虽然干净但看了很伤感，总觉得是走进了太平间似的。达宁说他一生最大的缺陷就是不会走路，有时下班还摸不到家门。"现在好了，"他说，"高高的楼上白云飘，一目了然。"二郎说绝对不是白云而是白旗，窗户和弹孔一样的形状。

"一面弹痕斑斑的白旗。"二郎说。

"难道举手了还遭打？"我说。

2

关于机关达宁有过精辟的描述。他说,是驴粪蛋。起初我把这一描述视为荒唐,等有一天我亲眼瞧见驴那玩意儿时我才以为达宁是大手笔。

区别机关的大小,内行人知道标志是门的出入是否方便。越不易进的门就越意味着机关越大。我妈说进这个门见我一面不比唐僧上西天取经轻松多少。可是有位朋友曾大为羡慕地对我说,别人进那个门顶顶费事而你们到了门口武警便立刻行礼。我说这是弥天误会,那些武警对我抬抬小臂并非是企图行礼而是要我出示证件。我哪怕每天出入一百回,他们也照样是证件证件个没完。我生来记性就坏,因此常常忘带证件,于是就常常和钥匙、伞一类东西搁到一堆让别人来认领。但是他们能在零点几秒内识别那些像鸭头似的小车是谁谁谁的。所以皇甫在这方面人格得到了极大的维护。人们一只眼睛看清了于希同志的同一时刻,另一只眼睛也瞟到了皇甫。他是我们班唯一的老三届种子,是班长兼学习委员兼三门课代表。我一直坚信:如果将地球割一块交给皇甫,他完全能将它收拾成一件高档工艺品。

我报到那天,皇甫陪我办完一切手续然后领我去见于希同志。临进门时他低声说:“注意点儿。他问你就答,不问不答。”我说这有点像过堂,区别是双方皆为好人。

我首次见到于希同志是大学三年级下学期。他当时好像是个什么部长，被请来向全校师生做关于思想方面的报告，他不带一页稿纸却能讲上两个钟头并且毫不重复。最令人激动的是这位当时年仅 42 岁的高干能把大道理与小道理掺在一起讲。

于希同志明显地大了一圈。他递给我一支香烟。趁他埋头点火时我把过滤嘴抠了。我抽不惯带嘴的烟。

这次谈话大约进行了一刻钟。于希同志的口表能力有增无减。至于谈了些什么我当天下午就记不上来了。

我说过，我记性不行。

我的办公室整齐地摆着六张式样一致色彩一致距离一致方向一致的办公桌。因此第一印象我觉得是进了裁缝铺。很长时间以后我把这个感觉告诉了处长老肖，他连拍大腿说："是这么回事。我们就是干量体裁衣、缝缝补补的活儿。"老肖除掉背有点弯外完全可以去电视台当节目主持人。我正式上班的那天，老肖向我介绍了我们这个机构的职能和作用。那会儿他说："总之，当好首长的参谋、助手和哨兵。"

"哨兵……负责首长的身家性命？"

"不不，那是保卫处、警卫班的任务。我们是及时掌握思想动态。这很重要。"

"你还会写小说吧？"有一次老肖突然问道。

"写着玩。"

"有那么简单？小说不像材料，全凭硬想。作家，多不容易的事。”

其实我写小说纯粹是因为无聊。福克纳看到舍伍德·安德森只消上午写写小说其他时间便用于喝酒聊天于是就决定去当个作家什么的。我是白天昏头昏脑而夜里又没有女人吊膀子所以才提笔玩玩。几年前我弄出一篇大概是关于一个少女领着一条牯狗半夜钻进原始森林的故事,不久我被称作表现异化主题并且手法上深得加西亚·马尔克斯三昧的青年作家哄上文坛。我接受第一位记者采访的前五分钟沉着地坐在抽水马桶上把《百年孤独》的前言部分浏览了一遍,因为那时我还不知道有位写小说的叫加西亚·马尔克斯。

老肖你别以为我是在吊你胃口。你要是写小说就会明白了。我就是为玩而写,想怎么写就怎么写。别的我一概不管。那是评论家的事。他们会一套一套地替你说,直到完全把你说糊涂为止。

我坐的位子是原先皇甫坐的,靠门。于是斜对面文印室里老牌打字机的旋律绕我起伏。听说那里面先后到了三台静电复印机但寿命总和不过半年。那两位姿容妙曼的打字员整天噼里啪啦地对着干,把我整得要死。有一回我闯进去准备大喊大叫,可她们都像情人似的对我微笑。

3

达宁在电台文艺部充记者。所谓文艺部无非是个脏得出奇的磁带仓库。那伙人像耗子似的每天在里面钻八小时。达宁说这完全是天意所决，他就是鼠年产的崽。这浑蛋整天蟒一样地缠着我。上午我总共接了七个电话就有六个是他的。最后一次电话他要我晚上去白色沙龙。“不是周末再聚吗？今天才……”我没说完他就把电话挂了。

黄昏时落了小雨。我最见不得这种嗲声嗲气的雨，而诗人总愿意拿它比作淡淡的惆怅什么的。我想想还是把伞放下了。我讨厌走路时手里拿个什么玩意儿，无论是书还是刀。我就喜欢把手插在裤袋里走。

刚上大街，路灯就亮了。起初几分钟灯像烧过头的炭，过后又是色眯眯的。我顶着这下流的光往前走。一连几家商店正放着立体声流行歌曲。那几位还不算为人熟知的歌星越唱越放荡。有一首曲子说是献给老山英雄的，抖得好凶，但我坚信这腔调英雄听了腿准打软。这条街有一截在拆迁，先竖起来的几幢楼都没个顶，因为等款子有了还得加。人不多，汽车却呼啦啦地不断。城市又残废又疯狂。十字路口新近搞成的人行天桥王八似的趴着，而晚报上已公布它为本城八景之一。我踏过去就想小便。可是这条街上公共厕所仅一处，造型美观大方胜过公园的亭阁水榭。进这空间解大手得掏钱买纸，因此设计者从经济效益出发把小便池压缩成一条裤带长。那个把关的半老女人完全是个性变态者，你不买纸她就通过镜子监视你可在作弊。

突然断电了。大街像个隧道。当黑暗溶化后人声便如潮般层层叠叠地在周围涌起。断电是本城特色之一。二郎说这时刻人最容易丧失理智，我想是这么回事。但狗不。狗总把蠢事放到光天白日之下干，倒蛮坦荡。不像我边上的二位，一断电男的就把手朝女的颈口下塞并且还拿本杂志挡着。火柴烧尽烟还没点着，我把烟揉了。我想起了她。不过她对我失去兴趣也是很久很久以前的事了。

雨还在下……

到了场我才知道今天是达宁的生日。

达宁说他有两个生日。他父母记的是阴历八月，他记阳历九月。“好像拿破仑·波拿巴是九月生的。”他说。

“阿道夫·希特勒也是。”我说。

天晓得是不是。我至少有五六年没过什么生日了。我记性不行。

二十五支蜡烛插在空啤酒瓶里，烧出一片辉煌。光自下面来，因此我们脸上都像被削掉几块似的让人一见倾心。我们什么也不吃，只喝啤酒。我们都能喝。二郎说啤酒是最有效的思想工作，喝了就嗝气。皇甫说今天是达宁生日，最好拣开心的事谈。我们就委托皇甫说几句大吉大利的话。皇甫要我说。他认为我是个出口成章的家伙。但是不知从何时起任何话一经我舌头弹出味就馊了。这种隆重场面该前排就座的只有皇甫，因为他年长并且气质也十分对路。皇甫思索许久，终于说：“达宁，祝你长寿！”二郎说不如干脆直呼达宁万岁的好。达宁把手一挥说人固有一死或重于泰山或轻于鸿毛。我说生也如此。达宁就说:“那么我生来就轻于鸿毛,死后亦然。”二郎说皇甫正好相反,生死都挨着泰山,如今已是第三梯队队员了。皇甫听了就不大自在,说:“第三梯队又何足挂齿呢?我的确是庸常之辈。即使有点进步,也是……”“皇甫,”二郎说,“在这地方不必那么歪曲自己。狗娘养的会拿你的头去讨封!”见二郎有点发毛,我说:“还是继续谈泰山鸿毛吧,这似乎是个哲学问题。”

达宁说既然话题属于哲学范畴就无须再谈,因为哲学这玩意儿是专教人使坏的。

后来我们不再说什么。我们围着圆桌坐着。二十五支蜡烛沿着桌边排开,烧出一个发抖的光环,和老耶稣脑门上的那个差不多。

4

那天晚上我撬啤酒瓶没留神使泡沫跑到了二郎脸上。二郎一动不动像个接受割礼的家伙那么优美地闭着眼。二郎对什么意外都能做到脸不改色心不乱跳这我早就领教。当初我们插队的地方相距不远。有一天我队民兵拿下了邻乡的一个偷山芋的叫二郎,悬梁一天一夜不吃不喝但口哨照样吹得激动人心。上午我去二郎那里,见面他就说啤酒沫子喷到他脸上很不好受。“当时我像是挨了一耳光,”他说,“女人手打的。”我问是不是因为他的脸给女人手打惯了的缘故才有这种感觉。他做思考状。

我说过，二郎是个奇才。他可以叫人一日之内三次肯定他也三次否定他。本来他分配在一家颇有名气的文学杂志社当编辑。这个职业之于他就像钢琴之于肖邦一样的合理。他立志要以刊物为堡垒同文坛败类们血战到底，然而一枪未开他却跑到什么经济研究中心去了。我敢拿头颅担保那时二郎对经济的理解如同阿Q对爱情的理解。可是不久社会上就吹风说我省经济学界又升起了一颗代号为二郎的新星。对此我又不觉奇怪，在朦胧诗兴起的年头排在北岛舒婷这一拨人后面的就有个小子叫二郎。我至今弄不清二郎为什么离开那个中心而赴工人文化宫出任首席导演。其实他到职的那天就开始讨厌这个职业了。他说所谓导演无非是把男人女人随便编排而后逐一捉弄的意思。大概就在这时期，二郎断然和毕加索私奔了。

二郎的画据说是已经达到了一个很高的档次。我很喜欢也很不懂。但我不得不承认二郎的每一次改行都使他的名气扩大一圈。我不希望二郎以画画为终身职业，因为已经有会这门手艺的机器人了(凡机器人会干的生物人最好就别碰)。二郎说只有做官才是终身职业，可惜又没有做官的机器人。我说这个理想一旦实现那么地球就顷刻报销。世上没有比把以权谋私、腐化堕落一类的码子输入机器人而后成批生产的事更可怕的了。

二郎决定在30岁诞辰那天举办个人画展。

我不止一次地申明过，我写小说的动机和目的都是为了玩。即使明年的12月10日我立在斯德哥尔摩音乐厅那个铺着猩红色天鹅绒的台子上去接受一笔被称作诺贝尔文学奖的不义之财，我也会这么讲。但是这种活生生的内心表白总叫一些高雅博学之士理解成作家个性或者文人怪癖。如果我不承认，他们就说是形象大于思维。倒是我的那些同事极有涵养。他们从来不在我面前提小说什么的。仅一回，我来了798.30元的稿费，赢得了诸君的几分钟重视。他们无不羡慕我以1.70元之差逃脱了个人所得税。我就以大难不死的表情接受了同志们的祝贺并且深致谢意。

“注意点！”皇甫说，“几个臭钱值得搞个满城风雨吗？”

“是收发那小子穷喊出去的！”我说。

“有人说你笔头子硬，但这不是恭维，接下来他们会说你不务正业！”

“我上班从没他妈的写过小说，不信问老肖去。”

“但他们可以认为你不热爱本职工作，否则你不可能写出一批批的小说。他们坚信一心不能二用。”

“我一心不仅可以二用还可以三用甚至四用五用，要算账就逮我娘老子好了！”

“如果业余时间也想想工作那不更好吗？他们会这么说。”

“难道在交配时也想想工作？”

这个城市是以出产一种臭油干子闻名于海内的。有钱也难买口福。无论如何这笔钱得花掉。当然烧掉或者被人扒掉更好。这或许能拍着那几个心底无私天地宽的同志去做个好梦。可惜我也缺钱。我说过这是不义之财。作家无疑是骗子，骗人骗生活还嫌不过瘾还要骗钱，然后去添高档电器或者再结一次婚或者攒够份子设立个基金奖金什么的给自己进阴曹捐一道门槛以示万古流芳。

我的钱历来和手纸放一起，这样方便。

5

每天上班前都要乒乓乱忙一阵。拖地，打开水。我们这个大院大概就缺少个打开水的地方因此必须到外面去。那会儿门就显窄因为一边是进来的各式进口轿车占 3/4 另一边是出去打开水的队伍占 1/4。有一回我打开水与皇甫正撞上。他刚送于希同志去机场，见到我便下了车接着就伸出手要握。我疑心这家伙有点变态。我们一天至少见十次面可他还坚持搞这些久别重逢的动作。于是我说："你是不是想同我搞 homosexuality（同性恋）？"他大为震惊，凑到我耳朵边上骂道："狗杂种！"这里的人都叫他"小皇"。

我总想迟到。可是谁叫这屋里偏偏有位老肖呢？自他投身革命，几十年如一日没有请过半天事假当然更谈不上犯迟到的错误。老肖善坐并且保持着一种姿势，我就惊叹不已。而他一天坐下来居然还能如溜冰般飘逸，就更让我叹为观止了。我难免不产生点懊悔。我在下面的时候从来没有正儿八经地坐过八小时。对面街上有个书店，我天天要钻进去两回胡翻一气。我那个科长对此不以为然。这并非出自他的修养与开明而是他经常要利用这八小时去买菜或者拉煤气罐。他每次离开办公室都要把茶杯续上新水然后拿掉盖子让热气不断升腾。再就是随便打开一期《红旗》并在上面搁一支红蓝铅笔。最后一道工序是将抽屉拉出半截。这一切布置好他就大步流星地开路了,下班的前一刻他一边系裤带一边笑容满面地与大伙打招呼。

今天我到的时候办公室还只有老肖。他刚泡好茶,在等报纸看。见我来了他照例说声“早呀”。我就笑了。我说你老肖这么喊很有点问题,你每天比谁都早可你却说别人早呀早的,这岂不是挖苦?“哦……”他立刻欠起身,“你听见别人这么议论过么?”我说没有,但是否也有人这么想过我不敢保证。老肖沉重地坐下来说:“谢谢你提醒了我……”

于希同志来到我们办公室,全体起立。他每回来都要谈好久。他不落座大家也就不坐。所以每次我都及时地给腰部找一个支点。

于希同志传达了省委负责同志的指示精神,说是要搞一次调查,看看农民这几年日子过得够哪个档次。“这可是省委负责同志第一次直接给我们下任务呀!”他强调指出。他要求我们拿出第一流的成果。“具体的事待会儿你们与小皇谈。”他说。他从不谈具体。(我发现官越大就越不谈具体,这叫宏观控制。)于希同志断事向来利索。以后的几十分钟他向大家介绍了昨夜的梦境。他说他眼睁睁地看着抽水马桶冒泡,很快大小便泛起漫得一地都是。他说他急得浑身是汗有劲使不出有话讲不了。可是后来在大小便中又突然开了鲜花,越开越多。“这是什么意思呢?”他说,“我百思不得其解。”这是上午的事。

老肖夹着笔记本准备去找“小皇”。我拦住他。我觉得像老肖这等年纪的人去让皇甫那小子指手画脚一番委实残忍。“我去吧，”我说，“回来就向你汇报。”老肖就犹豫着，但还是同意了。临出门又吩咐我：“好好记!”

当时皇甫正一手按着红色电话机一手拿着高倍放大镜在研究地图什么的。这俨然决胜于千里之外的混账形象叫我气不知打哪儿喘。我大方地把手递过去。他准备来握的前一秒想起了那天在门口的情形便像碰到女人敏感区似的缩回。

“注意点!”他说。

你他妈的一见我面就是注意点注意点！你再这么搞我可得起诉了。他说现在这事就够让我注意点。他说于希同志是向处负责人老肖下达任务所以应该是老肖上这儿来，然后再由老肖向我们几个传达。“这是程序，”他说，“你来，别人会问你算老几。”

“算他爹。”

我随老肖下去。老肖一反常态地把自己打扮成西方议员或者董事长什么的。见我张着嘴看他，他就说：“可别以为我装派头呀。”他说他这料子只能在下面穿。有一次他随于希同志出席北京的一个会议他就穿着现在这料子，结果很多人拿他当于希。当夜他就把料子脱了。

我们在地区只停一天。我本想多住，老肖说还是直接下到县里好。因为这儿吃包伙，全贴差旅补助还得倒掏两块。“要是随于希同志下来当然不在乎。”他说，“至少分管书记得出面接待。”

我们就下到县里去了。刚住下，书记、县长们就来了并且陪我们吃饭。菜的数量与质量皆比地区翻倍且每天只需掏五毛钱和一斤粮票。回来过磅，陡增两斤半。那几天老肖的背硬是直了些。

后来我们进山了。那地方到处是山叫你分不清东南西北而且每分钟都能听到鸟叫。我听到鸟叫就想躺下来。插队那会儿，鸟这东西不晓得飞到哪里去了。我很久没听到鸟叫了。

有一天傍晚我跑到山洼里大喊大叫了一阵。我想听听回声到底有多响。

老肖也这么做了一回。

我们刚离开起点站时老肖就在考虑调查报告了。他说大的框架无外是基本情况、存在问题和几点建议。他认为小说与材料的区别除掉小说是硬想出来的之外还在于小说是自下而上而材料恰恰相反。

调查报告自然由我写。我讨厌写这类东西就像讨厌擦皮鞋讨厌排队讨厌半夜起来小便一样。但我还是写了。按老肖的要求写了。我知道这材料即使出自马克思之手老肖也是得改，于是就花了一个晚上一遍完工，交了出去。老肖倒很宽容，口口声声称我文字怎么怎么干净条理怎么怎么有逻辑性。他只把“不能简单划一”改成“不搞一刀切”，把“不能流于形式”改成“不搞花架子”，把“不能浮光掠影”改成“不能走过场”，把“要大胆而谨慎地探索”改成“要摸着石头过河”。

“意思虽差不多，”他解释说，“但目前上面的提法是这样的。你看呢？”

我笑笑。

6

无论什么装束对于二郎都非常完美。他吃东西的时候你怎么看他都是个罕见的美哉少年。可在抽烟时你只需瞥他一眼就能获得一个标准的流氓印象。我从不同他去伙做一件事。因为从这件事刚刚出现雏形起我就开始上当了。他欠我的情分太多所以我伺机整他就合乎道德和精神文明。我整他往往都是上帝在暗中替我使劲。那回的啤酒沫子走了个S形也还是溅到他脸上去了。但是他后来说的话又让我悲哀。我觉得像二郎这样的小白脸送去给女人打委实有点儿可惜。这几天我不知怎么回事老想到女人什么的。旅社里那个小姑娘每天来收拾房间我都想在她身上任何一个部位捏捏。我想我该去看看医生。我倒是真去了一回。接待我的医生活像英格丽·褒曼，她的手一触及我的皮肤我就感到身上有几个地方同时发痒。她看过我的舌苔又叫我张嘴发“啊”音节。我的嘴一时张不到她所要求的地步，她就示范给我看。我看到上面一排皓齿中间有片韭菜。我就不感到痒了。我只去了一回。

二郎的作品几乎都冠以“创作第×号”。他说之所以这么干主要是受鲁迅的感染。鲁老得意的诗都叫“无题”。达宁在这时候就极大地表现出高雅，仰脸注视着手势滔滔的二郎口水淌到颈下也不愿揩。二郎把米勒、列宾之流臭得一文不值却让塞尚、梵·高们腰缠万贯。当然他最敬仰的还是毕加索。他说唯有毕加索才算纯种艺术家,因为唯有他把艺术当作谎言。

“你他妈的就晓得在外行面前摆毕加索老狗的鸟威风！其实毕加索是什么,你也不懂。”达宁说。

“能懂的就算不上毕加索了。”二郎说,“谎言本来就是难懂的。”

皇甫欣赏的是二郎作画时的风度。他说那时二郎的头发就像钢琴师的手指,节奏明快美不胜收。这个评价使二郎醉了好几天,以后他作画就完全像个泼妇。二郎很多画都是在白色沙龙里即兴完成的。他创作欲恶性膨胀时他就直接把锡管颜料往画布上挤,然后用指甲乱刮。

他就用这种画法完成了《空间》。

有一天我突然想起了她。我记得那是很久以前的事了。是两列擦肩而过的火车,当时我贴着窗口,她也贴着窗口。我们都看到了对方在望着自己。我们都没避开。像事先约好的。我们都没看清楚对方但我以为我们相爱了。

列车匆匆而过。

爱也匆匆而过?

后来我在一个像童话插图一样的城市里见到了她。我跟着她走了许多路。我终于说:

“还记得吗？那回在火车上……”

“你是……你是谁?”

“火车匆匆而过,你忘了?”

“你到底是谁?”

“你……真的忘了?”

“啪!”

“空间?”

“空间。”

“我看不出这算个什么鸟空间。你说说看。”

“空间本来就是无法解释的。”

可是达宁指着《空间》说它很接近女性生殖器官形状。“就是,蛮像的。”他说,“我在医书上翻到过那东西。”于是二郎就在烟雾里大叫:“知我者,浑蛋也!”他说按照老弗洛伊德的理论,任何空间都是女性生殖器官的伟大象征。

大概是因为《空间》的精辟理解,达宁多次诚恳地要求我写一部爱情启示录。我说这类东西闭眼都能拾到,可他坚持说拾来的东西只启示别人如何胡来。

于是我对他谈了我的罗曼史。

我说我最初严格保持着青年导师般的深沉。我对与我初吻的那个差不多还是孩子的姑娘没有说过一句下流话。我这么做是想让她对我产生一点神秘感,就像夜里总觉得天上要落下什么似的。但是后来她看破了这一层,知道我是个除了会写几块文章外连面条也下不好的男人，就含泪舍我而去。我的第二次恋爱破产的起因是关于孩子的生养问题。她说她生我养各负其责。可我看到邻居那位小伙子由于喜得千金连续十九个晚上不曾合眼，后来被锻炼得像马一样能站着睡上八小时，我就肌肉发颤。于是我们友好地拜拜了。我的第三次恋爱纯属闪电式的新潮风格。她在进登记处时对我说希望婚后我别拿她当妻子待。她说她只想过情人生活，和则合二为一不和则一分为二。这种伟大的辩证法使我在一分钟之后把我们的关系降低了三级。我的第四次恋爱是在我体内荷尔蒙翻倍的时期开始的。她的魅力在于她随便让我乱动，只要我每次都给她献点信物什么的就行。可是上帝拯救了我，一场大火将我烧得只剩下一条短裤。我的第五次恋爱……

“你他妈的到底爱几次了？”

“如果你浑蛋有兴趣，我可以再来五次。”

那天晚上我们谈了很久。二郎说中国只有一个虚构的男子汉，叫阿Q。因为唯独此君一语道破爱情真谛并且敢于跪下来讲。皇甫的意思是，婚姻是笼子，男女都是鸟，没进去的拼命朝里飞，进去了的又拼命朝外飞。我们中间，就皇甫有个沪产老婆和一个虹样的女儿。据说皇甫常常在三更头上精光赤条地被老婆踹到床下。他的过敏性鼻炎由此发端。这么一直谈下来，达宁就忧心忡忡。他说如果只谈恋爱不搞结婚是最好不过的，因为最卓越的女人一旦扒光衣服就与最普通的女人毫无差别。

我回到小旅社时，一伙服务员正挤在走廊上看电视，像是个电视剧什么的。我口渴至极，可这会儿水瓶全体倒悬也休想灌满杯子。于是我跑到洗脸间对着自来水龙头咬了两分钟。那个小服务员见我这样就激动不已，说我好像刚刚在电视里死去的那个海盗。我说我之所以喝冷水是因为房间里没有热水而不是企图扮个海盗来撩拨女孩子家的心弦。她大概还没有走出她那个世界，眼珠亮亮的一口一声海盗海盗。我就说那海盗是演员扮的，没准儿一卸妆那家伙就成了太监。

7

我上厕所解大手总得带本书。我性子急，不这么干我一天至少要解三次大手。我喜欢带爱情小说上这个典型环境来。二郎说我这是在亵渎爱情。皇甫第一次见到这情形就又说："注意点。谁知道你在这里看了多久呢？"他最见不得我上班时手里拿本书游来游去。他说他入党时最主要的意见就是因为手里总捧着与机关业务无关的书，比如《人是机器》什么的。

那么什么是与机关业务有关的书呢？难道是像阿根廷那个叫博尔赫斯的老家伙所说的"沙之书"？一本无头无尾的书。他只记得有一页上刻印着一个面具。他说那本书是无限的如果一旦燃烧起来怕也是无限的。

皇甫的肠胃一直不怎么样。老肖说这是职业病。"当秘书的，十有八九都这样。出外就餐，首长一丢筷子秘书就得放碗；首长一般都饭量小而秘书基本上是大肚罗汉，因此挨饿是常事。这是一。

熬夜替首长突击准备讲话稿也是常事，夜里吃不到热的甚至根本就没什么可吃——烟除外，毫不奇怪。这是二。有这两条，你的肠胃即使是不锈钢做的也不顶用。”老肖是当秘书的出身自然讲的是行话。他说他患有十二指肠球部溃疡外带慢性胃炎。

据说于希同志在从医时医道是极好的。尽管曾先后有十九人死于他手但皆属当时国内不治之症。这一点有众多专家的最后诊断鉴定可稽。于希同志的名声几乎都是死于他手的人传播出去的。他们在咽气的前一分钟全都做出最大的努力紧握着于希同志的手并且一律热泪盈眶。他们心里明白于希同志虽没能救活他们的命但依然是恩人——于希同志给了他们减轻死亡前剧度痛苦的药吃，给他们打麻醉针。这个美丽的传说致使我多次萌生出死在于希同志手中的崇高理想。

于希同志在到职演说中首先强调指出，今后任何人不许喊他的职务，直呼其名。他说我们的干部无论职务高低都是人民的勤务员。大家就很兴奋，兴奋之余又觉得为难。不过这个顾虑很快就打消了，因为于希同志上班后就逐一促膝谈心。最后他都要问：“有什么不好解决的困难吗？有就说，我尽最大努力！”大家心潮澎湃但无人愿谈困难。大家说：“谢谢领导关心。”于希同志说：“关心人是最大的政治嘛！”可是有一天一个蓬头垢面的妇人闯进他的办公室，劈头就是一句：“没良心的！”

我总觉得皇甫的肠胃问题除了职业原因外还与他时常在半夜

精光赤条地被老婆踹到床下罚站有关。他说不排斥这个可能。他说他们互不理解以致周末完事后认为自己是失足青年。我说既然到了这个水平不如脱钩的好。“现在不是时候,”他说,“在机关干,最叫人不痛快的就算这类事了。”我说一对不痛快的人硬要睡到一起去炮制痛快似乎也不怎么雅观。他坚持说现在不是时候。

第二天,皇甫病了。不是肠胃病。不知道是什么病,只是每日二十四小时都在发烧。他住进了本市最高级医院中的最低级病房。

他梦中老是断断续续地发出三个音节。

微雨是从昨夜开始的。我没有打伞。我站在屋檐下听雨的声音。雨声很小很小,几乎没有声响。我淋湿了。不知不觉地淋湿了。我一直以为那乳白色的是路,淹了我的脚才知道是水。我身上全是水。我总忘记带伞。我等了很久以为天晴了身上的衣服会干。其实昨夜就下起了微雨。我意识到下雨时我的衣服和身体都已经湿了。雨一直在下。我实在没料到这么好的天气会下雨。气象部门也没料到。当然也有人料到了。他们凭直觉就知道黄昏后会有一场微雨趁人没带伞的时候降下。

不知明天可还会有雨?我总记不起带伞。

于希同志从外地开会回来得知皇甫住院的消息便驱车赶到。当时皇甫正处在头脑发热阶段,于希同志就向我了解病情。

“大便可有了?”

“一天三到五次。”

“稀便吗?”

“硬的。”

“消化不良吧?”

“他两天没吃。”

于希同志很严肃地看着皇甫,两分钟后他充满信心地说:“问题不大。大便有了,就好。”

“次数是否多了点?”我问。

“他的气力不够,所以一次大便要分几次拉。这在逻辑上是可以成立的。”他说。

8

我一进办公室老肖就迎上来,伸着双手像是要从我手里接过什么。他说小皇的病怕一时难得好,因为至今弄不清是什么病。我说我也弄不清。我还说每时每刻发烧使皇甫的脸色比他健康的时候要好看不少。

“所以,”老肖说,“于希同志打算借你用一阵子。”

我心里大叫了一声。我说我还不是组织同志做这项工作极不合适因为带“密”的东西太多。

“这没关系的。况且是临时性的。”老肖说。

我说我记性不行。

“于希同志态度很坚决,决定下了怕不好再动。”老肖说。

我没有可说的了因为下级服从上级个人服从组织。

后来我到楼顶平台上去了。这儿风大,我冷得像个麻花。我缩在一个背风的角上,眼前正是一片昏黄。那太阳只剩下一个帽檐形状。我就看着它沉入云底,而这时候周围全是混混沌沌的。我最见不得这种辨不清的天色,我想我妈。她老人家生我据说是费了不少工夫。她是不情愿我典当给专人使用的。

“我真没讲过梦话?”

“没有。”

皇甫就又躺下了。他躺在这张床上好几天了。那个专门打针的护士有一次告诉我这是一张很不吉利的床,先后睡过三个人都死了。“他们都很年轻。”她说。她问皇甫可曾结过婚。我说结过并且有了个女儿。我还说皇甫的妻儿回上海去了。皇甫不许通知。那护士感到很不理解同时要求我灵活掌握情况。“万一……得立即拍电报通知病人家属。”她说。她不止一次地讲过皇甫很漂亮。可是她这么一分析就使我魂不守舍,我仿佛觉得已有一只冰冷的手等着我去握。我以后每次进那个病房心就想往皮肤外面跳。皇甫睡得笔直,洁白的被单裹得很紧。我总是先把什么东西碰响,等那个白色的包裹松动一下后我才往前走几步。不过有一回,那是很久以后的事,我揭开被单看见皇甫正拿着小镜子在拔胡子。

我到于希同志这边上班的第一天,我就意识到他的生命概括了我的生命。比如说,他每次上厕所解大手前在我面前把粉红色的卫生纸搓得嗞啦响，我就立即感到直肠和膀胱压迫得无比厉害。我就随他去了。他也很激动。他说他先后配过三位秘书还从未有谁在解手的问题上能同他达到默契的。接着他叹息道："肠胃功能很不理想。"我很觉奇怪。我没想到于希同志也会有这个与职务不相称的缺陷。"这都是吃多了野食的缘故。"他说。我犹豫着，终于憋不住地问他所谓"野食"是否有特定的含义？他狐疑地看我一眼，明白过来就哈哈大笑。"你们文人哪，比猫还敏感。"他说，"我能有那么大的胆吗？何况我是快 50 岁的人了……"又说一遍文人比猫敏感。他说"野食"即在外吃饭的意思。具体包括三个方面：一是上面来人，他陪别人——比他职务大的人吃饭；二是他下去，别人——比他职务小的人陪他吃饭，三是……（讲到这一点他脸上便布置起有分寸的痛苦与有礼貌的羞涩融在一起的表情）他说他与老婆关系比较紧张，因此很少在家里吃饭。我问他老婆可就是上回打上门来揪他领子骂他"没良心的"那位？他说："那是前妻。"我就很迷惑。他很快看出这点，就解释说："因为大孩子，得给生活费，给到 18 岁。工资一调，生活费就得浮动。给多了后妻吵，给少了前妻就……你不都看见了吗？所以说我们的法律还不健全。"

皇甫一周要照一遍 X 光做一回心电图称一回体重。他不怎么吃东西但体重总是呈上升趋势。半个月下来他长了三斤。但是体温总徘徊在 38℃。大夫说这种情况是极其罕见的。他们在厕所里总是大发牢骚，说这种莫名其妙不轻不重的病拖长了会使他们威望扫地。他们好几次暗示皇甫可以回家休息观察。皇甫明白这意思就把头一歪,呼吸又开始粗短起来。

我也很急。于希同志出席会议太多而且逢会必讲。我甚至一天写过三份讲话稿。于希同志强调不打无把握之仗因此要求我必须掌握个提前量。如果他星期六讲话那么他会对我说稿子最迟星期三要拿出来,他得熟悉熟悉。他的确是为了熟悉才这么说。他的记忆力极端健全,五千字的稿子他两天就熟悉到能不带稿子一字不漏地表达并且还配有恰到好处的手势。他很少带稿子讲话。我很少不写讲话稿。

我唯一的企盼是皇甫早点儿出院。如果他再不出院我怕也会住院的。他长的三斤正好是我丢的。可是我又不想让那个专门打针的护士失望。我从来没听到过女人夸皇甫漂亮。后来我也觉得皇甫是个漂亮的男人。我怕皇甫一离开医院就会变成乞丐或者灾民。他不住院的时候美学原则是尽可能地让大众一眼就识出他的无能和卑微。

我没把皇甫拔胡子的事说出去。

大家都说我适应力很强。还说我聪明因为我随便当当就像个秘书。他们说能当好于希同志的秘书是很不简单的。于希同志年富力强对各方面都要求严格且讲究质量,何况秘书晋官已成为一种伟大理论正付诸实践,所以秘书不是任何人都能当的或者能顶替的。他们都这么说。他们还说了许多。我忘了。我记忆力越来越糟糕。我只觉得立体的累附在身上。我写信告诉我妈说我很累。她回信说:“人本来就不都是猴子变的,多数是牛变的。”二郎说这话很见功底。达宁说照我妈的意思中国人应该是西班牙牛变过来的才对，因为只有西班牙牛不仅勤劳而且勇敢。“中国没有这个种。”二郎说，“中国的牛都是奶牛。”

我又想她了。我相信我是爱过她的。

这些年我一直在找她。

我曾经找到过她可是她把我忘了。

我不相信这是真的。

9

皇甫住院的第三天下午我抽了他一巴掌。我下手很重。除此之外我从来没有打过比我年纪大的人。可是经我一打皇甫的脸色立刻像个健康者。后来他说我这个举动貌似野蛮其实是很文明的。他说他打心眼里谢谢我。也就是这回那个专门打针的护士第一次对我说皇甫很漂亮。

当时我扶着皇甫去上厕所。他坐在马桶上咬牙切齿。他说："奇怪。"我问什么奇怪。他说："怎么于希同志叫别人给他取包裹呢？以前这类事都是我去的……奇怪……"我说这算不上奇怪。他说："天知道那是什么包裹？我明明没有走远，他却叫别人替他取……"我摸摸他的额头，并不烧得厉害，就说这事很正常。

“正常？”他从沉思中抬起脸，“不，不这么简单……”

我就抽了他一巴掌。我下手很重。

天黑得极快。刚过五点外面就灰蒙蒙一片。天这个样子我就支持不住,想离开会场。这个一般性的总结表彰会毫无意思,可于希同志说:“不去不礼貌吧?”并没有安排他讲话,他坐在台上抽烟喝茶提提领子隔一段时间做出个思考状。我写了个条子托会务人员交给他,我得先走。他看看条子又看看表然后侧过身子把目光递给我,等确认我看清了他便小幅度地做了个吃的动作。这使我记起了昨天是发薪的日子。我能猜到于希同志腮下又有几道指痕。我摇摇头就转身走了。

华灯初上。我并不感到饿,却像乞丐似的乱逛。后来我去理发。那个理发师只需几分钟就让我大吃一惊。我后悔不该同意他把胡子推了。我回到小旅社,迎头遇到小服务员,她倒退三步后嘻嘻地笑。

我也笑笑,没说什么。我不想说什么是怕她上当。她这个年纪的人最容易上当。她读过我的一些小说。凡我含笑写出的章节她都含泪去读。她说我是个心狠手辣的家伙,总是让花好月圆的爱情横生枝节或者让一方突然死去。“你吃醋,”她常说,“你生怕好了人家!”我说是这么回事。我绝不允许任何人跑到我小说里来结婚。

“这才像太监呢!”她说,拍着手走了,小腿甩得很有劲。

有一天半夜里我被人喊醒去接电话,说是医院来的。我以为皇甫时候到了浑身乱抖半天不敢抓话筒。打电话的是那位专门打针的护士,她说皇甫不见了,不等我做出反应她就开始在电话里小哭,一面哭一面说皇甫很漂亮。我说下落不明的人往往都是漂亮的。她说她很担心。“他不会死，”我说，“因为有人说他很漂亮。”她轻轻地笑了。我答应帮她去寻找皇甫。我说我知道那家伙上哪儿了。

“谢谢你……”她说。

“谢谢你。”我说。

其实对于皇甫无须打针，我告诉她，说他漂亮或者抽他一巴掌就足够他活的了。男人差不多只要这两方面。

我走上大街。

那个黑色的方尖碑正在燃烧。

10

河面上泊着两只船和半截桥墩。二郎说把这两样东西摆到一起旨在构成一种情势和张力。这张画是很久以前画的，只画了一半。他说再画下去也还是一半。

据说皇甫要动一动。最初我把这意思告诉他时他浑身一颤，脸上泛起印第安人独有的那种迷人的咖啡色。他把我拖到厕所里，问我听谁这么说的。我说好像谁都这么说。

“上帝……怎么会吹这个风呢？”他说。

我说这很自然。你皇甫是首长秘书又是第三梯队不动你这号人动谁？

可是第二天他住院了。

这期间关于“皇甫动一动”的传说不仅有而且响亮。连我替于希同志打临时工的事也成为皇甫动一动的佐证。我当然痛不欲生所以我那天夜里找到皇甫就破口大骂他是个狗杂种。我甚至怀疑当初皇甫把我找来是一个预谋。这时候二郎说:

“动一动?这可不是动老婆想动就动!真他妈的动你,压根儿就透不出一丝风,文件下来连鬼也会大吃一惊。现在呢?风声一出去人眼就充血了,手就痒痒了,于是就抓笔写关于揭露告发一类的东西,干你这狗娘养的!于是有一天干部处长把你找到暗屋里,把一沓狗屁人民来信一抖再抖,脸上挂出帮不了忙的样子对你说:我们的确想给你动一动呀,可是你看这些反映……你无言以对,还得千恩万谢。这叫既当婊子又树牌坊!”

他打了个手势。皇甫说这手势很优美,像暗示谁去把什么东西宰掉。

第二天皇甫出院了。

然而敬爱的于希同志由于解释不清的原因离开了这个被他把持两年零六天的部门。说是明升暗降。欢送会十分隆重。大家回顾了于希同志主持工作期间的光辉历程,把这段时间里积累的对于希同志的感情毫无遗漏地注入麦克风。可是这套扩音设备性能相当低劣,几乎每个人说出的腔调都不像是自己的。不过大家始终保持着声情并茂,连那几盆塑料花也感动得热泪盈眶。

于希同志自然也很激动。他把面前的奶油瓜子挨个仔细嗑完,然后站起来即兴做了他有生以来最为壮美的演讲。他说真正的英雄不是他而是同志们,虽然同志们是在他领导下开展工作的。

他说了很多“同志们”。具体说的什么我忘了。但我相信是足以催人泪下的，因为鼻音极重。

这天下午，办公室出了安民告示：

液化气已到，除领导同志的派车运送外，其余自行处理。敬请原谅。

办公室负责人贴完告示，搓着手说：“于希同志这罐气如何是好呢？”

河本来是绿的，那天夜里二郎把它改成红色。这之前他做了个后来被皇甫评价很高的手势。达宁说每次二郎碰这幅画手就像中风似的，颜料甩得满地都是。

我陪皇甫去给于希同志送最后一罐液化气。他家门锁着。我们把液化气摆在门口，就走了。那时天色已开始发灰。皇甫估计会有一场微雨。他说微雨很不好对付，打伞嫌麻烦不打伞就会淋湿。我说最好的办法是随他去。

后来皇甫要我帮他收拾收拾。“于希同志离开了，我没有必要再坐原来的位子。”他说，“这是常识。”

当夜皇甫就把桌子搬回了大办公室。我问是否应该同老肖打个招呼？他说老肖会明白的。第二天一早，我看见老肖对着皇甫的桌子沉思，就想去解释两句。这时老肖说小皇的确是成熟了。这意思是说皇甫此举极其明智。老肖同时也替皇甫感到惋惜。

“要是于希同志还在……”他感叹道(这口气像是于希同志谢世已久了),“那么,小皇一定是大有可为前途无量的!”我没吱声,随手抓起一个墨水瓶扔出窗,几秒钟后听到一声响,像孩子梦哭。

“诸位,横在你们面前的是一条河。你们想从它上面跨过去。对岸是一个神奇的世界。于是一个声音在召唤——把我竖立起来吧,你们从我身上踏过去!这是桥的声音。但是另一个声音也说它会让你们到河那边去,这是船的声音。于是引起了争鸣。桥说它的价值如何之大。船不否定这些,只提出一个问题:遇上地震怎么办呢?桥不屑地说自己属于当代最先进的设计能抵挡八级地震。那么九级地震呢?船沉着地问。如果在施工中严格要求,九级地震我或许也能抗过,桥说。船微笑着,说马克思主义历来主张理论联系实际、主张实事求是而不相信什么‘或许’,况且还有十级地震哩!桥说果真如此这座古老而美丽的城市连同它拥在怀里的生命都会变成一堆废墟!船哈哈大笑,说这是悲观主义论调因为至少它肚里的人还活着……”二郎说到这里也哈哈大笑起来。我们都跟着哈哈大笑。大概就在这个时刻,天亮了。

微雨是从昨夜开始的。我忘了带伞他们也忘了。我们就这么体面地给淋湿了。可是我们都不愿带伞,不愿给头顶上的天打一个黑色的或者其他颜色的补丁。所以我们都淋湿了。我们不想跑因为前面还是微雨。我们淋湿了就不再相信头上还下着微雨。

其实微雨是昨夜静悄悄地开始的。

11

都说新首长不久就会到职。似乎已成习惯,凡一任新首长来临之前大家都心律不齐。据传新首长和于希同志不乏相似之处,他们都是男性都长得不丑并且都是学医的出身。其实我们这单位除要求大家自觉避孕外与卫生不发生任何关系,可管事的基本上都是医生。我一生出来就怕医生。世界上最高明的医生无非是把健康人当作病人弄。任何人随便什么时候只要往医生面前一坐,他就会潇洒地给你开处方。好像不这样他就不配叫医生。

在医生眼里除他们之外都是病人。

(她是医生吗?)

我找到她时她看我的眼光就像医生看待病人的眼光,后来她打了我一耳光并且大声地喊警察可是我不相信她是医生因为她很年轻。

又断电了。

又点蜡烛。

又喝啤酒。

好像啤酒只能在断电的时候喝。“这餐酒是肯定要喝,不这么干就不足以平民愤。”二郎说,“为了皇甫的出院和下台。”

皇甫就做了个大义凛然的表情,举起杯环视一周然后说:“大家的情谊……我领了……”迟迟不喝。

二郎把皇甫的酒拿到手,立得笔直地说:“愿昨天的小皇含笑于九泉!”说完把酒举过头顶,再一滴滴地洒下。

达宁开始感叹了,说现在不兴考状元,如果有这么回事,那么状元公必属皇甫无疑。“中了状元不仅加官晋爵而且招为东床,皇甫一切问题就都解决了。”他说,敬皇甫的酒。

皇甫只顾喝酒。他喝了几杯我忘了。可他一口气也没嗝出来。后来他一个人走到外面平台上去了。外面很黑。我知道啤酒不会醉人但还是让人想出去看看。二郎拦住我说:“放心,这号种子就是拿枪逼着也不会跳楼。”

那条河本是绿的。

谁把它弄红了?

我以为啤酒是不会醉人的。可是皇甫的确是给啤酒弄醉了。他肠胃不好,不会嗝气。

今天皇甫在走廊上截住我,往厕所里一拖,问我昨夜他是怎么醉的?我说弄不清,因为我也醉了。

“你也醉了?”

“我怎么就不能醉呢?”

“你肯定是在我之后醉的。那你肯定听到了我的胡说。我说什么了?”

“我在你之前醉的。”

“不可能不可能。我记得你说我的领带……像一道伤口……”

“这就说明我已经醉了。”

我遇到那个专门打针的护士。她说她去看过皇甫，就一回。“怎么回事呢？”她问我，“他一出院怎么就……不那么漂亮了？”我说这可能是错觉所致，或者是皇甫并不漂亮你却以为是漂亮或者是皇甫本来就漂亮你却以为是不漂亮。她立刻显出悲哀，她说这两种错觉她都接受不了。“我希望他本来就漂亮我也以为他漂亮。”“这就不是错觉。”“可事实是他一出院就不怎么漂亮了。”“那就只好等他再次住院。”

都说新首长快来了。昨天说今天来。今天又说明天会来。事实上至今没来。

12

临下班前达宁来了电话，说今夜只要我还活着就一定要去白色沙龙。我问是否因为他马上要死想立下遗嘱什么的才这么看得起我，他连说“Yes”。

我到时，皇甫正凝视着手舞足蹈的二郎，脸上像刚杀过人似的庄严。二郎说黄昏前那个充满绝对雄性的壮观乃他平生登峰造极的眼福。当时达宁如同杜丘一般金鸡独立于这座16层大厦的最边缘，背向苍天面朝父母大喝一声：“再来转化，我就滋溜下去！”

我听得没头没脑但绝不怀疑这是虚构。我问达宁究竟是为什么事企图杀身成仁。

“因为提拔。”他说。

我把达宁的事曾讲给一位专门从事三流电影文学创作的朋友

听。他听后第一个感觉就是不真实。“不愿被提拔已经是够不真实的了，”他说，“因为不愿被提拔而采取那种动作性强烈的方式予以抗拒，就连鬼也认为是假的。”但是他的创作欲有增无减，没过几天又打上门来。他说他因为冲动只抓住了灵感却把人物纠葛弄糊涂了。他连提几个为什么。

“为什么以前不提拔达宁？”

“因为他老子下了台。”

“为什么又突然提拔达宁？”

“因为他舅舅转业回来马上要当部长。”

13

这个时期二郎一直在为画展奔波，喜怒无常简直就像发情的母狗。我最难受的是他动不动就把手伸进艺术得不能再艺术的头发窝里，做出卢梭或者伏尔泰一类的表情。二郎的头发如同他的职业一样变幻无穷。他在那个所谓的经济研究中心当差时理的是平头。我第一次见到这个混账发型冷汗顷刻流遍全身。我以为这狗杂种刚从号子里出来。而他说：“平头总给人以憨厚朴实之印象，当然这无疑是作弊。”我说拿头去作弊是否显得太大方了？不过作弊之于你二郎只是普通生活手段。他说：“不，是普通生存手段。”

二郎的手伸进发窝只显出腕而没有指头。像断肢。好几次他都摆这种姿势，久了就狗一般地喘气。他极少喘气，所以一喘气我就很紧张。我觉得过不了多久会有谁来将二郎绑走。他像大师一样地抖着罗圈腿，仿佛许多光荣都要抖搂出来，再从罗圈腿之间爬过去。

皇甫总是夜间去探访于希同志，竖起风衣领子朝阴影里钻。有一回被警卫人员拿下了，以为是刺客，幸亏兜里有个证件什么的才没有往局子里送。警卫人员质问，既然是来看首长的，为何不走大路偏在暗里动？皇甫无言以对只表示下不为例。这件事一直成为皇甫的精神负担，他只对我说了并希望通过我打听打听可曾有其他人知道。“如果让新首长知道，就糟了！”他说。

新首长还没来。然而关于他的传说日益增多。几乎每天都有人要发布一两点这方面的新闻。今天上午有人说新首长非常器重人才，根据是他原先的单位落实知识分子政策成绩辉煌跃居全省前茅。下午又有人进一步证实说：“一年之内就有十八名知识分子入党，七名提拔到处以上领导岗位，其中两名是副厅级！”

皇甫听了这些就羞答答地笑，好像两名副厅级中有一名是他。可是老肖说这些消息水分太多。“扯淡，”他说，“副厅级得经常委定呢！常识嘛……”于是皇甫就出去了。我问老肖皇甫是否还会当私秘？老肖说这个可能性很小。“当然，小皇的能力是绝对没问题的。”他说，“可是一仆总不能侍二主呀，这也是常识。”

有一天我和二郎上街，刚上公共汽车就有人照着二郎的脸抽了一巴掌，非常脆。我想不到女人的手会打出这么响的耳光。

“流氓！”她说。

“我……怎么你了?”二郎说,“我让你先上车,你……”

“手放干净些!”

“我手怎么了?”

“你拽我辫子! 你还不撒手? 流氓!”

车内有人跟着喊“流氓”,嗷声四起。

其实她的辫子夹在车门里。她发现了便红着脸说“对不起”。二郎说了声“别客气”就出其不意地还了她一巴掌——事实是像调情似的摸了一下她脸。于是骄傲和尊严在几秒钟内调换了位置,有人对二郎尖呼一声“好汉!”接着大家又嗷嗷起来……

二郎跳下车就使劲吐了口痰。

罚款五角。

二郎掏出一块钱照那张皱脸扔过去,又使劲吐了一口,说:“不用找了!”

看见皇甫在厕所门口绕来绕去,我就知道这家伙有什么要紧的话想讲。于是我说如果要讲的话很长就换个地方。我实在忍受不了那个铺满瓷砖的空间里产生的非正常气味。

“换个地方?”他笑笑,“这地方谈心就只能钻厕所!”

我很惊奇。皇甫这么讲话在这个地方似乎还是头回。我怀疑他吃错了什么药。我们就进了厕所。皇甫麻利地坐到马桶上,又指指边上的一只叫我坐下。我说这种勾当就此一回了,下次再干就是他妈的王八! 我坐下了,还做出一副若有其事的样子。

“听说了吗?”皇甫说。

“听说什么了?”

“第三梯队取消了。内部已来了通知。”

“哦。”

“我早就有一种预感……看来,下一步……”

“下一步考虑离婚吧。”

很久以前我的一位朋友死了。是在一条很宽很直的公路上给车撞死的。(他很年轻)他也是开车的,都说他开得很好。可是他还是给撞死了。他的身体莫名其妙地给肢解了,有一只手还和方向盘粘在一起,怎么也扳不开。

这是个悲惨的故事。我妈多次叫我把它写出来。我没有写是因为这个故事只有血没有色彩。其实我错了。(血怎么不是色彩呢?)现在我认为可以写的时候又觉得情节(姑且算是情节吧)太单调,无非是叙述了一次普通的车祸。很长时间以后,我发现我又错了。

14

皇甫告假去上海了。一周前他老婆来了封挂号信,完全的兵临城下口气,似乎暗示:倘若皇甫再不就他们的问题做出决断,那么她会糊弄个孩子出来放在皇甫的名下。但是无论如何也应该感谢她,我想,她成全了自己也成全了皇甫。达宁说其实离婚也应该举行个典礼什么的,理由是当事者如结婚时一样的喘气。二郎感叹的是皇甫的尊严被老婆剥夺了,因为至少从陈世美算起,离婚历来是由男人发起的。

皇甫同老肖谈了。老肖很吃惊,说一点迹象也没察觉到。老肖对这类事很关心。他每年接受来自官方的类似“五好家庭”的表彰,可是我听说他与老婆已分居多年。

老肖告诫皇甫宁可在财产上吃点亏也不要使事情扩大化。“你是组织同志,姿态应该高些。”他说。

“谢谢领导关心。”皇甫说。

我们几个送皇甫上了火车。那个专门打针的护士也来了,站在不大显眼的一根柱子下,认真地看着皇甫。我是通过皇甫的眼睛看见她的。可是皇甫始终不过去同她打招呼。于是我用胳膊碰碰皇甫,说:“你是组织同志,姿态应该高些。”皇甫做了个不知所措的表情。最后一遍汽笛拉响了,她突然跑过来抱住了皇甫。达宁吓了一跳,在我的背后敲了一下,问究竟皇甫和谁离婚?我没吱声,隔着雾气仔细地去看皇甫吻了她。

后来响起了优美的苏格兰民歌《一路平安》。

我们是在列车行走中相识的。我们的目光相遇可是我们都没有看清对方的面目。

但我认为我是爱上她了。

我的直觉告诉我她是值得我去爱的。

我信直觉。

我说过我的记性不行。我记不清在什么地方在什么事情上消磨了一个晚上,结果连末班车的最后时刻也一并忘了。我只好抄近路往回赶。旅社已经关门,我用力地敲。给我开门的是那个小服务员。她责备我不该这么晚才回来。现在的姑娘真有意思,你对她热一点她就企图包揽你的一切。我曾和一位姑娘接过吻,仅一次。第二次准备接吻时她就严肃地批评我不该抽烟,那口气好像我们早已是那么回事了。

“我屋里的灯怎么亮了?”

“你哥哥来了。”

“我哥哥?”

“嗯。蛮潇洒的。”

我知道我屋里是谁了。还能有谁呢?我倒是等着那狗日的这么晚来找我。这么晚来找我就意味着有求于我。这蛮好。我心里储存已久的类似复仇的兴奋顿时就化开了。我估计他是为钱来的。于是我进门就说钱和手纸都在床头柜里。

“钱?”他说,“不。钱买不到介绍信。没有介绍信就没有展厅。狗娘养的单位硬是不出面,说我本末倒置……”

“你本来就是不务正业,这不错。”

“我说过导演是个缺德的职业!”

“你把空间比成女人性器官未必有德。”

“那是象征!懂吗?况且别人是看不出来的,只会认为那红兮兮的一团是太阳,黑乎乎的一片是山岗或者天空……好了,我奔走了好长时间,展厅就是落实不了。你他妈的可不能见死不救!”

我问怎么个救法。(我很快活,我还没尝过救人的滋味。)

他说于希虽然明升暗降但毕竟还是大官。这种屁大的事于希打个招呼不会不起作用。“本来这事该由皇甫出面,可是他回去打离婚了。”他说，“只能指望你了。”说完他深情地看着我。

我说试试吧。

可是他得寸进尺，又提出请于希为画展剪彩。“这好，规格就高些。”他说，声音渐平下去。于是我也深情地看着他。

皇甫来了长途，说会谈是在极其友好的气氛中进行的。他要我把这些告诉老肖。我问是否应该通知新华社发消息？他骂我是狗杂种。

不过我倒是把这些对那个专门打针的护士说了。她把嘴拢得很圆轻轻地说了个“哦”。后来她说她想不到皇甫会离婚，因为他一出院就不那么漂亮了。她认为离婚一般都是漂亮人干的。

“也许一离婚他就漂亮了。”我说。

“作者是你和小皇的同学？”

“当然也是朋友。”

“你们不是学中文的吗？怎么有同学搞画画？”

“这不奇怪，正如您由医生变成政治家一样。”

“你看，你们文人这么会联想。我不算什么，不过你那位朋友倒是蛮有才的。”

“比我有才。”

“你们都不错。人才难得呀，所以党中央三令五申地强调要尊重知识、尊重人才。不过，作为个人画展也得有个主办单位才合乎手续，否则不就宏观失控了吗？”

我邀二郎去本城第一流的剧院看来自地球那半边的一个交响乐团的首场演出。自从有了电视，剧院便成了棺材。票很好弄。我想在回肠荡气的旋律中把上午那个霉变的结果告诉二郎，这可能自然些。其实我这么做就意味着把一切都抖搂出来了，还有什么可说的呢？

二郎只字不提画展。他似乎完全沉醉在旋律中。最后一首曲子是老贝多芬的王牌《命运交响曲》。一开始就阴森恐怖、寒气逼人。这时二郎侧过脸对我耳朵说，那“米米米多”根本就不是什么命运之神的叩门声，而是一个老贼的脚步声。

15

很长一个时期以来我想领个孩子养养。原因之一是我有一笔钱没地方花。当然我喜欢买书，可是买来的书基本上都堆在固定的场子。我懒得看。我记性不行看也白看。我甚至害怕读书——写书的人都希望或者强迫读书的人信服他们所以我害怕。我也逛商店。不过有一回我买了把牙刷只用了三天就光芒四射，只能改马刷了。原因之二是我很愿意为孩子去干点什么，他们是真的需要我。原因之三——这恐怕算主要原因了，领来的孩子不属于爱情的结晶所以我会全心全意地去喜欢他（她）。一提爱情我就肉麻。爱情是结婚的借口也是离婚的借口——这话像是谁说过的？

我希望皇甫把女儿夺来，然后给我。皇甫还会结婚也完全会再和别人生一个。这很容易。

那天晚上我们离开剧场后，二郎就雇了辆出租车把展品拖走了。“不能总让弹痕斑斑的白旗覆盖着毕加索的亡灵。”当时他这么说。他说得很轻快，我就觉得是减了刑。我和达宁都出了汗，二郎就说“谢谢”。他对我们说这个极文明的词还是头一回。后来他倒着跑到十字路口，仰脸朝上空看了一会儿。他头顶上亮着红灯，不过这时的红灯只作为一个符号。二郎就停在那个地方，招呼出租车开过去。

第二天早上达宁在电话里告诉我，铁屋上又多了个奇怪的窗户。

我在玩具专柜前停下来。我想给那孩子买个玩具。我停下来后才知道玩具这东西很不好买。济公因为抓周抓到了念珠才成为济公的。倘若抓到了刀没准儿就做了古代东方希特勒。布娃娃太俗。汽车不吉利。(我那朋友!)电子琴呢？二郎说电子琴全来自剽窃。对的。那么……

“有航天飞机吗?”

“没有。”

“怎么会……没有呢?”

“等着你造。”

那个红灯亮了很久。达宁说他按着表计算过，这个城市的红灯都比绿灯亮得久。二郎钻进出租车又伸出一只手做了个“V”接着就势打了个脆脆的榧子。这以后他就失踪了。有一天黄昏，达宁一脚蹬开我的房门然后说了一串“他妈的”。我立即被传染上。我说：

“什么他妈的?”

“我倒他妈的霉了!”

“倒他妈的什么霉?”

“瞧见他妈的女人屁股了,他妈的!”

达宁说他昨夜找到了失踪的二郎并且瞧见了女人的屁股。“他妈的门缝!”他说,“他妈的灯!”

突然想到“挑战者号”爆炸。伟大的克里斯塔·麦利考夫与那个黄白相间的火球融为一体,形成一条扭曲的“Y”形的白烟飘在卡纳维拉尔上空……

可我还是想为孩子买航天飞机。

“完了完了,全他妈的完了!”达宁说,“我现在见到所有的女人都觉得她们光着他妈的屁股!我简直不敢出门了。”

“那就上吊吧。”

“不,我投河。”

他宣布:决定去漂长江。

新首长还是没到职。据说他腹部有个硬疙瘩,组织部门考察时没有掌握这一情况,他没说。等任职通知正式下达后他说了。他说他做过医生能掂量出这个硬疙瘩的轻重,当然不会影响工作的。可是他至今没到职。有人见到他去做了同位素扫描什么的。他住院了。可能还会转院。

这些话我是在厕所里听到的,所以我不大怀疑是杜撰。我也问过老肖,他没说什么,只笑笑。这段时间我们很悠闲,除撕撕牛皮信封用用订书器翻翻报纸外就那么坐着。大家好像都在想下一个电话可能是自己的。电话铃一响,每个人都把头一抬。

皇甫才走几天,可我觉得似乎是离开几年。若不是老肖常在我身边提及“小皇”什么的,我真以为他作古了。下班时,老肖从后面跟上来,把我拉到对面街上说:“给小皇挂个长途,问事情可办了。要是没办妥,就叫他停办,立即回来。”他口气蛮急。

“有这必要吗?”

“唉,小道消息害死人!”他说,“文件下来了,第三梯队还是要搞的嘛!你看,现在小皇办这种事……多麻烦!我也有责任,工作太粗了……”

“第三梯队不要离婚的?”

达宁请求有关方面批准他加入国家漂江组织,吹了。人家不带他玩儿。于是他说:

“老子单漂!”

电话拨通,可我把话筒放了。我不希望皇甫将来也去做同位素扫描。他死在那个专门打针的护士怀里很合适。他只能死在那个位置上。

16

我遇见了二郎。当时他坐在一辆贴着金色菱形标志的超豪华

“尼桑”里。在拐弯时减了速所以我们互相发现了。他边上坐着一位很好看的姑娘。车并没有停下来。二郎伸出手向我打了个榧子而后用中指和食指做了个“V”。我没来得及做任何手势。我记不清我可对他笑了。

我曾经告诉达宁,我想把皇甫的孩子领了——如果能判给他的话。(判?!)达宁立刻表示出一个极大的惊讶,然后说:“除非把皇甫杀了!”

我想给皇甫写信。我要写的当然不只是关于孩子的事。结果是我在灯下白坐了一夜。是的,没什么可说。我们这个年纪的人谁也别想说服谁。我也说服不了自己。我本身就是个存在因此我没有必要去寻找任何颜色的标志提醒别人注意到这个存在。一位著名作家在接见我时曾诚恳地批评我的小说缺乏规范的训练。比方说我从来不去写我的人物是副什么面孔。“这就太过分了!”他说。他不知道我记性生来就孬,稍微复杂点的东西就记不住,况且是人脸。我连我的面孔是个什么样子也不大搞得清,我就只好胡写。可是一位同样著名的理论家却一口咬定这是一种极美的技巧。理由是这么干不仅拓展了欣赏者的视野并且从某种哲学高度看人的确是存在于虚无间。对此,我唯一的态度是沉默。我沉默是因为我实在没什么可说。

据晚报消息,二郎个人画展将如期举行。这次展览是由美协分会、团省委以及市工人文化宫三方面联合主办的。展出地点是在新近竣工的美术馆中央大厅。

“届时将由省委负责同志亲自剪彩。”晚报强调指出。

晚报还羞答答地披露：二郎的婚礼也同时举行。

我几乎是把二郎忘了。我的记忆里关于二郎的内容仅储存着：一个“空间”。一条由绿变红的河。一个榧子。一个“V”。

我记得有一回达宁对我的全部小说做了分析。他首先用电子计算器将小说中的人物做了统计。包括“我”在内一共是78个，其中非正常死亡的有36.5个。那半个死人就是“我”，因为无论怎么看那个“我”至少是个疯子。“怎么死的全是男人?”他很奇怪。我也感到不解。

很久以前我的一位当司机的朋友死了。是在一条很宽很直的公路上给汽车撞死的。其实他的车开得很不错。大家都说这起车祸相当古怪，谁也没想到车祸会发生在那么好的路段上。我的朋友死得很惨，他的尸体一塌糊涂就像没成形的豆腐。他剩下一只完整的手粘在方向盘上，谁也不能把他们分开。

我的朋友是在很久以前死的。他死得不明不白。

皇甫信中说那桩事在孩子身上搁浅了。他要孩子。她不要。可是孩子要她。她是妈。“孩子几乎每时每刻都在哭着喊妈……”他是这么写的。

这孩子真该我领！

“这回出去，”我对达宁说，“遇到航天飞机什么的，买一个。”

“航天飞机……你是说玩具?”

“给那孩子买的。”

“女孩玩这个合适吗?”

“我希望这孩子干航天。”

“干吗偏要做宇航员呢?”

“我也搞不清。”

这些日子二郎想必很忙。有几次我和达宁准备去帮他,比方刷墙、搬搬家具什么的,结果都被武警给挡了回来。二郎住在女方那边。熟悉那地方的人称它为“三道岗”。“岗”是站岗的意思。只有贴着金色菱形标志的小车儿才能进出自如。达宁后来又见到过那位曾经光了屁股做美妙动作的女子,她的腹部已呈现了弧形。据说二郎制造这个弧形完全出于灵感,否则那幢米黄色的小楼不会那么果断地包容他。所以女方十分崇拜二郎,因为以前的几位都是由于迟迟不敢对她下手才惨遭败北的。

不知是哪一个晚上我梦见太阳破了。就像一颗鸡蛋黄砸在玻璃上一样,黄黄稠稠的液体优美地流淌着。我记得我一丝不挂地从海里爬起来,望着天幕上那幅绝伦无比的图案。在我前面奔跑着一个金色的小女孩,正伸出双手等着那同样金色的液体经过她的指缝。我已经被越来越浓重的热浪蒸得晕头转向。我想爬回海里去,可这时海已经完全沸腾了。我像海参那样蜷伏着,口腔在喷发白色的烟。不久地球整个地红了,而那个小女孩还在奔跑,把双手并着伸向天空……

我醒来时外面正下着无声微雨。

微雨是昨夜开始的。

达宁是半夜启程的。当时天上没有一粒星星所以天地无界限。江水是黑色的,像哮喘病患者呼啦啦地乱响。达宁打扮得像个海盗,眼睛贼亮。他先乘船去上游然后下漂。

他要我把那个铁屋重新刷一遍漆。还刷白色。他坚持认为白色是世界上最纯也最杂的色相。

那时分整个城市在我们背后做着梦。黑色的方尖碑上的那个光点还在跳动。达宁出来时不肯关灯,因为这样他在江上就能瞧见它。船不久便在柔得如面一般的曲子中拉开了步子。我还立在原地,看那船由黑色的岛成为黑色的礁……

后来落下了这一年的第一场雪。

1986 年 10 月 22 日初稿

1987 年 7 月改毕

(原载《北京文学》1987 年第 10 期)

南方的情绪

一

我搁笔已久。没有写东西的一个原因是气候极端反常。现在我所处的城市每日平均气温 38℃，二十四小时汪在汗里。专家们早就指出：由于太阳黑子……由于太平洋副高压……所以地球出现了温室效应所以天热。我不相信这些高谈阔论。我觉得问题的核心是太阳的堕落。这观点很朴素，因为我观察太阳已经整整三十年。它的堕落是我意料之中的事，一丝不挂也不再能证明它的坦荡与赤诚了。

为了摆脱太阳的纠缠，我决定去一个没有太阳的地方做一次微带冒险色彩的旅行。我蓄谋已久，也深知实施这一计划的难度。但这个计划仿佛一种宗教，放弃是不可能的。

眼下，我要到南方去。具体地说是去一个叫作蓝堡的地方。有位号称老板的人在那里等我。我推测那家伙是个胖子，五短身材但非常有钱。昨天夜里有一个女人把电话打到我家里。

您不是想得到一个避暑的机会么？

起初我以为是哪位朋友的恶作剧，但马上就觉得不对劲：我从未向任何人透露过我的电话号码，因为电话总被窃听。

你是哪位?

我奉我们老板之命邀请先生来蓝堡做客,希望您明天就动身。您不会让我们失望吧?

电话到此断了。不像是故意挂断而是常见的那种莫名其妙的中断。这桩事没有让我像接到一个绑票通知那样焦灼然而毕竟要引发我的思考。有人已注意我很久。可能是利用我抑或诱捕而后谋杀我。报警是必要的但毫无理由。我的名义是去做客。我开始检查每一间屋子,发现有生命和无生命的都安然无恙。这多少让我轻松了一点。我坐到沙发上抽起香烟,回味那个女人甜美的声音。我想这或许是件很好很实惠的事,有人花钱供我享受这至少说明我还有点名气。最让我愉快的是可以把这次行动纳入我那个理想计划,以此为起点应该说是最恰当不过。于是我坐到案前,准备写一篇叫作“南方的情绪”的小说。其实一个悲剧在这之前就拉开了序幕。

二

现在我来到火车站办理购票手续。我要争取软卧。我向朋友的父亲借了高级记者的证件。自从那年秋天发生软卧车厢谋财害命案后,软卧票受到了绝对控制,以维护软席的尊严和安全感。其实问题并没有解决。凶手可能就属于拥有软席权的人。

我先去了客运计划室。一个过早谢顶的男人毫无表情地告诉我近三天内的软席票均已售完。我悻悻告退,暗暗为浪费一支“万宝路”后悔。车站历来是个杂乱无章人声鼎沸小偷驰骋的地方,我没有兴趣久待。太阳此刻已经拔高，所有的人晃动着半个脸打着各自的算盘。我走到斑马线一端，等一辆猩红色的大货车过去。一个穿T恤衫的青年款款朝我走来，他的右手插在牛仔裤口袋里，似乎想掏出什么。此人我并不认识但直觉提醒我这个青年可能与我有关系。于是我对他微笑了一下。他的嘴角也牵动了：买票？我说是的。我说我急需一张去蓝堡的车票，当然最好是卧铺。我没有乘软席的奢望。去蓝堡？那人又笑了笑，露出粉红色的牙床。他把左拳松开，果然就有一张今晚去蓝堡的票并且是软席。我大喜过望，立刻点钱。我故意放慢点钱的速度，借机观察了车票的标记和公戳。不是伪造的。点清票款，我们握了握手。他的手很黏，像是刚摆弄过什么带黄油的机械。我说谢谢。他没说什么，骑上斑马线那端的一辆黑摩托走了。我再次检查了票面，找不出任何不信任的地方，就小心地放到上衣口袋里。列车18点10分从本站发出，也就是说今天的黄昏我将暂时从这个城市消失。城里最近一个时期正闹鼠疫，丧生的基本上是青年和儿童。这与气候对老年的惩罚构成了死亡的平衡。

去蓝堡？这么说我们可以聊上一阵子。你大概是个作家。

我很吃惊，不明白她怎么知道我的职业。我总不至于浅薄到向一个在火车上见面不过三分钟的陌生女子抖搂家底的地步吧。我们的关系充其量不过是坐进了一个包厢。她是下铺我也是，这就十分容易面对面接触。她刚才一摘下草帽我就记住了她的相貌。她属于那种忧郁的美。这种女人有着喜怒无常的天性，善于怀疑和乱发感叹。这种女人不容易到手。不过我觉得遇到这样的旅伴切切不可轻易放过，得设法同她聊聊，等她安顿好了坐定下来再找一个理由比如借水果刀什么的同她搭话。可是她先开了口。她很随便地说了那句话然后把垂到胸前的软软乌发送到肩后然后平淡地看着我。

我说是的，我写小说。我想自己还有点名气，一些刊物在发表我小说的同时也刊登我的照片。

你不觉得南方是一部非常精彩的小说吗？你得先读读南方。

她似笑非笑。

我心里又大吃一惊。这个女人很神秘也很耐人寻味。

我在写《南方的情绪》。

这是个诗的题目。组诗。

我不是诗人。我也不会把这个题目捐给诗。

你是个谨小慎微的男人。不大方。

现在她离开了，到外面的廊道上去欣赏窗外的景致。从我的位置只能看到她的背面。她的身材无疑是上乘的。她穿着印有暗花的白色套裙。是象牙那种白。胸罩的颜色是黑的短裤也是，还有黑色的长筒丝袜和白凉鞋。这种黑白相间对比强烈的装束让我大长见识。她很会打扮，既轻而易举地盖压群芳又招引男人们注目。这是个黑白相间的精灵。

我一丝不苟地注意着她。这时候列车长在她边上停下，让她办理加票手续。她本来是硬卧。列车长是个看上去极其平庸的蠢货，好色自不必说。他大概希望她能说声谢谢，可她没说。她用找

回来的零钱买了两罐可乐。她感觉到我已经到了她的身后，便递过来一罐。我们几乎同时将罐子拉开，两下漂亮的声响，所有的人都往这边看。我很自豪。一个高瘦的乘警慢慢垂下放在腰间的手。

我们坐下来开始评论外面的世界。我坐的位子同我的床铺方向一致，背对着车头，因此我始终感到这趟车是在飞速后退。我在想象一个叫作蓝堡的地方。如果不误点，明天子夜时分我就到达了目的地。会有人去接站，可能就是给我打电话的那个女人。我心里顿了顿，觉得那个打电话的女人与面前这个谈吐不凡的女人可能是同一个人。她们的音色很相似，如果不经过电话的过滤几乎一模一样。最有力的证据是她们都把蓝堡念成了南堡。再联系我们见面的情景就更为逻辑严密。给我打电话的女人显然对我了如指掌，而面前这个女人不但了解我的身份了解我的去向而且了解我的设想。她们从不同的角度从容地走进了我的小说，这部《南方的情绪》。我不能不感到惊奇。不动声色掩饰不了我内心的慌乱。我茫然观察窗外，天已变得幽蓝深远，只有一粒星星在不起眼的地方作案。列车呼啸着向后退去，宣告一个关于南方的寓言正在被杜撰。

三

半夜里发生了一件事。

有人碰醒了我。实际上我不可能睡熟不过是进入了假寐状态。她睡到我的铺位上来并不嫌挤。不觉得热是因为空调的缘故。据列车长介绍，这节车皮刚挂仅跑过一个来回。当时列车长说烧这种空调系统的油特别难弄。她说最好半夜里别停掉，那样会很不舒服。她一直在提醒我进出别忘了关门，否则冷气会跑光。我们心平气和地吻着。我觉得她口腔里有股淡淡的青草味。她的身材十分匀称皮肤很细腻。我们侧卧着，我的右手放在她腰间并且开始用力。她干这事显然很在行而且耐性很好。她闭着眼这我能想象到。我还能想象到外面的过道有脚步响，是脚后跟提起来走动的那种声响。尽管夜间行车的声音空洞而单调，但并不妨碍我的感觉。她呢，自然比我先意识到什么将要发生，便利索地收拾停当接着"哗"地把门拉开。这意外的举动让灯光和列车长同时抛了进来，后者险些栽倒。跟在后面的那个高瘦乘警倒退两步同时敏捷地把手往腰间一按。

很辛苦哇，车长。

不不，你们辛苦。

我很舒服。

看来这空调还不错……不过油快完了。

那么就把门打开好了。

她说完就睡到自己的铺上。空调在列车长一行离开后就关闭了。车厢内立刻闷热起来。以后这门就一直开着，灯光把我们一剖两半。我看没有什么指望了，就昏昏睡去，大概不久就睡熟了。很远的地方有一群狗在乱吠。

这一觉睡得很沉。好像过了几个世纪。我醒来时太阳已西斜。我伸了个懒腰打算到餐车去找点吃的。很快我发现她已经不见了。她的铺位移交给了一个光头汉子,正歪在上面啃一只羊头。他不时把手指上的油渍往脑门上揩,一副悠闲的样子。见我起来了,那人便瞟了我一眼。我不禁一怔:这家伙眼光竟是绿的!

我装出放松的样子提着毛巾牙刷摇摇晃晃地去了盥洗室。我又遇上了列车长。起来了?他很关心地问。我点点头。你应该先上厕所。我想这事用不着你瞎操心。我开始往牙刷上挤牙膏,突然觉得不对头。我的直肠压迫得非常厉害,肛门周围神经变得紧张。我赶紧把牙刷扔到一边,转身钻进厕所,刚蹲下就听见"轰"的一声大响。

我又在想她了。那个神秘的女人径直介入我的生活然后又果断地退出,我认为都是有背景的。我回忆了与她相处的所有细节,觉得事件并不是因为她可能是个文学爱好者所以委身于作家这么简单。不能看作一次神奇的艳遇。她落落大方地走进我的小说,凭借超人的机智和勇敢帮我杜撰情节以完成这部作品。可是她又中途退出不辞而别,那么关于她的故事在以后的章节里只能用省略的方式来表达了。这当然十分遗憾。

不。事情的性质要严重得多。我现在可以说是恍然大悟。我有足够的理由来证明这是一个阴谋。有人设了圈套。他们掌握了我的全部材料并且从很久以前就开始了对我的监视。于是两天前的深夜一个女人给我打电话,说有个叫老板的家伙邀请我去蓝堡做客。怕我刨根究底他们造成电话自然中断的假象来迷惑我。第二天我去买票,在我失望时竟有人向我退票。那个穿 T 恤衫的小伙子毕竟嫩了点,不做任何铺垫就完成了任务。他的右手始终不从裤袋里抽出来,分明是捏着一把手枪以防不测,否则他左手上不会有黄油味。这样,我顺利地按照他们指引的路线行动了。在这旅游旺季软席居然还空着本身就颇可疑。一对青年男女合宿一室是他们预先的安排。她原来与他们是一伙的！还有那个貌似憨厚的列车长,现在看来他可能是个小头目。他比较老练,借给那个女人办理补票手续之机向她下达任务:让她半夜里和我做爱以制造一起强奸案。她做了但没有喊。列车长看时候已到又没有动静就带着乘警来探听,这时她出乎意料地将门打开,导致了抓奸计划的流产。无疑,她已经成了叛逆分子。她知道不能再在这个狭窄的空间生存下来,于是趁着夜黑风高消失了……

当然,这也不过是一种可能。

四

那汉子始终一语不发,仔细地啃着羊头。现在基本上啃尽了,因此他显得精神饱满。羊看来很小,它的颅骨不过拳头一般大。颅骨的表面很粗糙,依稀可辨出血迹和经络,这是没有煮透的缘故。颅骨的右下方也就是靠近眉弓的地方有一个小指大小的黑洞,显然是枪眼。子弹是从正面射入的。那人满足了食欲便开始拔身体上的毛。凡是有毛的地方他都要触及。每拔一根他都用拇指和食指夹着,反复地搓。他不再看我。但是他的一条粗壮的腿拦在门口,这使我的出入很费事。他并不道歉。

我想我应该点上香烟,去看看窗外。向前飞驰的景物我很陌生。田野很荒芜,连草也没有。这是一片灰色的田野。阳光藏在大山的背后。忽然有了一阵喧嚣。飞扬的尘幕后面一群汉子在追赶一只野兔。这些人一色的短腿但奔跑速度惊人。他们大声吆喝着进行这种司空见惯的围捕表演。那只野兔刚进入青春期,体格健壮以致看不出面部的豁唇。唇的颜色和处女们的乳头一样嫩红。它跑得很快很机灵,它的突围成功在即。就在这时,坐在我对面的那个光头汉子把羊头骨有力地向窗外抛去。接着我听见一声沉闷的枪响,空气里旋即有了腥味。

野兔的脑袋射向天空后才裂开,像一颗熟透的让人踩了一脚的番茄。皮毛变成了无数朵蒲公英飘动着,带血的脑浆呈伞形向四方泼洒。我的胃极不舒服,想去漱口再吃点冰凉的东西。我从那人的腿上跨过去,听见他干咳了一声。我并不想跑。我知道即使冲出这道门也无济于事。自从鬼使神差地离开家门我就没做别的思想准备。我觉得目前我的生命不会有危险,这些人会一帆风顺地把我挟持或者护送到蓝堡,交给一个叫老板的杂种。

我不想再增添烦恼。我站在走道上,不同任何人交谈,默然注视着晃动的窗外。暮色弥漫开来,不久天地浑然一体,彻底暗了。荒原上滚动着两团磷光,那是一匹觅食的饿狼。磷光的倾斜颠动说明它瘸了一条前腿。磷光拢近了,接着尖锐的金属声弧形掠过,这畜生在用牙齿撬动车门。就这样反复了几次,终于听到一声绝望的哀号。下一站是哪里?有人边嘀咕边活动手脚,嘴角停滞着灰色的睡意。他们都睡得很不错,哈欠让人羡慕。我侧身继续注意窗外,磷光消失了。看不见任何起伏的轮廓,荒原是冷漠的。列车仿佛大洋中的一条木船,以孤独作为品质。我觉得时候不早了,就看看表。可是不知从哪一刻起这只表停了。我估计了一个时刻，把指针拨到那儿，而后上弦。我发现秒针开始调头运行。我的手变得冰凉。

在这个漫长的夏夜，我徘徊在从荒原的腹部穿过的列车里，细细品尝着灵魂的错位。一条巨大的生满毛刺的粉红舌头正耷拉在我的喉部。

五

现在我得谈谈蓝堡。从地图上确定它的地理位置显然是徒劳的。这绝对不是因为它的小而在于它纯属虚构。这无疑是座城市。描绘一个城市的面貌对于小说家并非难事。城市的面貌说明不了城市的性质，承认印第安部落和德克萨斯午夜的牛仔也并不意味着纽约和里根的不真实。

子夜，列车正点抵达蓝堡。

月台上空空荡荡，除了两名一动不动的工作人员外没有第三个人。在挺拔的石柱上，悬挂着一个驴头，是新剁下的，颈项横断面还在滴血。这或许是蓝堡的城徽吧，我想。我提起皮箱平静地走下车来，列车长对我有分寸地微笑，然后吹了三声哨子。这哨音在夜间异常刺耳，天空顿时裂开了一条缝。分明是暗号。我走出站门发现广场上停了一辆漂亮的马车。三匹马全是黑色。从马粗重的喘息中我知道这是来接我的，才到一会儿。驾车的是个光膀子的老头，只有一个鼻孔。我沉着地上车，把皮箱搁在两膝上。老头并不回头看我，不动声色地吸着劣等纸烟。这时候从广场的东头跑来一只棕色大狗,老头见到它便浑身一颤,连忙朝空中抖了一鞭子。三匹马同时撒开蹄子瞄着月亮奔去。我从后窗观察到那只大狗撵了很久。

马车走得悄没声息,像走在雪上。但是摇晃得厉害。我渐渐有了倦意,歪在椅背上。此刻月亮就悬于对面的天幕,十分地黄。这色彩在夜间总给人以向往。我的关节放松了,眼皮愈来愈沉。朦胧中,我听见一声猫头鹰的轻啼,还听见一阵细碎的脚步声其中夹着金属的叩击。似乎有一个沙哑的嗓子在问:是第几个?

下榻的地方很不错。我甚至没有一点陌生感。山坡上那个白色建筑物在月光下显得很优雅,我们不妨称它为白色山庄。

我在没人带领的情况下走进了那个巨大的拱门。谁也没有上来制止我或者来一番盘问。我记得接下去是踏了九九八十一级台阶再拐进了一个圆门。这时我看到了金碧辉煌的大厅。正面的墙上有一面很大的镜子和两个面具。地毯是猩红色的。一个女人背对着我在练习哑语。我没有惊动她。我认为我应该顺着S形的楼梯往上走,走到第三层然后向右转,在第七个房间也就是最东头的房间门口停住。我下意识地掏出身上的钥匙。当钥匙深入锁孔后我才觉出此举的荒唐,然而一个事实不容怀疑:门开了。这一瞬我的好奇心占了上风,就抬起左臂很方便地碰上了电灯开关。室内明亮起来,灯光的颜色是咸鸭蛋壳那种浅青,纯净而凉爽。

这是一个标准的套间。卧室和客厅都布置得相当考究。床不是席梦思而用了棕绷,这非常合我的口味。写字台很大,上置价值连城的文房四宝。显眼的是几个高大的书橱整整占了一面墙。我随便浏览了一下,这些书我都不陌生。在一个角落有一台立式的18时彩电,我怀疑其图像的稳定性,因为有一根天线可能没有被螺丝固定住,常常耷拉下来。我发现我的兴趣逐渐浓厚了,我已经认识到这个空间里隐藏着一个偶然和巧合。

不久前我无意碰碎了一只玻璃香烟缸,是结婚时我老婆替我买的。我喜欢它的造型,喜欢去摸它的表面。后来我曾托许多朋友到外地去配但皆空手而归。没有想到面前咖啡色玻璃茶几上就摆着一模一样的一个。来之前我打算添一双拖鞋。我已经在心里物色好了样式只是叫那个匿名电话搅乱了没有买成。现在呢,我从床下找出了一双并且恰好是41码。由于时间仓促和精神张皇,我出来时忘了带剃须刀,结果刚才我去洗脸时在镜台上又发现了,和我本人在家里使用的那把胶木柄的毫无差别。够了够了,单凭我自己家门的钥匙能把这千里之外的房间捅开的事实,就足够让我魂不附体了。

我瘫倒在床上。

后半夜下起了大雨,规模比作瓢泼毫不过分。我睁开眼,看到连续三道红色闪电却听不见一声雷鸣。我逐渐听见的是一阵阵起伏不停的脚步声,忽强忽弱。后来这脚步声紧贴着楼房根部响着,节奏变得杂乱而富有弹性。不像是一群人也不像是一群走兽。我不敢开灯,连拖鞋也没穿,怯怯地走到窗边。吸一口长气后我掀起窗帘的一角,一串流动的蓝色火球自楼前晃过,蓝光连成一片,我终于没有辨清是些什么东西。但我知道,这是一次雨季的秘密行动。攻击的目标是后山。从报纸上我了解到,有一个青少年科普夏令营十天前开到后山进行采集植物标本的作业。而这个蓝色集团是专门制作动物标本的,历史不下五千年。

我贴着墙立了很久。骚动刚结束东方便呈现了一线乳白。我吃力地看见了山坡上的那株古柏,它的一半身躯已给雷电烧焦,然而额头的绿叶又表明了它身残志坚……

我就这样等到天明。

六

第二天是个极好的天气,天的颜色很蓝,仿佛在回忆一部童话。方方正正的太阳像一个窗口,镶嵌着宇宙的缩影。

大概因为无聊,我很烦躁。抽完一盒香烟后,我开始用指头敲击肋骨这身体的键盘,敲一支关于母亲的曲子。门便在这时被人从外面推开,我连忙站起来,随手握住了那只分量很沉的玻璃烟缸做出正当防卫的姿态。

进来的是位女郎,长得很可爱,肯定是服务员什么的。她很快察觉到我举止的荒谬就把脑袋歪向一边像小鸟似的对我微笑。见我坐下来,她才笔直走上前。

先生您要什么?

我要什么我什么都不要。你们到底要对我干什么?! 我苦笑着,又觉得把怒火喷到这么美丽的姑娘身上很不礼貌。她还年轻,涉世不深,顶多不过是奉命给我挂了一个电话。我叹了口气。

您是不是想用餐?

不,谢谢,你的老板呢?

我们这儿只有经理。

那就叫经理来。

这姑娘退出去不过五分钟的光景,一个五短身材但精神抖擞的中年男子进了我的房间。这是经理,与我想象中的经理除了耳朵稍小那么一点外没有两样。但我相信以前我并不认识他。我们面对面地坐下来。

先生有什么吩咐?

你是不是老板?

老板? 不,我是经理。我父亲是老板。

那你让他来见我。

很遗憾,他无缘结识一位作家。他已过世了……

过世?

家父死于乾隆十七年的一场霍乱。

那么,是谁请我来的?

谁? 是您自己呀! 谁也没强迫您……三天前您亲自来了电话,预订了这套房间。您说您要在这里完成一部叫作《南方的情绪》的小说,需要安静,所以您指定要最东头的……

这是捏造!

您别激动。您是个有学问有教养的人。我们至今还保留着您的声音。我们是录音电话,我想您不会听不出您自己的嗓音吧,您爱把"住"读成"锯",您应该是南方人……

我无言以对。是的，谁也没有强迫我到这儿来。我用不着去核实那个所谓的录音电话。这个手段并不高明。我现在已经进入了一座迷宫，只能凭运气去摸索，走一步算一步。我还能说什么呢？可是我越发惶恐了。我在想这个空间，既陌生又熟悉。我和这里的人不存在语言障碍，这里的生活设施也是我所习惯的。客观上我几乎没有什么不适应的。比如在收看电视时，我可以将那根松动的天线支靠在书柜的侧面以保持图像的稳定。我知道靠近床根的壁脚上有一个方形多用插座，它主要是用来让我睡前读书，把台灯移过来很方便；再就是接通一座鸿运扇。我不喜欢空调，既耗电又有噪音，另外进进出出容易感冒。所有这一切，差不多都是按照我的想象设计布置的。问题出在时间上。面前这个中年男子几分钟前说他的父亲死于乾隆十七年的一场霍乱，这就是说他的年龄不是几十岁而是几百岁！可从他的长相及精神状态上看，他差不多算是童男子。实在不可思议。

七

很久以前有一位瘸腿的行吟诗人到过这里，向臣民们传播所谓的真理。他断言这是块永恒的黄土地，与江河日月同光共辉。于是在诗人热情的感召下，人们积极地篡改出生证、废除时间、染发、装配假牙。一个以青春的名义向历史宣战的运动全面铺开。可是就在这天夜里，播火者诗人却被谋杀，凶手至今逍遥法外。这便形成了一个伟大的悬案。

以上这个故事是那个姑娘告诉我的。她来替我收拾房间，我给她冲了一杯咖啡。我请她坐,我说我总觉得她有点面熟。她笑了。她说很多男人见了她都这么说。我说我讲的是实话并非乱献殷勤。她就做出很感动的样子,沉默不语。这让我失望。我的初衷本是通过她来了解蓝堡的历史而不是同她吊膀子。她固然可爱但丝毫不轻薄。我于是从沙发上站起来,抽着烟在她面前走来走去。她很精明,看出了我对于沉默缺乏应有的耐性,就用小勺子轻轻地敲击杯子。她没碰那杯咖啡。

你应该趁热喝。

谢谢。我不爱喝咖啡。

漂亮的姑娘应该喝咖啡。

不。其实你也不爱喝。

你怎么知道?

因为现在大家都在喝,所以你也跟着学喝。

我说是那么回事。我还说其实喝起来味道与板蓝根冲剂没什么两样,后者还能预防甲肝。这样气氛又活跃起来,她笑不露齿。我觉得现在是提问题的好时机。我告诉她我要在这儿住很久,写出一部叫作《南方的情绪》的小说。如果你不介意,我想邀请你扮演角色。她笑而不答。几分钟后,她的神情专注起来,接着她用一种貌似平淡的口吻对我叙述了那段现在大家都已知道的故事。她建议我把这个故事写进我的小说,说是很有意思的。她显然还想对我再说些什么,可是这时一只瘦手从外面伸进门来摇晃了两下,她就歉意地对我笑笑,说经理在叫她。

我觉得刚才那只瘦骨嶙峋的手安在经理身上很不和谐。经理长得敦实,皮肤白皙而富有弹性。经理连一根胡子也没有。我怀疑请她离开我的是另一个人,绝对也是一个男人。他是谁?我连忙跑出去,为了掩人耳目我装作去倒烟灰和纸篓。我一直盯到楼梯拐弯处,我向上向下向左向右观察却一无所获。这是个惊人的时间差。我仍不甘心,沿着楼梯往下走。我走得大汗淋淋,由于光线渐弱我的眼球越发酸胀。天气很好光线却如此晦暗。我扭扭颈脖,始才发现一个问题:这楼梯怎么没完没了?它仿佛是在我脚下随时生长出来的,只要我继续往下走就没有个尽头。周围迷迷蒙蒙,寒气逼人。某一个角落在滴水,像出了毛病的抽水马桶。我停住,想靠在楼梯扶手上调整一下呼吸。手的触觉表明这扶手已不再是塑料的而是木质的,并且由扁平变成了圆。我还能感觉到扶手由于油漆剥落产生的毛糙,很扎手。我不明白这是怎么回事。我想再这样追踪下去情况会很糟,就小心地往上退。每退一步楼梯都发出行将断裂的惨叫。这时一只天鹅般大的红蝙蝠向我的眼睛扑来,宽大的翅膀掀起一阵狂风,我脚跟一软,像罐头似的滚了下去……

我醒来时天色已晚,屋里有人出出进进。我躺在沙发上,看见经理正在批评那个姑娘,说为什么不事先把床认真检查一遍?

谁会知道白蚁钻进了床脚呢?她辩解着,有些不以为然。我从她胳膊弯里看过去,一个年迈的木匠嘴里咬着铁钉正在吱吱呀呀地锯床腿。还有一个小女孩子在拖地,擦痰盂。见我醒了,经理恭敬地走到我面前。很抱歉,没想到中午会发生这件扫兴的事。您睡得很香,可能是做了一个奇怪的梦导致您翻身太重,所以床腿断了。您被抛下来,脑袋又撞上了痰盂……不过一切都过去了,好了,请您多加原谅。您好好休息,不打扰了。

骗局。地道的骗局。那些机关暗道我现在还历历在目,你们竟把恐怖归咎于我的梦魇,实在太卑鄙了。我差点把玻璃烟缸扔到那张光润的脸上,可是力不从心。我连说话都极其困难。再说,我孤军作战势单力薄来一番硬性的反抗只会是自掘坟墓。我又重新躺下。那伙人出去了。那姑娘排在最后一个,她带上房门之前对我递了一个飞吻。我一动不动,心里非常潮湿。我不知道该怎样来评价这个女人。我自然要联想到旅途中的另一个女人。把她们看作一个人会引起逻辑上的混乱,但作为女人她们在本质上是一母所生,都具有叫我无法抵御的魅力。我的弱点是总不愿意把女人想得很坏尤其是漂亮的女人。在这个问题上我与一个叫尼采的老头分庭抗礼。尼采长相丑陋体格略胜侏儒,女人们对他不感兴趣,于是他就憎恨女人并且厌恶为女人们所钟爱的男人。而叔本华却滑头得多,他终身以童男子自居且又谨慎地珍藏着医治梅毒的偏方。唉,我想得太多了。想多了头就痛。

八

在我浏览所有的关于蓝堡的史志资料后,我开始推敲那个姑娘所叙述的诗人之死。我疑惑有三:既然是行吟诗人就不该瘸腿;传播真理是职业革命家的使命而诗人只负责宣传爱情;诗人因理想破灭绝望自杀而不是被谋杀——人们对爱情缺乏耐性,感兴趣的是不经过爱情铺垫的直接交媾。

我想再找那姑娘谈谈。我悄悄离开了房间。在门口我停了一会儿,没有出现盯梢者。刚移步,一阵柔曼的钢琴旋律仿佛自九天飘落下来,我的眼前豁然出现了一片蔚蓝色。我循声寻去,脚下很光溜令人产生失重感。我的视野渐渐变宽,当一丛白色的蜡烛燃烧起来时,我才知道我已置身于一个大厅的中央。这是一个巨大的白色的殿堂,只有一根极高极粗的桩子,上面现出九条龙的浮雕。没有窗户,没有椅子,也没有服务人员。地上有许多锈痕斑斑的剪刀和一堆白生生的指甲。大柱的背后挂着一副大马的完整骨架,像是一匹公马。旋律在我头顶上盘旋,我仔细巡察,看到左前方的黑色帷幔后面一个背对我的女人正在用脚弹奏一架大型的红色钢琴。她弹得如醉如痴,摇头晃脑。我走近去。

这是什么曲子?

安魂曲。(她的声音苍老得叫我惊诧。)

安谁的魂?

我丈夫。他是个诗人。

原来她就是诗人的遗孀。我慢慢移到她的侧面,想看看她的面孔。她相应地转过脸。天哪……

哦,我正要找你……

我知道。

关于那件事……我认为诗人,也就是你丈夫,可能是自杀。

我知道你会这么讲。谁都这么讲。

我不是信口雌黄,我有理由……

你的理由是站不住脚的。看见那副马骨了吗?

他当然可以骑马游说,但关于这一条意义不大。

你错了。他其实不是诗人。他不宣传爱情。他不过是以爱情作为强奸的借口。他不光是对女人下手……

那么,他感到罪恶累累就……

不,是我杀了他!

说着,她一下跳到键盘上,琴声如雷贯耳。我眼前又掠过一片蔚蓝色,然后是一片猩红。这是地毯。走廊上就我一个人,没有盯梢者。我发现脚下有一根断弦,就拾起来。其实是一根细藤。

我在走廊上荡了几个来回,没有见到我要找的姑娘,只好回到自己屋里。有点儿闷,我走到窗前,并不觉得脖子上有风。现在,太阳躲进了大山的腋下,天空里有一股狐臭味。云很低很硬,正拼命地集合,嘎嘎作响。看来今夜局部地区有雷阵雨。我的太阳穴跳得相当乱,半个脑壳昏沉沉的。我盼望能有一场大雨。

这时有人敲门。

你好点了吗?是她。(她的声音又变过来了,这个精灵!)你午餐还没用呢。她把灵巧的餐车推进房间。

我说我现在没有胃口。

她例行公事地把菜和餐具安排好。菜不复杂,一荤一素一汤。两个火腿面包和一杯啤酒。这让我有些感动。我不便拒绝。我慢慢坐下来,我说我得先抽一支烟。她没看我,像前几次来一样她随便从沙发或者床头柜上捡一本杂志翻翻。过了一会儿她又伏到写字台上去看我的手稿,她不乱动,就看面上的那页。她咯咯地笑起来。

谁会用脚弹钢琴呢？

还能有谁呢？我沉默着，注意她的侧面。她看得很认真。

什么乱七八糟的，不懂不懂！

很好。你不懂就好。你懂我就完了。我知道被害人与杀人犯这两个角色你都不感兴趣。你好像只对我感兴趣。而我不是那个死去的诗人，我是活着的小说家。我们就这么隔着茶几坐着，互不干扰，相安无事。我们就此两清了行吗？

你天天待在屋里不觉得闷吗？

外面太热。

林子里不热。要不，进城玩去。城里在放立体电影。

我对影视不感兴趣。

那你对什么感兴趣？

说不清，你呢？你喜欢什么？

老虎。

九

当天夜里我就想潜入蓝堡的腹部。我并不是为了看一场狗屁的立体电影。这座城市对于我似乎永远是一座迷宫，我对它感兴趣。可是谁都清楚蓝堡实际上是个设防的城市，它的上空至今流动着黛色的硝烟。每块砖头随时都会被一个黑洞洞的枪口顶落，每只靴子里随时都会跑出一把匕首。有人嘴角的香烟还在燃烧但灵魂已进入了天国。落在泥沼里的头颅也在努力完成最后一个微笑。所以说我的企图带有极大的危险。况且，我现在是寸步难行。

这里的每一棵树都可能成为盯梢者。在通往城里的大道上会突然出现无数个陷阱。我知道这些人平日里都道貌岸然,做出服务热情的样子。其实他们一秒钟也没停止过对我的诱惑和瓦解。他们等待着我自食其果。就像制造列车软卧包厢的强奸案那样做到滴水不漏,他们要让全世界都承认我的问题不是一起冤案,而是罪有应得死有余辜。到目前为止,一切迹象表明我的判断没有偏差。

我很痛苦。我明白自己的处境。我知道这里布满了不可捉摸的机关暗道,每片落叶都是个暗示,防不胜防。他们解决我不过是时间问题,现在,我唯一的选择是逃。我必须设法离开这个山庄。我把希望寄托在那个姑娘身上,我深信她尚存一点良知。我的第一次灾难的避免就得助于一个女人。我觉得对女人不可全信也不可不信。但是,从这天起,那个姑娘再也没有出现。经理说她得了急性肠炎,送到城里治疗去了。(经理说这话时一脸无法掩饰的淫笑)我不相信这是个巧合。他们大概觉察到她和我相处得还不错,大概以为我会借助她逃之夭夭,就断然把我们分开了。

然而我不会坐以待毙。狗急都会跳墙,何况我是人。于是在薄暮时分我借散步的名义开始观察地形。我用牙签剔牙,这种老人喜爱的动作会让人对我放松警惕。我沿台阶而下,不时坐下来从石缝里拔出一根小草观赏。我发现从右边廊道过去有一扇小门,通向养鱼池。那儿的围墙很低,我可以从小树身上搭一脚翻上墙,跳下去就是林子。那是一片茂盛的老林,树木参天几乎透不进一线阳光。我不知道这林子的尽头是什么地方,但这无疑是条理想的逃遁之道,我避开了大路就赢得了安全。我很高兴。我把这些都记录在心,反复背诵。我不能把这些写出来,这个时刻是切切不可有蛛丝马迹的。天很快黑了下来,潮湿的风扑面而来。我转身往回走,看见一个光头老汉靠在拱门前的石柱上对我微笑。什么意思?难道……我心里突突地狂跳。这个老头我是第一次遇见,但他却视我为熟人。他盯了我多久?我低下头想从他边上快些走过去,这时他说话了。

先生可是那个作家?

你是谁?

我是个流浪汉,这一带人都晓得我,叫我老 Pan。叫 Pan 老也行。

老 Pan?是老潘还是老盘?或者老庞……我打量着这个看上去很快活的老人,心里陡地一惊:老板!原来此人就是老板……

先生可有闲工夫?

你找我到底要干什么?

闲扯。我有许多话要对你扯。你是作家,专门写书,我讲的事你肯定有兴趣,你很快就会睡不着觉,去再写一本厚厚的书……

你找我就为这个?

就为这个。我不识字,要不我自己动手了。

你是说我们合作?

合作?不不,那别人会笑掉牙的。不,不是的。我讲,你写。写出来就全归你的。得了钱,你买只烧鸡买瓶酒给我老汉就行了……

我发现我的感觉有些不对头。我仔细分析他的面部,没有什么异常变化。但我仍然放心不下。我问他是怎么知道我的职业的。他说是这里的服务人员告诉他的。他还说他今天一早就在山庄里转悠,等我出来。他说他晓得我在写书,晓得写书的人在写书时怕人打扰,就耐着性子等。

这是个古怪的老人。无论他找我是因为什么,我都回避不了。我就递给他一支香烟。他摆摆手,说抽不惯纸烟。说着他从脖子后面抽出一根两尺来长的铜烟锅,在烟袋里捣了两下,找火点燃吧嗒吧嗒地吸起来。天色晚了,我请他到我屋子里去。我倒要听听他能说出些什么让我感兴趣。

十

进门后我吓得倒退两步,他又一次划火柴时从他的右袖管里探出一个青皮蛇头,正对我吐信子!

先生莫怕。他笑着用烟锅击了一下蛇脑壳,蛇便又缩进袖子。从袖子的皱褶看,这条蛇至少有两米,它的尾部在他的脖子上绕了一圈。他坐到我对面漫不经心地把这锅烟吸完,然后说:

它叫小毛,跟我好几十年了。是条响尾蛇,喜欢热闹。我靠它过日子。我玩了一辈子的蛇。天底下玩蛇怕是没有能敌得过我的。这个等会儿再扯。我先说我的事。我是个孤老可不是个寡汉。我有女人,还不止一个。我年轻时做过些荒唐事。我到底有多大年数,连我也不晓得。我从小就在林子里转悠,吃什么都不碍事。我有劲,曾经一气拧断五只狼的脖子。这不是吹牛。我的第一个女人就是因为这个同我过夜的,她说我有劲。那会子女人喜欢有劲的男人。如今呢，娘们儿只往有钱的男人怀里钻，又不会生伢，生了也没有奶水。第二年我女人生了一个女伢，白萝卜似的。那年是丙寅年，虎年，我给孩子取名叫虎妹子。她能吃，每顿得吃两个奶子。能吃就好。白天，我带着我女人上山，我打猎她拾柴火。虎妹子放在树墩上，小毛看着她。小毛这狗日的是个神仙种，灵种，它在边上转悠，任何畜生也不敢来动虎妹子。可是有一天，小毛这狗日的……

咬了孩子？

不，你猜不着。你猜得着我就不用找你了。我是说小毛这家伙偷喝了老子的酒，喝醉了，就生了是非。

孩子出事了？

你莫插嘴！是的，出事了。我们下山时看见一只老虎正叼着孩子往山坳里走。孩子还睡得好好的。我女人一下就昏死过去。我想放箭，可细一想这件事有些蹊跷，路上没有一滴血，孩子并没有伤着。要伤就早伤了。我就没有去撵他们。

这……太危险。

危险个卵。虎妹子好端端的。她太好玩了，连老虎也在跟我吃醋。老虎要借我的孩子耍耍，不会伤她一根毫毛。这是虎妹子亲口对我说的。那是几年后，孩子骑在老虎背上对我说的。可是这孩子再也不愿回到我身边来，她只说不愿，不说缘由。倒是那只老虎扑通对我跪下了……

他说到这儿又开始抽烟。这回是我替他点了火。他很得意地捋捋胡须。我不掩饰我对他的叙述的激动。不过他却能看出我对他袖子里的小毛仍有戒备。这仿佛损害了他的自尊心。小毛,给老子出来!于是小毛嗖地溜出,顺着他的胳膊蹿到头顶上,盘起来,用信子润他额上的皱纹。我怔怔地看着。他显然受到鼓舞,就吹了一声口哨,张开嘴,小毛便又嗖地钻进他的喉咙,通过曲折的肠道,通过胃,最后经过肛门又重新回到主人的脑壳上。完成这一连串动作对于小毛不过两分钟。我算长见识了。

它简直是神!

是的,这狗日的神。信了吧?他似乎还不过瘾,一甩头把小毛抖落到地上,然后从腰间摸出一把砍刀狠命斫下去,小毛身首两处。我失口叫了声。他却满不在乎地把蛇的两截拾起来,对合着,又吐了口唾沫在衔接处抹抹,然后把它夹在腋下。不足一袋烟工夫,他又吹了声口哨,于是小毛复活了,溜进了他的袖管。

奇迹!我说这是奇迹。我想我是遇见异人了。这个夜晚我过得非常快活。但是,当我意识到这点后我便有些慌乱。是老 Pan 还是老板?这或许是……我慢慢抬起头,老汉不见了。我立刻关上门。这或许又是一个圈套。他们想稳住我,好让我平心静气地在这儿待下去。我仔细回忆关于那条蛇的全部细节。养一条蛇不是奇闻。他虚虚实实地耍了一阵子。吞下去的和斫成两段的可能是食品蛇,用一根染色的香肠作为替身。袖管里有名堂,魔术师都习惯于袖管里耍花招,糊弄一双平常的眼睛很容易,况且我有轻度近视和散光。至于老虎和虎妹子的故事全是瞎编。好一个老 Pan!所谓老谋深算指的就是这号人物。我长长吁了口气。

看来事不宜迟,再等下去会错失良机。明天拂晓前必须行动。

其时天色昏昏，风声大作，等他们从睡梦中醒来后，一切都晚了。

就这么干。

半夜里我又听见了断裂声。

十一

上帝在暗中为我使劲。第二天没有太阳，是个阴天，拂晓前又下了细雨。我下了床。实际上我这一夜根本没睡。我贴在门上静听了片刻，没有反常，就脱了鞋溜出了房门。为了防止不测，我没有忘记带着那只玻璃烟缸。我想真到万不得已的时候也只好拼了。

大厅里没有人，灯火通明。那面大镜子反射出强烈的光使我能看清大厅门外五米的地方也同样没有人。我在通过大厅时背上渗出冷汗，似乎有一双鹰眼在黑暗中注视着我。出了大厅门，我隐藏在方柱的阴影里进行了短暂的观察。为了防止追踪，我把脱下的一只鞋扔到漫长的石阶上，制造假象，让他们以为我是从拱门里逃上公路的，他们会在屋里静等着一具血肉模糊的尸体拖回来。那条布满陷阱的大路比雷区还阴险。

现在，我已经把那扇寻常看不见的小门用树桩抵上了。抵得很实在，两三个人想撞开它不是件容易事。我一只脚踩住靠近围墙的小树跃上墙头，林海已在我眼底翻涌。我纵身下墙，踏上了一块光滑的石头便滚下了坡。我并不觉得疼。这时候我向山庄望了最后一眼，它俨然一尊恶煞，不过它现在正做着梦。见鬼去吧！山庄，蓝堡，统统见鬼去吧！我自由了！我记得在日内瓦死去的一个老人在一本书上写过:隐藏一片绿叶最好的地方是森林。我现在就是这样一片叶子。

我像鱼一样游进了茫茫林海。

林子里湿漉漉的,苔藓像软体动物,踏上去让我生怯。我始终面朝东北角的灰光,这样就不至于绕了一圈又转回来。猫头鹰在很近的地方悲啼,恐怖四伏,我毛骨悚然。现在我又想起昨夜与我交谈的那个玩蛇人。我怀疑他很可能就在离我顶多五步远的地方蹲着,像狐狸那样张开嘴等待乌鸦唱歌等待一块肉掉进食管。还有那条蛇。那条叫作小毛的响尾蛇和它那粉红色的信子。我的呼吸粗了,心好像从左边跳到了右边。我猛地煞住脚闪到一棵树后面。我认为这种突然的行动变化会发现疑点。我静听着,除了猫头鹰的啼叫和树叶沙沙作响外,没有第三种声音。我心下松了些,开始爬行。我觉得这样要安全得多。野兽们可能会把我视为它们的同类。物以类聚,它们不会来伤害我。我每爬一截子总得停下来回头看看,然后向我的前方扔一块石子探探,倘若出现意外我就立即改变方向。

东方比刚才明显地白了一些,我能辨清树的类别。在我的左前方的一棵马尾松上,有两只可爱的松鼠,看样子是夫妻。它们对我这个陌生人表示出微微的惊讶。它们交头接耳,显然是分析我的来路。我对它们笑笑,它们都摇尾致意。可是当我从它们屁股下通过时它们又朝我的脖子上撒了泡尿。我不动气。这种恶作剧对我的恐惧心理是一种良好的纠正。我觉得现在我适应了,就时而把爬行改作小冲锋。我就是这样的变化无常,摆脱了一只老狼的跟踪。那狼早就嗅出了我的气味，一直沉默地盯着我。当它企图发动进攻时我便开始爬行。它大概傻眼了，苍白地叹了口气，调头离开了。我不勇敢但还算机智。东方比刚才更白了，仿佛能见到云的轮廓。我回头看看，山庄已从视野中彻底消逝。我当然很激动。突然，我听见轻微的啪啪响，很近，但弄不清声源的方位。

是响尾蛇？

我顿时浑身冰冷。不一会儿就通体湿透。后来才知不是在出冷汗而是天在下凉雨。雨声引起了一场虚惊。雨逐渐大了，我冷得牙齿森森地响。好在苦海毕竟有边，再过一会儿我就抵达彼岸了。我已看见那条大河，在晨光里持重地颤动着。我嗓子发黏，七窍生烟，就仰起脖子去接冷雨。我觉得仿佛有一把匕首从我的喉管笔直划过。接着我发疯地跑起来，张开双臂，我想狂吼想痛哭想一头栽到老婆怀里。我终于冲出了老林，像中弹似的优美地倒在沙滩上，头部撞上了一个比较硬的东西。我没死。我不过是昏迷了一小会儿。大雨很快将我泼醒。

我从沙里刨出了一样东西，刚才就是它撞了我的脑袋。我仔细看看，不过是一副断腿的金属眼镜架。这地方哪来这种东西？虽然是一件极普通的东西。普通吗？它难道就只是残废的眼镜架吗？两个金属的圆圈圈难道这种暗示还不清楚吗！

一次警告。无声的警告。

我实在是太天真了。我的行动早在他们意料之中。我简直就是在他们眼皮子底下行动。这种经验我积累了几十年可是到头来我还是那么天真。我把两个拇指放在这个所谓的眼镜框里，头发慢慢竖立起来。这时分雨却戛然而止。太阳威严地从我面前升起,染红了那条大河。我茫然注视着河面,从上游淌下来的残帆断桅随风呻吟着,一只大鹰正蹲在云端做出伺机攻击的姿态。

这是个血腥的早晨,我孤独地立在河边,把一只玻璃烟缸扔到了水里……

十二

上厕所时我听见经理在门外说,要算账。和谁算账?无疑就是我了。是不是新账老账一起算?我记得我父亲在世的时候就被人这么算过一回。他把命赔进去也凑不够份子。按照法律规定,我有还债的义务。这是旧账。我知道我自己欠他们的新账只会是越来越多。他们有证据,有证人,我没有任何解释的权利。

经理像是同一个老者谈话。我很想出去看看,可是又觉得面对面地交涉清理债务会让双方都难免尴尬。经理属于那种似是而非的君子,给人以教养良好的印象。而那个老者,我想象他应该是个须髯飞霜仙气四溢的哲人模样,谈吐很是讲究。账是要算的。人不死,债不烂。不过乘人之危也是有失君子风度。依老朽之见,区区小数目,无伤大业之兴旺,就一笔勾销了吧。

那也太大方了。

不要一味重利而轻义。只要他改邪归正,引以为鉴,就行了。我看这桩事可以暂告一段落,你忙别的去吧。听说城里近来很热闹,我倒想去见识见识。

他们的声音渐渐弱了下去。从他们谈话的口气看,那老者显然是经理的父亲,可是经理早就表明,他父亲死于乾隆十七年的一场霍乱。那么,这老者只能是经理的上司了。会不会就是那个神秘的大人物老板?这家伙活像一个幽灵,无时无刻不跟踪我,笼罩着我的生活。这次谈话肯定是针对我的。我企图背叛他们,他们就向我发出无声的警告。我只好顺着原路回来,像一只无头苍蝇,绕了一圈又返回原来的位置。我浑身被雨淋透,又被太阳烤干。我的躯体成了一味古怪的中药,皱缩一团。昨天的黄昏我耷拉着脑袋从圆门里穿过,迎面的大镜子提醒我应该好好洗一洗身体,消除疲劳。但是我深知肌肤之苦没什么了不起,纵使砍掉一条臂膀或腿,我也能号叫几声挺过去。憔悴的是我的灵魂。在我的心房里,有一把大锯子正在吱吱地替我制造棺材,而我的血液也开始变蓝。

在楼梯上我遇到经理。他得意而且兴奋,像刚看过一对狗的交配场面。他似乎一点也不知道白天里发生了什么事的样子,问我在生活上可有什么不方便的地方。他说山里的天气变化无常,夜晚是否要加一条毛毯?(他说不另外算钱)我说谢谢。我不愿再多说一句。从那时起我就一直躺在床上。我并没有睡意,不过是细细地品味着孤寂。我的每一个关节都松脱了,什么东西正在加紧蚕食着我的细胞。当夜幕完全拉开后,那个蓝色的集团又开始行动了。他们擎着火把,像以前一样从这幢楼房前经过,杂乱的脚步声践踏了和平与宁静。他们还是往后山走,有力地走,尖锐的金属声从宇宙的脾脏穿过,地球瞬间患了偏头疼。婴儿从摇篮里甩到地上,母亲立刻用结实的乳房去堵孩子的嘴。于是这一夜间许多嫩红色的生命因窒息而死亡。可是晚报马上跳出来解释，说发生这起惨剧是因为自然灾害，比如地震和龙卷风。于是，母亲们破涕为笑……

先生起来了？

我一惊，拎在手上的裤子差点滑落。经理并不尴尬，他大概觉得这些文化人即使光着屁股走来走去也是挺自然的事，罗曼蒂克指的不就是这拨人吗？

我平静地坐下来。他也坐下了。他的指甲总是修得这么好，像女人的嘴唇那么富有魅力。可是我现在没有办法不讨厌这个毫无男人标志的家伙。我单刀直入。

刚才在门外同你讲话的那个人是谁？

哦，是我的先生。

你们到底要和谁算账？

您关心这个？他苦笑着，摸一把脸。我的表弟。他借了我不少钱。说去跑生意，其实在赌，几天前被拘起来了……我不知道您打听这个干什么，写小说？

自圆其说。又是自圆其说！我输了。他们随时可以算计我，但我怎么也算计不了他们。

你们什么时候同我算账？

怎么，您打算离开这？是不是我们的工作有哪些不周到的地方？

我是说什么时候找我算账。

这个嘛,全在于您了……

怎么算?

怎么算都可以。我们有电脑,不会出现任何差错的。不过作为主人,我当然希望我的客人对这儿恋恋不舍……如果您真的要走,我们只好表示遗憾。您看着办吧。

他站起身,牵牵衣摆。临出门时他对我狡黠地笑笑,用手指着我的脸。

您该启用保险刀了!

终于摊牌了。一切昭然若揭。他们愿意放我走了,放我往西天走。他们大概知道我毫无悔改之意便失去耐性,准备完成这最后一道工序。然而纵使我死了他们也会把一切收拾得体体面面。法医会用现代最先进的科学手段来鉴定我的死亡原因,确定死亡性质。凶手由我本人扮演。作案工具是保险刀片,薄得像纸但切开动脉血管易如反掌。在刀片上没有第二个人的指纹。死亡时间是某月某日早晨某时某分,其时人们正在做健美操的第三节或者喝早茶。虽然经理在这之前进入过死者的房间,但这之后他就到蓝堡城出席一个重要会议去了。据服务人员反映,经理走后死者还出来挂过电话。可能是向他的妻子告别。虽然电话没有挂通,但山庄经理的嫌疑已不能成立,很简单,没有作案时间。至此,他杀的可能性全部排除。至于死亡的原因,看来是多方面的。此人是个作家,也许由于职业习惯这种人爱神经过敏,缺乏理智,自杀如同拉屎放屁随时都会发生。这种例子古今中外俯首可拾:屈原、海明威、茨威格、川端康成……再者,死者年仅30,长得还算可以,自然会得到许多姑娘的青睐,因失恋自杀也是可能的。第三,死者来白色山庄避暑,订了上等的房间一住就是这些日子。但他一直声称是一个叫老板的人邀请他来的,于是拖欠房款,债台高筑。死者出事之前曾同山庄经理就住宿饮食费用磨过牙,他眼看无法偿还债务便一死了之。总之,这不过是一起普通的自杀案件。

我抚摸着那把剃刀。

十三

这时电话铃响了。我很觉奇怪。我住下这些日子还是第一次听到电话铃响哩。是谁？居然能把电话打到这个屋子里？我迟疑地拿起话筒,立刻嗅到一股淡淡的青草味。我明白了。

是你吗？我说是我。你叫我好找。我说你现在不是找到了吗？她笑了。

你大概生我的气了吧？我不辞而别……

我知道……你处境也很艰难……

什么意思？我不懂你的话。

我是说……这儿不是说话的地方……

怎么了？喂,你说话呀!

你是怎么脱险的?

脱险？天哪,你疯了……

别笑了！有话快说,现在这儿没有人……

我不过是,怎么说呢,我希望你别忘了我……

我不会忘记你的。

我怀了你的宝贝,我想问你:要还是不要?

真的吗? 真是这样? 就,就一次……喂,喂喂!

断了。是故意挂断的。她恨我。她现在依然从容不迫,没有什么危险。她的意思是从来就没有感到过危险。看来她又改变了自己的信条,重新皈依了那个集团。她怎么会知道我住在这儿呢? 显然,是他们告诉她的。他们饶恕了她,要她将功折罪。他们要她制造怀孕的假象,并一口咬定这个孩子是我的精血骨脉。他们要我无条件地接受这个事实。否则,他们就诉诸舆论,让我抬不起头来。他们甚至会让她带着借来的婴儿与我对簿公堂。其时她会泣不成声地说我当初是假借童男子的身份勾引了她,说我是找她闹恋爱的。这样,法庭便轻而易举地以重婚罪(虽然没有法律契约但已是事实婚姻)使我锒铛入狱。法官会说:被告,你看这个孩子与你简直是一个模子拓下来的,你还有什么可说的吗? 我能说什么呢? 于是判决书写道:以上事实,被告供认不讳……

我在这屋子里待久了,得出去走走。我很怀念那片林子。那里见不到阳光,空气中没有血腥味和硫黄味。可是那条路我不能再走了,一副残废的金属眼镜架躺在河滩上,虎视眈眈。我只能像一条丧家犬那样毫无目的地转悠,累了就在屋檐下团起身子歇一会儿。我只能这样。我的灵魂缺氧,随时都有可能脱离我的躯壳,像一片云似的随风飘去。

我走出圆门,拾级而下。走到最后一级台阶,我坐下来。我记得那天就在这儿撞上那个玩响尾蛇的老头的。他说他叫老 Pan。我总觉得他就是那个神秘莫测的老板。但是,仔细推敲起来,我又觉得能做“老板”注脚的人很多，列车长、啃羊头的汉子、独鼻孔的马车夫、经理以及那个我只闻其音而未见其人的经理的老师，还有那只瘦骨嶙峋的手臂的所有者、背对着我练习哑语的女人和先后同我接触的三个女人（其中一个是第一次给我打电话的），这些人都有可能是老板。

还有一个人也可能扮演老板的角色。

先生又在构思吗？

他什么时候来的？这个该死的盯梢者！我没说什么，从石缝里拔了一棵草，放到嘴里。

怎么，您的胡子还没刮？

我继续嚼着草。你以为现在应该是血从门槛上爬出来的时候吧？嗬，连护袖也戴上了，裹尸布准备好了吗？我细细地嚼着草，绿汁顺着我的嘴角往下淌。

哦，我懂了。你们文人都爱留胡子，像西方学者一样，蛮有派头的。

你是不是觉得我的剃须刀很漂亮？

不错，是蛮漂亮。

那就送给你吧。

不不，我用不上。我没有什么胡子。我看您是够累了，成天关在屋子里爬格子。我们这儿只有安静，没有热闹。城里倒是很热闹的，如果您想去的话……

你就陪我？

十分抱歉,我最近要接待一个委员会……

什么委员会?

青春调查委员会,是省一级的。

那么,你忙吧。我自己去。

我们可以替您物色一位向导。您希望是什么样的人。

孩子。男孩或者女孩。

这很方便。您打算什么时候动身?

明天。

经理满意地走了。我想,这可能又是一个圈套。他们究竟想达到什么目的呢?不过,我有我的考虑。我从蓝堡的边缘擦身而过,我记得那个火车站的位置。我相信我有能力摆脱一个孩子的跟踪与监视,不费多少神就能登上北去的火车。我会藏到厕所里。那个列车长现在也未必能认出我了——我发深须长再架上一副墨镜。我必须逃出去!

现在我躺在床上,凝视着幽蓝的天空。月亮很迟才从山脊上爬出来,给这个夜晚罩上了一层神秘的色彩。我的灵魂在很远的地方,像一个黑色的岛屿随着海洋的波涛漂移着。

十四

那孩子是拂晓时来到我床前的。是个男孩,有着一双乌亮的大眼。我一看就有好感。微亮中,他递给我一样东西。

这是什么?

面具。你得戴上它,这样进城之后会减少许多麻烦。你是生人，得这样。

我迟疑着，我再次审视那孩子的面貌时，发现他实际上是一位智者，就照他的意思办了。这是一个极平庸的面具。我戴着它并没觉出多大的难受，除了最初的几秒钟皮肤有点痒外。

我们还是乘马车前往蓝堡的。这回驾辕的是这个孩子。我不知道他的姓名，问了两次他没回答。车颠上大道后即走得很平稳，可我心里一阵比一阵紧。大概走过了几华里，也就释然了。其实月亮尚未完全隐去，天地浑浑然。

我以前怎么没见到过你？我总觉得他来历不凡。

我待在山里。

经理是你什么人？

什么也不是。我以前不认识他。我是昨天夜里在路上被他拦住的。他听说我要去城里……

你去城里干什么？

玩。城里很好玩的。

我点上香烟，观察他的表情变化。现在我的心绪又紊乱了。我从这孩子的话中发现了破绽。经理怎么会知道这孩子要去蓝堡呢？且又是昨天夜里在路上拦住他。这地方人烟稀少，野狼四伏，一个看上去顶多十二三岁的孩子敢半夜里进城？再说，据我掌握的情况，这个没有胡子的经理夜晚从来都是在某个女服务员宿舍里度过的，他怎么可能利用这个黄金时间去为一个破作家寻找向导呢？可是一切都无法挽回了，木已成舟，当血淋淋的太阳钉在广阔的天幕之际，马车驶进了蓝堡的城门。我一眼就看出这是个奇特的城市，比如她的建筑风格，既有飞檐翘角琉璃瓦，又有类似巴黎圣母院那种哥特式的味道。如果这还不足以让人感兴趣，那么就看她的色彩吧——她通体鲜红，找不出一块巴掌大的石灰或者水泥。

下车。没有人检查我。那个持着冷兵器的门卫只在我的肩头轻轻拍了一下，就放行了。这时我回头去招呼那个小孩，他已不见了。我心里挫了一下。我想这孩子的任务已顺利完成，该回去讨赏了。可是，这孩子并没有把我交给任何人，我人身还是自由的，又该怎么解释呢？或许他确实是个智者，我的直觉没有欺骗我。

城市的红色诱惑着我。我不感到孤独。

我走上了大街。这是条没有人行道的大街。街上失落的眼球、耳朵和残缺的乳房表明这里刚刚结束一场内战。这个城市及她拥有的市民们早在很久以前就习惯了红色的刺激。人们对此不以为然，家家户户都点燃了鞭炮。在十字路口，一群老人正在起劲地焚烧着典籍，嘴里机械地嚼着白色的浆汁。他们的老伴全集中到一个高台上用小脚在跳一种节拍很强的舞蹈，像传说中的女巫一样癫狂。而年轻的女人，一律爬到树上盘起腿坐着，用血点着口红。当我从树下低头走过时，有人甩下来一条月经带。我连忙走到旁边，挨着墙基。从迎面一块破碎的玻璃反射中，我发现一伙老鼠正在我的背后认真分配半条人腿。我不敢再往前走了，冷汗淋淋。

一只大手按在我的肩上。我猛一回头，看见一个健壮的汉子在对我笑,露出一口黄牙。这无疑是刽子手。那人看了看我的面孔,又背靠背地同我比了个头,觉得彼此差不多,就对我叽里哇啦地说了一通,还挥了一下小臂,然后像得胜的将军一样昂首阔步地离我而去。我这才意识到,我不懂他们的话。我们之间存在着语言障碍。我还意识到我这个面具的力量。然而不管怎样,这个地方我是一分钟也待不下去了。我得赶快去火车站。也就在这时,太阳分裂了。于是城市被一剖两半。我恰恰处在阴阳交界的地段。我知道这是个是非之地,几分钟后这里会成为一场新的战争的前沿。双方都将在这里压兵布阵。我连忙逃开了。果然,不等我看清火车站的标志,一声巨响从天而落。我隐藏到一条小巷里。这儿地势很高,因此我从双方首领或者酋长的手势中能明白这场战争的宗旨是争夺对太阳的被照耀权。(实际上策划这场战争的正是太阳)于是,城市又一次被刷得通红……

(多少年后,有人在剥落的油漆后面发现了许多破碎的指甲,在暴露的混凝土里找到了不少牙床和踝关节。)

十五

我是连夜赶回山庄的。所谓将计就计不过是我的单相思和幼稚。我不知道自什么时候起列车运行时刻表修改了,并且,取消了北行的班次。那时,蓝堡正表演着红色的战争游戏,全城戒严。我进退维谷。幸好那乳臭未干的智者又出现了。

你钻到哪里去了?

厕所。他下意识地提提裤腰。我一出来你就没影了。我只好等。

赶快离开这！

看你急的，我得先填马料。好玩吗？

太……好玩了……

你没买几件旅游纪念品？

有什么可买的……除非人头……

你喝酒了？

我没喝酒！

可你醉了。

醉？天哪，我醉了……我醉了……我……醉……了……

就这样我们给那三匹黑马拖走了。它们是第二次把我拖回去。我突然想起我抵达蓝堡的那个晚上，广场上出现了一只大狗。独鼻孔的车夫一见那狗就连忙甩了一空鞭子。后来大狗撵了我们很久。我似乎意识到这里面有一种联系，与我的命运有关。可是这回我并没有发现它，那只比狼还高的狗。

你在看什么？

找一条狗。

什么狗？

棕色的，比狼还大的狗……

哦，它死了。

死了？

它是条疯狗。

疯狗？

可能是吧，反正它死了。这里永远不会有狗了，灭种了。

怎么回事？灭种……

上面通知有一条疯狗蹿进了城，为了防止狂犬病，所以要采取措施。可是谁也认不出哪条狗就是疯狗，于是逢狗就打……

啪！——它的半片颅骨飞去了子弹头还嵌在眼球里脑浆像拌了红辣椒面的豆腐顺着棕色的皮毛往下淌它还没有完全断气四条腿痉挛着有力地蹬地为自己挠出了一个浅坑最后一秒钟它顶着半个脑袋立了起来接着像石头般歪倒眼球凸出但失去了光泽……

啪啪！

这马跑得挺快，别打了！我嗓子很黏。

我肚子饿了。他把鞭子夹在腋窝里。

今夜没有月亮。

你是从哪儿来的客人？

北边来的老客。

你得登记去。你怎么能占别人的房间呢？

这是我的房间。我不是住了好些日子了吗？

这是一位作家的房间，他进城玩去了。

我就是那个作家。我刚从城里回来……怎么，不是你经理一手安排的吗？

不错，但我安排的是那个作家，不是你。我根本就不认识你！

什么?!

我给你半小时收拾，先去登记处办手续，否则我们不予接待！

经理拂袖而去。我很迷惑,用手去摸胡子。可是胡子竟没有了,下巴、两腮和唇的上方都异样地光滑,我这才知道经理没有过失。我进了卫生间,通过镜子来欣赏脸上的面具。这是一张少年老成的脸孔,仿佛永远在微笑,给人以亲切感。这副面具简直就是专门替我制作的,从发际线开始天衣无缝地盖住了我的脸。但是我不愿意继续戴它,道理很浅显,这毕竟不是我真实的面目。我便动手摘取它。然而,一个触目惊心的事实暴露了:我无从下手。就是说我不知道从哪里下手来摘取它。我先后从下巴、上额、左右腮帮的位置来撕扯,都没有成功。而且我不感到疼痛。我发急了,开始莽撞起来。我用保险刀片贴着发际线切下,沿着它划了一道弧,结果除了嗅到一股新鲜的橡胶味之外别无所获。我慌了,浑身战栗不止,而镜子里那张所谓的脸仍然在微笑着。我一拳挥上去,镜子碎了,那张脸也碎了,微笑流了一卫生间……

经理他们闻声而至,见状大怒,指责我无理取闹,并威胁说,如果我再不收敛,立即将我扭送到局子里。

我颓然坐下,直勾勾地看着滴血的手背。经理在问旁边的人,一面镜子值多少钱?那人说这镜子是意大利进口的,国内配不到。

那就罚款五十块。

这个人怎么打发?

他想住这就先让他住吧。等那个作家从城里回来再挪。要不,这房子空着也是空着……奇怪,那作家怎么还没回来,不会溜之大吉吧?

跑了和尚跑不了庙。我们找他的单位!想赖账,没那么便宜!

我始终缄口。不管是假戏真做还是真戏假做,我都能识破他们的阴谋。总之,他们不择手段绞尽脑汁挖空心思地以他们的方式解决了一个作家。解决了我。从此,地球上再也找不到这个我了。我倒要看看他们下一步怎么干。

十六

大约是第八天头上,晚报上正式以头版头条的位置披露了一个作家失踪之谜的消息。这篇消息很长,文笔老辣,无疑出自那个所谓的青春调查委员会之手。他们在我改头换面的前一天住进了白色山庄。但我一直没有与他们碰过面。

消息共分两大部分。第一部分简略叙述了我到白色山庄来避暑写作的经过以及其间发生的几件事(指我拒绝承认预订房间、与女服务员亲密接触、和玩蛇老汉关门交谈以及半夜跑进大森林天亮又跑回来)。他们把这几件事联系起来,逐一分析,从而得出了我是个精神病患者或梦游症患者的结论,以此作为第二部分即我的失踪之谜的大前提和背景材料。

第二部分占全文篇幅的3/4。是这样写的:

综上所述,我们不难看出此君的失踪乃意料之中的事。就目下掌握的材料及警方的侦查看,这桩失踪案不外是如下几种可能:

1. 隐居。此君生性孤僻,极不合群,喜欢天马行空,独往独来。据有关人士反映,此君从来不与他人切磋世间问题,不参与工资和物价的大讨论,也不与人玩牌掷骰子。其妻也说,他很少陪她逛街串门。这种孤独癖文学史上并不少见,如晋之陶潜,梦寐以求桃花源境作逍遥游。所以，此君可能于某夜由山庄起步，继而潜入野山老林，离群索居。他曾半夜翻墙入林之事可视为前兆。

2. 越境。据同行介绍。此君历来视孔孟老庄如粪土，对传统文化之精粹态度轻慢，却疯狂喜爱恩格斯、柏拉图、尼采、叔本华和萨特。在大学读书时，外国文学成绩名列榜首，对托尔斯泰、福楼拜、乔伊斯、海明威、卡夫卡，以及罗布－格里耶、玛格丽特·杜拉斯的著作推崇备至。从而养成扬洋抑中的病态心理。他曾要求出洋深造，由于经济担保人无从落实，此计划已流产。但不能就此认为他的心愿已灭。从蓝堡及山庄的地理位置看，这里与国境线直线距离不过几百公里，故越境的可能不能排除。

3. 自杀。如果以上的分析成立，作为一个精神病患者或梦游症患者，自杀的可能性就很大，尽管迄今警方没有发现尸体。自杀的方式很多，理由也很多，这里不做赘述。至于自杀的引发点，初步调查结果表明：或许应归咎于一个噩梦。此君从梦中醒来魂不附体，从而割断了时间与肉体的联系。

消息最后表示，有关方面将成立专门的班子插手此案，做进一步调查。

这样一来，山庄成了新闻中心。来自海内外的记者和侦探都纷纷涌来调查、采访。经理作为失踪的作家最后一位朋友，在摆脱警方短暂的怀疑之后，俨然成为某个部落的酋长或西部片的影星整日受到拥戴。对此，他很高兴。不过，在记者们散去后他又不时嘀咕，说他整整亏了1700块钱。那个作家看看小说写得差不多了，就悄悄溜走了。经理表示要引以为鉴，于是对我这个“新客”采取了先交押金后住房的措施。我已丧失解释权，只好交纳500块的现金。经理大概看我脸上永远挂着亲切的微笑，只收了300块。他说到最后结账时多退少补，并且不另收我的伙食费。

我在这间屋子里住安稳了，每夜都睡得很好。我渐渐意识到，不久前我作为作家的经历似乎很遥远，似乎发生在另一个人身上。我不过是作为旁观者，存在于那个荒诞不经的时间之中。我现在起居十分方便，健康状态也十分良好，我简直弄不清是在别的地方还是在我自己的家里，一切都那么顺手。

经理也经常来看我，说关于那面镜子的事就算一风吹了。

我真不敢相信你这样成天笑眯眯的人居然还有那么大的脾气！那天你喝醉了吧？

我没说什么。我知道我的表情还是微笑。我注视这个曾自称父亲死于乾隆十七年那场霍乱的人，觉得很有趣。我们的交谈似乎也很投机。他离开时把上次作为损坏镜子罚款的50块钱退还给我。我也很不好意思，就只收了25块，另一份我塞到他内衣口袋里去了。我们握手言和。此刻电视里正在做"誉满全球"一类的商业广告，我想今夜是不会有那部关于少林豪杰夺国宝的连续剧了，很是失望，就合衣上床去翻一本通俗杂志，那中间一篇叫作《美女蛇与童男子》的很合我的胃口。这时，讨厌的电话铃响了。

哪位？

是我。

你是谁？

你说我是谁?!

我渐渐嗅到了一股淡淡的青草味。我似乎在努力回忆着什么……

你还活着?

对,我活着。怎么……

晚报上讲你死了。

那,那不是我……

是你！是你是你是你!

沉默。电话没挂。过了一会儿她又说话了,声音有点沙哑。

那孩子我流掉了……

十七

第二天一早我就离开了山庄。那个女人的电话把我的心绪彻底搞乱了。记忆的恢复对于我来说是件极端残酷的事。我为我还真实地存在着悲哀。我又一次击碎了一面镜子。

这是个阴沉沉的日子,四野很静。只有那片林子暗示着生机。我进了林子。我的裤管被露水打湿了,胳膊也出现了几道血痕。我不知道要往哪里走,也不再留心谁会跟踪我。我就这么随便地走着,笔直地走着,遇到浅水洼我也照样踩过去。水冰冷彻骨。我走得很不费事,有轻若飞鸿之感。

朋友!

一个女人在对面喊我。这声音在黎明的林子里是那样的清脆和悦耳。我停在一汪泉水面前。但从清澈的泉水面上,我渐渐看清了她的容貌。我怔怔地抬起头,她一丝不挂地骑着一匹老虎婷婷向我走来。我们隔泉相望。那老虎见到生人便努力做了一个前扑的姿态,但并没有真的扑过来。

你,你很漂亮,很美……

你也是很好看的,如果你洗把脸的话。

我当然要洗脸,这么好的泉水。我蹲下来把脸浸到温暖的泉水里,舒服极了。我仔细地洗过脸,然后迫不及待地抽起烟来。等这支烟抽完,水面恢复了原有的宁静,我蓦地一惊——我分明看到了一张有胡子的脸。我立即抬起手来摸下巴,以证明水里的脸不是幻象。不是。不是不是。面具给彻底洗净了。

该死的小王八蛋!

别怪孩子。他是听大人使唤的。

谁?

老板。

老板是谁?

你说呢?

我不想再说。我蹚过泉水,把她拥在怀里……

很长时间过去后,在南方流传着这么一个故事:在一个黎明,一个一丝不挂的女人和一个同样一丝不挂的男人骑着一匹老虎,从林子里穿过,进入了大山的怀抱……

1988 年 9 月　合肥

(原载《收获》1988 年第 6 期)

蓝　堡

诸神处罚西西弗不停地把一块巨石推上山顶，而石头由于自身的重量又滚下山去。诸神认为再也没有比进行这种无效无望的劳动更为严厉的惩罚了。

——加缪：《西西弗神话》

蓝堡于一个早春的黎明轰然坍塌已是近二十年前的故事。实际上不过是作家记忆里的一片云霓。当时的情景是：在经过漫长的呻吟后，一场无端的大雨悲伤地走向结束。蓝堡亦因此变得敏捷。（很多年后，它以优雅的方式在历史的侧面流淌。）这个夜晚后来发生的事都很暧昧。那时分正是习惯雨后操演性爱者安然入睡的最佳时机。所以关于蓝堡的传说日后人们总是做出似是而非的叙述，是很自然的事。但谁也不否认我们梦中刻下的那道瘢痕最先起源于一个女人苍白的呼叫。大约在女人的声音被时间割断的那一刻，沉闷的巨响仿佛以最后雷鸣的姿态宣告了蓝堡的覆灭。这个雨霁的黎明充满忧悒，然而太阳照样升起。

那个女人死了。

一位民间摄影师首先从废墟里发现一截葱秆般的手指。但是后来的事实表明，这个衣着整洁的女人并非殒于非命。在她白皙修长微带皱褶的颈项上系有一条黑白相间的细绳。令人惊讶的是,死者面容丝毫没有出现错位和破损——最近的一块砖距离其后耳部仅三公分。这个女人似乎正逍遥梦乡。于是在不远的一个秋日黄昏里,作家受到了一种难以捉摸的启示。由此作家决定写作一部叫作"蓝堡"的小说。可信的说法是,这项劳动纯属作家自作多情的想入非非。

1

在我的私人相册里有一张黑白照片:一个少年站在很强壮的枣树上嘲笑春天。作为背景的正是出现于今天传说中的蓝堡。

关于蓝堡,我曾在我的两部中篇——《南方的情绪》和《省略》中,向读者简单地介绍了这座虚构的城池。但那个蓝堡显然不是这个蓝堡。

蓝堡业已浓缩为一座造型与结构都无比奇特的建筑。它并不是蓝色而是烟灰色也许最早是蓝色。它似乎也不配叫堡实际上不过是幢两层的楼房。墙脚布满的青苔和瓦楞间的蒿草是这部历史的提示。这座建筑所有部件的式样与规格都不相同,因此看起来仿佛是七拼八凑的,但又十分和谐。与房子紧密相连的是很好的庭院。少年占据的这棵枣树是院子唯一的符号。这是一株连理共生的植物,陌生人第一眼印象会以为是两株。在以后很多的日子里,枣树多姿的投影与少年相伴。

这个少年是我。这张照片出自那位民间摄影师之手。其时他是青年。我们是老朋友。我们是蓝堡的居民,因此我们将责无旁贷地双双走进这部关于蓝堡的小说。

这张褪去本色的照片使我想到几天前正午的一个梦幻。我在一片好端端的林子里散步,脚下踩着了一个软乎乎的东西。我拾起来才看清是一只鲜红的手掌。可是守林人告诉我,这不过是秋天的一片枫叶。“枫叶总是这样,”守林人说,“先红起来,然后死去。”我并不惊慌失措,我觉得我不是在同一个老人谈话,而是同上帝。但他显然不是上帝。他说,他住在蓝堡。我说蓝堡已经不存在了。他说,谁知道呢?

我于是从沉醉达半年之久的桌上长城中突围出来。在经过整整一个夏季的梦中游历后,于三天前的黄昏由省城返回故里。其时天空正被无声的微雨均匀分割。我预感到,在今后这些日子里我的全部经验将无一不充满潮湿。

2

所罗门说:“世上没有新的事物。”所罗门接着又说,“所有的新鲜事都不过是遗忘了的事而已。”对于我这种天生记忆力很糟的人,回忆是件痛苦的事。我只能想象或者通过别人的回忆来想象。因此我的劳动也可以看作——用一位朋友的话来说——是打捞水中的想象。

蓝堡的遗址业已辟为实验小学操场的东南一隅。唯有一截枣树的根部保留着,显得异样突出,使我联想到一个婴儿留得过长的脐带最后蒂落的结果。一位女教师热情地向我解释,留着它是基于便利集合的考虑。“天晴的日子,我喜欢站到这上面吹哨子。”这位美丽年轻的姑娘来自北方外省，但我觉得很面善，也让人想到月光和水。以后的交谈并没有使我放弃这个浪漫的念头。她自称在师范学校读书时就在一本大型文学期刊上将我的小说及印在封二的生活照一并“拜读”。“但我不知道你原来是这儿的人！”她说，显出一个生动的惊讶。她又说，那时，你很帅。这之后她的目光停滞在我身上这件浅灰色的风衣上。被这样的姑娘“早就认识”自然令我愉快。我问起她的生活情况，这地方是不是还可以。她没有直接回答，而是向我列举了此地一串有悖文明的行为规范并逐一批判。这种可爱的好高骛远让我有兴趣把谈话继续下去。可是暮色已开始从我的衣袖上消退。我想我该走了。

“这儿的天好像黑得特别快。”她说。

“夜里真怕！”

她又说，每个音节都像是锉出来的。

是不是因为蓝堡的传说呢？我告诉她，其实那不过是一个由事故演变而成的故事。可是她似乎很不明白我说的是哪一茬子事。这个外省人对蓝堡的历史可能一无所知。我便有些疑惑。我注意到她的双唇转瞬失去了鲜艳，恐惧的阴影像面膜一样罩在她的脸部。

“怕什么呢？”我笑着问。（我关心这点。）

也许她觉得是在一个男人的注视下，所以在短暂的迟疑后，她的音调得到较好的恢复。我请她讲得随便一些，慢一些。

“最初的一次是在去年的 4 月，桃花才开，是个周末的晚上。那夜月光很好，而且天气已明显地转暖了。我搬进这间单人宿舍，就是离树墩不远的那间。本来是双人的,因为另一位结婚,迁到男方那边去了。我当然很高兴,连夜布置。白天我到后面的那条河的对岸采了许多桃花。那儿的桃花真好。我把它们插在瓶子里,放在窗台上。开窗的时候我看见走廊上有一只很大的猫,黑色的,走来走去,但一声不吭。"

"后来呢?"

"后来我出去倒水,发现那只猫已经站到枣树墩上去了,很神气的样子。我没当回事。我回到房间,觉得蛮不错,就躺在床上准备听音乐。这时候我好像听见外面有人轻声说话,嘀嘀咕咕,有时还夹着逗笑,搔你胳肢窝似的……我坐起来听,是一男一女,就在操场的南端。我以为是谈恋爱的。后来越听越觉得不对劲,那声音很苍老。"

"老人也恋爱。"

"不!"她严肃地说,"我又出来看过,月光下什么也没有,连那只猫也不见了!"

对于女教师叙述的这个类似南方民间鬼狐传说的经历,在最初的几分钟里我有些不以为然。但她明确地指出这一至少可理解为虚幻的景象"就在操场的南端",我的情绪便变得像披在身上的风衣一样灰暗。我惊诧这一主客观天衣无缝的对应吻合。"过去"仿佛已经调过头向我款款走来。在放下姑娘纤弱冰凉的手后,我的思路开始变得清晰。我记得我家迁入蓝堡的当夜,我的外祖母脸色始终很忧悒。她像屋子里那只猫一样在庭院转悠了很久。月光透过枣树的枝叶把她略微佝偻的身影染得斑斑驳驳。后来她在门拐边对外祖父低声说，这屋……有那东西压着！她的语气毫不迟疑。外祖父便响亮地咳嗽起来。这个晚上，一只杜鹃遥远的悲啼把我从梦中惊醒。

女教师的叙述很自然地让我想到二十一年前外祖母的那句禅机玄语。我突然觉得这两个处于生命不同阶段的女人很可能说着同一问题的两个侧面。于是在这个晚饭后，我经过足够的铺垫把那桩旧事重新提起，希望年逾古稀的老人在她神志尚未完全恍惚时向我提供一种间接的经验。然而老人对那个属于从前的夜晚发生的事情始终缄口不语，而是划动双臂打了一个漫长的哈欠。

3

当年与蓝堡同时死去的女人叫余怡芹。

大约在四年前，我收到了一份匿名邮件——汇集长江中下游地区已故女词人作品的小册子。这本叫作《临江词》的铅印读物来自民间，属于“内部交流，只收工本费”的性质。当时我并不在意，将它闲置一旁。有一天，我为了寻找一份手稿又与它相遇，就手随便翻了一下。很自然地发现了“余怡芹”这个名字。这本《临江词》收纳余怡芹的作品并不多，仅九首。其中两阕如梦令，两阕蝶恋花，三阕声声慢，一阕雨霖铃和一阕烛影摇红。然而编纂者明显采取了众星捧月的方式让余怡芹独领了风骚。我仔细研究了她的作品。这些作品产生的年代不详。但从其所抒发的缱绻情怀与相思之苦，可以想象出它们是作者待字闺中或新婚宴尔时期的产物。也不难看出作者因袭了婉约派尤其是李易安的词风，得其三昧。

基于这一点，我同意民间关于“余二小姐”是这一带的才女之说。但是我怀疑才女同时又是佳人的观点。在我的印象里，余怡芹的容貌不算出众，不过属于那种“一白遮三丑”的女人。而且她的白似乎也不够纯正，是终日不晒阳光的那种惨白，白得莫名其妙。

那年的秋天，枣树结的枣很少，与茂盛的枝干显得很不相称。我至今不知道那株漂亮的树属于谁家。我猜测是最早的蓝堡主人种下的，但那时候，约定俗成归沈家所有，因为我们搬进去是很久以后的事。沈先生是位非常洁净的男人，拿香烟的手指没有烟斑好像特别长。他看上去才进中年，有着读书人应有的斯文仪表和小心持重的举止。他每天像鸟一样地早出晚归。因此他家的门上白天都亮着一把很别致的铜锁。一只健壮的黑雌猫在门前逡巡使这个家庭显得无比静谧。这天早晨沈先生在院子里碰见我，让我去把枣摘了。我说这枣还不到尝的时候，还得等十来天。他说，现在吃正好，营养成分高。

我爬上树摘枣时看见沈家的猫跃到窗台上。我从小就爱看猫吃东西的模样，便想把第一颗枣送到猫口，就拣接近窗台的枝丫往下滑，并想顺便看看屋里的样子。我没进过沈家。忽然，自黄锈斑斑的铁窗棂间伸出一只瘦白的手，接着出现了一张同样瘦白并且已经不年轻的女人面孔，我吃了一惊。

她平静地看着我，然后轻声说：“我饿。”

我怯怯地把一捧枣放到她手中。我碰着了她的皮肤就像碰上了一件镀镍的东西。

“我饿……”她又说。我把所有的枣全都给了她。但她没有当我的面尝一颗。

我想她必定是沈先生的女人。我好像这回才知道沈家原来还待着这么一个女人。“沈先生干吗天天把她锁在屋里?”我问外祖母。

“她有病。”外祖母很不情愿地说,“病多年了。”

这天夜里我听见沈家发出乒乒乓乓的声响,其中还夹有沈家女人的呜咽。我很想知道发生了什么事,就悄悄挪到他家门前。突然,静卧在门槛上的那只大猫一跃而起,向我逼来。我逃了。

以后我又觉得,沈家有点声响是很好的。沈家实在太冷清了,连猫也不叫。

直到沈家女人死了,我才知道她叫余怡芹。那时我毕竟还是个孩子。我在阅读《临江词》时,由于编者对余怡芹的特殊安排,认为从事这项劳作的人非沈先生莫属。那九首词让我想起古典戏曲中一些生离死别的场面。短暂的欢乐与无尽的相思让我见到了一个“衣带渐宽终不悔”的余怡芹。

但是后来的事让我坠入迷魂之谷。

4

四年前秋天的一个傍晚,我在沿江一座古老城市的轮船码头意外地遇上了暮气很沉的沈先生。我自然要提到《临江词》并且对余怡芹的作品表示几句恭维。可是沈先生竟然对此颇感惊讶,像一个孩子似的把脑袋歪到一边。这个年迈的男人此刻仿佛夕阳一样忧伤,逝去的悲哀重新布于他清癯的面颊,给人以沧桑感。“她填过词?”他喃喃地咬着字,“不会吧……”我觉得有歉意,但更多的是疑惑。年龄的悬殊让我放弃了对他的劝慰,而是邀他进了江边一家私营的小酒楼。我们在楼上临江的窗边落座,要了几样当地风味的冷菜和一瓶低度郎酒。不多时,月亮升起,薄如纱绡的雾气弥漫江面,彼岸的世界因此显得虚无缥缈。

“人生如梦。我这辈子实际上是一次漫长的梦游。但一开始就不轻松。

“四十多年前我在这座城市的国立大学外文院读书。教我的基本上都是美国人——我至今英语会话还不是地道的伦敦腔。那场战争后来让美国人感到了厌倦。我的导师罗纳德·凯恩教授希望我能够随他离开这片硝烟弥漫的土地,去大洋那边的新奥尔良继续学业。我答应了。我们准备在中国过完圣诞节就启程。这样,到了12 月23 日,也就是圣诞节的前两天,我上了一趟街。其实那天我是没有任何理由好逛街的,”沈先生说,“我的行李办了托运,该忙的都忙了,我很累。中午,我喝了点家乡的米酒,然后就上床睡下了……”

“怎么想起来又去了街上?”

“财迷心窍吧。”他说,脸上现出微红,“当然我不是真的因为贪财。我那时比你现在还年轻。我需要刺激,于是决定去应验一下。”

“应验什么?”

“梦。刚才的梦。我不是睡着了吗?这个梦让我非常兴奋地醒过来。好像是一位老人附在我耳边这样对我说:你必须马上到城南的那家古旧书店去。你将在那里获得一件意想不到的宝贝。你看,简直是又浪漫又荒唐!”沈先生把面前的酒一饮而尽,接着又斟满。

“后来的事其实也很简单。我走出那家古旧书店——自然两手空空——就觉得街面和以前不大一样,仿佛刚才那一会儿被谁调整过。也许是雪的缘故。雪使一切简化了。很快,我意识到有人在跟着我。是一个女人——女孩吧,不过十六七岁的样子,像中学生或者师范生。开始我以为是我的同路人。直到她跟着我走了相当长的一截,才引起我重视。我觉得很有趣。有几次我故意突然停下来,或者绕一个弯子再走。但是恶作剧并没有使她露出手脚无措的尴尬。她可以说是不乱方寸,并且很善于掩饰。比如说停下来的时候,她会自然地弯下腰去把鞋子擦擦,或把鞋带系结实。她就这样逍遥自在地跟着我。

“出了南门,路上已没有其他行人了,这时候天色也开始转暗。那是个很安静的雪天,四野茫茫,仿佛整个世界都凝结了。因此我们前后错落有致的脚踏在雪地上格外响,像谁在林子里锯木头。这声音让我心虚。越往前我就感到脚下这条路不是原来的样子,陌生的标志是一座独孔的石拱桥和桥那边的小巷。显然,我迷路了。我自己把自己给弄糊涂了!最后,我不得不停下来——那是条死巷。”

沈先生又喝了口酒。他的脸色已变得复杂,目光也有些呆滞。呆滞中又蕴含着几分虚幻与寂寞。停顿许久,他自嘲地笑了笑,似乎又把心绪调理得很好。于是他后来的说话节奏明显加快并且抑扬顿挫把握得适度有致。

“我猛地转过身向她逼近，小姐，你是什么人？为什么盯我的梢？可是等我看清楚她的那张洁净娟秀的面容时，我的火气顿时消除了一半。我甚至还觉得这张脸一点也不陌生。（后来我想起来，她和我初恋的那个苏州姑娘长得有点像，特别是在笑的时候，那个我称作梅的姑娘因病几年前去世了。）她很平静。这种平静使我很快适应了我们奇异的相遇。我问她是不是很冷。她摇摇头。我饿，她这样说。说得我也饿了。但是现在根本弄不到吃的。这条巷子大概是日本人占领时期焚烧过的，看得出很久以前就没有人烟。而且迷途难返，其时城门已经关闭了……”

“你们只能在一起过夜了。”

“是的。我领她进了一间比较完整尚可避风的屋子，烧起一堆火。实在找不到吃的，我让她别再提‘饿’。她说她已经不饿了……”沈先生摘下眼镜，用手帕仔细拭过，再戴上，“这个晚上后来我们结合了。”

“一切都显得平静、自然。她没有表示害怕当然也就不会拒绝。尽管我们彼此都是第一次真正地了解与自己不同性别的人，但一步也不慌乱。我们仿佛这之前就是多年的夫妻似的，对对方的身体毫不陌生。她是处女。她要求垫一块她的手帕。一块白手帕。第二天醒来的时候，我惊讶地发现手帕上的血组成了一朵梅花……”

“现在看起来，这一切好像事先被什么人精心编排过。”在分手时沈先生这样说，“那个人就是上帝！”

5

在决定写这部小说之前，我曾不止一次地想过当年沈先生“踏雪寻梅”的经历。每一次回忆都使我萌生新的悬念。这个充满魅惑的故事显然缺乏我们习惯认为的那种真实性。在不久前的一次学术会议上，我邂逅了一位浑身散发礼仪之气的狄更斯和萨克雷研究专家。他正巧是沈先生大学时的同窗。他用接近调侃的口吻向我介绍了沈先生年轻时候的情况，认为那是一个“除了读书几乎没有任何嗜好的正经读书人”并且有着“难以想象的内向性格”。“后来听到他结婚了，大家都很吃惊。”专家说，“有人说沈能想到结婚就意味着公鸡也可以考虑怀孕。当然这不过是善意的玩笑。”这位专家的见解与沈先生由于“需要刺激”而顶风冒雪去应验梦中许诺的行为简直是南辕北辙。也许仅仅是一种表白。那么这种近乎自我吹嘘的表白意义何在呢？

我这次回来有意取道那座旧城并做逗留。我沿着沈先生过去的足迹走了一遍，脑中复制着四十几年前的奇迹。从地理位置看，当年的国立大学坐落在城的北郊。由那儿到位于腹地的古旧书店（现名中华古籍书店），徒步至少需要两个小时，而且那是个雪天，不可能更快了。书店通往城南大门仅一条道，我看不出会有什么弯子好绕的。但这条道，据当地的老人介绍，以前是由碎石块铺成的，坡势又多，很不好走，一般要四五十分钟的样子。其时那场漫长的战争正处于最后的决战阶段，这座城市为首当其冲的江防要塞，戒备森严，每天下午五时关闭城门。依照这样的时间推算，这对雪地鸳鸯就是插翅也很难飞出城去！第二天，我又去了那家书店。我向一位年岁较大的职员打听书店的沿革情况。他说这个店最早是私营的，但不仅仅是卖古旧书刊，也出售或代销古董与字画，有一个时期还设过赌局。“也许老板因为这个破了产，才吞鸦片死了。”他说，“这都是听我父亲说的，他如今死了。”我又问，当年是不是有一个姓沈的大学生常来这儿？他笑着摇摇头，表示记不清楚。他说，那时候，我还小。这家书店的斜对面有一座残缺的功德牌坊，是为乾隆年间一位从事宫廷编修的翰林竖的。我注意到它的顶端筑有一个空巢。天空上时有鸟群掠过，可是它们不肯落在这儿。是不是因为这儿太喧闹了抑或很多树都被砍伐了缺乏自然的和谐与保护？既然如此，又何必筑起这么一座名存实亡的空中楼阁呢？

这天晚上我又想起了余怡芹。即使现在，一个 16 岁的少女孤身跟踪一个素昧平生的男人并最终委身于他，也似乎是不可思议的。余怡芹其人仿佛和其名给人留下的印象一样，属于典型的小家碧玉。《临江词》中关于她有以下一段文字介绍：

> ……作者出身书香之门。其父为商贾，但爱武习文，尤工词律。“七七”后，举家流寓南方。翌年父死，家境遂败。嗣后随其兄余百川（字孟海，已故现代画家）浪迹江湖，以鬻字卖画为生，饱受风霜。故作品情调感伤，悲欢交织。作者幼得之于父笔墨启蒙，后受之于兄丹青感悟，从而形成情景相融、语言

清丽之风格。

这位编纂者难免有些夸大其词。余怡芹算不上一位作家,一位名流。她的作品印成铅字的仅限于这九首词,不过小 32 开本的其中几页,况且还属非正式出版物。我曾翻阅过一批关于这一带文化的史志资料,也毫无新的发现。倒是她的兄长余百川留下的痕迹颇多,似乎有“江南一怪”之说。这位余孟海先生在他才华充分展露之际却毅然投笔从戎,在一位姓张的将军手下任职,不久便死于一次意外的海上爆炸事故。显然,《临江词》的编纂者对余怡芹及余氏一家是非常了解的。而且,我敢断言,那个人对余怡芹怀有山盟海誓般的挚爱。沈先生对这一行为的矢口否认,意味着另一个人的存在——一个可能隐姓埋名的男人。

作为小说家,我不习惯那种推论。我愿意用怀疑的眼光去打量一切。我所付出的努力仍然是不屈不挠地追求真实性——你怀疑的一切都可能更加真实。

6

第一次同那位年轻的女教师交谈时,我就觉察到她有一个下意识的动作:抚摸脖子。她的脖子比她的其他皮肤更白一点,很光润,还有两道浅浅的弧。所以这个动作很讨人喜欢。不过当时我没有因此而分心。重新关注这一细节是在今天的黄昏。

我觉得有必要同她再详细地谈一次。让她把“很怕”的事在我轻松的表情下尽量说完整些。我还做了这样的考虑,如果觉得方便的话，我愿意陪她至深夜——这当然已不仅限于调查的需要了。对她这样的天真烂漫的姑娘我生来就有好感。但是我太冒失了。她的房门虚掩着，我竟忘了咳嗽一声就闯了进去。她正好在换裤子，刚穿到膝处，见一个男人悄然而入便很吃惊，红着脸把裤子唰地扯到腰间，接着转过身去。我没说一句道歉的话。这种局面越解释越尴尬。可是我脑子里嗡了一下，我顺着她的手势发现她的脖子上套着一根黑白相间的小绳子。这根权作裤带使用的绳子霎时在我脑中形成了不祥的预感。我当即决定放弃原来的计划，全力进行青年男女间的那种"随便聊"。看来，她很老练。初次见面时那种外省人孤傲的目光和天性导致的腼腆一并摘去。我们俨然是老朋友了。这很好。

"你的口音听起来像是北方人。"她说。

"我是在北方读的大学。"我说。其实是在南方，没必要破坏她的自信。

"是在A城吗?"

"对。"

"你是B大的?"

"你看像吗?"

她自以为判断准确而显得眉飞色舞。然后她开始冲咖啡。"B大离我们学校不远，"她说，"附近有一家印尼人开的咖啡屋。"

"好像是新加坡人。"

"是印尼人。我常去那。你应该也去过的。"

"不多，就两三次。我讨厌马来人种，不伦不类，我宁愿喜欢黑人。”

我这时站起来把风衣脱下。我想借这个大幅度的动作缓冲一下，再问下去我招架不住。她接过风衣先看了看牌子。我感觉到她又准备说些什么，于是抢先一步。“你觉得写小说有趣吗？”我说，进入这片天空我便身轻如燕。“其实我写小说完全是偶然。”我从一本书上了解到作家舍伍德·安德森只消上午写小说，其他时间便用去喝酒聊天。我觉得这种生活非常适合我。后来我又发现威廉·福克纳与我所见略同，我就决定先把自己当作家待了。我不写诗。我写小说。我从美国人舍伍德·安德森那里知道，小说是可以随便来写的。另一个美国人欧内斯特·海明威让我懂得可以把自己知道的东西省略不写。最早告诉我小说里也照样可以自相矛盾的是阿根廷人豪尔赫·路易斯·博尔赫斯。这个年迈的人临终前提醒我注意为自己和朋友进行写作。

她对这些不感兴趣我能看得出来。但她的脸上晴朗了。这样就好。我在她面前走来走去。

“你的手干吗总放在口袋里？”她说。

“习惯吧。”我说。我意识到这是一个大胆的暗示。我把手抽出来，碰碎了一只杯子，是她的那只。“我赔你。”我笑着说。

“你可是个不够大方的男人。”她说。

我在离开的时候告诉她，我还会来。我请了创作假。“我要利用这个秋天来完成一部中篇。也许会把你写进去。”

“那不是我。虚构只能产生化身。”她突然笑了一下，“这里的人总在虚构我。”

我看着她。我关心这个意思。

“常有人在街上把我拦住，问我是不是谁家谁家的几姑娘。看来我和这地方还真有缘分！”她做了个优雅的手势。

“有没有人问你是不是沈家姑娘的？”

“没有。干吗偏要姓沈呢？”

7

沈家没有孩子。沈先生虽是入赘女婿可是对余二小姐很好。他们都是知书达理的人，平日里总是形影不离，像那棵枣树……

那阵子余家门庭冷清了。余老板看不出是个要死的人，说走也就走了。以后这门面就靠余大少爷独支着。每天日头刚落，蓝堡的门就关上了。蓝堡不是余老板手上营造的。上辈人说，早先这里住着一位留过洋的举人。但也不是举人造的。举人到这地方放漕，就地纳了一房妾，买下了蓝堡。有一天，举人的船在江心翻了，船上的人无一生还。蓝堡转到余老板手上已不蓝了。余老板死时，余家兄妹都还未成年。日子很清苦。余大少爷后来把屋子当了一半，领着余二小姐去走江湖，一年回不来两趟。过了几年，听说余大少爷吃了行伍饭，在什么人手下当副官，把余二小姐放在城里念书。再后来，报上说余大少爷在海上给炸死了。

到了这年的春上，余二小姐领着一位姓沈的先生回来圆房。当天还办了酒。余二小姐喝醉了，又是哭又是笑的。边上人看了没有不可怜的。那年秋天，树上的枣结得特别多。大伙都说这是个好兆：枣子枣子，早得贵子。果然不多时，余二小姐产下了一个男孩……

“那孩子呢?”

“死了。是个讨债鬼,都快五岁了,还是被阎王爷招去了。”外祖母叹道。她阴郁地看着窗外的月亮。月光凝结了她皱褶纵横的面容,使我想起浅川里一块被泥沙的水销蚀的青石。

那孩子是淹死的,就在蓝堡河里。那会儿正闹桃花汛,这河通着江,常有外江的船来跑生意。那天是个阴天。我去河边洗衣时还看见那孩子在船上玩,和一个穿灰长衫戴黑礼帽的男人逗着八哥。到了傍晚,我才听说孩子失了脚。“也是命里要死,”外祖母回忆道,“偏偏那会儿船上人都到祠堂听戏去了。后来还是那只八哥对着水里不停地叫‘西(死)! 西(死)!’才叫人起了疑……那孩子或许被冲到江里去了。要不,怎么连尸首也寻不到?”

这以后,余二小姐就再也怀不上了。也不再出户,好像一下子换了个模样。“可怜的人前世没修好。那孩子要在的话,恐怕和那个照相的年纪差不多。”外祖母说。

8

摄影师是同夏天一道来的。这个年轻的漂泊者自称到此地寻找一位亲戚。到了之后才知道他要找的人已去世两年。“我来一趟不容易。”他说,“这儿也蛮好。反正我是赤条条的没什么好牵挂的。我像蒲公英一样,随便吹到哪儿都能活。”他的洒脱与幽默使你初次见面就会对他产生好感。蓝堡别致的造型吸引了这位艺术家。他愿意出高于普通民房一半的租金住进这百年老屋。他被安排到沈家隔壁的一个单间。另外他在楼上的过道尽头占下了一大截,用纤维板隔成了简陋的暗室。他是个精力充沛的天才。他白天一般都背着相机出外揽活。更多的夜晚他用于艺术创作。很多年后,我在不少报刊上看到这些风格怪异的作品,很自然地想到了产生它们的时代以及艺术家在那个时代的生活。但我的全部感受最终都化为一条红色短裤。

蓝堡在我记忆里从来就没有年轻的女人。因此摄影师每天一回来就只穿一条红色的紧身短裤。这使他的身体看起来像马一样健壮。这匹备有红色鞍鞯的骏马使阴冷潮湿的草原崭露生机,蓝堡仿佛被搬出去晒了一回,变得干燥明亮。但是那只大黑猫好像异常仇视这个不速之客,在年轻人到来的当天便在他的大腿上留下了一道很深的血弧。“古怪的小婊子!”摄影师后来总背着沈家人这么说,“总有一天老子得打死你!”

那年的夏天特别热,日长如年。几乎所有的晚上我都是在院子里度过的。我躺在竹床上,望着布景一样的枣树,数着头上的星粒。摄影师这时候正挥汗如雨地在暗室工作,等结束了就提着毛巾去蓝堡河洗澡。我有时也陪他去,看他用各种姿势游泳。他游得相当好。他说蓝堡河和他家乡的一条河看上去样子有点像,只是浅一些。“我不喜欢浅水。”他说,“老人都说浅水里会遇到麻烦事。”他又说他从小就不光着身子下河洗澡,家里人让他穿红短裤,说可以避邪。可是有一天他慌张地告诉我,他的红短裤不见了。“我明明放在埠头上。肥皂还好好的……”他说得很认真。这个晚上摄影师很沮丧。他没有像以往那样点上一支烟到院子里和大伙聊上一会儿。从河边回来他就将房门插上了。到了后半夜，突然听到他在屋里喊：

“谁撒沙？”

乘凉的人都惊醒了。沈先生和我的外祖父先进了屋，用手电四处照射。我也想跟着去看看，但是给外祖母一把拽住了。我觉得这一天发生的事都很奇怪。楼上没有人，谁撒沙？然而摄影师不承认是幻觉。过了好些日子他还说眼睛里仍然像有沙子在折磨。

对摄影师的调查是我计划中的事。这位艺术家在蓝堡坍塌的第二年同当地的一位曲艺演员组成了家庭，以后有了两个女孩。但是不久前，他的妻子因患突发性心肌梗塞死去了。我于是在日落之前驱车赶往他的住处。在离城郊公路不远的一幢暗红色平房的正中门框间，摄影师单薄的身影在夕阳余晖里摇晃。这个中年人仿佛已被掏空，人整个地小了一圈。丧妻的悲伤在他过于早衰的双颊静静流淌。他好像预先知道我要来似的，因此一见面便省去客套的寒暄，而是把我引进他的卧室。

这是一间朝北的房子，光线很暗，也让人感到阴冷。其实他现在住得很宽敞，完全可以挪到南边的屋子去。他很快打消了我的疑虑。他说：“我的眼睛好像同阳光相克似的，见久了就难受。”我认为这可能是职业导致的眼疾，所谓职业病。我建议他趁早去看医生。他说也不知看过多少次了，所有的结论都“正常”。“昨天我又去了医院。医生给我开了些普通眼药水。我一出门就把处方揉了。”他说，过去的幽默又重现于脸上，但很快消失，之后他的神情

显得十分沉重。“我知道我这双眼睛迟早会报销的。”接着他向我说起了昨天下午的事：

在回来的路上，我看见一位衣着体面的老头在公路边徘徊。他好像在等什么人，走几步，停下看看，再走几步。开始我并没有在意等我从他面前走过，我突然发现他有一口很漂亮的银须。我还从来没有真的见过这样的胡子，让人又敬又畏，非常有吸引力。我当时想到的只不过是为他拍照。我觉得只要揿一下快门就使一张肖像杰作诞生了。那时光线不是很强，我的眼睛也比较好受。这种光线能使肖像拍得富有层次。我就过去同他搭话，问几点了。他说他的表早停了，戴在手上的不过是一种时间道具。这种谈吐口气使我把他看作一个高深莫测的游方道士，一位智者。我仔细观察他。我感到他的眼光十分古怪，正面觉得和善，侧面又觉得凶恶。我更不愿意放弃这个机会了。我提出了我的要求，但老人婉辞谢绝了。他冷静地说：你不必这样。你应该重挑一件事做。我意识到他话里有话。我向他说起了我的眼睛，我说我弄不明白其中的奥秘。他听完这些只是轻轻叹了口气。直到离开的时候才丢下一句话：

你见的东西太多了。

9

“他说的也许不错。”摄影师说，“我见的东西是太多了，而且都是些奇怪的东西。我小时候就见过长三个奶子的女人，见过蜈蚣交配，见过死了七天又从棺材里爬起来的老人。自从住进蓝堡——你大概就是来找我掏那屋子里的事吧。我想是的,你是该写写蓝堡。”

我递给他一支烟。他用力吸着,目光像捕捉一件不够清晰的人镜对象似的专注。往事如烟,他的表情让我相信他在努力地回忆,并试图把纷乱的头绪尽可能理顺当。我请他谈得随便一些,话题也不一定只限于蓝堡。我不是来采访他的,而是同他聊天。他表示有数,用略带浑浊的音调进行叙述——

“蓝堡在我眼里始终是一座不规矩的建筑,像先后经过几只手修改过。我曾经查阅过一些中外建筑资料,可以肯定地说,没有任何一种建筑风格能够看作蓝堡的起源。正因为这种不同凡响,我愿意多交房租住进去。不规矩使蓝堡成为一个杰作。我喜欢不规矩的东西。我的处女作叫《鸟》——实际上画面里出现的是一支古代的断箭和一只钉在墙上的烂苹果,这些都笼罩于鸟翅巨大呼啸的投影之中。我想表现那种不规矩的欲望之火。我拍这张片子时不过17岁。谁看了谁都说我是个怪胎。我或许就是个怪胎吧。我身世很苦。父母在我很小的时候就离异了,可能现在都已不在世上。我是在一家裱字店长大的。我到这地方之前那家老板——我叫他叔叔的,也死了。”

“你真是来投亲的?”

“也可以这么讲吧。”他说,“我那叔叔死后大约半个月的样子,收到了一封给他的信。发信人没有写地址,只标着‘内详’,我就拆了。那信上提到我,说我已经长大了,不能像猫一样总待在家里吃闲饭。大概就这个意思。写信的人署名‘昆兄’。我想这位‘昆兄’

也许是我的最后一位亲人，于是就按邮戳的指示到了这儿。可是一了解，这地方叫‘昆’的人至少有几百个。那天我在蓝堡河边站了很久，心里很凄惶。如果后来不是蓝堡的吸引，我可能会离开的。那时我对你们说，我这位亲戚死了。我觉得这样省事，你说呢？”

“你接着说。”

他站起来踱了一会儿，把刚才自动熄了的香烟重新点上。他说：

“那屋子不规矩。每间房的面积可能都不一样，楼上与楼下的结构也不同，互相错开又互相联系。你也许会有我同样的感觉，你进入其中很难辨出东南西北。你甚至会认为太阳是从南边升起的。我那个小暗房下面是沈家的卧室。因此我常在夜间工作时听到下面的动静。那女的——开始我还不知道她有病——总是嘀咕着‘饿’，沈先生好像从不理会。我就有点奇怪。有一天晚上，很晚了，我正准备洗手下楼，又听见那女人说‘饿’，说得有点儿瘆人。与以往不同的是，沈先生这回火气挺大地骂了她。骂什么我没听清楚，反正是骂了，要不那女人不会哭的。那晚的月亮十分好，星星都隐去了。我关了灯，沈家的灯光从楼板缝隙中穿射过来。这楼板也老了，我脚下的那块还有一个松动的疖疤，掏起便露出一个牛眼大的洞。（我平时用胶布把这活疖封好，以免暗房露光。）我仔细听着楼下的动静，担心事情会闹大。那女人还在呜咽，奇怪的是这呜咽中又夹杂着几声怪笑。我就小心地伏下身去，将活疖拿开——那女人被绑在檀木椅子上。沈先生用老人挠痒的那种小竹耙在她浑身上下慢悠悠地挠。女人像中风似的摇晃不止，唾沫顺着嘴角溢出。我糊涂了，不明白是什么意思。像这样整治女人……

“大约过了一刻钟的光景，事完了。那女人仿佛刚活过来，大口地喘着气。她好像也不哭了，眼睛直勾勾地看着男人。沈先生把预先熬好的中药倒在碗里，一口气喝下去。那药一定是很苦的，他的脸部不停地抽动着。喝完药，沈先生大概感到热了，就开始脱衣了，一件件地脱，脱光。然后他从枕头下面拿出一根非常细又非常挺的小鞭子，塞到女人手里；他安静地躺到竹床上，让女人抽他。女人显然不是头一回干这种事了，就抽；沈先生一边翻滚一边吩咐：重些，再重些！女人的手放重了，一鞭下去便显出一条浅痕。这样抽了好几十下，沈先生开始呻吟起来，但我敢肯定，他不感到痛苦。甚至他会觉得异常舒服——这是我很长时间之后才悟出来的。突然，他又一下跳起来，照着女人的脸打了一耳光：你怎么对我的脸抽？他把‘脸’字咬得很重。女人手中的鞭子滑落到地上，扑通对男人跪下了……

“以后女人就睡了。沈先生显然在竭力让自己平静下来，关了灯，默默地吸着烟。他茫然看着浑身的鞭痕，叹息着。那只大黑猫妖精一样地跳到主人大腿上，侧卧着，尽情享受主人的爱抚。慢慢地，沈先生的手又落到自己脸上，用力搓擦着。月光倾泻在他身上，使他看起来像一尊粗糙的雕塑作品。我注意到，他的眼角很亮。

“这实在是一个可怜而无用的男人。”摄影师这样总结道。

10

对于一件发生在几十年前的旧事，记忆中至今尚未筛去的，我都有责任把它们理解为精华。时间使事物的表现变得粗糙，同时又使本质的部分得到更为清晰的显示。

这位摄影师最大的失误是忽视了我的存在。我是蓝堡的最小窥视者。关于沈先生，至今仍有一些衰老的女人在黄昏滴雨的屋檐下说他是“那手功夫真到家”的“好小伙子”。这种性爱暗示是对从前辉煌的床笫经验的深切缅怀。我还记得沈先生有一天夜里被两个穿白衣的男人带走，过了好几天才回来，言语极少。他对我说他“出差了”。后来他又说他“犯了生活错误”。四年前，我在江边与沈先生分手后，不久收到他的一封信。“我这辈子对女人太贪得无厌了。”他这样写道，“我又没有办法不这样。女人是一口大酒缸，让你沉，让你醉。我于是便烂进这缸里，就是谁给我一把梯子我也无法爬出来……”沈先生遣用这个“烂”字实在妙不可言，使我仿佛看到一个单薄的男人和一群肥硕的女人狎戏的情景。我不知道他是在检讨自己还是在歌颂自己。

然而摄影师为何要捏造——如果确属捏造的话——这一攻讦性情节呢？

我很迷惘。

歌德说，如果你第一个纽扣没有扣眼，你就无法扣上整件衣服。为了不至于使这部叫作《蓝堡》的小说黄掉，我只好返回开始的阶段，陪沈先生重温旧梦。

“人世间许多事情是说不清的。”沈先生以这种哲人郑重的语气叙述，“余怡芹为什么如此执着地跟踪我以致向我献身，我和你一样感到茫然。事情虽然过去了很久，可每次一想起来，我就感到不安宁。甚至魂不附体——这不是你们作家惯用的夸张表达。那天晚上，我已对你说过，后来发生的一切都是那么自然，连本能的羞耻心都丧失了。天很冷，我们不可能一丝不挂。我在抚摸她之前先把手放在腋下焐了会儿，她对我微笑着。我在这一刻想到了我以前的恋人……这些日子我还想过，觉得自己当时已经不知不觉地把二者统一起来了。如果不是上帝用微笑把两个女人造得那么相似，我或许没有接近她的勇气，至少不会占有她。我想这大概是上帝对我的一种怜悯，一种补偿。我向她跪下来，我说给我吧。她连忙把我扶起，含着泪说：‘我只给你！’我们紧紧拥抱。这时候她从怀里拿出了一方手帕，几乎泣不成声地说：‘我一直带着它。我知道有一天会用上的……’”

沈先生拭了拭眼镜。然后从随身携带的棕色小皮箱里拿出一只精巧的首饰盒，打开，里面正是余怡芹的那方真丝白手帕，我看见了一朵浅褐色的梅花。

“这朵梅花让我震惊。”他说，“我那位已故的恋人就叫‘梅’。多么难以理喻啊！这朵以处女为代价的梅花抚慰着我滴血的心灵——和一个病人相依为命几十年，是很艰难的。但我不后悔……”

“她是什么时候病的？”

“我至今也不完全明白，究竟是她有病，还是我把她当作了病人?”沈先生思索着说,“很多人认为她是因为我们的孩子夭折才病的。实际上,我觉得这之前她就有点异样,说话爱重复,眼神有时非常专注。孩子的死不过是雪上加霜。可是,我们的日常生活,包括性生活,都很正常。她以后的不孕,据妇科检查是因为产后处理不慎导致输卵管堵塞。她为此痛苦了很长时间,也出现了短暂的性冷漠。孩子丧生前她还工作过,是一位很好的教员。现在看来让她退职是一个失误。如果她继续工作下去,也许会使她恢复得好一些。”

最后,我又提到了《临江词》。我认为这位编纂者是余怡芹生前的好友,但我没有明确指出这位好友的性别。沈先生摇摇头,说:“她向来是孤芳自赏的,很厌倦社交。如果真是她的朋友来做这件事,我想会自动找上门来。”他的意思是可以把这件事看作民间的一种文化积累劳动。他说,搜集者总会运用意想不到的手段。

11

昨天夜里我又听见了那声音。南风把他们的交谈刮到了我的窗下。这个季节怎么突然刮起南风呢?他们的声音很窄,像是经过了时间的过滤。我发现以前错了,他们的声音并不苍老。浑浊是因为太激动,或者是疲劳的缘故——那男的好像是从很远的地方赶来的,声音和呼吸一样短促。可他又很固执地告诉她:我没有走远。我其实一直在你周围转悠着,只是你看不见。女的悲伤地说:你骗我。那不是你。我要你。我在河面一直等你等到月亮升得很高很高的时候,你还不来;我饿了,就先走了。男的说你真不该这样！女的哭诉着：你太虚伪了。我知道你有意躲着我。你不来就是想让我早早地走。你就是这样想的。男的叹了口气，说这样也好，反正我离你很近了。我这不是赶来了吗？

“后来怎么样？”

“后来我大概睡着了。”

这位女教师在回忆以上这一梦幻般经历的过程中，神情与其叙述的内容达到丝丝入扣的呼应，使她尚存稚气的面孔上平添了一层“过来人”的忧愁。在我看来她似乎已经不是“目击者”，而是在下意识地倾诉自己的情怀。换一种说法，她在利用别人的舞台来演出自己的剧目。但是我又觉得她为过去的传说作出了现在的注释。我望着脚下静静流淌的蓝堡河，它和历史一样地曲折，又和生命一样地运动。这是一条永远不会枯涸的欲望之河。现在，月亮伴随着姑娘的叙述已经悄然升到了我们的头上。然而它浸在河里的映象依然是零零碎碎的，像一堆瓷器的碎片。它仿佛正以沉默而零碎的方式撰写一个新的寓言。

月光与水的交织，使我想起一个叫月光湖的遥远之地。很久以前的许多黄昏和夜晚，一个男子同一位姑娘在那很好的水面上度过了一截欢乐的光景。月亮自始至终目睹了那场惊天地泣鬼神的爱情游戏，使他们的胴体变成浅蓝色。“月亮涂给皮肤的颜色是永远不会褪去的。”姑娘后来这样说。那年秋天，姑娘奇迹般地失踪了。她像一只长满羽毛的鸟儿一样从此飞出了作家的生活。她的生命业已融入了作家的阴影之中，在月亮出现的好日子里与我做伴。多少年过去了，我孤独地肩着脑袋四处寻找着她的踪迹。

人们在雨季开始的时候,总能看到一个习惯沿着河边行走的流浪汉。那就是我。

“月亮真好……”

“是的,真好。”

“那天晚上的月亮也是这样好……”

“是的,一样好……哪天?”

这段对话一开始就让我迷惑。这位至多让我觉得面善的姑娘与我过去的经验没有任何联系。我们实在没有什么过去好谈也没有“那晚”。我现在认识到我们到河边散步显然是一次错误。河边是个十分危险的地点。我经历的九次生命赌博有七次是在河边发生的。眼下我面临第十次。我不喜欢“十”。这个数字带有完整和终结的意思。我印象中的“十”是一张寂寞的单人床,最先享用它的是一个叫作耶稣的洋人。而且我如今也非常害怕月亮。在这种阒然无声弥漫着氤氲之气的恶劣的环境里年轻人很难保证不干傻事。以后的结果表明我预先的判断不失正确。

12

我很疲倦。大梦初醒,我汗涔涔地从被窝里爬出来。心脏跳得似乎有点不对,从左边跳到了右边。由此我想到我的第一次性经验。永生难忘的第一次是以世界为对象进行的。在那无比痛快的瞬间天空飞起一道彩虹,以后是岩浆熔铸为钟乳石再溶化为水——彻骨冰凉!那是很久很久以前的事了(那时我多么有用多么骄傲)。那一次我赢了。我输得最惨的是第十次。

后来的事发生在天才的诱惑与无畏的暗示水乳交融的时代里。发生在永垂不朽的爱河边。发生在一件浅灰色的风衣上。

“你这件风衣是怎么得到的?”她突然问。我没有说买的。既然她这样问就意味着我的风衣应该有点来头。“我现在记不起来了,”我留有余地,“真的。我记性不好。”她立即流露出失望的表情,哀怨的秋波正好给我一个提示。我说:“好像是谁送的。也许是位姑娘……”我望着洁白的月亮,觉得谎言有时候实在可以变成真理。我听见她轻轻吁了口气。“也许是吧。”她说,“那姑娘大概和我一样喜欢这件风衣。她希望一个令她满意的男人穿着它,经常在她眼前走来走去……难道不可能吗?”

我点点头。我说于是有一天那姑娘去商店买下了这件风衣,然后通过很好的方式,比如说邮寄,送给了一位在她看来蛮不错的小伙子。她不认识他。她可能在街上与他摩肩而过。后来她在一本破刊物上偶然发现了一个作家。她觉得他们是同一个男人。她便按图索骥。她甚至可以杜撰一个男人的名字和地址。她相信天底下总会有一个男人能够收到她的礼物。“他收到了,也穿了,非常合身。他也非常喜欢。”我说,“可他至今不知道寄件的人是谁。他猜应该是位姑娘。在以后的日子里,他把这位空气一样的姑娘珍藏在心中,视为情人。他想给他寄礼物的姑娘也会这样想的。”

“不,那时她还小,才 17 岁。”她摇着头并且笑着说,“她只有一个愿望:让他穿上,给她看。哪怕一眼。她就是为了常能看他一眼才咬着牙把大把的钱填进那家印尼人开的咖啡屋的。隔着茶色的玻璃,她看见他穿着风衣从落叶纷飞的路上走来。他爱把手放在口袋里。她总是看着他潇洒地走进天空……后来她流泪了，她觉得很开心。

“有一天，他走进了这家咖啡屋……他那时穷愁潦倒。他几乎不上这类场所来。也许他穿上这件风衣产生了某种预感才小心推开玻璃门的。屋内能见度很低，橙黄色的灯光让他想起古典悲剧作品。他找了一个较偏的位置坐下来，看着外面渐渐升高的月亮。那夜月光如水。

“她只能看到他的背影。她有几次都想换到离他侧面很近的座位上去。她甚至还这么想过。他会突然回过头来注意她，然后用电影上常见的那种英国人的口气说：小姐，能请您喝咖啡吗？这个可笑的念头让她的心跳得像一匹小鹿。”她说，“背影也许更好。现在她更相信了这一点。”

所谓走火入魔指的就是昨晚的事。

现在，我醒了。我醒来的第一件事是靠在床上抽烟。烟味很苦是过度虚脱带来的判断。我注意到我的写字台上有一片很斜的橘红色阳光。（是最初的一片还是最末的一片？）接下来我自然要回到我的小说中去。由于昨夜的失败使我省去了露骨刻画的篇幅。思绪中断，于是另起一行。

我想还是回到沈先生身上去。作为今天健在的蓝堡的最早居住者，作为余怡芹同床共枕（排除摄影师的干扰）几十载的爱人，他无疑是这部小说的主角。但是实际上他已没有什么好谈。昨天晚上我在河边的体验让我做出这一结论。我所惊讶的是，我与这位尊敬的长辈恰好站在一座桥的两端，彼此观望；他走过来，我走过去。共同点是我们都没有了退路。桥很窄。这或许重要或许不重要。

我在不能写下去的情况下,通常的做法是去户外活动。我出门的时候看见年迈的外祖母正倚着走廊的柱子晒太阳。此刻阳光落在她的身体半侧,因此使老人处于阴影的另一半,暗示出从前的清秀。一群黑色的小鸟扇面展开从空中无声掠过。我听见老人喃喃地说:

“如今的鸟好像都不会叫了。”

13

我这辈子见到最好的鸟是那只八哥。那才叫活的鸟。它每年春上随外江的船队来蓝堡河,桃花谢尽了才飘走。那是个懂得讨好女人的杂种。女人一来,它就“噗噗噗”地在你面前飞来飞去,有时就落到你眼前的埠头上,色眯眯地盯你,同你嚼舌。“已(你)好已(你)好。”我也回它你好。我问它吃了吗?它说“漆(吃)了。”你要问它住哪,它就昂着头说:“已(你)——全(床)——上——”——鬼东西还讨便宜咧!我就把棒槌一拍:杂种!它就腾地飞去了,落到穿灰长衫的先生肩上。这时候要是余二小姐在总会拉住我的膀子,生怕我真的把棒槌撂过去。过了一会儿,那鸟又来到余二小姐头顶上打转,叫着“美银(人)!美银(人)!”你看,多有灵性的东西!

自从沈家少爷遭难,那方的船队就再也不来这儿歇脚了。据说那鸟后来也被主人撵走了,不知落到了哪块野地方,或许死了。

岸上人那天都咒这杂种。说你这杂种勾女人的魂还显不够又去勾孩子的魂！说来也怪，沈家少爷向来很乖的，平日里一个人在院子里玩球。那天下午，那只八哥飞到了枣树上……人们在河边骂了一夜，船上的人吓得缩在舱里不敢出来。那个穿灰长衫的先生——大概是老板吧，托手下人给沈家送了一笔款子，自己连夜先逃走了。“命里定下的事是赖不掉的。”外祖母叹道，“要不，沈家不会断后，余家也算有了半条根……”

“余家少爷也没有后代?”

“连婚都没结上，就去了。”外祖母说，“听余二小姐从前跟我说，她哥哥死的时候不过 24 岁。每回一提起余大少爷，余二小姐就哭得撕心裂肺的。她说她哥哥命最苦。那几年走江湖尽遭阔人冷眼。好不容易熬到日子像样了些，他又回不来了……”

关于余百川之死，当时的报界是作为“爆炸”性新闻披露于世的。因为其时余百川虽然在军界谋事，但实际上人们一直把他看作一位前途无量的青年艺术家。几年前我去了解《临江词》的过程中，凡涉及余百川的资料我都录以备忘。我印象最深的是《时报》。这家以长江中下游地区报魁自居的四开八版的报纸，在头版头条的位置上，以“百川归海”为题对这一悲惨事件做了大致如下的报道：

10 月 23 日晨 6 时许，一艘机帆船划破茫茫雾障，昂然向大海驶去。在船首桅杆下立着一位年轻英俊的少校。他静静地吸着烟，仿佛向浩瀚的海面投去了深情一瞥。他在引导这次航行。但他绝没有料到，这艘乘风破浪的帆船会把他载到生命的极点。

爆炸发生在这艘载有烈性 TNT 火药的船驶出海湾后的四十分钟。其时一轮红日正从海面冉冉升起，而一位天才却业已成为火中凤凰！据幸存者后来介绍：爆炸纯属一次意外事故，可能因为火药触及明火所致。船上官兵除四人劫后余生外，余下十七人全部遇难。其中包括负责这次航行的少校副官余百川君。

……

据我所知，这位余百川君生前的名气并不算大。知晓他的人仅限于江南。正是由于他过早的悲惨殉国，使他死后百倍于生前光荣起来，从而跻身名人之林。对死人的慷慨是我们这个古老民族的优良品德之一。在新近修订出版的《名人大辞典》里，余百川的条目也因此而拉得很长。

“你可见过余百川？”我问外祖母。

“你是说余大少爷？见过。”外祖母说，“有模有样的人才。我那会儿在你外祖父戏班子里卖茶水。一有新角儿来串，他们就让我去给余大少爷送帖子。他是个很好的票友，能拉会唱。当时蓝堡的楼上是余大少爷的书房，他白天都在上面写写画画。我知道读书人讲究清静，每回上去总是悬着脚跟。有一回……”

外祖母的眼神再现了从前的机智善变，好像决心要掩饰什么令人难堪的东西。也许因为事情过于陈旧当事人也早已化为尘埃，所以她的迟疑像一阵风似的吹过。那是在春节后的第四天，她说，南京的一名红角来此地作“飞行演出”，唱全本的《孟丽君》。我一早就去蓝堡给余家送帖子。我轻轻地上了楼，余大少爷书房里还亮着灯。我看见余大少爷在屏风后面玩鸟儿似的玩着一只绣花鞋。一边玩着一边像是同另一个低声说着什么。我很奇怪，就把脚放重了些。余大少爷连忙闪出来，我看见他的脸一下变白了，转身就把那鞋藏到袖管里……“我后来有意摸到屏风后面看了，并没有另一个人。我倒背上出了冷汗。”外祖母眨眨眼说，“我便慌着下楼了。在楼口我看见余二小姐正懒懒地从自己房里出来，头上斜别了一把梳子。我同她打了个招呼就走出了大门。不久，余家兄妹出门谋生。临行前，他们花了不少工夫把那棵枣树修剪了一下。”

我在外祖母边上踱着步。此刻阳光正不懈地把我的身影努力拉长。时间总是在人们的漫不经心中悄然流逝。日落日出作为生活中最普通的景观，谁也不想多看上一眼。这中间的千变万化常常被我们省略。凭借词典去了解世界显然是可笑的方式。我们今天在翻动历史教科书时的感觉，仿佛邻里间礼节性的相互走动。等那扇门在你身后关闭了你才意识到自己两手空空。我们对屋子里发生的事一无所知。于是上帝安排小说家去撩开窗帘的一角，针对被省略的部分，去捕风捉影，继之让这些人作天马行空的表达。

至此，我的这部关于一座老房子的小说似乎可以宣布结束了。蓝堡差不多已被掏空。我不想推卸责任。我承认许多细节都是经不住推敲的。再就是，有些人物都是在能见度极糟的环境里只露了一下脸甚至根本就不肯露脸便随风而逝，因此我仍无法看清他们的面目。我本人也没看清。尽管如此我们想宣布结束。我洗手不干了。然而后来发生的事无一不证明我是个自命不凡的小说家。

14

一想起后来发生的事我就感到恐怖。这些天我脑子里总旋转着那女人的影子，赶都赶不走。我不想再见到她。我怕见她。这该死的眼睛又开始疼了……

你肯定还记得我在河边丢失了一条红短裤吧。就是这天中午。我回来的时候你们都在午睡。在门口我遇到沈先生，他大概出去办点事，手里拿着一把遮阳伞。那天太阳很毒。我想起前些日子看见的事，心里觉得这个男人又可怜又可笑。我没有回自己屋子，先去了暗房，准备把上午拍的卷冲出来。那天楼上还串风，忙好了我就在楼板上铺了凉席，倒头便睡。我有点乏了。我想当时我睡得很香。过了会儿——到底过了多久我不清楚，我隐隐约约地感到自己和一个漂亮的女人在做那件事，当然是在梦里。我好像还是头回做这种梦。摄影师重新续上一支烟，说："当然，你会说一场春梦犯不着大惊小怪。我当时也这么想，可是很快我发现了……"

"发现什么了？"

"一条小绳子。"摄影师说，"黑白交织的绳子。我立即认出这是那女人的东西。有一次她出来上厕所，我看见她捋衣服时腰边露出了一截绳头——她的裤带。我害怕了。刚才发生的事似梦非梦像瘟疫一样包围着我，我觉得自己快要窒息了。我悄悄走下楼，特意看了看沈家，那门上分明有锁，从里面是无法打开的。我就更吃惊了，这女人是怎么摸到我身边的？直到现在，我还是弄不明白。那条绳子实际上已成了一条蛇，经常在后半夜爬进我梦里……”

“那绳子还在？”

“我后来把它从楼板那个小洞里扔了下去。我还往里看了一会儿。那女人伏在床上用被子蒙着头。从被子不断起伏上我猜她可能在哭。绳子一落地就被那只黑猫叼走了。这小婊子好像知道家中出了事，昂着头打量着楼板。”摄影师回忆说，“这天晚上我去河里洗澡，先在水中把红短裤脱下使劲搓了几把，腥味很重。然后光着身子在边上随便游了一会儿。白天的事压迫着我的神经，一想就恶心。我过来拿肥皂时才发现红短裤没了。在埠头周围我摸了好久也没摸到。我想坏了这下闯下大祸了……到了下半夜，楼上有什么东西往我房子里撒沙子。绝对不是什么错觉。大概从那时候起，我的眼睛倒霉了。很突然，说难受就难受。就像锅一样，看起来好好的但随时都会出现一个小洞。”

这位中年人这一刻显得对自己的前途忧心忡忡。任何光荣与梦想都被灰暗的情绪所淹没。我这次的来访实际上带有辞行的意思。我觉得我的小说大致可以完成了。剩下的工作不过是调整个别词句而后有兴趣就抄一遍。这些简单的活我可以带回省城去干。当然,我的主要用意是想告诉艺术家,他的某种判断属于神经质的异想天开。我指的是沈先生。我不认为这是一个双重残废的男人,他或许在玩一种别具情调的游戏。我要说服摄影师撤销固有的结论。最有力的证据是沈曾致使女人受孕并生育。“那孩子连走路的姿势都像是沈家的种。”我援引了外祖母的观点。

“也许吧。”摄影师说,“也许姓沈的和你我一样有用。”阴沉的表情和轻慢的语气很不协调。他一边说着一边从一本很旧的相册里找出一张同样很旧的放大照片,扔给我。“看看吧,”他说,“好好看看。”

这不过是一张普通的照片,而且曝光明显不够。是俯拍的,构图十分平庸,但内容颇有新奇之感。从窗口射入的光线把沈先生刻画得非常高雅。他正对着镜子观察着,两手绷着一条棉线放在脸颊上“锯”。而且两根小指头都微翘着。这叫“开脸”。南方乡间至今还留有这种习俗。女子出嫁,须改换发式,再用棉线就着脂粉来去净脸和脖子上的茸毛。我记得外祖母曾经替一位远房的表姐开过脸,还唱着一支“开脸歌”:新媳妇,过了门,开脸才是婆家人。一开金,二开银,三开儿女走成群。

我放下照片,不想再说什么。

15

在这部小说开头的部分里,我运用司空见惯的老掉牙的倒叙手法,先展示了蓝堡及余怡芹的生命结局。好像这样做是基于功利的考虑。制造悬念增加可读性。实际当时的情况一点也不复杂。那座老房子要拆，为了使可爱的下一代有更广阔的活动场所。这当然是非常好非常必要的目标。因此我们在春天到来的时刻纷纷迁出，期待以后的鸟语花香。但是沈家女人坚决不搬。“这是我的天堂，也是我的地狱。”她冷静地解释着。这句话在当时至少没有引起足够的重视。大家把它理解为正常人的遁词或者非正常人的呓语。主管部门准备等沈先生出差回来后再做交涉。

于是悲剧就不可避免地发生了，应验了女人的预言。余怡芹或许意识到自己劫数已到，又不允许任何外来的力量来摧毁自己，就实行了自我消除。

闻讯匆匆赶回的沈先生在经过长时间的悲怆后，做出另一种分析。他认为这个悲剧不存在长久的酝酿阶段，而是更年期突发的恶果。“上周，她刚刚断经。”沈说，“她无法忍受这个事实。”

作为最早的目击者，摄影师对那个雨雾的黎明记忆犹新。“那女人的呼叫使我惊醒。”他说，“好像还是‘我饿’，拖音很长。”后来他诧异的是她为何偏要选择那条小绳子结束自己，而且这根似乎能被他拽断的绳子竟然会把一个活生生的人挂起来。摄影师因此怀疑自缢的不是余怡芹的肉身，而是她的魂灵。“我不相信她轻若鸿毛！”在这位鬼才的艺术家看来，现实中的余怡芹“很久以前就死去了”。

这场飞来之灾仿佛是我的外祖母意料之中的事。她对当时发生的一切只是感到悲伤和持久的沉默。二十年后针对这段尘封的历史，她依旧重复从前的谶语：

这屋有那东西压着。

蓝堡和余怡芹几乎在同一时刻毁灭，最先起源于作家本人梦中的一念之差。因此我们只好认为是上帝的一次巧妙安排。这就像死后的余怡芹面容丝毫没有受到损坏一样，我们不妨看作是苍天对一个女人的博大宽容与深厚怜悯。苍天有眼，只是你不觉得。

这样，我就可以考虑启程了。我决定很快离开的另一个原因是我受不了那位女教师的循循善诱。我不想再参加爱情剧目的编排与演出——我不想败在女人手里以至像海明威那样把属于自己的大半个脑袋用猎枪处理掉。我还年轻我应该走正路我还要去实现远大抱负还要享受下一个世纪的实惠。但我不能不辞而别干了就逃。我可以对蓝堡河边的那个月夜沉默。我也不会再选择黄昏去找她，这样大家都放松。然而后来的事让我惊讶无比以致现在还心有余悸。我并没有见到她。一位脾气很好的校工告诉我，她去找一件东西去了，去多天了。“好像是一件风衣。”校工说，“她说那件风衣不是她的，但上面有她的东西。”我这才想起来我的风衣在河边遗失了。顿时我有了卷入一宗命案的惶恐，便于今天早晨匆匆搭上开往省城的头班车。在车上，我遇上了沈先生。这或许是我们的最后一面——他要迁回原籍。“这地方，总让我不安。”他深有感触地说。

我和沈先生是在中途分手的。他在这个叫作韵关的小站下车，换乘开往蒲口方向的长途汽车再在那儿上轮船。那一段路面我曾经走过，是极好的。停车的时间很短暂，我们握手道别。他这一刻有些激动，好像有许多话要急于吐出来。他问我是否可以将那卷《临江词》送给他。我说可以。“我或许能想起是谁做了这件事。”他说。我心里一热。我料定沈先生心中对此事早就有数，可能限于某种心理障碍使他守口如瓶。我期待着。天色这时候起了变化，很快飘起了雨丝。我想起几十天前返回故里的相似情景，觉得冥冥之中仿佛有一种特殊的力量在起着支配一切的作用。车又开动了。我从汽车的后窗望着逐渐缩小的沈先生，恻隐之心油然而生，使我的胃很不舒服。等他完全被织进雨幕后我才转过头来，默默地为这个步入黄昏的男人祈祷。

傍晚我回到自己家中，泡了个澡就躺下了。连日来的奔波和冥想使我觉得自己的身体成了一截被白蚁镂空的木头，随便敲击哪个部位都会发出空洞的声响。但我又想起可能还在雨中漂泊的沈先生。想把《临江词》尽快给他寄去。我发现我们彼此都疏忽了一个不该疏忽的枝节：地址不明。我开始怀疑沈先生此次旅行的真实目的。他是否果真叶落归根？他的根又在哪里？他也许没有根。他与那块令他惶恐不安的土地结下不解之缘。他实际上是一个逃亡者。

第二天下午，我去附近的一个风景点散步。两位比试着太极拳的老人的随意交谈使我产生了眩晕。

“老了。再比试也还是老了。”

“那是。昨天从韶关开往蒲口的客车，下坡时被一棵突然倒下的树碰了。其他的人全都好好的，独独送了一个老头的终……”

“据说是一个孤老头……”

16

两年后的清明，我回到故乡替外祖母做周年祭。据当时的医院鉴定,老人死于脑溢血。而我家里人告诉我,外祖母是感到了什么东西的压迫才走的。老人走得十分安详。她说:该我上路了。这句话使我在清明这一天沉浸在无比宁静之中。也让我想到了余怡芹。这个可怜女人的坟前实在太冷清了。我于是去邀摄影师一道到余怡芹坟上看看,顺便给她烧几张纸。

摄影师还是倚在门框上,看上去好像对我很冷漠。等我走近我才知道不幸的事已经发生了。我不禁捉住了他的双手。

"是你……"他说,口气倒很平静,"现在好了。这结果也许不坏。"

那次你来过不久,我又遇到了他。我好像一转身就发现了他。他刚撒完尿,正系着裤子。他的皮带很宽,显得有分量,一看就知道年代很久了。他这回没有避我。也许是在等我。当时天色很晚了,我想把他请到屋子里去喝两杯,他摇了摇头。我说您老上次留下的话我记住了。您无疑是对的。我现在只想问问先生,我这双眼睛是不是还能保得住?他不言语。我就给他跪下了。他扶我的时候打了个趔趄,像去扶一团空气,我连忙把他搀住。接着我吃了一惊,我看清了他的眼睛……"我想大概和你现在看我的情形一样。"摄影师仍不失幽默地说,"我听见他叹了口气。他转身向西走去了。从他的脚步上我能看出他对这一带非常熟悉。走了几步,他又停下来,回过头对我说:你的脚迈得不是地方……"

……

作家于黄昏前出现在蓝堡河畔。他发现,那株早已被伐去的枣树根须由地下延伸到了这儿，并且萌发了几点嫩绿。站在这个位置上，可以看见彼岸的一块很好的坡地上余怡芹的墓冢。远处一片怒放的桃花实际上已成为它的背景。

坟是青青的而且是永不寂寞的。作家最后的目光被置于墓碑前的一炷安乐香全部吸引。

一只黑色的小鸟优美地从这片天空飞过。

1989 年 12 月 21 夜　合肥

（原载《作家》1991 年第 4 期）

流动的沙滩

人们对于任何东西都没有十分的把握，我们始终在流动的沙滩上行走。

——克洛德·西蒙

说明·新小说

《流动的沙滩》是一部关于遐想的妄想之书。书名出自上面那句法国人的话是很显然的。我不懂法语。电视里法语教学节目给我的印象，首先是它的书写形式和英语德语差不多，用的还是古罗马人遗下的文字；其次是它的发音没有脾气，软软的。据说对情人说话用法语最恰当，我不怀疑这点。

引文来源于1982年秋天克洛德·西蒙在纽约大学“新小说”讨论会上的发言。是最后的一句。值得说明的是，中译者实际上遣用了“前进”而不是“行走”。我擅做主张进行了改动。我不喜欢“前进”，并非因为这个词似乎具有政治色彩而在于它的方向性。所谓行走在我看来是毫无方向的漫游。在无路可行的情况下我们还可以调过身子再往回走。我以为这样好一些方便一些，所以我不是篡改。西蒙还活着，在东比利牛斯省佩皮尼扬附近的小村庄萨尔塞斯修剪自家的葡萄，考虑怎样去花掉1985年从斯德哥尔摩拿来的几十万美元。

还必须说明，《流动的沙滩》不是我的作品。它的实际作者是一位看上去还算健旺的老人。在不远的一个夏日黄昏里，他以不披露姓名为条件向我谈起要撰写这本书的计划。我们谈了很久，但他只是说了书名。如果没有意外的事发生，那本书至今仍在老人脑海里漫游。这次谈话的另一个主题是"新小说"，一个极不严密并且也很空泛的概念。老人说，它的提出首先基于对巴尔扎克和斯丹达尔一伙的反动。同时一家叫作子夜的小出版社网罗了这些文学的叛逆者，集中出他们的书——那是些白皮书，加上一个蓝线边框，封面中央有一个蓝色的"M"——法文Minuit（午夜）的字头。"但是有的作家，比如玛格丽特·杜拉，对这种沙文主义倾向的归纳不以为然，甚至反感。"老人进一步指出，"以罗布-格里耶为首的几个作家为着他们共同的利益四处摇旗呐喊，使这个概念慢慢变得不那么讨厌。"老人的口气傲慢从容，似乎对谁也不买账。他声称30岁前后就研究过所谓的新小说。他把这段历史视为"错误"和"不懂事"。他说罗布-格里耶本身就是个谬误，走着一条"理论与实践相背离"的交叉小径，按照中国民间的说法，即"说是说，做是做"或者"言行不一"。"一个优秀的小说家是不能打着理论的旗子行走的。"老人批评道。他认为罗布-格里耶应该放弃制作小说的权利，改行一门心思去弄电影本子。因为他那部《去年在马里昂巴》使"新小说"度过了阴冷之年。然而这也不过是证明"电影拯救了新小说"。

我当时的感觉是,老人不是坐在沙发上而是坐在祭坛上。那一刻我把他看作了权威的化身。这种崇拜起源于我的妄自菲薄。我认为这也是在所难免的,时代需要偶像。在离开他的寓所时,老人按着我的肩头说:“年轻的时候,我干了许多蠢事。写小说是其中之一。”

我说,按照您的意思,《流动的沙滩》自然就不属于小说了。“那是一本什么样的书呢?”我发自内心地加了“呢”这个语助词表示我的天真可爱和我的虔诚。

“一本说不好的书。”他说,“你可以把它看作更换电话号码的通知或者使用新型卫生巾的说明。一种读物而已。”

流寓南方

南方永远是神秘的。这是我的祖先最后的遗言。我的祖先在人类处于蛮荒时代开始进入中原。他们习惯在门前的一条大河里撒尿,然后又饮这饱含尿汁的水。这水是圣水。在战争和瘟疫间歇的时间里,他们劳动、交媾、研究星相学和巫术。群居的传统培养并维护了朴素的民风,偶尔为争夺一个女人血刃相见也不会妨碍他们的友谊。他们不喜欢杀人,轻视暴力。但又爱好用异邦俘虏的血酿酒,以这种方式使生命得到延续。然而死亡永远超过新生。一千年后的一个深夜,空中落下一块灿烂无比的石头,部落亮如白昼,公鸡提前三小时啼鸣。陨石迫使那条大河改道。于是我的祖先随着羊皮筏子开始了一场史无前例的大迁徙。他们像大雁一样接受自然和时间的约束,逃亡南方。

我的祖先从此落入南方的陷阱。在光阴轮转好多圈以后，我诞生了。我实际上是在迷宫里诞生的。那个夜晚，接生婆被我的啼哭弄得手舞足蹈，浑身喷发着钢蓝色的光焰和酒香，最后像一片叶子似的随风飘逝，落到远方的水里。随着时间的推移，她的葬身之地形成了一座风光秀丽的岛屿。

这个传说最先出自一位独眼的巫师之口。他告诉我，接生婆就是我的母亲，人们把她当作艺术的化身。据说她是用牙齿结束了我与她的联系。在我的腹部至今保留着五颗牙印。我之所以称她作接生婆而不叫她母亲，在于我们之间的另一种联系也失去了——奶。浅黄色的细流，生命之初所需要的肥料。

我是男人，但我也是水制成的，连姓氏也与水有关。我的汗腺发达，小便也多，习惯在雨中徜徉，不打伞。从 3 岁到 13 岁，我经历了九次生命风险八次是在水里。然而我有一种预感：我自水中来，最终会回到水里去。我现年 33 岁，正处于生命的圆心位置；就是说我还有一个半径的路要走，大限还早。

在流亡的日子里我每天为黎明祈祷。你也不妨看作我是在祈祷黄昏。照片上看不出这两种时刻的差别，同一张照片可以把日落日出随便更换。这很容易。

我的逃亡生活一般是在夏天进行的。夏天与我的小说有很大关系。我在夏天里杜撰夏天的故事——我不知道自己为何选择这个令人不安的季节作为小说的底色。我本人与夏天没有重要的联系。我生于秋天，也是在秋天里恋爱以致她人受孕的。

很长一个时期以来，每天的后半夜我开始失眠。换一种说法，是我醒得过早。我躺在床上不自觉地把自己的生命检查一遍。那感受像在翻一本尘封已久并且无头无尾的典籍。其中毛病很多,其中漏洞很多。在月光朦胧的时刻,我能觉察到自己末日的情形,垂死的形象和挂在门后的脏袜子一样令人恶心生厌。但我不沮丧。我觉得那时候真正的我已如一缕青烟飞出了窗棂,追逐云彩,然后进入另一个青春的身体——于我完全是陌生的。这个陌生的青春之躯,载着我的灵魂继续在大街小巷行走,抽着我喜欢的国产香烟,把双手放在裤袋里,与异性做广泛的但又是一般性的交谈。不同的是鞋码。我仍然活着。我的那具不堪入目的躯壳留着应酬他人悲伤或者不悲伤的眼泪,接着送入火化炉,再掏出来填进小盒子,作为家族的一件古董。也许那天我本人也挤在送殡的行列里故作肃穆,对自己从前的躯壳投上忧伤的一瞥,只是谁也不觉得。

这种感觉,在我很小的时候(可能是第一次想到死亡的时候)就很自然地形成了。昨天夜里我靠在枕头上吸烟,设计弥留之际的语言以及用哪种方式完成最后的礼仪。想了很久没有想好。拂晓时分一只黑鸟从南窗前掠过,我想这是个暗示。我于是起床了,推开窗,微带咸味的海风使季节的界限变得模糊。这个时候,对面的窗口还亮着灯。老人在写作。不过很快就熄灭了。

我已经说明《流动的沙滩》是老人计划要写或者正在写作中的书。我们是在船上邂逅的。当时那条叫作“迷惘号”的客轮在经受海上七级大风时出现大幅度的倾斜,因此使两个陌生的旅伴相遇,之后是一见如故成为忘年的朋友。直觉让我相信我们都是流亡者。选择南方则完全是命中注定的事。在海上漂流两天两夜后,

“迷惘号”于第三天的黎明接近了一座岛屿，它的轮廓像一只丰满的乳房。船长是位粗犷又不失洒脱的中年男子，显然是个把海当作情妇的家伙。他熟悉这一带海域的情况就像熟悉女人的身体。“差不多每次航行都这样，”他叼着雪茄说，“总是在遇到麻烦事以后才顺利起来。”他还声称在近二十年的航海生涯中从来就没有使用过罗盘。“我凭感觉领导航行。”他骄傲地宣布。对这种吹牛的表白起先我不以为然。可他说的是事实。当我踏上这块奇异的土地时，才意识到这正是我想象中的岛屿。而且我发现，几乎所有的旅客都在欢呼。大概只有老人的眼神出现了一瞬的惊讶。

他说：“我好像故地重游了。”

岛屿或山巅

那时候岛屿是山巅。那时候我比你现在还年轻。我从很远的一条大河边走来，寻访高山峻岭。那时候我把登山运动看作欲望和意志的锻炼。我腰里别着一把精致的铜刀，整天在山与山之间漫游，但我不喜欢名山。

这地方我印象中是来过的。我甚至记得，那是个雨夜，天空不断破裂，红色的伤口灿烂无比。在山腰上我不小心跌了一跤，一位瘦小的守林人把我搀进了他的小木屋。我注意到在木屋的后面有一株高大的银杏树，它的年纪至少有一百岁。守林的人是个哑巴。他用眼神和手势同我交谈，我们谈得很好。他“告诉”我，那棵银杏树是他出生的那天突然出现的。这就是说他已活过了一个世纪。可我觉得他并不苍老，食欲也很旺盛。我认为他的“话”是值得怀疑的。后来我隐隐约约地知道,他好像在写一本书。那些桦树皮裁得非常整齐,压在他的枕下。这天晚上,我尝到了几样野味山珍,又喝了不少守林人自己酿制的山芋酒。雨声小的时候,我睡了。

第二天我醒过来发现自己是躺在一条无舵也没有桨的小船上。守林人不见了,一只水鸟停在船头,用奇怪的眼神打量着我,然后飞去。我很惊慌,接着检查随身携带的东西:铜刀不见了!我立即跳到水里,用了整整一个上午游上岸,我要找到那把刀。但是我脚下有三条路。我向一位匆匆过路的青年人打听那座山。他好像根本不懂我的意思。他笑着说:这儿没有山,只有岛。不久一位老妇又告诉我:这儿从前到处是山。我非常诧异历史一瞬间的千变万化。在我看来,所谓从前不过是昨天发生的事。我依稀记得,在梦中我听到了一阵阵哗哗响。很长时间后,我又在梦里见到了那座业已成为岛屿的山巅,在蓝色的汪洋中沉浮涌动。那棵银杏树还在,似乎和我第一次见到时差不多。但我没有发现那把铜刀。

老人的叙述至此出现了停顿。他的面色像大雨间歇时那样的阴悒。他为从前遗失的铜刀惋惜,这我能看出来。而且,我可以想象出那把刀的样子:有一尺长,三寸的柄上刻着一个两面的人形。没有血槽,因为它不是暴力的道具而是一个民族的具有图腾性质的饰物。这无疑是一件珍贵的东西。然而我又担心想象的东西会变得货真价实,那样的话,老人将视我为窃贼的后裔。他会一口咬定我是那个哑巴守林人的孙子或者曾孙。

上岛时我就注意到老人忧心忡忡。岛上奇异的风光以及楚楚动人的公关小姐并没有引起老人的兴趣。他像在梦中跋涉一样气喘吁吁。“我感觉是在登山。”他说。

岛屿是美丽的,仿佛一枚别在大海胸脯的宝石胸针。所有的建筑,包括停车棚和公共厕所,都是白色的。因此给人以清凉之感。老人由于跻身当代名流,被安排在一幢圆形的别墅里。我住在他后面的四层楼上,是一个单间。我通过朝南的窗口可以观察老人日常生活的一半内容。我发现,我们的起居有相似的规律。比如说,我们夜间就寝都比较迟,一般在翌日凌晨的一点与两点之间。我们几乎在同一时刻熄灯,又几乎在同一时刻拉开窗幔。我向前看的时候,他正好向后看。我们彼此点头示意。

那棵长命的银杏树还在。从上岛的第一个黄昏起,老人便去树下踱步,神情显然是在寻找什么。一开始,我并不真正清楚他是在找一把铜刀。有一天,我发现了银杏树的身上有一道很斜的刀疤。岁月使刀疤向内翻卷,很像一只缺少瞳仁的眼,茫然注视着大海。刀疤的表面呈绿色,似乎染上了铜的氧化物。这种启示勾起了我少年时代的一个噩梦:一把铜刀正悬在我的头顶上。在我成人之后,这把刀便以蛇的形态向我爬来。

“那把刀是我的祖先传下的。”老人感叹道,“我母亲临终前交给了我。她让我随时带着,说能避邪。”

我说:“如果知道以后的结局,倒不如把它送给别人,最好是女人。”我不知道我为什么要这样说,有点信口开河了。按照弗洛伊德的观点,口误是受潜意识支配的。但我现在这样说,是受到了树的启示。银杏树由于雌雄异株,习惯被人们看作性爱的手势。我觉得，老人欠下了一个女人的债务，要不树上是不会有刀疤的。当然，我只是觉得而已。我的插话很不明智。可是老人做了这样的回答：

“我曾经这样考虑过，把我心爱的刀送给我同样心爱的女人，但是上帝不允许。我的愿望实际上已成为梦想，除非有一天岛屿再变为山巅……”

小说者言

我是个小说家，并且自认为是一个还地道的小说家。但是我说不好什么是小说。

既定的事实表明置于“小说”之前的以形容词充当定语的小说概念已开始淹没小说的自身。这个现象不好，也许很好。

相当一个时期以来雅各布森的理论使得一批小说家大出了风头。因为这些小说家们自己说不好的事全被批评家们整理得井井有条。他们为自己的劳动同一个流行的理论有关联而得意非凡，这也是自然不过的事。

我习惯站在理论的反面，这不是轻视理论而且害怕理论。在我看来理论总让人遭灾。

一些有识的朋友在不屈不挠地从事废除小说法则的工作。我还弄不清楚这种工作的实惠所在，但我知道创造是愉快的。我不喜欢针对创造加以动人的修饰。所谓“先锋”所谓“前卫”听起来有点像一个夜间独行者在吹口哨，自己给自己壮胆。说今年是某某之年也同样是令人作呕的。有人把出土的几千年前的东西用丙烯

颜料临摹一遍便冠以“前卫”称号，实际是“后卫”。

我赞赏用刀子朝词典里随便捅一下，就产生哒哒响的潇洒之举。还有“这个人很像我的舅舅奥斯卡”。

我选择写小说这个职业与我的胡思乱想有关。我觉得在小说里胡说八道至少不会触犯法律。我在小说里做一些生活里不敢做的事，比如同时爱上一百个女人。另一个原因在于，我可以目中无人，甚至敢同任何人反目，包括权威大师。谁也不会把你硬按在一位大老爷膝下作揖。

我于是就这样写起了小说。我的小说和我这个人一样不知天高地厚。实际上我和别的作家大致差不多，比如每一自然段开始得空出两格不写。我当然也需要构思，需要人物在中间走来走去，需要风景、性和眼泪。我的全部努力同样是在追求真实。一种奇异的真实，但它的本质相当朴素。从一个父亲的肛门里抽出一根镀镍的拉杆天线是令人无法相信的真实。可我确实写过这种事。了解我的读者会在我的一部叫作《省略》的中篇里注意到这个细节。这篇被来自青海果洛的一位杨姓读者称之为“凉拌猪头肉”的东西发表于 1989 年 10 月号的《作家》杂志上。这个细节最初起源于梦中的一片风景。很简单。我们有理由把梦看作所谓的“超现实”。另一种更自信也更自然的说法是，它就是现实。我们都一样向往未来向往更实惠的日子。未来的日子里我们整饰自己也许可以不用梳子、牙刷和系列化妆品，也许得用钳子、螺丝刀和扳手这些小五金。我们可以根据需要随便拆洗身上的零部件，甚至把自己一分为二：让一个我满怀激情地躺在席梦思上去和别人做爱，另一个我则去海边散步做伏尔泰式的思考。

1987年11月28日深夜，我安静地度过了30岁。那夜没有月亮。我破天荒地喝了两杯白酒。一会儿有了敲门声。进来一个看上去马马虎虎的男子。他呼吸短促，面颊泛红，仿佛自天边赶到这里。我根本不认识他，而且对他随便拿我收藏的好烟抽以及乱翻书柜表示反感。我想问他是不是敲错了门。我又想刚才我并没有去开门，我的门是双保险锁，这个陌生的闯入者是怎么进来的？“我带着钥匙，”他说，“我觉得我们还是应该心平气和地谈谈。我叫潘军，你可以认为我是一个浪迹天涯的漂泊者。”

“你是不是想同本人争夺生存权？”我不屑地说。

这让他很悲愤，终于振振有词地指责我用虚构的方式让他时隐时现是“不公正的”。“从某种意义上讲，我比你更真实。”他激动地说，“这是不需要用户口簿和身份证加以证明的！”

他的话也许是对的。这个晚上我寝不安席，感受到前所未有的孤独。我开始怀疑身上的胎记，担心被水洗掉。我不知道躺在床上的是我还是他人的依托物。我思索了很久，觉得通过小说是做出判断的唯一手段。一个我在灯下写作，随之出现的是另一个我。

我决定在岛上完成《流动的沙滩》。我是个记忆系统十分糟糕的作家，比较适合叙述“没有十分把握”的事。我承认自己套用了一个老人的书名。仅仅是书名而已。我好像很蠢是吗？其实我心中有数。我有一种预感，老人很难把他的书写完。他不会活得很久。我的意思是说今后不会出现两部《流动的沙滩》。这本书的作者是一个现年33岁的男人。

我将成为胜利者。

老人自述

我不是个老人。年迈的里根当年竞选美利坚第40届总统时就申明,他不是个老人。“我坚持性交。”他说,表述得十分精彩。我也是。不同的是里根针对的是女人,而我面临世界。我每天跑步、吃素,尽可能减少吸烟量,我热爱旅游,希望在经纬度上跳来跳去。

30岁之前我是个懒惰的小说家。同时又雄心勃勃,认为禀赋不比塞林格差。每次接到一个国际长途,我都觉得是通知我到斯德哥尔摩去领一份不义之财。钱是个好东西。对待这个问题我和萨特不一样。萨特以“拒绝一切来自官方的荣誉”为借口使该他拿的那一笔款子黄了(实际上他想拖着肖洛霍夫一块儿领)。但是后来萨特又后悔了,又想伸手,不过钱已经没有了。这不是据说,可以做证的是一位叫辛格的用意第绪语写作的小说家。这位犹太人懂得实惠,深信钱比政治重要,因此1978年他获得诺贝尔文学奖时神采飞扬。

曾经有一位艺术家朋友劝我尽早放弃汉语,而用英语或世界语写作。这的确是个不坏但过于天真的想法。我不行,因为我本人也是汉语的一部分。一个人很难背叛他的影子。

我的写作生涯枯燥。我写过谁看都懂和谁看都不懂的两类小说。这也可以看作我前半生的历史。女人和酒是这部历史的插图。我爱女人但不愿意收藏她们,我不喝酒但喜欢收藏酒。29岁那年我出版了第一本小说集子,名字要多庸俗有多庸俗,这个责任在于出版商生财的谋略。第二年我写了第二本书——那是个近25万言的长篇,写的是一场灾难但取了一个气象学上的名字。由于这个原因使得订数很惨印刷日期一拖再拖。《流动的沙滩》是否可以当作小说或许还要讨论。如果是,那也是基于批评家的需要。我要重申,这至少是一部有点意思的读物。在这座岛屿上来写这本书,看来是命中注定的事。

我喜欢岛上的一切。这个白色的寓所简直是按照我的意想设计的。我可以随心所欲地过日子。白天的时间我一般用来散步、接待来访者,有时候也看一点杂书。黄昏前去海边游泳。我写东西都是在人们睡熟之后开始的,我讨厌在别人的监视下做这件可笑的事,虽然我的屋子里并没有第二人,但我感觉到窗外大睁着不怀好意的眼睛。所以说自然界的一切动物,包括人,都有自己生存的方式。我的习惯实际上是为了寻求自我保护。世上的事都不是无缘无故的,都会有交代,有着落。小时候我总担心屋后的小河有一天会被水涨满,我不知道水会流到哪里,害怕把世界淹没。我不知道蚂蚁靠什么维持生命,为什么糖放在任何地方都能把蚂蚁们招来,而穿山甲又怎么能吃到那么多的蝼蚁。人的担心总是多余的,说明人对这个世界实在太不熟悉了或者由于自信养成了狭隘和偏见。

我们是不是先聊到这儿?

徘徊的黄蝴蝶

第二天早上,我在海边期待日出,遇到跑步锻炼的老人。他的气色很好，外人能够相信他目前还滞留在青春的斜坡上并且拥有一个完整的世界。然而我觉得，这种表象是虚伪的。人世间什么都可以掩饰，唯独生命不可以。他已经衰老，甚至是过于衰老了。其原因是他在女人身子里忘乎所以。从步入中年起，他以鳏居的名义四方求爱，以性爱保持生命的活泼。他曾经结婚，他的妻子是无法忍受他晨昏颠倒般的自言自语才与他分手的。我想这有可能。

我们顺着环岛的小路走着，观赏剑麻和仙人掌。太阳没有按时升出海面，海依旧很蓝很蓝。不久我们发现海面上盘旋着一个黄色斑点，蓝黄是对比色，因此我很快分辨出那是一只漂亮的黄蝴蝶。我知道，它是来看望我的。多少年过去了，无论我走到哪里，它总是追随着我，就像从前我追随它一样。现在我格外地相信这一点了。

“还是那样漂亮……”老人叹息道。

“你是说黄蝴蝶？”

“是的，黄蝴蝶。它在我记忆里栖息，舞蹈，使我年轻。”他点上香烟。

坦率地说，他的谈吐并不能够吸引我。但我预感到他将要叙述的这个故事会渐渐让我发生兴趣。尽管他以后的叙述跳跃性很大，语言组织得也比较凌乱，我相信我仍然可以听懂。我暂时不准备插话。

此刻，老人的表情像秋天一样忧伤，他的视线在那只黄蝴蝶身上徘徊。他用低沉的语调说：

“12 岁那年我开始了恋爱。她是邻班的,大约小我一岁。她长得很可爱,很安静。她总是梳着一根齐腰的辫子。有一天,辫子上飞起了一只黄蝴蝶——用一寸宽的黄绸带结成的。”

“是黄缎子。”

“也许是。这个不重要。我喜欢的是黄蝴蝶。我几乎是迷上了。每天她从我的教室窗前走过,我都分心。为此我付出了代价,被罚站。一天放学的路上,我和几个男生走在她后面。过桥的时候,有人捅了我一下:你敢不敢大声地喊一个‘琴’字?我就大声地叫‘琴——’。突然前面的她应了,转过身来看着我。边上的男孩子们全笑着跑开了……”

“是芹菜的‘芹’吗?”

“也许是风琴的‘琴’。这不重要,重要的是我们认识了……以后我再见到她,脸也不热了。到了第二年春天的一个晚上,我们走进了一条雨巷……”老人眼神恍惚,仿佛那条雨巷没有个尽头,他还在走,跟着她的黄蝴蝶走。

“你还记得那个晚上你们是怎么走到一块的吗?”

“记得。她告诉我她的外婆去世了,家里的大人都去外地奔丧了。她要我陪陪她,她怕。”

“是她的外公死了。”我纠正说。

我显然冒犯了他的尊严,他做了一个极不耐烦的手势:“纠缠这类无关紧要的细节是愚蠢的!难道外公死了更有价值?”

“就算是外婆吧。后来呢?”

“后来的事不像你想象的那么浪漫。一个 12 岁的男孩和一个

11岁的女孩还能干什么呢？他们集合在一把伞下。一把黄油布伞，是吗？”

“对的。那会儿没有折叠伞。”

“伞打得很低……他们只想拉拉手。她的手像雏鸟一样的可爱。”

“如果不是迎面遇到一支出殡的队伍，他们或许要接吻。”

“是出殡的队伍吗？我怎么觉得是迎亲的队伍，那唢呐声是十分动听的。”他吸了口烟，脸上的悲伤在静静流淌。

“后来呢？”

“没有后来了……”他低声说，“不久她的家迁到外地。我得到这个消息已经很迟了，但还是赶到了码头。我想把我的铜刀送给她，可是轮船已行至江心，其时雾锁江面，不过我还能够看见那只蝴蝶。这天黄昏，我的母亲从外边回来告诉我，那条船在江上触了礁，沉没了……”

老人很悲痛。然而并不等于事实的真相没有受到歪曲。真实的情形是：那是一个黎明，也的确有雾。一个女孩在公路的拐弯处采花，被突如其来的大卡车碾碎了。据后来司机说，他分明看到的是一只黄蝴蝶，并没有看到孩子，所以才未鸣号、减速以及煞车。这是一场意外的灾难，芹死了。可是那只黄蝴蝶却没有死，每年气候适宜的时候，她都徘徊在我的天空……

我不是信口开河有意同老人过不去。我有凭证。秋天里我写了一个叫作《四季》的中篇，是应一位朋友之约写的，近三万字。这篇也许叫小说也许不叫小说的东西总共记录我和四个女孩子相爱的经历。平均一个季节一个,平均八千字一个。在第一章里写的就是我和芹的故事。为了读者,我删除了悲剧性的结局,集中笔墨写那把油布伞下的故事。我写得犹犹豫豫,不像玛格丽特·杜拉的《情人》来得那么酣畅。但这篇东西没有发表,那家刊物的负责人认为“缺少一根骨头”。这是正确的,我们无法要求一个 12 岁的男孩身上会多出一根骨头。

眼下,我不想就这个问题多说。

博尔赫斯的记忆

没有人把博尔赫斯的记忆传授给我,却有人把莎士比亚的记忆给了博尔赫斯,使他成为“因近视而富有远见”的诗人和小说家。这个阿根廷人一生只做了两件事:读书和写作。他对旅游兴趣不大。我们也可以说,他在卷帙浩繁的典籍中旅游。他曾一度担任过布宜诺斯艾利斯市立图书馆馆长。庇隆下台后,又出任阿根廷国立图书馆馆长。因此他坐在家里见多识广。世界上实际不存在一堵墙。博尔赫斯用科学的笔法撰写不科学或反科学的故事。他的创作无一不显示着智慧和狡猾。

30 岁左右我结识了博尔赫斯。我觉得他手里把玩的那柄中国老人的拐杖是我送的。那时我甚至连大师也敢轻视,但这个阿根廷人是个例外。我想,要打倒博尔赫斯是困难的,需要一个或几个世纪的努力。我于是断然放弃了这个可能是狂妄的念头,转过头来公开效仿他。我认为向博尔赫斯投降是明智之举。但是我没有博尔赫斯的记忆。我只有我的记忆,而且,我的记忆历来是残缺的，我依靠想象在缝补它们。

“所以你觉得有条件写《流动的沙滩》了。”我说，“因为你对很多事情，包括你亲身经历的事，都没有把握说清楚。”

他做了一个手势，说：“说清楚本身就是一个错误。我们对世界的认识一般都是一知半解的，你无法说清楚你面对的一切。这是连博尔赫斯都感到棘手的问题。他于是采取了聪明的也可以说是滑头的做法：只是说，不对后果负责。博尔赫斯征服了时间，把时间随意操纵，像揉一团面似的，甚至让时间凝固。但他最终没有征服空间，因此他总把空间比作迷宫。这个工作将由其他人来做。”

“不过，恕我直言，你讲的后一点在我看来博尔赫斯也解决了。”我说。我觉得他过于自信了，想同他唯一崇拜的人扯平。

“你现在这样想是很自然的事。”他说，“到了我这个年纪你会主动放弃自己原先所维护的观点，同意我的说法。空间也是流动的。比如这座岛屿，它也许是真实存在着，也许是梦幻中的一片风景；我可以把它看作任何一个空间，从宇宙到微尘，无限伸延……”

坐在沙滩上喝早茶

这个早晨发生的事与一个女人有关。我坐在沙滩上喝早茶。很长一个时期以来我没有早起的习惯，总觉得睡不够。这个早晨我是受到某种启示才起来的，也可以说是预感。退潮了，沙滩上出现了无数贝壳的斑点，像文字一样捕捉遗失的记忆。我发现那棵银杏树的位置和昨天不一样，由北边偏移到东南。这棵树仿佛地球上最后剩下的一个人，异样孤独地立着，为人类的末日祈祷。这是个男人，俨然像图腾，又像一个盲者，一个行吟歌手——用哑语诉说着世纪沧桑。

预感是一种奇异的心理状态。通常的情况下，我运用预感去掌握未来。在未来成为现在时预感便成为直觉。我在玩麻将的时候深切体会到这一点，牌上得好总顺手。我觉得一个人最大的憾事是不懂得运气的存在。

这个早晨天气并不好，是个标准的阴天，连海都变成了灰色。沙滩上风很大，甚至有点割脸。我出门时犹豫了一下，又预感到这种气候海边该发生点什么邪事，比如漂来一只上个世纪某国海员遗失的瓶装酒或者一具企鹅的尸体。我就多穿了件衣服出去了，带着茶和几样咸点心。我已有近二十年不吃甜食，牙不好。我不喝酒不喝咖啡，就喝一点好的茶。我尽量放慢喝茶的速度，期待臆测中的奇迹出现，然而没有。而这时的潮又开始涨了，岛屿渐渐缩小。我的裤管已被打湿，我想我可能要背时一阵子，准备离开。刚转过身，忽然听见一个浪声响起，接着我看到左侧掠起一道蓝光。我怔了一下，煞住脚，只见一个穿蓝色泳装的姑娘在对我微笑。她浑身水淋淋的，头发变得很少，肤色却更显得白皙光润。这个美丽的姑娘仿佛是被刚才那个浪头打上来的，两眼并没有恐怖。她的年纪大约在18至28岁之间，有着完全成熟的身体。我首先想到的是，如果岛上就剩下我们两个人，就好了。那么，最大胆的假设也不过是日常生活的一个细节。

“这儿果然有一个男人。”她说，把头发拢到一边滤水。

她的话让我感到疑惑。有一瞬间我把她看作传说中的海妖。我觉得这个美丽的精灵在很久以前就已经盯上了我。命运早已安排了我们将在多少年后的一个不晴朗的早晨见面,让我们一见钟情。这不是幻象,生命的气息让我相信眼前发生的事千真万确。

“我是从很远的地方来的。”她说,“我来写生。我母亲说到这个岛上可以画出很多奇异的东西。”

“你母亲没来?”我问。

“她或许没来过一次,或许天天都来。作为具体的人,她已不存在了。但她时常在梦里给我喂奶。”

“你母亲是哪一年去世的?”我说,“如果你不介意的话,我想知道这一点。”

她摇摇头说:“我也不清楚。有人说我很小的时候她就死了,也有人说她至今还活着。后一种说法的人依据南方流行的一些歌曲,他们认为那些歌最初是由我母亲吹奏而出的,别人记谱拿出去发表了。我母亲是一个长笛手,偶尔也吹双簧管。”

“哦……”我不知道这种语气表示明白了还是越发不明白。我自觉是个有点学问的男人,自尊和虚荣都不允许我在一个女孩子面前发愣。在谈话出现障碍的情况下,我可以把话题自然岔开,从另外的方向突围出去。

“你的出生地在哪?”我说。

“好像是 huai nin。”

“是怀宁吗? 如果这样,我们应该是同乡。我也是怀宁人,和陈独秀一样。我生于 1957 年秋天。”

她笑了。她说:“我不认识你。我也没听说过你,尽管你可能有些名气。我认识你是几分钟前的事,不过,现在我们是朋友了。”

我们一本正经地握了手。

观察过去的窗口

我在他的门外听见了他的咳嗽声。有近十年的时间里我枕着这样的声音就寝。后来我一听到老人的咳嗽就觉得脚下踩着了一口痰。这种对欲望缺乏信心的声音连接着对一百个女人的贪婪。

我还是推开了门。

他和我在路上预先设计的一样,穿着一件宽大的带棕色长条纹的睡衣。但不像是刚起床,他在北边的窗户下已站了好久,脚边有一些烟灰。连我进来他也没有觉察到,显然正专注地思考着什么。他的背影仍是令我肃然起敬的,我来得不是时候,不过我没有很快离开的意思。我把门关重了些。老人持重地转过身来,我的不期而至也并不让他意外。我想他这会儿也许正希望有人来同他聊一阵子,确切地说,是他想对别人添油加醋地吹嘘自己所谓的传奇经历。他曾不止一次地宣布,他曾同一头黑豹相持达十分钟。“我打扰了您,很抱歉。”出于礼貌我这样说。

“我刚写完一节,正需要放松放松。”他说,“按这样的速度,我可以在秋天完成这本书。”

“你写得很痛快,我能看出来。”

“写作是愉快的,”他说,“不是写小说,是另一种写作,随心所欲地写。追求下意识的写作是我 30 岁的觉悟。我比布勒东之流晚一些，但我比他们干得持久。”他的兴致很高，替我沏了一杯茶。

据我所知他不是个诗人。在近 40 年的创作生涯中他没有写过一首诗，至少没有正经地写过一首。他当然也阅读一些诗歌韵文作品，可能喜欢庞德、埃利蒂斯和金斯伯格。但未必喜欢布勒东。他倒是读过布勒东的几篇宣言，不过真正使他受益的乃是布努艾尔和达利合拍的一个短片《一条安达鲁的狗》。之后的一个时期他专心研究了达利的绘画作品。

“曾经有不少人把我当作诗人。”他喝了口茶说，“这个判断也许不坏……”

“可你没写诗。”

“不，我写过。”他纠正说，“我的诗发表在我的小说里，套着发表。我羡慕诗人的劳动，可以在一支香烟盒上建立丰碑，很潇洒。但我不会去做一个诗人。我无法找到‘一个窗户把人切成两半’这样的感觉。另一个原因，与我认识一名刻苦手淫的诗人有关。”

他似乎有些兴奋，在我面前踱着步。我们之间构成了师生般的情形，我好像是跑来补课的。我讨厌这种气氛。不客气地说，我对老人并不存在由衷的崇拜。我接近他是想知道《流动的沙滩》的底细。我们在用一个名字写着不同的书——但愿是不同。从我决定非写这本书不可的那刻起，担忧就一直追随着我。我想起安德烈·布勒东在“一个晚上”打电话给菲利普·苏坡，建议两人分别写一本叫作《磁场》的书。结果近 50 页的文字中竟有“很多相似之处”。我不希望这个十分有趣的掌故在我们身上重新排演，那将是不幸的。我们应该及时摊牌，自觉避开一些可能的重复。

“你写得那么顺手,我羡慕你的运气。”我说,“我的运气不佳,所以我只好耐心等待。”

“等待是不可思议的。追求同样不可思议。”他摆摆手带有咄咄逼人的口吻说,“运气,无论好坏,总是在你放松的时刻到来。你防不胜防。你也可望而不可即。三十二年前我在海滩上散步,抽了很多烟,为失恋痛苦不堪。我的情绪就像那个早晨的天气一样阴冷灰暗。我那时想,爱情已像小鸟一样从我心中飞走了,我已走到了地球的边缘……但是后来的事简直是难以想象的,一个姑娘湿漉漉地出现在我面前。她自称来自大海的彼岸,可我觉得她是来自哥本哈根的鱼美人。我们一见倾心。”

“她是个画家。”

“不,她说她喜欢摄影。她要到这儿来拍些风情民俗方面的照片,但首先拍下了一个当时还算年轻还算洒脱的男人。‘你和我心目中的那个人很像,’后来她这样对我说。”他稍停了会儿,好像有些沮丧,又接着说,“当时我就觉得,这女人是可疑的。可我是个正度华年的男人。我不能放弃猎艳的权利。我没有必要研究她的背景和她到此地的真实目的。我把她抽象化,提纯,考虑用什么得体的方式去向她求爱——这是通俗的说法,实际是引诱。在以后的几天,我信心十足,每一步都进行得很漂亮,而且比我设想的要快。结果……上帝插手了。”

“她拒绝了你?”

“不。”他肯定地说,“她没有拒绝我。拒绝我的是上帝。很长时间后我才意识到这一点,可已经无法挽回了。”

老人用感伤的语调结束了回忆,去盥洗间了。有水滴声传出来,分不清是在洗手还是在小便。我不能不钦佩他的想象力——他可以把无意之中窥视到的别人隐私的一个细节,扩充成为属于自己的一段魅惑十足的故事。我知道,从我们相识的时候起,他就在监视我,或者说,我们在互相监视。我走到他刚才站立的窗口前,让我吃惊的是,这儿根本看不到海滩,只能看到很远的海平线。

速写的暗示

我们站在滴水的屋檐下。我抽烟,她在画速写。我注意到她用的是自制的速写钢笔——把笔尖折成大约 75 度的角,这样可以画出粗的线条,使画面变化。这种钢笔我先后制过四支。

她的线条果敢,准确,透出自信。在别人看来,她的作画方法也许很古怪,比如线条是不中断的且从右往左从下往上运动。可我感到十分的亲切。我曾经以这样的线条度过八年之久的时光,两千个不眠之夜。如果上溯到我的童年和少年,自然更长。

"你是什么时候开始画画的?"我说,"看得出,你有这个禀赋。"

"可以说,我在娘胎里就开始了我的事业。"她不无骄傲地说,"我觉得子宫像颗柠檬,黑色的柠檬。所以我以后只画黑白画。我从来就不使用颜色。"

她显然过于迫切地要表现自己的不同凡响,让别人一眼看出她是个难得的天才。我不喜欢这种矫情。实际上她换一种朴素的说法,比如说"我家那时候很穷,限于经济的条件我无法奢望画带色彩的画"。我会受到感动。

“我觉得黑白是最值得玩味的色彩。”她说，“毕加索玩了一辈子五颜六色，随着时光流逝，全都黯淡了，衰败了。唯有《格尔尼卡》永葆青春。当然，这也有政治因素的作用。政治是一只魔手。”

我不能接受这种极端的观点。我也无须同她讨论，我的兴趣不在这上面。

“你绘画好像是自学的。”我说。

她很高兴，默认了。接着她又开始为自己做不必要的辩护：“我不是乱来的。静物、石膏的素描我至少画下了一千张。以后我去了山里，那地方很野，每天晚上都有狼嗥。那个时候我主要进行人体写生训练。”

“你是不是用一包香烟换了一个老头光着身子狠画了一天？”

“基本情形是差不多的。”她说，“我用一支口红和一把梳子做交换条件，请了当地一个患有‘桃花疯’的女人做模特儿。画了两天。我当然希望也能画男性身体。可那儿的男人都不肯这样，觉得大老爷们干这种事抬不起头。他们睡觉一律是一丝不挂的，做那种事富有热情，据说一个晚上可以干五到七次。”

我不说了。我的脑子里载满了乔木状的回忆，一只知更鸟在选择着栖身之所。我现在已不感到任何困惑。面临大海，一切都显得渺小与无知。我好像明白了达利为什么喜欢选择海作为背景。一面幻象的镜子反映着刻骨的真实。她应该画海。然而她的笔下渐渐出现了一个男子的侧面肖像。

“这个男人……”

“是我的父亲。我想象中的父亲。”她画完最后一笔，把速写本放到窗台上，观察着。

然后她向我叙述关于父亲的故事——

我至今不知道我真正的父亲是谁。在我五岁也许是六岁的一个夜晚——是个月夜，我在窗口看见我母亲在我们家后面的那条河边同一个男人谈话——低声的。我几乎什么也没听见。那个男人个头不高，甚至是矮小的，穿着一件灰色的衣服。在他的上衣口袋里别着一支大概年代很久的钢笔。我始终没有看见他的脸，当时他的面部正好处在树影中，但我能想象出，他很和善。

整个过程看上去相当平静，尤其是他，始终倚着树干站着，像一截被斧头伐断的树桩，风吹动着他的头发是树桩上绽出的新叶。只是到了分手的时刻，他流露出了男人的激动。但他没有去拥抱她，而是用手指了指月亮并且就势在空中画了一道灿烂的光弧。之后，他好像交给了母亲一样很小的东西，就走了，走得很快，一会儿便为月色所埋葬……

我母亲坐在河边的一块石碑上，坐了很久很久。我想这个夜晚母亲肯定流泪了，因为后半夜那条河突然响了起来。这是条历史上有名的死河，从那一刻起有了生命。我被咆哮的水声惊醒，看见母亲在灯下擦洗好久不用的双簧管。我问母亲：那个男人是谁？和你说了些什么？而且我更关心那个特别的手势。我母亲对我淡淡地却相当艰苦地笑了笑，说：那是个问路的哑巴，大概想急于知道哪条路好走，他要趁着月亮还没被狗吃掉时启程。但母亲对接受的那件小东西缄口不言。

天亮的时候我起来小解，看见母亲还坐在窗前，正吹奏着双簧管——她不可能把它吹响，三天前我已经把簧片做了吃冰淇淋的小铲子。她说着不禁为儿时的天真逗笑了。

我听懂了她叙述的故事。但她没有听懂她母亲的作品。她母亲在那个属于从前的不眠之夜创作了《安魂》。虽然没有簧片，但优雅的旋律照样从双簧管腔流泻出来，需要用心灵去听。她毕竟还是个丫头。不过她的判断是无可非议的。那个矮小的男人正是她的父亲。她没有看清他不是因为月光下的树影所碍。即使在白天，我想她也无法看清。

“有一回，在放学的路上，有人给了你一把糖果，对吗？”我问道。

“不，是两只发卡。”

“也行。但你又没有看清那个人是谁。”

“对，正好有人扛着一面旗子经过，把我们隔开了。”

“你后来找了他三天。”

“是两天，我骑自行车。”

“是的，骑车方便，减掉一天可以。结果你只在一片荒野里发现一棵橡树……”

“不，是桉树。”

“怎么会是按树呢？”我不禁这样感叹。她用不屑的眼神看着我，然后开始修剪指甲。我想她的厌烦是合乎情理的。我已30岁，对于发生在少年时代的事，显然不可能比她记得清晰。她并不十分任性，因为她对我产生了好感。另一个原因是她把我看作一个推理作家，把只言片语缝成一块文章。

这时候屋檐停止了滴水。海显得宁静，蓝得令人不安。我们约好明天上午去海滩晒太阳。

海滩经历（一）

我的记忆已破烂不堪，所以写得很苦。另一方面又使我的劳动充满欢乐。我相信记忆中能够保存下来的东西，其价值与时间成正比上升，就像珍藏酒或者古董一样。

在文章基本连续的前提下，我尽可能删除一些让读者讨厌的枝蔓。

我的写作状态始终是处于冷静的。包括写到对女人的欲望。我不喜欢也不希望任何人在我的笔下做爱。我的卷面总是清洁的。

我已明白地告诉你，我和那位可爱的女摄影师最终的结局是不幸的。我说原因在于上帝从中插了手，这完全不是故弄玄虚。从前那个早晨发生的事历历在目，看上去仍然那么生动，情调是优雅的、罗曼蒂克的。

我们约好再见。选择上午是因为阳光。我们都需要阳光做爱情的背景。我们不打算在黑夜的林子里去干类似偷鸡摸狗的勾当。第二天虽然是个好太阳，按预定时间，我不过先到了两分钟。她穿着当时十分罕见的泳装，整个看上去像一枚成熟的果子。我在心里感叹着自己的好福气，毫不犹豫地拥抱了她。

我们先下海游泳，只是随便游游，保持良好的体力去伺候爱情。爱情是脑力劳动也是体力活儿。这时候太阳已升得很高了，从海里爬起来丝毫不感觉到凉意。我们并排躺在暖烘烘的海滩上。沙子刺激着皮肤点燃了欲望之火,我想从她的领口往下看,但她又坐起来了。

她朝我的胸脯上堆沙子。然后用这些沙子去创作一件作品,一件沙塑。这事本应放到我们做爱之后去干。可是我不想阻止,她干得津津有味。那个年纪的女孩子正是痴迷艺术的阶段,对自己的前途充满信心与幻想。我就看着她干,渐渐地认识到她的才能。她塑了一座奇异的塔,具有巴洛克意味。然而谁也没料到会有一阵大风自海面上刮来……塔倒了,我们的故事也完了……

我企图挽回这一切,以男人的激情来驱散她的沮丧。可是她轻轻地从我怀里挣脱出来,冷静地说:这是不可能的了。"不祥的兆头会毁坏我们之间的一切。"她说,"上帝证明了我的预感。"我问她什么预感,她没有直接告诉我。在我们将要分手的时刻,她说她昨天夜里梦见一只红蝙蝠在头顶上盘旋,而一只红蜘蛛把她织进了大网里……

姑娘从此离我而去。第二天我去她的寓所找她时已是人去楼空。别人告诉我,她是在我到来的前三分钟离去的。她还说,如果八点一刻还见不到我,就说明任何力量都无可挽回失去的一切了。事情就是这么不可思议,我本来是打算八点钟去她那里的,结果在路上不小心跌了一跤,弄脏了衣服,就又回去换……我还有什么可说呢?在未来的日子里,人们可以看到一个男子在退潮的时候去海滩上寻找,那就是我。你也可以认为,我现在仍然在寻找。寻找的继续。

这就是我刚刚写好的一小节，你觉得怎么样？现在我们可以聊点别的，比如你这几天干了些什么。从你的气色看，你好像又开始了恋爱，是第几次？

海滩经历（二）

一部与沙滩有关的小说是不可以不去写沙滩的。因此在这些日子里我都用一定的时间对沙滩进行观察。我其实是个平庸的小说家，和别人一样也需要观察，之后滋生些怪念头。

现在，我站在经常喝早茶的地方观察沙滩变化。沙滩本身是没有颜色的。有颜色的是阳光。沙滩像海绵吸水一样贪婪地吸收阳光。在时间摇摆中七种颜色互相渗透。我们通常看到的也就是醒来看到的沙滩是浅黄色，在阴天又变成深黄色。据说张艺谋拍《黄土地》大量的镜头就是阴天拍的，使黄土地黄得似乎随时都可能要滴下来。

在我面前大约五米的地方，印着一男一女的身模。女的臀部显然过于成熟，凹下去的那块像个小弹坑。男的脚非常有力，蹬踩出来的脚印富有摇滚乐的旋律感。可惜我手头没有照相机，再回去取已来不及了。海潮渐渐爬上来为情侣们铺床。海实在是又宽容又负责。

这时候她款款地走来了，穿着我第一回见到她时的那件泳装。

“太阳是最可怕的窥视者。”她说，“是宇宙间谍。”

拥抱是自然的事。但是我感觉到我像是抱了一团空气，并不实在。我想这是我把调子定高了的缘故。我正处在生命的辉煌阶段，感情很富裕。我们没有接吻。“你口腔烟味太重，”她说，“你应该先用海水漱漱口。”说着她舒展双臂扑向海里。我把衣服脱了，没有立刻去追她，我这一瞬间有了被捉弄的感觉。不是被她，捉弄我的是老人。我现在的生活仿佛是在为他的过去经历补充细节，使他的书总是写得那么顺畅。严格地说，这些日子我一直处在惶惑的气氛里，感到魂不附体。冥冥之中有一只手在撮合着我们的缘分。但是我不能接受。我就是我。认识我的人都说我是一个“很有个性”的男人，没有人怀疑这个天生的事实。大概只有我本人对此缺乏一定的信心。我觉得，成为别人的孩子是极其可悲的。我决定改变面对的现实。首先，我不下海。我就这样躺在沙滩上晒太阳也蛮开心。

很快发生了一件可怕的事。我先是听到她在惊呼“救命”，看见她的头顶一上一下，我立刻扑下水拼命向她游过去。在接近她的时候我采用潜泳，然后把她托出海面。海的浮力使她轻盈得像一朵云，我没费多少事，呼吸却很短很粗。事情到这步其实也没有多少好怕的，但她的脸色非常的苍白。这让我相信其中存在着不一般的恐怖因素。

她说她给什么东西抱住了，往深里拖。

“可能是错觉，”我说，“人在性命攸关的时候总出现错觉。”

“这是什么？”她指着大腿外侧的五道血痕说，“谁在我身上留下的？！”

我委实惊了一下。我仔细去看那呈平行状态的血线，并不深，像是指甲刻下的。我站起来望了望这一片海域，除了一群白鸟和一个太阳，没有第三样东西。我不想就此多发感叹了，重新躺下来。

“怎么会是指甲痕呢？”我自言自语，“应该是牙印……也是五颗……”

“你说什么？”她推着我的膀子说。

“没什么。我在想一个少年的冒险经历。他从前在河里被什么东西咬了一口。”我说，尽量处理得平淡些。

“那个少年是谁？”

“是谁不重要。”

在恐惧飘逝后我们重新回到爱情的跑道上。阳光依然很好，暖暖的。我们并排躺在沙滩上，通过墨镜进入一个幽静的世界。我保持镇静保持清醒坚决不从她的领口往下看。我必须这样做。我的眼睛在她身体上巡逻。她的确可爱。一眼让你喜爱的女人毕竟有限。我珍惜一秒钟的爱情生活。

她跪坐起来，用手按了按我的腹肌，评价说：“这块地方可以作为我的王国的基础。至于它是否可靠，我不妨检验一下。”接着她开始往我的腹部堆沙子。

“你干什么？”我坐起来，粗暴地把沙子去掉。

“你不情愿？”她诧异地看着我。

“我想知道你打算在我肚子上干什么活。”我又笑着说，心中无限忧伤。上帝的意志是不可抗拒的。我又躺下来，觉得身体的某个部位出现了破裂，凉风飕飕地往里灌。

她很快在我的肚皮上塑起一座似塔非塔似城堡非城堡的东

西。这便是她的王国。她说:“我数到十,如果不倒,就说明我找到了爱的归宿。我可以痛快地把自己交给你。”

“你数吧。”

“你数吧。”

“一、二、三、四、五、六、七……”

王国在一个浪头里覆灭了。

上帝的脚印

当时的情形类似火山爆发引起的海啸。巨浪劈下给我的感觉是死到临头,溅起的不是水而是血。在相当长的一段时间里我失去了知觉。现在太阳已走到我的背后,和我的臀部在同一水平线上。关于这中间发生的事我一无所知。

像习惯中的英雄一样,我醒来后首先要做的事是关心我的同伴——她已经失踪了。沙滩上有一串脚印。她的背叛行为我始料不及。不过有一点非常可疑:脚印很大,也不浅。我的意思是说这不是一个女人的脚印。我把自己的脚放进一个脚印里,竟然完全一样,这就奇怪了。可是我算不上魁梧的男子,体重在 58 至 59 公斤摇摆,我压不出这么深的脚印,除非背着另一个人或同等分量的东西。

尽管这些脚印可能是我留下的,但这是目前唯一的线索,没有第二条路可走。我于是开始寻找姑娘,她会落到谁手里?几小时前发生的事是个大阴谋,有人设下了圈套。我不准备报警。这件事与刑事案件无关,与政治也无关,警方爱莫能助。我沿着脚印往前走。它会把我带到哪里我暂时不关心。我预感到这些脚印是循环的,每一步都有可能成为起点或者终点,但是我不能不走。

不久,我又见到了那棵银杏树。在它前面的沙滩上老人正背着手凝视夕阳。我耳边嗡了一下,撵上去。

“那个姑娘呢?”我直言不讳。

他被我突兀生硬的语气弄得不知所措,紧接着目光里射出轻蔑。这时候他不希望我来打扰,我很清楚;但是他已经打扰了我。

“我已经说过,寻找是徒劳的。”他极有涵养不动声色地说,“几十年的经验使我不得不相信这个残酷的事实。她走了,永远抛弃了我……”

“我是说,”我平静下来解释道,“你刚才在海滩上见一个穿蓝色泳装的姑娘吗?她很漂亮。”

他沉思片刻,摇摇头。“你是说你的恋人失踪了?”他反问我。

他的表情变化得自然,对他的怀疑是没有根据的,况且谁也不会相信一个精瘦的老人会压出那么深的脚印。可是这些脚印是谁留下的呢?我向前望去,脚印似乎无有尽头,像僧侣手中拨弄的那串念珠。

我们回到老银杏树下,像每次一样,我们首先要抚摸一下刀疤,缅怀遗失的铜刀。

“一把无与伦比的刀。”老人感叹道,“像时间一样锋利,可以把山巅削成岛屿。”

“你用它杀过什么人吧?”我说,我不知道为何提出这个问题,“比如说一个女人。”

他看看天空，然后严肃地说：“暴力是可耻的。如果那把刀还在这世界上，没有任何血会去玷污它。”

他的情感和语气一样凝重。但他企图掩盖未来的另一个事实。那把刀最终会沾上他的血，我想这也有可能。当然这件事倘若发生了，是丝毫不具有暴力性质的。我们完全可以认为这是情感交织的生动图景。那把刀从前在他身上失去了，将来必然会再回到他身上。这个逻辑是不是荒谬，我不愿在这里展开讨论。我们现在所处的这个岛屿已越来越大并且越来越高，我想老人不会没有意识到。

但他是乐观的。纵使在这样古老的银杏树下，他的情绪也变得晴朗。这种反常在我看来是一次拙劣的表演。生命的局限不会因此而改变，我相信这一点但我没有必要去拆穿他。我至少可以把他当作心地善良的老人，尊重他，祝他健康。

“你的精力充沛，我想你过去一定是个棒小伙子。”我恭维地说，“你的力气我能想象得出，你是不是曾经背过一个女人在沙滩上行走？”

他很快受到鼓舞，接着吹嘘自己当年的体魄是何等何等的健壮，又说一遍和黑豹相持的掌故。但对我提出的问题，他想了很久，又笑了笑，表示终于记不起来。“也许有过。”他说，“从前的脚印浅显了，所以我觉得是一个人在行走；要不，就是我背着一个女人的灵魂。”

说完他做了一个潇洒的手势，为他机智幽默的回答心满意足。他先走了，说是要等一个长途。我注视着这个在夕阳里略显佝偻的背影，想到一句忧伤的诗：

围绕你每个手势可做出一大堆乌云似的解释。

自然的骗局

这天晚上粗犷豪爽的船长骄傲地宣布：三天内将有海市景观出现。“遗憾的是，这儿只能看到它的侧面。”他说，“不过大家可以随‘迷惘号’调整一下位置。”

不用说报名的人很多。我和老人也在其中，认为轻易放过这一千载难逢的机会是错误的。我想过是不是应该劝阻老人使他放弃这次安排，又觉得我没有理由说服他，相反会引起他的误解，就算了。我的意思是明显的善良，希望老人不再冒险。实际上，老人已经意识到了什么，又不肯让别人，尤其是我，识破他的心事。或者，他带侥幸的心理随心所欲。

我请老人到我屋子里喝一杯白葡萄酒。岛上夜气很大，喝点酒能驱寒，也能驱散寂寞。人到了这个年纪，寂寞难耐。我的另一个意思带有阴谋的性质。我关心他的写作。那部《流动的沙滩》究竟胡扯了些什么鸡零狗碎的东西，是我所感兴趣的。我们一边看电视，一边对外部世界指手画脚。这是铺垫。我必须等到酒起作用的时候刺探所需的秘密。然而我发现，老人一点也不恍惚，甚至比平时更清醒。在他心不在焉的眼神后面流露着对生命的警惕。他仍然对我掩饰，说了一些类似通俗文艺节目主持人那样的笑料串词。他说天黑了是因为有人把太阳偷走了。而太阳是一个红蜘蛛。总之，他的津津乐道让我失望。

突然我们听见了一个声响，从外面传来的，好像是玻璃的震动声。老人敏感地站起来，走到南窗下，观察自己的寓所。我注意到他的面部抽动了一下。但他若无其事地打了一个哈欠。他说有点乏了，该休息了。

我送他出门，说："恕不远送。"他晃晃悠悠的身影很快融入月色。这一刻，我很不舒服，甚至是忧伤的。这个没有风的晚上，是哪只手刚才替老人关上了朝北的窗户？

这天晚上老人的屋子始终亮着灯。

第二天一早，我又去了海边。但没有遇到跑步锻炼的老人。我独自沿着以前的那条小路走着。心中存着难以名状的恓惶。走至银杏树前我吃了一惊：银杏树竟不在了！我有点胆怯地走近它的遗址，居然找不到一点树皮和锯末。我知道，银杏树不是被砍伐了，实际上是失踪了。

一只手落在我肩上。我差点叫出了声，老人依旧和善地对我微笑着。他其实在嘲笑我，他还活着便是对我的嘲弄。

"多么好的树。可惜失踪了。"他感叹道。

"我想，还会有人来种的。"我说，口气像在安慰他。我又说，"你打算去海上观赏海市吗？"

"当然。"他说得很干脆。他是老人，既固执又顽强。

于是在这个迷人的黄昏我们又一次登上了"迷惘号"。海上风平浪静，几只水鸟在导航。旅客的情绪都非常饱满，他们期待着上帝绘制的风景出现，不过后来的事使他们格外扫兴——海市没有出现。他们埋怨船长是个见利忘义的骗子。可船长说真正的骗子不是他,是风。“风把海市还给了上帝。”

这样在海上兜了一圈,“迷惘号”又重返岛屿。船长为了洗刷自己的名声,表示退款。清点人数时,发现老人不见了。船长说,不会出事的。为了安全,他特地给每一位上了年纪的旅客都配备了救生圈。他讲的是事实,我当时看见老人接过救生圈时还气愤地说:“这简直是侮辱!难道他们不清楚我的水性是第一流的吗?”但他还是挂上了。

老人是怎样离开我的,我已记不清楚。好像我一转身他就不见了。那个时候,我的兴趣全部落在海市——自然的骗局上。

他不会再站起来了。但他还会回来,海会尽情帮助他。

海　葬

老人的尸体是翌日凌晨6时27分被海送上岛屿的,比我的想象提前了三分钟。其时太阳冉冉自海平线升起,使那一时刻的海滩具有古典悲剧的情调,这与老人的死很和谐,与所有现代时髦服装掩盖着的心境也很和谐。

送走老人的那个晚上,我闭门杜撰了这个结局。我觉得让大海收容他是合乎情理并且也合乎审美原则的。我相信这也是老人毕生最大也是最后的愿望。既定的道德方针不允许我们粗暴地干预他人的私生活。让大海把老人送上岸则是基于如下两点考虑:

1. 老人毕竟属于名流,生前的道德文章在一定范围内受到推崇。我们不能让他悄没声息地死去,应因地制宜地举行一个朴素的遗体告别仪式，以寄托大家的哀思，包括我。

2. 必须让官方和警方相信，老人的死因完全是一次意外，或者是他自觉自愿地选择了死亡方式。简言之，他的死与别人，尤其是我，无关。

后一点更重要。

安排好这些，我去卫生间洗手。尽管道理已非常明白，我还是觉得自己的手沾有血腥气。这之后我就上床了，自然睡得不好。在很远的地方，一个亲切的女声在呼唤：

“回来呀——回来——”

我是在警笛声中醒来的。我还是有点惶恐，在门口的台阶上停了一会儿。海滩上有一群人像抢购紧俏廉价的商品一样乱哄乱叫。我知道老人回来了。我小心地走过去，通过人群的缝隙我看见一个个子很大的警察把沙滩上的一具尸体翻过来——正是老人，他的面容像昨天一样安静庄重。据现场的勘查推测，老人确实死于意外。他是不慎落水还是故意跳下海的，目前尚不能做出结论。不过有一点很清楚，老人在水里碰上了一把刀子，不仅划破了他身上的救生圈，而且也切断了他的动脉血管。这一切看起来像一个优美的圈套。

“那是把什么样的刀子？”我问负责这宗案件的警官。

“铜的，样子很漂亮。”警官说。

“哦……”

“你‘哦’什么？”

警官白了我一眼，又充满怀疑地看了我一眼。然后他把围观者像赶苍蝇似的往边上赶，一边指挥摄影师拍照："这儿，这儿，特写！"

我估计事情会搞得复杂起来，不想再凑这份子热闹了。正欲离开，猛听见一个女人在叫："这个人必须死，因为有人提前出生了！"

这句话引起了一串哄笑。我后悔刚才走神了，没有看到说话的人。

警方负责人通知我："下午到局里来一趟。"

审 讯

作为老人在岛上逗留期间"最亲密的人"，接受警方的调查看来是理所当然的事。他们让我几乎一丝不挂地坐在一间空旷的房子里，进行审讯——

你和死者以前熟悉吗？

不熟。至少我以前根本不认识他。

你是说死者认识你很久了，而你才刚刚认识他，这是什么逻辑？

与逻辑无关，只是一种可能。

据我们掌握的情况，你们不是一般关系。

我们一见如故，这很平常。

死者难道真的死于非命？

你们希望不是，因为草草收兵会让别人瞧不起。我知道，老人在劫难逃。

你凭什么这样说？

凭感觉。两天前的夜里他北面的窗户自动关上了……

这与关窗有什么联系！先生，你应该清楚，你现在是坐在警察局而不是在你的小说里。你要对法律负责。据我们侦查，你和死者存在着利害关系。你们是在争夺一项权利，还有一个女人，是不是这样？

我们可能在共同打捞想象中的权利和一个女人。

想象？

警官的脸由愤怒转为喜悦的过程只有一秒钟。这使我意识到审讯我的人可塑性很大。他哈哈大笑，与陪审兼做记录的女警官交换了一下眼色：这人是疯子。我不悲哀。我记得以前在一本书上读到过这样一句话：疯是智慧的升华。

警官宣布：审讯暂告一段，本案没有了结。因此目前不允许我离开这座岛屿，随叫随到。

其实这是件简单的事。算不上案子。一个人的劫数已到，这是任何力量也无法抗拒的。老人显然意识到这一点，尽管他贪婪人生悲欢，但还是有所觉悟。他很镇静。为了减少不必要的猜测，他写下了最后的文字，也就是遗嘱。这张简单的条子夹在《辞源》(1983 年 12 月修订版)第 4 卷的第 3027 页。我想这是可能的事实。让我棘手的是，我不便向警方披露这些。这势必会让他们觉得更像一场阴谋，我会沦为法定的凶手。警方应该仔细检查老人的遗物，而不是捕风捉影地审讯一个“疯子”。

負暄圖

流动的沙滩

我很沮丧。不完全是因为老人之死。我不在乎暂时受到不公正的待遇。我沮丧是对自己的小说缺乏应有的信心。创作是件愉快的事,而我写得很苦。苦不堪言。

《流动的沙滩》究竟是关于什么什么的小说,对于我仍然是说不明白的事。在文思不畅的情况下,我习惯点一支烟去户外散步。然后开始怀念与我相处过的姑娘。崇拜毕加索和达利的姑娘失踪了,她活得很好。她也许现在不画画了,改行写小说。她认为"瞬间"的艺术其表现力是有限的,她要探索源源不断的时间。但是她现在只是练笔,写着玩玩;她得意的写作大约在30岁至32岁的时候。她将来是否也写一部《流动的沙滩》?

我又去看看银杏树的遗址。这儿自然应该有一棵树比较好。在我离开岛屿之前,我会重新埋下一粒白果。也许有人会超我之前来做这件事。

后来的几天我一直处在半睡眠状态。偶尔我也看一些通俗的读物和电视连续剧。调剂一下,我认为是必要的。如果不受外界干扰。我将按计划把这部小说写完。

大概是第八天的头上,一早我就被一位年轻英俊的警官唤醒。那人面目和善,见我睁开眼便把两腿一并敬了个礼:

你彻底自由了。他说,我是奉命来向先生宣布这项决定的。

他接着说,他们已在老人的《辞源》第4卷里发现了遗嘱,那上面说得简单明了。老人清楚自己的命运。

“夹在哪一页?”我问。

“3027 页。您对这个有兴趣?”他很敏感。我摇摇头,轻松地吐了一口烟。

警官从公文包里抽出一只类似卷宗的东西交给我:“遵照死者遗嘱,这个交给你。”

“是《流动的沙滩》手稿吗?”

“对。另外还有一张条子。”

交代完毕,警官转身离开了。我掩上门,按捺着内心的冲动坐下来,拿出老人的手稿。

“《流动的沙滩》是一部关于遐想的妄想之书。”

我无比吃惊,这个事实我难以接受。我不明白我的劳动是创造还是抄袭。

不需要再看下去了。

我把手稿扔到桌子上,看见一张条子飘下来——

这部书最初是由谁创作的,我无法判断。我申明:我不过是一个抄袭者。我在研究人生六十六年之后,发现了这个不幸的事实,决定中止这项劳动。但是,仍然有人会不断地干下去。对此,本人深信不疑。

1990 年 3 月 7 日

(原载《钟山》1991 年第 4 期)

夏季传说

到了夏季,罐子窑关于四爷的传说已经不多了。

一天夜里,几位年迈的妇人凑在老祠堂里纺棉花,清冷的月光自天井泻下来,在纺车上流动。纺车的节拍和着四野的蛙鸣。其中有位叫蛾子的突然"呀"了一声:

我看见老四了。

蛾子说当纺车转过九圈四爷的形象就显现了。据说这一夜这个老妇后来空摇着纺车,手中的捻条变得又硬又涩,再也牵不出纱来。她紧握着捻条仿佛握着一只鸟雏,一松手便会扑腾腾飞了去。是这位风烛残年的女人使得四爷的传说在夏季重新开始。这也是好几年前的事了。

四爷是我的本家,是我爷爷的堂房兄弟。很久以前的一个风雨之夜,我那给日本人当翻译的爷爷给人杀了,身首异处。四爷便从山上下来将我父亲这个穿开裆裤的孤雏接走。四爷其实就是我的爷爷,可是长期以来我父亲只许我喊四爷。

记忆中的四爷形象似乎永远是凝固而模糊的。这很奇怪。时间没有改变四爷,或者像流水销蚀石头那样于不经意中进行了改变,但石头还是石头。岁月使得四爷成为我们家族的骄傲。四爷还是我的四爷。从我第一次见到四爷直至最后目睹他的遗容,四爷是同一个四爷,是同一生命阶段的四爷。在我成为一名职业小说家之后,我把四爷理解为"洞中的四爷"。四爷在人间的历程仿佛只有三天:昨天、今天、明天。我的四爷飘飘洒洒走完了充满诗意和哲理的三天。他的灵魂化作一缕青烟成为夏季黄昏里的一片风景。在这样的时刻,我坐在故乡一座靠近水边的吊脚楼里,伏案西窗,开始写作关于四爷的小说。我看见四爷正掮着一把精致的夜壶向我走来……

四爷是做夜壶的好手。你见到你会相信他是世界上最优秀的陶工。你见了四爷的夜壶你会被它的惊世骇俗所震撼。我听说从前一些肾病患者都要千方百计地来买四爷的夜壶。他们说这是奇特的偏方,他们说用了这夜壶小便就会像山泉那样叮当作响。四爷的夜壶造型别具一格,你见了你会从容想起一些梦中的动人图景。

我的四爷掮着夜壶进城来了。夜壶挂在扁担头上随着四爷闲散的步伐悠悠晃晃。这是很多年前的一个夏天,明媚的阳光在四爷的夜壶上颤动。我的四爷掮着夜壶招摇过市。那椭圆的仿佛喇叭花似的夜壶嘴收集了市上男人的目光。他们像苍蝇一样围拢上来:这壶从哪儿买的? 四爷笑而不答。那群人跟了四爷好大一截子,等贪婪的目光泯灭之后,他们几乎同时愤怒地喊道:这个流氓!我的四爷哈哈大笑,唱起了家乡罐子窑传诵的一支古老的小曲,大意是:老子不日你娘你就不会认老子。四爷后来对我说起那天的情形又唱了一遍。他的嗓子像他那把陈旧的唢呐沙哑而嘹亮。

那时候我正在枣树下玩着彩色的风车。风车鼓动着三角小旗啪啪乱响。你见了那场面你会认为那是一部中国童话的插图。很多年后,一位从事民间工艺美术的朋友根据那个遥远的夏季黄昏绘制了一幅色彩斑斓的作品。然而枣树下的光屁股男孩已经不玩风车了而是对着一把精致的夜壶撒尿。那位朋友最后一笔是把男孩的生殖器放大了数倍,然后他说:不能屈了那把漂亮的夜壶。

我在四爷创作的喇叭花里撒了第一泡尿,叮叮当当形成美妙的音符。四爷问道:快活吗?我说不晓得。四爷摸着我脑勺后的小辫说:你长大就晓得了。我珍存着这把精巧的夜壶直到现在。在每年夏季来临之后,我都要把它搬到枣树下清洗一次。有一回,我惊奇地发现自喇叭花蕊中突然飞出了一只带斑点的黑蝴蝶。你无法想象那是一只多么精神的昆虫。黑蝴蝶在我们家偌大空寂的庭院里自由翻飞,在那棵枣树的枝叶网隙中往返飘舞,最后穿门而出向西飞去。

向西是罐子窑。

罐子窑是我的故乡,这里培养着四爷的传说。但是第二天我接到的竟是四爷的死讯。我记得那个忧伤的下午我始终待在枣树巨大的阴影里,注视着阳光下那把灿烂的夜壶。那时候我父亲正坐在新型抽水马桶上批阅一份重要的公文。四爷的死讯显然没有触动他,可他的决定又非常果断。你去一下,带上点钱,父亲头也不抬地说。

你最好亲自去,我说,毕竟你是四爷养大的。

父亲用一句粗话打断了我。

这是我第二次返回故里。一路望着已不新鲜的景物,我心里很恓惶。我想罐子窑真可以看作四爷的革命圣地,他几十年的汗马功劳使我们家族实现了由农村到城市的战略转移,但他自己却像一只鸟那样最终飞回了巢穴。1958 年的夏季在我记忆里占据着重要位置,我有生首次亲近了我的故乡。一辆黑色的轿车载着四爷载着我向西行驶,连绵的山脉被不断抛向身后。然而再往西,山道弯曲而狭窄。轿车寸步难行。四爷其时正犯着腰病,当地政府便临时雇用了“篮子”①,四爷迟疑地坐上去,把我放在两膝之间。篮子抬起来时你会产生腾云驾雾之感,你在经历短暂的不安后心境会更加坦然。篮子悠悠前行。篮子晃晃前行。篮子里的四爷频频向两旁的乡亲们招手致意。而我幼稚的目光萤火虫般地在许多陌生的面孔上飞来飞去。人们跟着篮子走动,炽热的泪眼如同蜘蛛的网络经纬交错把四爷织在其中。他们像从前那样喊四爷叫支队长。他们说支队长你还那么威风,你记得我吗,支队长?四爷两眼湿润两颊绯红四爷说记得记得我怎能不记得呢?他宽大的袖子在黄昏中飞舞像滑翔的鸟翅。那个苍山如海残阳如血的黄昏在我记忆里永不褪色。我最后的目光为西天残余的晚霞所痴迷。我想那晚霞消融的地方就是我的故乡罐子窑。

你到罐子窑很难看到庄稼也找不到牛。可是你能看见一条优雅的河和泊在岸边的船。你眼前的这条河叫灵水,与江相通。你立在河畔向彼岸看过去,很容易发现曾几何时这里是个小码头。

---

① 篮子:一种简易滑竿。

那紧贴水边倚坡而立的吊脚楼是当年水手们最好的栖身之所。当夜幕完全展开，吊脚楼会亮起橙黄的灯光，召唤着十里蛙声。但最深处的也是最能打动你的却是纺织娘手中流出的纺车声和梭子撞击声。你会觉得这声音使大山怀抱里的罐子窑充满着无限的生机与欲望。你踏着这神秘之声的节拍沿河边徘徊，水中的月影使你产生出奇异的感觉：温馨而苍凉。

1958年的夏夜似乎格外漫长。那时候我和四爷就住在灵水西岸一座最高也最美丽的吊脚楼里，温柔的月光从格子窗棂间穿射而入，让你想到古典诗词里的某些意境。四爷坐在西窗之下，从那里可以看到我家从前的天井。那时，四爷说，你爷爷一早总是站在天井边上念书。你爷爷是正经的读书人。正经的读书人是不到衙门里做事的。四爷说这座楼从前也是我家的，我爷爷通常在这里同外江的商贾洽谈生意。四爷最后说：你爷爷命软，死得太早了。说实话我印象中的爷爷仅仅是个概念，而且很长一个时期，我不希望别人说起我爷爷。我早就把四爷看成了自己的亲爷爷，在许多阳光灿烂的日子里，我骑到自家庭院的矮墙上幻想出四爷骑马挥枪的勃勃英姿。我把那个"沉重的包袱"理解为一颗足以炸死鬼子一个排的大地雷。可是四爷从不对我讲他的故事。你还是孩子，他说，你不懂。

那天夜里后来四爷失踪了。天亮时我起来撒尿，发现四爷的床铺空着。那时候月亮还没有隐去，河边异常寂静。一只水鸟洁白的身影从窗口掠过，让我断送了睡意。我追随着它走近窗户，蓦然间看见了杞柳下沉默的四爷。在他的身边蹲着一位妇人的背影。妇人的双手平放在青石埠头上，她优美的发髻上斜别着一枚银簪。正是这枚银簪让我把那个宁静如水的黎明铭刻在心。

灵水河边那棵苍老的杞柳业已悲壮地倒下，成为顽童们嬉水的理想场所。他们一丝不挂地立在老树的躯干上叫闹着，再下馄饨似的挨个栽到水里。夏日的阳光在圆圆的光脑壳上流连忘返。

水边的青石埠头还在。它冰凉的表面给人以历史感。青石光亮可鉴，你对着它你可以看到自己的影子。这影子不属于现在也不属于从前，它是你心中的影子，比什么都真实。

我此刻就蹲在这青石上。几天前的黄昏我在这里遇见了老迈的蛾子。当时她正对着青石梳头，用的是一把缺齿桃木梳。蛾子的头发依旧茂盛但已纯粹苍白。她把头发先梳理成两股扁平的辫子，再绾成一个椭圆充实的发髻。蛾子最后要做的是把那枚银簪从髻中横贯而过。这个细节后来让我联想到匕首穿透心脏，竟有些不安了。

昨天夜里我看见你四爷了，她说。

蛾子衰老而麻木的脸上重叠着欢乐的忧伤，仿佛一曲动人的挽歌。你从她渐渐清朗的眸子里会看出，从前的蛾子是个不多见的美人。起风了，外江的船队吆喝着升帆起锚。灵水河是一条悬河，倘若不是顺风，船是很难走出山外的。蛾子望着远去的帆影喃喃自语：稻子黄了，该回家了。

我原是船上人，蛾子说。若不是那天我哥哥喝醉了我不会落到这方土上。我哥哥硬说这条水能把我们淌回家。我明知是错了,可我怎的就喜欢上了这水。你把手伸到水里就像伸到自己腋窝里。那是古历五月初八,水暖着。蛾子说她本想第二天等她哥哥醒了就掉头,但是很不幸,她哥哥当晚就病了,船只好就地下锚。第二天是个阴天,蛾子回忆说,我一早起来到船头上晾衣。我手里啪地一甩就听见跟着响起了一阵唢呐。那真是好听的调子。我朝岸边望过去,看见一个光着膀子的男人坐在青石埠头上一边洗脚一边吹着铜唢呐。那是你四爷。

蛾子说着又把盘好的发髻松散开来,对着青石重新梳理。她梳得很慢很慢,桃木梳经过头发的声音非常悦耳,她的苍苍白发在夕阳的余晖下无比辉煌。蛾子拿着那枚银簪对我说:这东西是你四爷从前送我的。

这东西原是你爷爷从外面带来的。蛾子又补充说。

那一年夏季我回罐子窑参加四爷的葬礼,在墓地,我第二次见到那枚银簪。它让我很自然地想到 1958 年那个黎明的河边,那个凝固在四爷身边的背影。这已经成为我记忆中一片永远不散的云霓。我默默注视着这个叫蛾子的老妇,从她暮色笼罩的面容上寻觅从前青春的痕迹。那时候黄昏中的墓地开始呈现出寂静,蛾子略为佝偻的身影在风中摇曳如同最后的烛光。这位两鬓飞霜的老人围绕四爷潮湿的墓地彳亍而行,走了完整的一个圆。她那尖小的足迹酷似四爷夜壶上的纹饰:一条飞动的蛇,首尾相接,交会之处便是令人瞠目的"喇叭花"。

1958 年四爷重归故里的第二天,他带着我去了一间低矮阴暗的作坊。后来我知道这是从前四爷的作坊，但从一切布置看，从前不过是昨天。凳上的熟泥还软着，泥车转动起来没有吱呀的声音。四爷撑开窗户，把毛料制服挂到门后生锈的钉子上。四爷从容上车，像优秀的骑手策马平川。眨眼工夫他已做出了夜壶的主体。他把这空心的泥球置于门外的阳光下。然后回到泥凳前精心雕塑一朵怒放的喇叭花。这是夜壶嘴，四爷说，它要咬你的小鸡儿。四爷花了半天的工夫完成了这件举世无双的作品，它如今放在我家芳香的庭院里，枣树多姿的投影与它相伴。

夜壶上的蛇是我的属相。四爷也属蛇。

四爷的夜壶总让我感受到某种命运的启迪，这是很多年以后的事。

我在水边徘徊。渐渐暗淡的水面折射着往昔的悲凉。我想那该是个忧郁的清晨，四爷的唢呐并没有驱散滞留的薄雾，却牵住了一条迷失方向的乌篷船。然而这个早晨的全部情景最后都走进了另一个散淡的视野。那是我爷爷的视野，那时候这位身着长衫的书生正在最高的吊脚楼上打点行装，他将抛开祖宗交托的窑厂去日本人的江南大营。这是1939年农历五月初九。在罐子窑，已经没有人穿长衫了。所以后来人们对这位体弱多病的书生的回忆，都离不开一件长衫。一件银灰色的长衫，人们记得，那些日子是我爷爷一生中最憔悴的时光，丧妻的哀伤在他白皙清癯的面颊上犹如秋天最后一片树叶，久久不曾飘离。

传说正是这样开始的。很多年后，乌篷船上的女人回忆起那个曙光惨淡的黎明心情仍然激动不已。她说当唢呐声间歇时,她看见那座最高的吊脚楼上还亮着灯光。接着她看见了一个颀长的银灰色的身影。蛾子说在这一天里这两样东西都让她恓惶不安。直到傍晚她那醉酒的哥哥突然发起烧来她才清醒,但她已经手足无措了。

我只好去了岸上,蛾子说。我在一个高大的门槛上停下来。我敲门。门很快就开了,开门的是你四爷。

那时候我爷爷正坐在堂前喝功夫茶。据说那些日子他常常抱着一壶茶消磨时光。但是这一天他失去了忧伤的平静,以致断然放弃了去江南日本兵营的念头。我爷爷似乎有了一种美好的预感,他相信自己的命运出现了吉祥的机缘。所以当大门洞开,乌篷船上的女人俊俏的身影镶嵌其中时,我爷爷不禁站立起来,紫砂茶盏微微一晃弄湿了长衫的下摆。我爷爷激动的目光对着女人高昂的胸脯射过去,这一瞬间他悟出了青春的含义。但是另一个男人厚实的背脊隔断了爷爷的视线。这是第二次了,爷爷想。第一次是在清晨的河边。我爷爷后来或许也意识到了,这件事从一开始就埋伏着凶险。可是在此时此刻,这位身着长衫的白面书生要做的是走下台阶走到天井,他没有发现在天井的上空停着一块不祥之云。

老爷,救救我哥哥吧!

船上的女人从四爷面前绕开给我爷爷跪下,异乡的口音听起来像吟唱一支民谣。爷爷连忙将女人扶起,他从她惶恐的瞳仁里看见了自己不再阴郁的面容。

蛾子说世上的事都是有缘分的。她说她怎么偏偏就敲开了这一家的门,而这家门又似乎是向她开着的。那天夜里后来的事很简单,爷爷吩咐四爷随蛾子去了船上,背回了她那病重的哥哥。蛾子说她当时真是说不出的高兴,脸上的愁云随风吹去。可是当他们刚进村口,蛾子突然看见了一颗流星。我心里好慌哪!蛾子说。我担心这好事不会长。蛾子说着浑浊的老泪溢出松弛的眼眶,把那枚银簪抚了很久很久。

我对不住你爷爷。是我送了他的命。

1939 年正月的一天,我爷爷在江城芜湖的街头上小心地挑选一枚银簪,突然被一辆双人摩托送进了日本人的大营。那是个晦气的日子,天空飘着细雪。我爷爷惊恐不安地随日本兵走进一座暗红色的小洋楼,在门口等候他的是司令官松崎。爷爷迟疑地看着松崎的左臂,白手套空荡的小指使他想起几年前在京都大学公寓里的一场围棋厮杀。他最终赢了骄横傲慢的松崎次郎,使他在耻辱的怒火中当众剁去了一根小指,喷出的血溅到我爷爷的脸上。据说我爷爷三天后便爬上了开往上海的邮船。在邮船离岸的前一刻,松崎次郎赶到码头,向他的对手挥动缠着纱布的手臂,最后这手臂凌空有力地劈下。

松崎司令官在请我爷爷坐下后,吩咐他的侍从捧上一副精致的棋具,然后他叫边上人退下,自己从口袋里掏出一样东西置于棋盘之上:那正是他从前失去的小指,风干后如同一截老树的根须。

老同学,我请你来,就为这个。松崎微笑着说。

我现在不下棋了。我爷爷说。

不。松崎说，棋是中国很高尚的文化，可它最终属于日本。你执白。

我说过我不想下棋了，松崎君。

我现在是松崎司令官。

我爷爷就这样被松崎次郎扣下了，他后来公开的身份是松崎的翻译官。其实松崎是个中国通，他留住我爷爷只是为了陪他“手谈”。我爷爷不过是松崎喂养的一只鸟，无力挣脱樊笼。他最后只是以不骚扰他的家乡作为唯一条件，顺从敌人的摆布。我的父老乡亲，请你们高抬贵手饶恕这个懦弱的书生吧！他不是汉奸，他也做不到宁可玉碎不为瓦全。他的历史平平淡淡只有自己的眼泪没有同胞的鲜血。但是我那可怜的爷爷最终没有逃脱命运的惩罚，在他同松崎下完第一盘棋的同一时刻，他那贤良的妻子竟奇怪地淹死在家门口的灵水河里。目击者后来对这起命案的描述都闪烁其词，他们说那女人“就像被风刮进了水中”；将近半年后的一个深夜，爷爷他那尖削的头颅被一把快刀剁了去，无首的身躯竟爬回了自己的家门。

蛾子说，她来岸上的那晚天气异常的闷热。事隔多年她仍然忘不掉那颗流星。就像天裂开了一个口子，蛾子说。那天夜里蛾子就一直坐在天井下。驼背郎中离开时在门外同我爷爷的窃谈没有引起她的注意，她只看见我爷爷付给了郎中一笔钱。我爷爷在门前徘徊了很久，清白的月光把他的身影聚拢到脚下仿佛踏入了一个陷阱。那时候四爷已回到了河边的吊脚楼(打这以后这儿便成了他的住所)。他的屋子让给了漂泊的外江兄妹。一夜的辛劳使他困倦不已,但现在我相信,那一夜他没有睡。四爷一定是站在西窗下鸟瞰我家的天井。他看见我爷爷后来也拿过小竹椅坐到那水上女人面前,同她攀谈。他看见女人说着说着就抽泣起来,我爷爷递给她一块大手绢。我记得有一次父亲说起过这件事。他说外江兄妹住到我们家来的那夜,爷爷通宵未眠。他在灯下写信,我父亲说,写了很多张,又撕了很多张。我父亲说到天明时书案上的灯还亮着,爷爷已经伏在桌上睡了,可是吊脚楼上的唢呐声又突然把他惊醒。

嘹亮的唢呐在夏日清晨散发着米酒醇香。罐子窑的老人都记得那些日子这奇特的香味导致的美妙结局。那时分正是他们再次操演性爱的良机,唢呐声让他们的肉体兴奋无比,而灵魂则追逐着芬芳继续梦中的逍遥。但是四爷的唢呐却让我爷爷感到隐约的惶恐与凄凉。在我爷爷惺忪的视野里,灰暗的天空呈现出一片虚无。不过很快他看见了天井里的女人粗壮的辫子上的红头绳——这是那个早晨唯一的暖色。我爷爷在窗口立了很久,后来他想:这么好的头发上仅有一根头绳是不够的,应该别上一枚银簪。

大约在蛾子扎好辫子的同时,我爷爷把一封信装进了信封。然后他身轻若燕地来到天井,他要蛾子用船送他过河。那时候河边晓雾已散,灵水潺潺而流。乌篷船像一把大剪刀从一大块锦缎上裁过,你听到的橹声其实就是这一男一女重合的呼吸。我爷爷背着手侧立船头,南来的微风轻撩着长衫的下摆。也许在这一刻,摇橹的蛾子看出了我爷爷颀长而单薄的身体。多少年后她回忆起这一情形仍然感叹说“那真像风中的芦苇”。蛾子说这身影又一次提醒她注意起16岁的经历，让她想起另一个男人。那是她家乡的一位游方郎中，尖削的手指曾触摸她虚弱的脉搏。但是这个能除人百病的郎中不久竟死于一个小疾。年轻的郎中把平时珍惜的长衫穿进了棺材。那也是银灰色的，蛾子说。在这以后的许多日子，蛾子实际上已从我爷爷身上看到了死亡的颜色。

船抵彼岸，我爷爷居然纵身一跃离开了小船。你可以想象出他的身姿多像一片飘零的落叶。他并没有很快赶路，而是把右手迟疑地伸到长衫里面，我想他或许想拿出那枚被身体焐热了的银簪。可是他掏出来的还是那封信。蛾子至今记得我爷爷用中指和食指弹了弹饱满的信封，但她那时还不知道这个细微动作的意味深长。这封信是寄往江南日本大营的。两年前，我因撰写一部革命回忆录，曾接触到一批当年日本占领时期的档案，意外地发现了这封信。那委婉的语气、谨慎的措辞使我在那一天里备感凄凉。这封信表达了爷爷“安守家园”的心情，你从字里行间看到的就是他那风中芦苇般的身影。这封信显然曾经被松崎次郎揉成一团，我不知道是什么原因使它完好无损地保存至今。

银灰色的长衫走过沙滩便消失在那片芦苇后面。这时候太阳才刚刚露头，所以你看见乌篷船掉头后就变得耀眼灿烂。那是阳光与露水交融的结果。但是摇橹的女人似乎还沉浸在那迎风抖动的银灰色里，橹声在水面悠扬而空洞。如果不是最后出现的一阵明亮的唢呐声，这个早晨必定充满着无边的忧愁。那是另一个太阳。它冉冉升起时,穿长衫的男人已经离灵水很远了。

四爷去世的前一夜,我梦见了他。梦中的四爷眉疏目朗,坐在西窗下把玩着铜唢呐。作为背景的是他的夜壶,巨大无比,纹饰一清二楚。那时候夕阳涂满了吊脚楼。因此这梦的图景鲜红欲滴。四爷吹起唢呐,他的身体蛇一样摆动,我听不见这乐器的声音。我想这一定是支美妙动人的曲调。可是后来四爷沮丧地对我说:我已经吹不响它了。

我把这个梦告诉了蛾子。她竟有些吃惊。她说四爷临死前确实说过类似的话,但不是前一天,而是前三天。是古历七月初四,蛾子说。三天后,也就是七月初七,他死了。

这也是你爷爷的祭日。蛾子又补充说。

蛾子的手离开纺车朝脑后伸去,拔下了银簪。她把它平放在干枯的掌心。于是银簪在明净的月光里展现了它的全部。这是一枚精雕细刻的凤簪,无疑是上等的银器,其造型与纹饰都让我想起一部历史的插图。在这个寂静的夏夜,我获得了关于银簪的故事。

我爷爷拿出银簪是在从城里回来的一个月之后。你会猜到那是个多好的日子。但是你不知道那也是奇怪的一天。蛾子说那天的黄昏特别明亮,人们看到太阳和月亮同时出现在云彩飘舞的空中。这种日月对峙的情景在罐子窑人眼里无疑是罕见的奇观。在经过漫长的日月更替后,寂静的夜晚亮若白昼。那时候蛾子刚为呻吟病榻的兄长端去一碗中药,在她健康的面颊上思乡之情已荡然无存。蛾子在灵水里洗过的头发差不多被风吹干,她后来就站到天井下双手背过去托着这片轻柔的乌云。你会觉得这来自江湖的女子浑身都散发着惊人的魅力。你会说这本身就是一幅画，而画框正是我爷爷的窗口。我爷爷一边喝茶一边欣赏，最后他也成为画中之人。

蛾子说她第一眼看见这枚银簪就爱不释手，可是她不敢要。那时候，蛾子说，我还是个姑娘。我爷爷只是强调这么好的头发应该佩戴这枚银簪，就像好马必须配上好鞍。蛾子其实多虑了，她应该知道过了这个晚上她就不再是姑娘。这个晚上后来发生的事和月亮一样干净。他们睡得很香也很沉，因为第二天真到太阳穿入天井时也没听见吊脚楼上的唢呐。蛾子还是没有收下我爷爷的银簪。她侧过身去细心梳理着拖至腰下的辫子，又细心扎好了红头绳。这让我爷爷非常不安。他慢慢握起银簪，然后轻轻地对蛾子说：这已经是你的东西了，我先替你保管着。蛾子说不知我可有这等的福分。我爷爷说他一定明媒正娶。蛾子就沉默了，这时候她想到了病榻上的哥哥。蛾子什么也没说，替爷爷穿好鞋子便离去了。她一出门就嗅到浓郁的中药香。蛾子小心地移到往日住宿的屋前，突然从里面飞出一只药罐。蛾子说那破碎的药罐后来怎么看都像一朵蔷薇。

苍老的蛾子重新将银簪送进白发，就像把一片叶子藏入森林。银簪与白发浑然一色成为月光的焦点。望着空转的纺车你会产生恍若隔世的感觉。你于是意识到正是这样故事最终成为传说，如月光在大地流淌。

四爷的唢呐第三天照常吹响。这是1939年春夏之交的清晨，罐子窑人再次操演性爱后又昏昏睡去，季节的更替便在弥漫着毫无节制的欲望空气里悄然完成了。夏季是欲望之火燃烧的季节，你于是相信传说业已进入发酵阶段。

乌篷船上的女人在成为我另一位奶奶之后依旧梳着一根沉重的辫子。编织的图案酷似四爷夜壶上的那条浮雕蛇。能看出这一层的只有四爷，他每天都被这种暗合折磨得气喘吁吁，因此你后来听到的唢呐声总是不很连贯并且略带沙哑。四爷目睹了我家天井附近发生的一切，他甚至眼光锋利如同一把匕首，划破了爷爷房间的窗纸，观赏到男欢女爱的生动情景。四爷明白我爷爷将要续弦，外江女人将作为我们家族重要一员也已成定局。所以四爷在不久后的一个夜晚走进了我爷爷的书房，那时候我爷爷正秉烛作书，四爷的出现使他有了一丝的慌乱。我爷爷也许知道是四爷的唢呐先留住了外江女人，但他不会轻易放弃命运转折的机缘。

大哥，有件事想与你说说。

你说吧。

我想出去……

出去？做生意还是当兵？

做生意。

也好……出去见识见识。

我想先借一点本。

这好说。等我忙完了这事吧。我想快了。

大哥，你这是大事，最好能等到她哥哥……

我知道该怎么做。

四爷不说了。这时候他们都听见了天井里啪地一响,那又是摔碎了一只药罐。爷爷站起来踱了几步,然后吩咐四爷去请驼背郎中。四爷路过天井便听见厢房里含糊其词的呻吟。他企图听明白可结果却感到这偌大的住宅里回荡着一股阴森之气。因此他后来在河边遇见洗衣的蛾子时,就小心地告诉她这些日子最好不要离开她哥哥的病榻。蛾子很吃惊,短暂的羞臊后她问起她哥哥的病情是不是在加重。四爷没有回答,而这时从背后刮来的一阵风竟吹灭了他手中的灯笼。蛾子吓得身子一软,四爷的手便及时把她的腰揽住。黑暗中蛾子抖瑟的辫子又一次让四爷想起受惊的蛇。辫梢搔挠着四爷的手腕,这奇异的感觉以后在他心头盘桓了几十年。岁月沧桑,黑蛇变作白蛇。这条蛇最后爬进了四爷的夜壶,结束了四爷辉煌惨烈的一生。

那一年我回乡奔丧时,四爷的尸体还横陈木床。四爷安详的遗容和浪漫的睡姿使我从悲哀中获得了一份特殊的宁静。按照当地的习俗,死者入棺前须净身更衣。主持这仪式的是一位来自东山的老道。据说他与四爷是多年的知己。老道用一把锋利的宝剑将四爷的内衣剥去,我于是第一次目睹了四爷的裸体。四爷依然健壮,他那受到致命一击的生殖器居然无比坚挺。老道将宝剑在四爷的生殖器上方凌空划了一个圆,最后发出一声长叹。

在从前那个夏季里,我的爷爷活得比较潇洒。外江女人青春的身体慰藉了他那颗衰弱的心。但他绝对没有料到此刻他与生命的尾声仅差一步之遥。那天夜里，当驼背郎中走进我家的天井，就立即嗅到了一股血腥气。郎中并不因此惊讶，相反，他很得意。他把爷爷又一次叫到门外窃谈，刚才的感觉证明了他最初的诊断没有偏差。郎中伸出两根象牙般的手指，我爷爷立即明白了其中的意思：你是说他只能活两个月？郎中说这是自然。船上的男人嗜酒成癖最终酿成大祸，绝症便不可医。你还是多尽些力吧，我爷爷叹道。然后他陪郎中去敲厢房的门，可是没有敲开。

郎中在我爷爷的书房里喝了一杯茶。这位以妙手回春自居的驼背丝毫没有从我爷爷银灰色的长衫上看见死亡。在那个时刻，郎中更感兴趣的已不再是死亡而是新生。他毛遂自荐地要为爷爷择定佳期。两人正说着，门被推开了，在天井站立很久的蛾子走了进来。郎中不甘寂寞的眼光将含苞欲放的女人浑身摸了一遍。他以为她要向自己了解哥哥的病情。可是蛾子却向我爷爷提出了一个古怪的要求：

东家，我想用你这件长衫改一条裤子。

这要求让驼背郎中侧身猥亵暗笑。可他又想这或许是异乡一种表示男女私情的习俗。时候不早了，郎中起身告辞，目光再次从蛾子胸前滑过。他很希望睡在病榻上的不是这女人的哥哥而是她本人，那么他便可以合理地动手动脚。郎中摇晃着走出我家大门，四爷点上灯笼，橙黄的灯光映照着郎中的驼峰。两人一前一后地走着，看上去就像一对劫舍者。四爷责怪郎中，认为他应该再敲一次门，替那个可怜的异乡男人看看。郎中说劫数已到，是没有办法的。郎中又一次伸出两根指头。四爷大吃一惊，持灯笼的手竟哆嗦起来。郎中的手势让他再次想起一个时辰前的预感：将损折两条人命。很多年过去后的一个阴雨连绵的下午，四爷对蛾子说起过这件事。但他仍然不知道这是驼背郎中的歪打正着。

蛾子说那时她只是隐隐约约地意识到身边埋着凶险。她每次与我爷爷同床共枕，总觉得是睡在一口棺材里——爷爷恍是家乡的那位薄命郎中。她实在觉得那件银灰色长衫上流淌着一股邪气。于是她决定采取以邪攻邪的方法，把长衫剪成贴身的内裤。然而这在我爷爷眼中完全是女人的浪漫之举，况且他又特别珍惜这件他祖父留下的衣裳。所以在驼背郎中离开后，爷爷对蛾子说：你要做衣服，可以进城选任何料子。

我……我就想用这长衫的料子，蛾子说。

这不行。爷爷断然说道。

……

那天晚上蛾子按照四爷的吩咐，没有在爷爷房里过夜。以后连续几天也都如此。最初爷爷只以为这是女人的赌气拿劲，但是他很快就发觉事情不是这么简单。爷爷注意到蛾子和四爷之间有某种微妙关系。其实爷爷一开始就有所察觉，外江女人最先是听见唢呐转过脸来的，所以当他决定收留船上兄妹之后，便将堂弟送上吊脚楼。我爷爷犯了一个错误，他忘记了吊脚楼是鸟瞰我家的最佳视角。现在爷爷要做的，是尽快扫除飘荡在他上空的唢呐声。在经过一夜的思考后，爷爷把四爷叫到书房，告诉他“出外谋生”宜早不宜迟。可是四爷说：我现在不能走。

这简短的回答像鸟翅的阴影从爷爷心头掠过。他的小心猜疑也因此变得真实可信。据说在这一天里我爷爷喜怒无常以致扬言要将全部家当付之一炬,而四爷的唢呐依旧在热风中回荡。这是1939年的夏天,命运决定着这截光阴令我们家族焦灼难耐。你站在水边的吊脚楼上往西看,灾难正以酩酊之姿晃入了我家门槛。你也许没看见,但你马上就会看见了。

隔着稀疏的竹帘我似乎已经看见从前的蛾子在灵水边继续梳理着发辫。我看见她初步盘好一只髻但很快又把它弄散。我知道那时候这小女人又在期盼着爷爷囊中的银簪。这天的云彩可真好啊,所以当我爷爷的身影再次在对岸出现时,他那件银灰色的长衫也因此变成了浅蓝。这蓝色后来又被流动的灵水染得更重,其实就是欲望火焰的颜色。几天的分居使摇橹的女人觉得自己成了一只失尽水分的空心萝卜。你从她摇橹的姿势上会领略到这层含义,你不觉得这女人两腿夹得太紧吗?

我爷爷看出了。他现在确信压在心尖的那块乌云业已驱散,而且他同时感到身体的某些部位正悄然变化。我爷爷是去县城取一只匿名包裹的,拿到手才知道不过是一个方寸小匣。我爷爷想这也许是哪位朋友馈送的贺礼,他行将梅开二度的消息早已不胫而走。这揣测使爷爷的回程迅速而轻捷。

你等急了吧?爷爷问。

我不急。不,蛾子说,我有点急。

我也很急。爷爷说。

……

我看见爷爷牵着蛾子的手走进了我家的天井。柔和的阳光把他们的身影投到台阶上。你再也听不到药罐的破裂声了，但你却能听见贪婪的磨牙声。在东厢房里，病榻上的男人此刻正忘情地啃着一只猪蹄。据说他这两天总共啃了一打。旺盛的食欲使蛾子相信哥哥的病开始好转，她根本不知道这是迈进地狱之门前的回光返照。

你看见我爷爷的房门掩上了吗？这之前从里面跑出一个脑后拖小辫的男孩，手拿着鸡毛兑换来的麦芽糖和城里刚上市的双色铅笔。这是我父亲。他蹦到天井里叉开腿撒尿，由于两手不空，他的小鸡左右摇摆，就这样又把裤子尿潮了。我父亲转身又去敲他父亲的门，可是无法敲开。我父亲乱叫了一通，最后又回到阳光下继续玩他的双色铅笔。

我不愿意接着去写屋里的事了。可是我必须交代一个至关重要的细节。你知道那种活是不能耽误的，最好连话也别说。但我不是爷爷，他的方式在我看来有些特别。我爷爷平时沉默寡言，一上床就废话连篇。他说蛾子你真好哇你知道此刻我在哪里吗我在天上。蛾子说东家你不是在我身子里吗东家。爷爷说你怎么还喊我东家东家的？我娶你的消息连外地的朋友都知道了。我今天进城取的就是一份贺礼。说着我爷爷便精光赤条地下床来拿过那只方寸小匣。蛾子问什么东西这么小？爷爷抚着女人光滑柔软的头发说也许是金簪玉簪吧。蛾子说我只要银簪。于是我要讲的细节便展示了。我爷爷重新回到女人身子里，他腾出两手用小剪刀撬着小匣。好奇和兴奋使这位书生的所有动作变得笨拙而粗鲁，但是女人却感到了空前的欢乐。蛾子想让爷爷把两只手也给她，她说：你别撬了……再好的宝贝我也不想要……我只要你……

爷爷已经把方寸小匣撬开了。你一定猜到了里面盛着什么物件。

白绫子揭开时我也很好奇，老迈的蛾子回忆说，接着我看见了一个小东西模样就像一味中药。等我看清那上面长着指甲时眼前便是昏天黑地。你爷爷浑身像筛糠似的发抖，他不知不觉退出了我的身子，他后来就上吐下泻发起烧来了。这个可怜人从此就这么废了，他那个活泼的东西也成了一味中药。

蛾子记得这一天是民国二十八年农历六月二十七。十天后，我爷爷便一步坠入黄泉。

在这以后的几天里你会不经意地就看见驼背郎中滑稽的身影。你又一次嗅到了天井里中药的芳香。据说驼背郎中给我爷爷下药下得很重，但是千方百计觅不到药引。要一对活蜈蚣，郎中说，否则暗症难消。郎中采取的另一个措施叫作“娇蛾品箫”，他要求蛾子每日三次持续半月深入浅出。驼背郎中把拇指放到口腔里示范，眼睛粘着女人膨胀的双乳。

四爷便是这时出现的。他怀抱着一把崭新的夜壶。那夜壶在夏日阳光下神气活现。郎中的目光立刻从女人胸前跳开，像苍蝇一样飞落到四爷的夜壶口上。他拿出含得又湿又黏的拇指在夜壶嘴里旋转，身体左右扭动，似乎企图要甩掉高耸的驼峰。我说老四呀，郎中说，你狗日的怎么把夜壶口做成这般模样！四爷讪笑。四爷说这是祖传偏方，专治男人的毛病。驼背郎中若有所思，但很快换上不屑的神情:你个狗日的凡事总没个正经！郎中离开时又对蛾子摇动着拇指。蛾子后来回忆说,郎中的侧面就像一只衰败的老公狗。蛾子说那是她头回见到四爷的夜壶,她说她一看货色就知道老四的手艺不俗。但她那时还弄不清夜壶的奥秘。四爷在爷爷的房门前停了一会儿。蛾子说也许老四已经预感到这夜壶会招惹意想不到的麻烦了。

你可想而知那些日子我的爷爷过得多么沮丧。他实际上已经是魂飞魄散了。松崎司令官的断指像一颗在空中曼舞的子弹呼啸着上下左右,随时都可以钻入他的心脏。我爷爷整日昏睡,梦呓喃喃,一只苍蝇的低吟都会让他惊动让他不寒而栗。但是在那个阳光焦灼的下午,爷爷的愤怒却来自四爷的夜壶。

四爷掩上房门,把夜壶放到爷爷床前。爷爷虚弱的视线被夜壶的光泽刺激得明亮起来。像所有男人一样,爷爷含蓄地审视着别致的夜壶口。我想他那一刻一定膀胱酸胀。这酸胀其实也是快感的一支前奏。但是爷爷却无力把这前奏演奏下去推至高潮。我爷爷撒不出那种"疑是银河落九天"的尿来。他的尿落到夜壶里想必是支轻柔的小夜曲,其中含有感伤的休止符。爷爷欠了欠身,发出一声轻叹:老四,你的手艺真是不错。可是爷爷旋即起了警觉——

你是来羞辱我的吗老四?!

爷爷的声音阴森而低沉。并且将蛾子失落在床的银簪奋力向四爷掷去。多少年后,四爷坐在灵水边的青石上回忆起这个炎烈的下午,他对洗衣的蛾子说:那声音真像一匹受伤的狼。四爷说他被这声音吓住了,连解释的气力都失去了。那时候年轻的蛾子正立在天井里颠扬着簸箕,金色的秕糠在阳光下飞舞。蛾子被这景象迷住了。接着蛾子又听见屋里我爷爷的怒吼:“你马上给我滚!”之后是咔嚓一响——那把别致的夜壶已被掼碎。蛾子连忙进屋,与沮丧出门的四爷摩肩而过。无意中她瞥见那枚银簪已握在老四的掌里。可是那时她已无心注意这枚小银器的归属,全部的目光为破碎的夜壶所吸引。那实在是个好东西。她不明白东家为何同它过不去。蛾子后来收拾这堆陶器碎片没有动用扫帚而是用手。她一片片地拾起来又一片片地拼凑,最后发现少了一片——那正是蛇头。蛾子怎么也没料到这蛇头竟会溅到四爷的裤裆里。多少年后,当日益衰老的四爷坐在河边说起这个属于从前的细节时,蛾子便发出了一声惊叫。在那个夏天行将结束之际,我想蛾子实际上已经看出死亡的阴影开始在四爷的面容上显现。

蛾子记得四爷离开家乡罐子窑是在一个细雨纷飞的黎明。这之前的那个夜晚显得格外冗长和不安。黄昏,灵水岸边来了一队外江的帆船,据说是来罐子窑做毛竹和大米生意的。所以沿岸的那些窗口在天还没有断黑时就提前挂起了红灯笼。悦耳的丝竹和妓女的小调使罐子窑醉意迷蒙。那个时候,我家的屋子却异常宁静。我爷爷支着芦苇般的身躯迈出了久日不出的房门。天井里依旧散发着中药沉渣的霉酸味,东厢房内响着什么锐器互相厮磨的声音。这声音被一阵阵自河边飘来的丝竹和小调声所淹没,因此听起来并不怎么刺耳。我爷爷下意识地朝东厢房望了一眼,发现腐朽的房门悄然打开了半扇,但他终于没有看清门后那张异乡男人的脸孔。天色渐渐转灰,我爷爷走进暮霭之中,银灰色的长衫在那个时刻竟然显得十分明朗。在离家门不远的大槐树下,爷爷遇见了沉思的蛾子。女人潮湿的眼眶令他暗自一惊。

老四是……好人。女人说,你不该这样对他。

这个我比你清楚。爷爷说。

简短的对话之后是难堪的沉默。爷爷没有理会女人的埋怨,撩起长衫转身走向村口。在那个位置上,一个来自外江船队的水手正用城里的水果糖和火药纸同一群孩子们嬉戏。那是个健壮的男人,蛾子这样回忆说,模样看上去像个天生的哑巴。当我爷爷走过他面前时,那人便突然埋头咳嗽起来以致半天直不起腰。不多时,天真正的黑了。爷爷和那人的身影同时消失在蛾子阴郁的视野里。

那时候我的四爷正在吊脚楼上打点行装。他已经决定天亮启程。你可以想象出这个强悍的男人此刻该是多么沮丧和忧伤。他把全部的家当杂乱地放进一只藤箱里,然后摸黑送上了蛾子的乌篷船。他想她一定会亲自送他渡过这湍急的灵水河,但从今以后他就再也看不见那片飘柔的乌云。四爷或许这样想了,分手之际他要把那枚银簪重新插进蛾子的发髻。

河边并不寂寞。灯笼的倒影映红了河水,就像于水中刚杀了一头牛。水手和妓女的浪声浪语在河面上荡漾。这轻曼之声后来让伫立河边的四爷想起了留在作坊里的铜唢呐。四爷就离开了河边,当他走过那片小松树林时一个身影在自己的侧面一闪而过。

那个时候，天空开始飘起了雨丝。

据说四爷这一夜在作坊里消磨了一坛家乡的米酒。趁着酒兴他一气做了十把夜壶，但他已无心思去雕刻那个富有想象力的纹饰。直到罐子窑响起第一声鸡啼，他才想起该同一切分手了。蛾子回忆说，老四晃晃地来到河边时浑身都散发着米酒的醇香，腰间别着一样明晃晃的铜唢呐。天开始泛白了，但在蛾子的记忆里那时分灵水河依旧颜色如墨。那水真重呵！蛾子说，我差不多要把橹扳断了。乌篷船就这样顶着细风细雨向对岸驶去。几十年后有人说起这个阴晦的黎明时，像是在叙述一段暧昧的戏文。“船至河心直打转，人可是没闲着呢！”他们津津乐道，目光里透着彻底的无耻和下流。后来四爷的唢呐在晨风中吹响，对岸杞柳丛中的水鸟一齐向乌篷船噗噗飞来，使这个黎明像水墨画那样凝重而富有生机。

老四就这么走了。蛾子沉吟道，他把那天拾起的银簪插到我头上。我望着他翻过那道土岗。我以为他会回头看看我，可他只是停了停。他没有回头。老泪纵横的蛾子再次抚摸着那枚银簪，忧伤已像皱纹在她苍老的面容上永远地刻下。她的行动已非常迟缓，在我搀扶她走上铺满夕阳的台阶时突然双腿发颤最终跌倒。

你看这上面……还有血！蛾子口齿不清地说。

蛾子记忆里那个黎明最后被巨大的恐怖所淹没。血。那个黎明唯一的颜色是血。蛾子先是被血浆滑倒。那血仿佛还散着一缕余热，但已没有腥味。蛾子就这样顺着石阶上斑斑血迹跌跌撞撞。她万没料到血迹的尽头就是我爷爷无首的身躯，像喝醉了似的伏在自家的枣木门槛上。事隔多年,老迈的蛾子回想起那个血色黎明时依然不寒而栗。她说她以后总时常想起那颗从我家天井上空划过的流星,那是她上岸的第一夜亲眼所见的。

民国二十八年农历七月初七是我爷爷升天的日子。据见过我爷爷尸体的人所言,夺去这位文弱书生性命的是一把快刀。爷爷的颈口横截面平整而光洁,可想而知刽子手的功夫精深。杀我爷爷的人显然怀着不共戴天之仇,以致决意不给这个穿长衫的书生留下一具全尸。在以后的一天里人们四处搜寻也无法找到爷爷的首级。到了第二天的傍晚,灵水岸边出现了四爷突然变得佝偻的身影,他手中提着的藤箱里竟是爷爷模糊不堪的头颅!

老四是蹚着水转回的。蛾子回忆说,那时候家中正忙着办东家的丧事。天热了,尸不能停。蛾子说当湿淋淋的四爷从藤箱里取出朽木一般的头颅时,在场的人全都像苍蝇一样惊飞而去,年轻的蛾子也晕倒在棺前。蛾子已记不清四爷当时的表情了,只依稀记得老四的头在棺木上重重碰了一响。而几乎在同一时刻,天井里也传来咔嚓一声——重病已久的异乡男子掼碎了最后的一只药罐终于咽气。这个骨瘦如柴的男人临终前居然有惊人的气力,以致后来替他收尸的郎中招数使尽也难以合上那双圆睁的大眼。异乡男子似乎料到自己劫数已至,所以他提前换上了平生最好的衣裳。不可思议的是,死者穿的内服却出自妹妹蛾子的衣箱。这让驼背郎中在夏夜骤起的雷电里顿生猥亵之念,他支走四爷去替可怜的外江男人张罗一副棺木,自己却努力把昏迷的蛾子搬到爷爷的床上。郎中跃跃欲试,驼峰犹如一弯大弓。但是激动中他的视线又被那只精致小匣所吸引,转动的眼珠大胆表现出人财双获之喜。驼背郎中一手解着裤带一手去开木匣,接着吓得扑通跪倒,于是这狗杂种拖着尿逃之夭夭。那时分天光已白,四爷踉跄而归,一夜的悲痛与辛劳使他整个看上去缩去了一圈。

昏厥的蛾子此刻也渐渐苏醒过来,看见老四正立在床前一声不吭。蒙眬中蛾子或许把适才驼背郎中的举止看成了老四所为,虚弱的目光由恐惧转为鄙夷并且显出了可怕的冷静。

你杀了……东家?

你杀了你哥哥?

你杀了他?!

我可怜的四爷就这样陷入了一宗历史命案。他的命运从此开始了非凡的曲折。在那个夏季,我四爷的头顶上始终闪着鸦翅的阴影。他像那把唢呐一样沉默寡言。四爷最懊悔的是那天夜里不该一气喝下一坛米酒。他想大哥便是在这时刻惨遭毒手的。但他无法理清大哥究竟为谁人所害。他更不清楚又是谁那么敏捷地将削去的首级悄然趁黑送上了乌篷船!这可恶的手段使我们家族在半个世纪里不得安宁。我可怜的四爷!在第三天的清晨,四爷把两个男人安葬在灵水岸边的一块坡地上,使两座青冢隔着一株桃树相望。多少年后每到桃花盛开的季节,它们便成为家乡罐子窑最为迷人的风景。

在那个遥远的夏日清晨,我的四爷捎着我幼小的父亲走出了寂然无声的罐子窑。现在我倚在这座吊脚楼油漆剥离的窗边，注视着眼前这条灵水河。河水悠悠，让我午后的心情备感凄凉。我看见我的先辈们正沿着河边缓缓向东移去。在青冢之间瘦弱的桃树下默立着同样瘦弱的蛾子，一身素服使她看起来仿佛风中飞动的灵旗。那时候我的小父亲正伏在四爷肩上用泥搓捏着一条小蛇，人事不知的大眼不时看着天空划过的水鸟。蛾子现在说起这个细节时面色阴郁，她比画着的双手微微颤抖。蛾子说那时她突然想让父亲的小手再来偷偷摸一次自己膨胀的乳房。

我的四爷就这么忍辱负重地上路了。关于他的去向，民间至今传说纷纭。有人说四爷去的地方是江城芜湖。他忘不了松崎那截风干的小指。四爷认定谋害大哥的元凶就是这日本杂种，他扬言要一把捏碎松崎骄傲的鸡巴。可我知道的是他在路上遇见了一伙打家劫舍的土匪。据说这伙人已跟踪四爷三天三夜。土匪先是把四爷当作好汉，说老四你他妈真有种一刀就把你那当汉奸的堂哥脖子给抹了，并推举四爷来当这支草寇的首领。四爷大怒，四爷说我大哥不是汉奸，老子操你祖宗。于是土匪就用驳壳枪抵着我小父亲的脑瓜，张开的机头如同血盆大口。四爷那时还不知这伙流氓的险恶用心，因为只要承认所谓为国锄奸大义灭亲的事实，南京方面就会收编这些游兵散勇。我可怜的四爷无奈屈从。果然不到半月，四爷便成为国军新编35旅的一名连副。这个历史性的变化使四爷锄奸灭亲之举有可能成为定论。在漫长的人生岁月里，四爷就像一片苇叶随波逐流，几经沉浮。

我的四爷从此开始了戎马生涯。这位优秀的陶工居然也是出色的枪手。关于他同日本人交手时的传闻日益神奇。最近的说法是他在一次巷战中一把刺刀穿透了两个鬼子的胸膛。几年后,四爷所属的部队一夜间起义投诚。在一个漆黑的雨夜,他被派往灵水支队当支队长。四爷终于亲近了家乡罐子窑,我想象他可能也像电影里演的那样跪到河边大口地喝水,然后把衣袖捋到肘间。事实是那天夜里四爷悄然渡过了灵水河。他所做的第一件事是在大哥的坟前置放了一把青香。这是民国三十七年三月里的事,年迈的蛾子这样对我说,我记得桃花正开着,第二天是清明。我四爷在荒芜的坟地肃立了一宿;黎明时他被雨淋透的衣服已经吹干。当他正要转身离去时,遇见了前来上坟的蛾子。我无法复制那幅动人的图景,我注意到蛾子叙述至此时昏暗的眸子突然转为明静,再现了昔日村姑的青春风采。但是蛾子的眼神转瞬即逝,溢出的老泪无声淌下像刀刻的印迹。他只是看着我,不开口,蛾子含着泪说,然后摘走了一朵好看的桃花……四爷走了。他高大的身影在蛾子泪光里与灵水融为一片。不久河面上飘来了沙哑的唢呐声。

我晓得,蛾子泣不成声地说,那是老四在同我说话……

时至今日,我眼前总是时常出现两只上下翻飞的白鸟。那是我爷爷和我的四爷。在仇视汉奸的年代里,四爷成为英雄;可是当我爷爷被理解为可同情的知识分子时,四爷又被看作沾满同胞鲜血的坏蛋。此起彼伏,此伏彼起,我的家族就是这样令人沮丧。现在我坐在故乡的案头写着这部沮丧的家族历史,我笔下流淌着的是不尽的辛酸之泪。我怀念我的先辈,在这个夏季最后的时光我

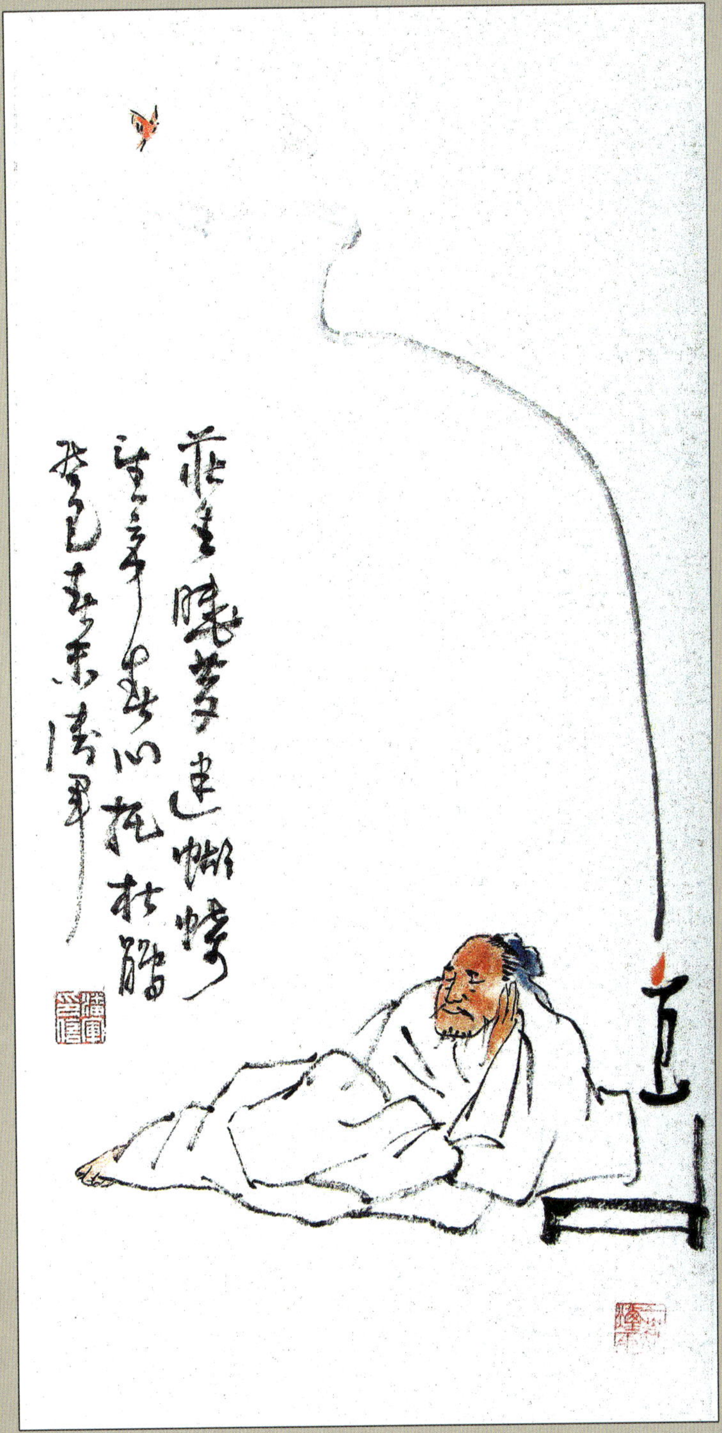

莊生曉夢迷蝴蝶
望帝春心托杜鵑

心里纳满了苍凉。我的故事已走近尾声却永远无法结束。

四爷从坟地回来终日郁郁寡欢,每日最好的光阴是在作坊里消磨。他又开始制作他的夜壶,不再练习射击。他的枪法越来越坏,以致在一次偷袭时意外走火险些敲掉了自己的小腿。甚至在战局紧张阶段他也依然如故。四爷希望我父亲将来也成为一名优秀陶工,以后就把他带进作坊。我少年的父亲并不专心用艺,但是却能把那条环绕壶身的蛇雕刻得栩栩如生。多少年后这个漫不经心的细节让我联想到四爷最后的结局。我意识到父亲心中仇恨的种子业已发芽,我甚至疑心爬进四爷夜壶的蛇是听从了父亲意念的指挥。

1958 年我父亲已是一名科长,而四爷却辞去了有分量的官职返回故里,重操制陶旧业。四爷一辈子没有婚娶。但我坚信,他那令人同情的形式下存在着异常充实的内容。四爷的身体一定会让女人迷恋不舍,我现在注视着老迈的蛾子也能推测出她与四爷之间有过多少次浪漫情怀。我想蛾子是依靠四爷的力量活下来的,四爷的滋润使得蛾子把苍老向后推迟了十年。

你四爷是个能干的人,蛾子这样说,不像你爷爷。你如果是过来人你就不难听出这妇人话语的弦外之音。你应该懂得四爷的功夫是四爷的夜壶练就的。你会认为我四爷最终死于夜壶也是命中注定的虽死犹荣。

我的四爷追随我爷爷而去了。他要到阴间向我爷爷诉说自己一世的辛酸。他们是同一个日子死的,所以在最后选择四爷的坟地时,我建议把他安置在爷爷与外乡男人之间,让那棵根深叶茂的桃树后移成为墓地的背景。风水先生在略作踌躇后欣然接受,他说这块场子似乎是专门替老四留下的。这个决定也许会驱散乡亲们心头盘桓已久的疑云,但他们依然关心着当年我爷爷究竟死于谁手。

下葬的日子出奇的阴冷,让人在夏季里怀念腊月黄天。当年迈的蛾子围绕新坟默默走过一圈时,我隐约感觉到了某种命运的启示。那天深夜我从噩梦中惊醒,随即听到来自灵水河边浑浊不清的哭泣。那是一个已不年轻的女人积郁多年的哭声。

1993 年 4 月　海口

(原载《收获》1993 年第 3 期)

三月一日

1

3 月1 日发生的车祸当晚的电视新闻里就介绍了。汽车左前轮的位置上，那个穿夹克衫一脸是血的家伙就是我。从画面上看我似乎没救了，一条膀子垂在担架下面晃来晃去让人很不舒服。我被送进本市最好的急救中心。一小时后，我的家属和亲友开始陆续到达。虽然在路上他们已做好了思想准备，甚至还替我买了一套牌子很硬的西装，但一到现场还是显得有些手忙脚乱。他们在手术室外面流了很多眼泪，又吐了很多痰，据说场面很感人，可惜我没有看到。我至少昏迷了七十二小时。后来我苏醒了，医生都说这是一个奇迹。我妻子小心地问医生，我身上是不是少了什么？医生就表情庄严地回答，说左眼保住的可能性很小。我妻子就要求不实行眼球摘除，因为那样将会使大家感到别扭。形同虚设也是可以的，她这样总结道。

这样，实际上我已失去了左眼，我用手捂起右眼时，世界完全黑了。但从镜子里所见，我的两眼在形状与光泽上毫无区别。这多少给我带来了一些安慰。我认为可以像从前那样，毫不拘束地同大家交往，照样可以谈论文学、绘画和室内乐这些高雅的话题。

我很激动,因为我自觉是死而复生,对每一滴水都怀有极大的兴趣。房子、书籍、时髦的家用电器以及像妻子这样的美女,仿佛都是上帝所赐。我有一种坐享其成的感觉,一生下来就拥有了这些。我妻子说,现在我的脾气好多了,以致看起来像另一个人。她当然无法体会我的心情。也许,我的记忆力是有些衰退了,但对"前辈子"的某些大事的片断,我还是能想起来的。不过我隐隐地感到,那些事好像不是发生在我身上,而是另一个人替我做了。那个人的长相,除了左眼功能健全,与我毫无二致。他的姓名、性别和年龄也都与我一样。我们抽同一个牌子的香烟,用黑墨水为晚报写稿,以传统的姿势做爱,但我们还是不像一个人。意识到这一点,我难免有些忧伤。有人替我活过了三十六年,而我才刚刚出生。我知道这是一个复杂的问题,应该由海德格尔那样的人去思考。有一天我对着镜子刷牙,不知不觉地流泪了。然后我又发现,我的左眼失去了第二个功能:不能流泪。我的脸上只有一行泪珠,稍稍离开一点,镜子里就产生了一种滑稽效果。

现代外科手术的发展明显超过了传统的修补业。我不知道我的伤口是怎样缝合的,除了头顶左部有一个蜈蚣样的疤痕(不久为重新生长的头发所掩盖),看不出一点破绽。据说在我头颅的内部至少缝合了三处,脑血管和脑神经网络可能做了重新的搭配与调整。总之,这是一个成功的手术。掌刀的医生此刻正握着钢笔,流畅地将它做成了论文。可是对于我呢?车祸发生的当天,认识我的人基本上都认可了我将死亡的事实。现在我突然又回到了他们中间,他们似乎就很不习惯了。今天我去上班,在楼梯上碰到打字员小郭，她准备去打开水。我招呼她，这个可爱的姑娘像鸟一样跳到一旁，吃惊地看着我。几个月前，她和我之间还有点浪漫事；车祸的电视报道如果她看了，我猜她当时一定会很伤心。我对她笑着点点头，想着那天傍晚在文印室里的事，觉得她不应该吃惊。

经过很长的长廊，我看见右侧各处室的人都往外面瞧，有的还欠了欠身，但没有一个人迎出来。左侧的情况我不清楚，我也没有扭过头去观察，猜想和右侧差不多。大家发现了走廊上一个似曾相识的形影，却怀疑着一个难以置信的事实。我的办公室在走廊尽头，隔壁是厕所，孔副厅长一边擦手一边走出来。这位前列腺患者对我迟疑地伸出手：哦哦，来了，好了？我说好了。我以为他会多说几句，因为他平时很健谈，但他没再说点什么，只是拍了拍我的肩，就走过去了。我在办公室门口站了会儿。我在想，是先咳嗽后推门还是先推门后咳嗽？正犹豫着，门从里面拉开来，处长老吴与我差点相撞，他大叫道：我的天！你，你这么快，就好了？老吴一叫，处里的其他四个说说笑笑的人都回过头来。他们同样感到意外，过后就显得有些尴尬，好像目击了一件不该见到的事。我也很尴尬，两只手交叉地放在肚子上。从前我喜欢把它们插在裤袋里，是很随便的、近似吊儿郎当的样子。我像个初来乍到者，腼腆地同大家依次握手，再依次散烟。这个仪式做完，一切又平静了。我希望有人挑起关于车祸的话题，这样能使气氛活跃一些。他们本来在说笑，因为我的不期而至，才弄得这样不自然。我真觉得抱歉，可我不过是暂时离开了这屋子一段时间，我并没有做错什么。

我的办公桌本来放在靠窗的位置上。现在那个地方坐着老罗,这个看上去总没有洗脸的男人。我的办公桌已放到了门边上,而且桌面上堆着当月的各种报纸和热水瓶。这个调整意思很明显,大家都认为我必死无疑。这可能是那个现场采访的扛摄像机的家伙造成的后果,他采用的角度和镜位都非常哗众取宠,血淋淋的特写和俯拍让人触目惊心。当时连我妻子都以为我是没救了,其他人谁还会相信我能捡回一条命呢?所以说,对此我非常理解。让我不安的是,我没有像大家相信的那样真正死去,从这个意义上看,我显然是让大家失望了。而且我非但没有死,竟然迅速而神奇地好了起来,以致从外表看不到一点伤痕。大家无法正视这个事实,哪怕是一只瓷瓶摔碎了,经过能工巧匠的整修,痕迹总该有一点的,何况是人呢?

现在我要回过头说说3月1日车祸发生的事。我们这个城市街道非常狭窄,这是历史遗留问题。据说第一任市长在规划城市的街道时,用腿走了20步,以此确定了宽度。但此人是一个矮子。我曾经估算过,12步的宽度为8.4米,给了汽车;再腾出4步给了自行车;余下的4步也就是2.8米。是人行的地方,每边只有1.4米。如果一个胖子在前面走着,你只能侧身通过。3月1日是个晴天。下午我接到一个电话,是个耳熟的女声,但我当时想不起来她是谁。她说有事相商,一些话需要“当面谈”。我们约定一小时后在第七街尽头的一个小茶楼见面,不见不散。我仍然想不起来这个女人,但感觉到我们之间应该有种联系。电话里还谈到“炊烟”、“风筝”这些字眼,可是缺少逻辑性,听起来有些颠三倒四。我认真听着，试图尽快想起对方是何许人，但电话突然中断了，之后是一串忙音。她也没再拨过来。我等了半小时，就带着这点疑惑离开了办公室，那时也该下班了。这些年我过着比较规律的生活，像鱼一样不声不响。我已结婚六年，但没有孩子。问题出在哪一方面至今还是个悬案。我和我妻子看起来都是很健康的，相处也说得过去。我们都不好意思叫对方去医院做有关生育能力的检查。另一原因是，我们都不觉得非要孩子不可。妻子说，孩子不过是表示生命延续的“一种标志”。就是说使生命得以延续的标志还很多。一句笑话也能使人不朽，她说，难道不是吗？她讲得或许不错，我爷爷已死了近二十年，他的模样我早忘记了，但我还记得他在北京看马连良演出时，一个喷嚏挣断了牛皮裤带的事。这个细节还是别人告诉我的，正是它使爷爷活在我记忆里。我想倘若将来我死了，大家绝不会因为我经常主动打开水而记住我的。致使我不朽的一定是3月1日的车祸。大家会说，我们都以为他死了，没料到他会活过来，而且看不出身上丢掉了什么。那天下午我突然有些激动，努力去想电话里那个女声。我把这些年与自己有过交往的女性都排了队，还是不能确定。那个人是了解我的，因为她问我：“你现在还穿带条的衬衫吗？”这种语气提示着两个问题。第一，我曾经喜欢过带条的衬衫；第二，我现在可能不穿带条的衬衫。这说明给我打电话的女人一直在某个地方关注着我。3月的天气还有凉意，衬衫一般人是看不见的，至于露出来的领子完全有可能是假的。那么，就是说那个女人能了解到我的夹克衫、羊毛衫下面的内容。我想我应该有些激动。对于像我这样无足轻重的男人，来自任何异性的问候都是幸福。六年前我妻子嫁给我,直到今天我还觉得是一次施舍。现在我去赴另一个不明身份的女人约会,我不觉得有什么障碍。我没作非分的设想,只想去看看那人是谁。我从一条巷子斜插过去,往西拐便是第七街了。我想先到一步。这时候,我突然听见背后一个声音在叫"月亮"——这是我的乳名,连我自己都差点忘了。叫"月亮"的也是一个女声,但不像是电话里的,似乎夹着我老家的方言口音。我不能不感到亲切,便急忙刹住车。我捏的是前闸,所以一下就倒了。后来的事电视台的记者已作过了介绍,大家都看得很明白。这的确是一次普通的交通事故。有点玄奥的是突然背后有个女人叫"月亮"。但以我妻子的看法,这也没什么。她说,一定是某个女人在推销"月亮"——一种新型的香皂。

2

按照今天劳动人事部门的政策,对我这样的人,工龄的计算自插队当知青的那一年开始。就是说,我已有二十年的工龄。这是颇让人感到荣耀的。36 岁,就有了二十年工龄,这样的资格并不多见。如果没有 3 月1 日车祸,我可能会得到重用,甚至当上副处长。据小郭透露,厅长办公会曾研究过我的提拔问题,这一定不会错,会议纪要是经她手打的。1982 年我大学毕业分配到机关,坐的就是靠门口的那把椅子。十一年后我又回到了原地。这个轨迹很像一只苍蝇。我自觉是个老实人。处里有六个同志,除了处长老吴,开水是轮着打,而我一周总打三到四次。后来降到两次,因为我怕别人说我靠打开水去竞争副处长。我是学中文的,写材料的活难不倒我。除此之外,我还向晚报投稿,以此证明我笔头子还不错。但我也不多投,适可而止,所得稿酬也都用于买瓜子香烟,与同志们有福共享。大家都蛮喜欢我,曾经争着要给我介绍对象。处里唯一的女同志沈群有一天说我不够洒脱,第二天我就换上了带条的衬衫,并常常把两只手插在裤袋里。沈群现在大约将近 40 岁,我不知道该怎么称呼她。继续喊她小沈显得虚假,但绝不能改口称老沈。我决定叫她沈大姐,可是后来我才知道这样也不妥。后来的事我暂且不说。

我回到原先的位置上。老罗有点不好意思,他说我以为你还要休养一个时期,就……我再换过来?他看看我,又看看老吴。处长弯腰用一块红绸子掸皮鞋,掸完皮鞋又拨电话。老罗的语气是不想换过来,他希望处长表态说算了,别挪来挪去的,坐哪儿还不一样?偏偏老吴要掸皮鞋打电话。剩下就由我说了。我还能说什么呢?老罗是去年底刚从别的处调来的,大家都私下认为这个动作有背景,只有老吴不说。坐在老罗后面的是白玉才,从前是给厅长开小车的,后来上了电大,成为拥有大专学历的干部身份,送到了我们处。这是个无所不知口若悬河的男人,并且认为普天下的美女都会对他有好感。他的话最多,往往把一些挨不上边的事扯到一块。他说 1950 年麦克阿瑟指挥的仁川登陆,险些把中国人民志愿军包了饺子,彭德怀气得喝下了一斤酒。大家听得津津有味。其实仁川登陆那会儿,志愿军还没过江。大家究竟是心里不明白还是明白不愿点破,我就不得而知了。白玉才爱说就由他说好了。

可是那天我来上班时，他竟一句话没有，脸涨得通红。我想一定是他最先宣布了我的死亡消息，他是司机出身，谈车祸是他的专利。处里年纪最小的是王林，90年代的大学生，至今未婚。以前总是他同我争着去打开水，如今呢，他每周只打一次。王林平时不爱说笑，但也不扫别人兴。他没事就看报纸，逢到有用的，便拿小刀裁下来。白玉才可能看不惯这个小爱好。每次卖过期的报纸，处里照例要去街对面小馆子里吃一顿。这时白玉才便说，小王得少喝一杯酒，那报纸要是不挖掉一些，会多卖几个钱。王林说：我正是因为不喝酒，所以才挖点儿报纸。王林果真不怎么喝酒。能喝的是沈群。她可以一点不喝，也可以一次喝很多。沈群喝酒不拉不扯，叫喝就喝。有一次我同她出差到县里，席上三个男人都把杯子对着她，结果她没事，他们都倒了。我就觉得奇怪，沈群哪来这样的海量？沈群说她自己也不清楚，酒喝下去并不感到有什么特别的不适，只是多上几趟厕所。我们处在厅机关是个小处。这个提法不准确，依照老吴的说法，应该是职位少、任务多、责任重。大与小是相对的，老吴说，中南海陷在北京市里头，你能说中南海比北京市小吗？自从去年冬天老吴由副处长提为处长，他的语气总含有任重道远的味道。

今天我来办公室，在门口听见白玉才对老罗说：多出一个人，这屋子就觉得更小了。老罗微笑着，用手理理鬓角。我怎么是“多出一个人”呢？我进这间屋时，白玉才还在驾驶班。我没抢着进去，先去了厕所。我又遇见了孔副厅长。他大概在思考着什么问题，没留心过来的人。孔副厅长每天八小时至少要上40趟厕所，平均每小时五趟。他前列腺的毛病有好几年了,每年都南来北往地治疗,仍不见好。但谁也不会怀疑他还是不是副厅长。我不过出了次车祸,不过脱离了机关几个月,而且恢复得非常好,却成了多出的一个人。

这个星期我几乎没干什么事。我翻了一下记事本,那上面只记着唯一的一件正经事:星期四上午,听厅长报告。这件事,大家都一样在做。厅会议室能容纳两百人,每次开会都坐不满。这样大家便很容易发现我,发现了就对我点头示意。厅长是新调来的,不认识我。大家往我这边看,厅长就有些奇怪,也看过来,一脸的狐疑。孔副厅长对他耳语了一阵,他就走近同我握手,说一直没时间去医院看你,今天这会能坚持吗?我说能坚持。我又说错了,这意思表明我还是个病人。我想再说几句,可厅长已放下了我的手,转过身对大家宣布现在开会。我已好久没开会了。今天的会是讲城市文明建设的,内容和报纸上讲的差不多。但作为会议,它对我产生了吸引力。我参加了这个会,说明我还是本厅的一名工作人员。我还拿笔做记录。沈群用肘拐了我一下,低声说:大家都不记,你记什么?等散了会,她又说:你怎么越看越像个新来的?

我把沈群的话说给妻子,后者说没错,女人的感觉一般都准。我想起她也说过我“像另一个人”。我出院的那天晚上自然想同她做爱。我的手刚放到她身上,她就挪到一边。你别碰我,她说,我一点都不习惯。我问是不是真这样?她说是,继之建议道:你最好住到北边屋子去。等我慢慢习惯了,你再过来。她的语气是诚恳的。而且她又胆小，躺在一个从死神身边偷跑回来的人怀里，不能不害怕。我妻子算得上美女，我能娶上她是很大的福气。车祸前我们基本上一周做爱两次，每次时间都不长。但我很满足。我甚至有一种占便宜吃豆腐的感觉。我怎么能让她胆战心惊寝不安席呢？我接受了她的建议，住到了朝北的小屋子。这屋子原是给小孩预备的，一直空着。触景生情是我这种人的薄弱环节，我难免要想小孩。如果一结婚就怀孕，这孩子已经上幼儿园了。我曾经私下给这个孩子取名叫太阳，因为我小时候叫月亮。这个名字可能会受到知情人的嘲笑，他们会认为把关系弄反了，应该是我叫太阳才正确。他们认为是先有太阳后有月亮。我觉得不该是这个样子。我认为月亮温温吞吞的，象征着衰老。而太阳呢，是像歌中唱的那样，"每天都是新的"。16 岁那年我就完全成熟了，如果那时候我结婚，某个女人第二年为我生个儿子，那么我儿子现在将近 20 岁。如果我儿子也在 16 岁时结婚，那么我孙子可能已有三岁。我很自然地做着爷爷，因此我应该衰老。

这个晚上我住进朝北的小屋子有点孤独。这也是衰老的征兆。我这种孤独不是知识型文化型的。"感时花溅泪，恨别鸟惊心"，那种优美的孤独与忧伤不属于我。我的孤独是"古道西风瘦马"型的，但我自觉又不是一个"断肠人"。我甚至有功成名就、衣锦还乡的感觉。这样一想，我就产生了写回忆录的欲望，有一种沧桑感。多少年后——我喜欢加西亚·马尔克斯这种忧郁的叙述。对于我，此刻就是"多少年后"。这个回首远眺的视角，能让我看见四岁那年打碎邻居家尿壶的事。整个事情发生的过程和周围的环境，甚至尿壶的釉色和纹饰，我都看得清清楚楚。然而越往后，越靠近现在的事居然越显模糊。比如3月1日的车祸，我只是记得确实有这么回事，在城市的第七街岔路口一个穿夹克衫的男子给车撞倒，差点没命了。但那个倒霉蛋不像是我。我顶多只承认他穿的那种款式的夹克衫我也有一件。这也是个奇怪的问题，我不知道在医学上能否找到答案。我想这样未尝不好，发生在眼前的事简单地就过去了，我不会往心里去。大家都说我有涵养，遇事冷静，宽宏大量，我想这是事实。他们处在“现在”，而我提前到了“多少年后”。他们在发展，而我已经总结。他们都是太阳，我一个人是月亮——虽然这是我被遗忘的乳名，拾起来却非常贴切。其实3月1日我死于车祸也没什么，因为我总觉得自己不止活了36岁，而是360岁，太够了。

我在黑暗中似睡非睡地躺了很久。后来月亮出来了，我便去上卫生间。路过妻子的卧室，我不禁有了点生理上的冲动。我觉得在月光下观察一个女人的身体是件很幸福的事。我就轻轻推开门，想看看她、摸摸她。可是我发现，妻子不在床上。第二天我问她，昨天夜里去哪了。她说没去哪，就在后晾台上吹风。我问是不是分开睡不习惯。她说不是。她说已经习惯了一个人睡。我问这样算不算浪费青春？她说难道在一起睡就不算浪费青春吗。我想她的话也对。做爱就像花钱一样，花一张少一张。

3

1957年我出生时，阿尔贝·加缪获诺贝尔文学奖。到了我三岁时,他已死于车祸。获奖和车祸使这个法国酒窖工的儿子成为了不起的人。如果阿尔贝·加缪没有获奖,或者只获奖而不死于车祸,他都没有今天这样的知名度。阿尔贝·加缪只活了四十六年,算得上英年早逝。不过他再活四十六年又怎么样呢?他会成为一个喜欢跃跃欲试而又无所作为的糟老头子。

3 月 1 日我没有死于车祸,侥幸地活了下来。从此我成了一个新人。这个人每天准时上班,坐在靠门口的桌前,做些装订文件、拿报纸、整理档案之类的事情。回到家里,依旧像从前那样做菜做饭,看电视体育节目,然后洗脸洗脚住到朝北的屋子,躺在床上想写回忆录。这就是我近期的生活。我的时间一下显得很多,这让我感到自己像一只松了箍的水桶。我就给几位要好的朋友打电话,可是对方不是不在就是占线。他们都很忙。我妻子的呼机平均九分钟响一次。她这样对我说时,我就很羡慕。车祸之前她还没有呼机,后来做股票有了赚头,就配了这东西。发明呼机的家伙,我一直认为很了不起。那么多的人,一下就能把你拨弄出来。那天夜里我发现妻子不在床上,很有些着急,却忘了给她打呼机。今天妻子正在洗澡,呼机响了,我就替她回。我问谁打呼机?对方没出声,电话给挂掉了。我觉得这事有点怪,后来就对她说了。这有什么怪的,她一边擦头发一边说,肯定是别人打错了。我问是不是经常有人打错。她说经常。

妻子洗好澡,换上新买的裙装。她对自己腋下喷了点香水,又把头发吹干,盘成另一种式样。她晚上得出去办点事。以前出门,她都要让我审视一下她的仪表,问是不是很舒服。往往在那个时候,我就会说:你不穿衣服更舒服。她就过来掐我,说我狗嘴吐不出象牙。那个瞬间的调情至今让我神往。今天妻子有些匆忙,她把呼机别在裙带上就出门了。这个样子感觉不好,我本想纠正,可她已经下楼了。这个晚上我独自在家,很无聊。电视来回搜了几遍,搜不出什么好看的。我就拿出扑克替自己算命。算了三次,我能活到 89 岁。我吓了一跳。我从来没想到自己会活这么久。89 这个数字确实太大了。到了十一点,妻子还没有回来,我便给她打呼机。她没回(后来我问起这件事,她说呼机没电池了)。

我已经预见,手术可能使我的脑血管和脑神经网络做了重新的调整。这个事实不久便显现,但外人是无法感觉的。我妻子外出的那天夜里,后来我回到北屋,慢慢地就睡了。我已经连续好些日子睡不好,所以一睡进去就很香。我做了一个梦,这个梦不怎么吉利。我梦见我妻子和一个很英俊的男人在葡萄架下接吻。当然,这是个梦,但我还是给吓醒了。我醒来的时候天已微白,很远的地方传来单调的鸡啼。我还是不踏实,就轻轻走进了她的卧室。她在床上,放松的睡姿很迷人。但她张着嘴的感觉不太好,而且还微笑着。我替她理理被子,发现她身上什么也没穿。我就顺势摸了一下她的乳房。她身体扭了一下,然后说了一句很清晰的梦话:我想吃葡萄。我很吃惊,因为我的梦境也与葡萄有关。我不知所措地捂着右眼和额头,这时奇迹出现了——我那“形同虚设”的左眼居然能看见她的梦境。没错,背景就是那个葡萄架,连藤蔓的形状也与我梦中所见一样。还是那个男人,穿着黄色的质地很不错的T恤。他果真就摘下了一串葡萄，还用手绢擦了擦，剥了皮，像喂鸟似的送到她嘴里。我放下捂着右眼的手，梦境倏然消失，但面前我妻子的嘴巴仍在动着。她在吃梦中的那颗葡萄。

我有些明白了。其实我刚才并没有做梦，而是走进了她的梦境。或者说，是我的左眼看见了她的梦。我又试着捂起右眼，那梦只剩下了一点轮廓，色彩全退了，他们好像又接吻了一次，然后这梦就像水银泼到桌子上一样，成为晶莹的颗粒。我想这是天亮了的缘故，到了梦醒时分。我退出卧室，去了晾台。天完全亮了，晨风吹在脸上很舒服。我又捂起右眼，世界是黑的。现在我知道了，这只不同寻常的左眼只能窥视梦境。虽然所见的第一个梦让我有点沮丧，我还是感到兴奋。梦不是现实。法律和道德也不会对任何越轨的梦境加以制裁。梦是幻想，幻想应该是大胆而奇异的，应该色彩纷呈。我妻子的梦境很像一帧情人卡，色彩明快，构图简约。从欣赏的角度看，我认为是杰作，散发着古典浪漫主义的情调。当然，倘若梦中给她喂葡萄的那个男人是我，就更好了。

她起床了。去卫生间忙了一会儿，她一边咂嘴一边梳头。我突然产生了一种恶作剧的心理，专心地看着她咂嘴。她说：我嘴里好酸。说完又咂。我就问是不是做梦吃什么酸的东西刺激了腮腺。她看着我，若有所思的样子。我又问：是不是葡萄？她的脸一下就红了，接着生气地说：为什么偏要是葡萄呢？为什么，因为我看见了。我当然不会同她解释，就笑着走开了。

第二天晚上，我又看见了她的梦。这回她穿着有些暴露，在大街上跑。大街上没有人，几辆汽车似乎是冻在那儿，就她在跑。街道两旁的建筑像布景一样，风经过时便晃晃悠悠的。她跌了一跤，鞋也跑丢了一只。然后她跑到一个很大很堂皇的楼前，那儿有很多的人，都往门厅里挤。门厅里到处亮着红色的电子显示屏，写满了阿拉伯数字，闪烁着。这是证券公司的交易所，从气氛上看，今天股市的行情很糟糕。我妻子拼命往里挤，可是挤不进去。她张着嘴在喊，我听不见，但口形给我的感觉是一句粗话。她挥着手臂，身体往上跳，想飞起来。后来她哇地一下哭了——我听见了，这哭声进入了现实，是从她卧室里传出来的。现实的哭声在半夜听起来有点恐怖。我就跑进她的屋，打开灯。她在床上翻动着，还哭，我扶着她坐起来，叫醒了她。我拍着她的背，她醒得有些勉强，两肩时而抽动一下。我做梦了，她抽泣着说，是个噩梦。我就问：是不是股票跌了？她点点头，突然惊讶地看着我，你怎么知道？我说这几天电视上都讲股市行情变化莫测，自然要往这上面猜。猜？她的表情有点怪，你怎么一猜一个准呢？你倒真该去做股票。这话的意思我明白，是讲前一个晚上梦里吃葡萄的事。她平静了，不再说。我也不说，又回到我的北屋。离开的时候我看见她在揉右膝盖。我想刚才她梦里的那一跤可能跌得不轻。

妻子出差了，所以午饭我在机关食堂吃。天渐渐暖起来，下午的上班时间后推了半小时，吃过午饭，去办公室翻翻报纸，还可以小睡一会儿。我没有午睡习惯，自出过车祸，按医嘱必须增加休息时间。路过文印室，我看见小郭正在喝一种养颜的口服液。小郭是机关公认的最漂亮的姑娘，是从部队文工团下来的。小郭的眉眼很像我从前的一个相好，而嘴巴又像我现在的妻子。可能是这点缘故，我比较喜欢接近她。老吴曾提醒过我，叫我要适度保持距离。老吴不说我心里倒没事，一说反倒有些不自在了。那时我正向着副处长的位置努力，需要严于律己。所以凡与文印室打交道的事，我都支给王林和白玉才。这个变化，小郭注意到了。有一次我们在食堂吃饭，坐一张桌子。她问我怎么不去文印室了，是不是听见了什么闲话？我说没什么闲话，只是怕其他人不平衡。她就笑了，说你这人挺好，文章写得也好。吃过饭，她让我去文印室坐会儿。我说不去了，中午得加班赶一个材料。她又说：你下班后来，我有东西给你看。这让我内心很高兴，也很好奇。那时我觉得，一个男人能得到一个漂亮姑娘的亲近是一种承认。所以下班时我仍伏在桌上写写画画。沈群问我怎么还不走？我说把最后一段写完，免得思路断了。沈群就说脑子里的事能断得了吗？沈群说话总是东一句西一句的，不过这句话像是敲到点上了。我没看她，仍埋头在写。窗外不久便有些灰了，楼里突然变得很安静。我单调的脚步声在走廊上响着，心里有种异样的感觉。小郭在等我，在笑。小郭说你穿带条的衬衫很好看，是你爱人给你买的吗？我说不是，是我妈买的。小郭就说你妈眼光很好。然后她从抽屉里拿出一个硬面的本子，递到我手上。我打开本子，看见都是我发表在晚报上的小文章，整齐地剪贴在上面，四周还用彩笔画着边框，很郑重的样子。我有点受宠若惊也有点自豪。小郭说喜欢吗。我说喜欢。小郭说等她结婚了或者等我离婚了，就把它送给我。说着她显出伤心而无奈的样子。我觉得事情弄严重了，有点上纲上线的意思，不知该说点什么，就叹了口气。我把本子还给她，想听她再说几句缠绵的话，可她没说，把头靠到了我肩上。我们后来是不是还有情节，我已记不清了。但我们的故事截止于3月1日却是事实。小郭不会再把我的文章贴到那个漂亮的本子上了。这个故事没头没脑，来去却很自由。现在我经过文印室的门口放慢了脚步，还有意咳嗽了两声，她也没回过头来。她喝完口服液，把小瓶子扔到纸篓里。瓶子没有碎，但我仍有点心疼。

老罗中午也没回去，说家里来了农村亲戚进城看病，乱得很。自从换过座位，他总避着我，现在避不开了便说些天南海北的事。他说从前曾想当一名兽医，为乡亲们看看牲口；后来又想当一名外科医生，因为他很欣赏电影里外科医生做手术的样子，动不动就把额头伸给护士擦汗。总之，他清清嗓子说，我这人不适应待机关，你说呢？我不好说，就给他杯子续了点水。老罗想欠身又不想站起来，问我身体恢复得怎么样。我说还可以。老罗又问会不会有后遗症？我说现在看不出来。然后我们就没词儿了，都躺到桌子上，用椅子架脚开始午休。窗外有孩子打球，很吵。我同老罗原是最谈得来的。他是老三届，古文底子非常好，而且也喜欢看杂书。所以谈到一些冷僻的事，比如"眼靠"和"手靠"，别人都插不上嘴。老罗调过来有一度情绪不高，可能与厅里对我的考察有关。现在这事过去了，所以窗外再吵，躺在桌子上他也能睡过去。这真是福分。桌子很硬，我睡不着。走廊的另一端哒哒哒哒地响着小郭高跟鞋的声音，让我觉得欢快。我合着眼，想着那个傍晚发生的事，不禁生出些惆怅来。我很想做一个梦，在梦中把我们的关系向前发展一点。我的意念就朝这个方向努力着。不久我就见到了一片蓝天,我相信这是梦里的天空,城里现在是找不到这样的蓝天的。我翻了个身,蓝天便消失了。我隐约听见了老罗在打呼,节拍悠长,像拉风箱一样。但老罗不是在乡间的厨房里,而是坐在一个很宽敞很明亮的办公室里。那里只摆着一张桌子,很大,上面置着精致的文房四宝和红蓝铅笔。桌子的一端放着整齐的文件,还有市面上正时髦的一种磁化保温杯。老罗衣着清洁,脸也很清洁,在看一份材料。这时门开了,小郭走进来,递给老罗一条白毛巾。老罗擦擦脸,看也没看就把用过的毛巾扔给了小郭,后者便退下了。过了一会儿,门又开了,进来的是处长老吴。老罗似乎没发觉,老吴就站在门边,身体直直的像个军人。老罗抬头发觉了,就对老吴招招手,意思是让他过去。老吴双手送上一份材料,站在桌子边上,身体还是直直的。老罗把身体往大皮椅上靠了靠,然后拿起红蓝铅笔,用红的那端在材料上画了个圆圈。突然听见一个锐利的声音,我吓得坐起来,阳光直扎眼。另一张桌子上的老罗也被惊醒,他反应敏捷,嘴角的口水来不及揩就对着窗外吼道:球能朝玻璃上踢吗?滚!我走近窗口,看见楼下几个男孩抱着足球逃了。玻璃破了一块,我把碎片拾到废纸篓里。老罗余气未消地吸着烟,说刚睡着就被外面这群调皮蛋弄醒了。他还是没揩嘴角的口水,却从笔筒里找出一支红铅笔,在废纸上画着圆圈。见我凑过来,老罗便将这画下的圈改成了一朵花。

我出去倒碎玻璃,看见孔副厅长送沈群出办公室。沈群眼红红的,像刚哭过。孔副厅长对她说:再看看吧,凡事多朝好的方面想。我想可能是沈群家里闹了乱子。但我又觉得家里的事最好不要搬到机关里来。孔副厅长分管我们处,但并不分管我们家。孔副厅长是个儒雅持重的人,有学问,善言辞,厅里上下都很尊重他。但他也照样在家里吃不开,否则他两个老婆不会都同他离婚。

4

今天厅里发生了一件大事:财务室被盗。保险柜里五万多块现金是本月大家的工资,没来得及发就给弄走了。公安局来了好几个人,还牵着一条杂毛警犬,把包括厅长在内的人都嗅了一遍。警犬嗅我时我有些紧张,厅长在边上说:大家别怕,警犬的鼻子是有科学性的。嗅到沈群,她哇地一下哭了。警犬也吓了一跳,喉咙里拉锯一样响。沈群边哭边说:我哭没有别的意思。颠来倒去就这么一句话,好在警犬已移向了老吴。老吴像体检那样敞开衬衫,双手叉着腰一呼一吸。接着是老罗和王林,两人都很放松。最后轮到白玉才,他坐在椅子上似乎懒得起来,眼睛始终看着报纸,很不屑的样子。这个程序做完后是依次按手印,十个指头都按。然后,办案人员牵着狗离开了。白玉才把茶杯重重一放,说这他妈是侮辱人格!老吴拍拍他说:不能这么讲,嗅过了,按过了,大家不都轻松了?上飞机还搜身呢,工作需要嘛。据说让警犬来嗅是厅长的意思,他刚到职不久就遇到这桩倒霉事,不能不急。以后的几天里,厅长大会小会都要讲到这宗失窃案。据公安部门分析,不排除内部人员作案的可能性,于是厅长就要求大家积极配合。机关里起了变化,大家的穿着一夜间变得很旧很土气,女人们不再在一起议论新买的首饰,男人的香烟也降了档次。大家的话题总扣着失窃案,连街对面的酒馆失火了也不往眼里去。当然,工作还得干。

厅里要办一个基层短训班,具体工作落在我们处,人手似有些不够。老吴却说够了,办公室不留人,电话由别的处代接,都去,全力以赴。办班的地点靠近郊区,大家得住下来。老罗说处长的爱人身体一向不太好,建议他早出晚归。老罗的侄子是开出租车的,可以随叫随到。老吴说老伴是老毛病,几十年都拖过来了还在乎这几天?其实真动起来也没觉得有多少事。课主要是请大学的老师来讲,我们不过是做些会务工作。闲下来时,老吴也和我们一块打扑克,可他就是不回家。老罗让老吴住单间。老吴说一个人占两张床是浪费,让老罗同他一块住。老罗不肯,说四个人住一块可以打牌,否则跛了腿。老吴就笑了,说也罢,免得自己打呼吵人,又把一堆材料抱过去放到另一张空床上。王林说处长这人也真活得仔细,那张空床非得填上什么才睡得踏实。老罗说等你当了处长你也会这样,谦虚使人进步。王林鼻子哼了哼,说光谦虚有什么用?传达室李老头见谁都点头哈腰,进步了吗?白玉才插言道:李老头为什么点头哈腰?那是他自己当初屁股里有屎。我知道白玉才是说李老头十年前摸一个女同志奶子的事,就觉得有点亏,摸一回奶子,哈十年腰,太不合算。这一说,大家便又谈起失窃的事。刚说两句,老罗一挥手说:不谈这个,打牌打牌。可白玉才说晚上让基层的同志多灌了几杯,头昏,不想打。王林说来了一位同学,晚上不回来睡了。牌打不成,只好看电视了。我的眼睛遵照医嘱应少看电视,而且这个时间也没什么好看的节目,就去对面的屋子找沈群聊天。门虚掩着,我走进去,看见沈群头上裹着干毛巾斜靠在床上打盹。刚洗过澡,她有点乏,我准备离开。但在这个瞬间我不经意地就看见了她的梦。那梦是浅绿色的,环境是树林还是草原我没有把握。我想这梦是刚刚开始,我又处在完全清醒的状态下,看不清楚是正常的。但梦中的那个女人绝对是沈群,她穿着一件红羊毛衫,因此很醒目。一棵很高很直的白杨树竖在那里。沈群在树下洗脸,洗了一遍又一遍。然后她就开始爬树,样子很可笑。她爬得很卖力,可爬到一半便滑了下来。于是她又爬,又在一半处滑下来。第三次,她像男人那样对着掌心吐了口唾沫,搓搓,显得很有信心地爬起来。到了一半,她又僵住了,看样子又像要滑下来,连我都着急。这时忽然有一只手伸出来,稳稳地托着沈群的屁股,往上举。我就看见了这只手,不知长在谁身上。这手很白,皮肤却绷得不紧,甚至是松垮垮的,暴着蚯蚓一样的青筋。这手很苍老又着实有力,托着沈群的屁股毫不含糊地上举。沈群越爬越高,那手也越伸越长。我吓坏了,身体往门上一靠,弄得很响,沈群便醒了,我赶紧喊了一声沈大姐。

沈群坐好,不断地把裙子往屁股下理。她的神情尚有些恍惚,我便又叫了声沈大姐。她不高兴地看着我说:什么大姐大姐的,我能比你大多少?我愣了一下,拿眼前的沈群和刚才梦中的沈群做比较,觉得后者要年轻一些。这时沈群倒一脸忧郁,竟给了我一支烟,她自己也抽上了。她何时开始抽烟的?沈群吸了口烟说:“我是老了。女到四十豆腐渣。”我解释说我不是这个意思。她就摆摆手,说自然规律是不可抗拒的。但是40岁的女人和60岁的男人在一起总还般配吧？这话是什么意思，我听不明白。沈群便流泪了，说她家老陈外面有事，两人已分居一年，想离。突然又口气一硬：离就离吧，他一个小处长就这样猖狂，我忍不下这口气。将来我未必就干不过他。我觉得沈群好辛苦，即便是在梦里。她干吗偏要去爬那棵树呢？

我回屋时，老罗和白玉才都已躺下。他们的床都靠墙，中间的位置留给了我。中间的位置其实不好，左右都没个依靠，让人睡不踏实。我先洗澡。妻子出差后我一直没洗，但也不觉得怎么脏。郊区的水不错，淋在皮肤上很舒服。我搓自己的身体就像摸一条大鱼，我觉得我的皮肤很好。从前和妻子睡的时候，她喜欢在我大腿上摸来摸去，说滑溜溜的，居然没有一根汗毛。我说汗毛都长到她腿上去了。她就说，如果有一个色狼摸黑进屋，肯定会把我干了。她这么说不是怀疑我的性能力，那方面我相当不错。我现在用莲蓬头冲到那个地方便有异样感觉，这说明它的质量还是很好。我就有点想妻子，觉得她应该习惯我。洗好澡，我便去服务台给她打呼机。打过了才想起她在外地。可是一会儿她竟回了电话，问谁打呼机。我说是我，问她何时回来的。她说还没有回来，呼机是全省联网的，问我有什么事。我说没事，只是有点想她。她停顿了一下，然后说谢谢你。我觉得全省联网的呼机很好，妻子不出省，我就能找到她。

这天晚上我有些兴奋，折腾了好久才合眼。我想起妻子的梦境和沈群刚才的梦境，觉得女人的梦境都富有诗意，而且色彩也好。男人的梦过于写实,也过于琐碎。比如现在老罗的梦,和几天前中午的那个梦一样啰唆。环境还是办公室,但他不再是主角。当主角的是老吴,正被那只警犬嗅着。这与现实发生的情况没有区别。有区别的是老吴的表情,变得十分慌张。那警犬还继续嗅着,像古戏中的老生那样绕着我们处长兜圈。老吴额头上的毛孔花一样张开,渗出细密的汗珠,两腿发颤,那警犬便呼地一下扑过去,老吴倒了,我也吓了一跳。我翻了个身,听见老罗悠长地嘘了一口气,一会儿就起了均匀的鼾声。现在我面对着的是白玉才,他口腔里呼出的酒气让我的胃不舒服。白玉才的梦境像一张发黄的照片,他的梦居然也跑进去了一条警犬。但那个环境不是办公室,而是他家厨房。警犬在厨房里转悠着,突然对着液化气罐大吠——我听不见,但它确实在吠。于是就出现了两名穿制服的警察,他们拖出液化气罐,摇摇,是空的,就当即撬开,从里面掏出一包东西,正是钱。这下我着实吓坏了,霍地坐起来,不小心将床头柜上的烟缸碰到地砖上,发出砰的一响。大家全醒了。我打开灯,看见老罗对着空床直眨眼睛:老吴呢?我说老吴不住这屋,空床是留给王林的。老罗含糊地点点头,又躺下了,轻轻叹了口气。白玉才一醒就进卫生间撒尿,撒了好久才捂着胸口出来,说酒喝多了尿也多。这会儿老罗是完全醒了,说厅里这时候让我们处到郊区办班,会不会是项庄舞剑?白玉才就问什么是“项庄舞剑”?老罗很深沉地说:难道是调虎离山?白玉才就试着问老罗,是不是听见了什么?老罗开始分析,说我们处对面就是财务室,因此对财务室的状况比其他处清楚,此其一;我们处的人极少出差,因此有足够的作案准备时间，此其二；我们处没有实权，职务虚，因此就没有相应的实惠，于是饥寒起盗心，此其三。仅此三点即可缩小圈子。老罗这一分析把气氛弄凉了，白玉才平时话多，这会儿是尿多。我也不知所措。我觉得老罗的分析头头是道，但梦里怀疑老吴绝对是个错误。老罗有点自我欣赏地吸着烟，突然又提出一个问题：假如我们中间有人偷了这钱，打算怎么花？白玉才搭了句，说这年头花几万块钱还不简单，几样电器或者装修一下房子就没了。老罗说哪有这种花法的，是伸屁股让人打嘛。白玉才就问那你怎么花？老罗挪挪身子，说先藏起来，等风声过了再花。我便说，五万块钱有一包，藏也是个问题。不义之财，藏哪都不合适。老罗说这好办，我可以藏到沙发里，接着又说不行不行，说电视里抄家搜查都把沙发划破。老罗一时想不起好的藏处，就问白玉才往哪藏合适。白玉才说天花板上怎么样。老罗认为也不行，从下面敲敲，声音不对头。然后又问我可有什么好法子把钱藏起来。我脱口而出：藏到空液化气罐里。老罗一听，立即表态说高明，亏我想得出来。我说这法子不是我想的。老罗便感到吃惊，语气转为严肃地问我是不是听见了什么。我一时无话。白玉才也跟着追问。我往床上一躺还是没说。白玉才又去了卫生间，出来后就把灯关了。屋里比刚才还黑，像个枯井。

没过几天，厅里传出话来：财务室被窃的那笔钱找到了，一分不少地放在财务室的门口，传达室李老头一早便发现，立即报告了厅长。第二天，我们办班结束，厅里来了辆面包车迎接。大家一路上向司机打听详情，司机只强调说肯定是内部人干的。老罗说这与我们处无关,因为我们全体都在郊区,没有秘密退赃的时间。司机说那也不一定,往返打个的只要个把小时,神不知鬼不觉。白玉才一听就火了,要司机指出是我们处哪个人。白玉才是驾驶班的老资格,平时骂司机像骂自己儿子。司机说这不过是开玩笑而已。处长老吴出来圆场,说钱找回来了就好,不要乱猜疑。沈群好奇地自言自语,说这钱就像鸟一样,飞过来飞过去,居然连根毛都没少。王林朝车窗外吐了口唾沫,骂偷钱的人没出息,既然敢偷就敢一气花掉,竟又退回来。老罗以总结的口气说:厅长很高明,敲山震虎。

5

一个人因为一次意外的车祸,实际上失去了一只眼睛。可是这只形同虚设的眼又能透视他人的梦境,这无疑是个奇异的现象,尽管日益发达的科学眼下尚无法证明。它存在着,像飞碟一样。只要在一定的空间里,只要做梦的人与我有关,做到这点很容易。但是我不好声张,更不便炫耀,因为窥视他人的梦也是侵犯隐私权,甚至是侵犯人权。做梦的人可以在梦中为所欲为乃至违法乱纪,但看它也是不道德的。如果有一天我当众宣布,我能看见你们的梦境,我想大家肯定会昏过去。我的某些脑神经可能是搭错了。

不久我发觉,我为此正付出着代价。我能看人做梦,自己却失去了做梦的权利。我像个馋嘴的孩子看人吃东西,自己在一旁咽口水。我认为人在梦中,大都是幸福的。我不能做梦,而且在别人的梦里也没有我的影子。我被遗忘在梦境之外,这似乎不太公平。最初我试图改变,每天吃一种安神补脑的丸药,夜间不喝茶,以保证睡眠的质量。我睡得很香，但仍然不能做梦。我至多只能梦见几块色彩和柳絮一样的东西。后来我又用胶布粘着虚假的左眼，以此挡住外来的干扰，建筑自己的梦境，结果仍是徒劳。再后来我去了医院，找到给我做手术的那位医生，想得到治疗。他说他只负责缝合伤口，制止出血，至于不能做梦的原因，属于脑神经内科。但他认为我的病例无疑是个好课题，便主动向我推荐了他的一位亲戚，本市的脑神经权威。他们信誓旦旦，决定联手合作。作为患者，我感到获得了空前的尊重。我按照他们的部署行事，接受各种先进设备的测试与诊断，一律服进口药。但是一个疗程下来，我除了睡得更香以外病情毫无改变。这让两个医生很无奈，觉得下不了台。于是他们调整方案，改从心理入手。我需要接受心理咨询。他们提出许多奇怪的问题，比如说在洗澡的时候是不是觉得自己作为男人很伟大？我说不觉得。那么做爱的时候呢？我说也不觉得，只是觉得舒服。他们问我有多长时间没做爱了。我说从 3 月 1 日开始。他们问想不想。我说每天都想。他们进一步问我，除了妻子之外是不是还同别的女人有过亲密接触。我说曾经有过，现在连妻子都没有。然后他们就借我一本人体摄影，叫我睡觉前至少看三遍。我突然觉得这有点小儿科。

我中止了治疗，回家静养。这些日子妻子不在家，听不见呼机声和电话声，屋子显得特别大。我每天早出晚归，屋里一点变化也没有，东西都放在原来的地方。天已经热起来，每天都要洗澡。我把水弄得很响，这让我想起童年在河边戏水的情景，觉得很开心。我家乡在靠近长江边上的一个县城，从前是石板路，雨落在上面能照得见人影。现在都换成水泥的，夏天不能散热，家乡的水泥厂却越办越多。可能是因为这一点，我已有多年不回老家了。另一个原因是我妻子不愿意，她总埋怨县城一过夜里八点就没有了路灯。我妻子祖上是旗人，如果没有孙中山，她现在是正儿八经的格格。我第一次去她家，我未来的岳父一边剔牙一边同我说话，言谈举止都散发着王爷风韵，虽然他至今不过是一名人保干事。我坐在浴缸里，发现水上的身体和水下的身体像锯断了似的，我知道这是光折射的缘故，但我还是觉得很有意思。我就想，如果让一个女人只选择我身体的一半，不知她是选择上半截还是下半截？

这天晚上城市的东北角在举行一个叫作“泼水周末”的活动，可想而知是仿照傣族泼水节的，大家集中到一个地方，水可以随便泼，但要买门票。我反正闲着，就去了。那里人还真不少，警察也不少。门票十块钱一张，附赠一瓶汽水。还有押金十块，发一只塑料桶。我刚进门，就有人朝我身上泼水，泼得很多，像是一桶水全浇下来，所以我看不见泼水人是谁，心想应该是个姑娘才对。我便也朝一个姑娘的背影泼过去，她蓦然回头，表情很严肃，我感到有点不对劲，就说了声对不起，走开了。我想不是可以随便泼吗？别人能泼我，我为什么不能泼别人呢？我没了兴趣，就坐到一旁等着别人来泼我。这时听见一个男人在喊我的钱包没了！警察就走过来，问是丢了还是被偷了？男人都点头，一脸的痛苦相。他边上的女人瞪了他一眼，说这么乱的场子你带什么钱包？算了，哪个王八蛋拿了好给他老娘买药。警察就笑着离开了。我也想离开，把桶退了。一个中年妇女对我泼了水，我向她鞠了一躬。从我左边传来一个熟悉的笑声，我侧身一看，竟是我妻子。她怎么又回来了？或者她根本就没走？她笑声朗朗，浑身透湿，一个男人在轻轻对她洒水，手势像神父一样。那个男人我在“葡萄架下”见过。

我回到家里感到有点累，换好衣服，就坐到晾台上。我没有给妻子打呼机。她过得很好，这没有什么不对。世界上没有比把梦想变成现实更幸福的事了，她做到了，说明她运气不错。晾台上很舒服，月光朦朦胧胧的，生出一片烟霭，有点像被风吹散的炊烟。城里是没有炊烟的，我记忆中的炊烟在山里。

我决定请假去山里住些日子。今天一上班我就写了请假条。老吴看了，一口就表示同意。但他的权限只能批三天假，逾期需要找孔副厅长。大家听说我要离开，又显出关心的样子，问是不是旧病复发。我说是。我说好像越来越重。老罗就感叹了几句，提出吃一顿，欢送欢送。王林说请假不是调动，谈不上什么欢送，吃一顿无非是叙叙友情。白玉才便准备去订台子。我拦住他，说近来肠胃不好，不想吃。说完，我就去找孔副厅长。沈群跟着我出来，在走廊上很神秘地问我要不要她出面。我看看她，好像一下明白了她为什么要爬梦中那棵树。我谢了沈群，表示自个儿去找就可以了。

孔副厅长的办公室门虚掩着，我轻轻推开一点，看见他正帮小郭鉴定一条项链，说成色很好，分量也足，问是不是定情之物。小郭就扭了一下身子。孔副厅长说小郭的颈项戴这种项链非常合适，既有富贵之气又不失典雅之风。接着老人又感叹一句，说他要是有个儿子,非娶小郭当媳妇不可。小郭就又扭了一下身子。我记得孔副厅长有个儿子,是第一个妻子生的,一直不来往,但这不等于说没有儿子。现在孔副厅长又离婚了,我想他不久又会结婚的。如果是和沈群,我总觉得后者有点亏。至少是睡不好觉,像孔副厅长这种老牌前列腺患者起夜的次数不会是一位数。我没有进去,不想破坏那个乐融融的气氛,打算吃过午饭再来。我回到处里,沈群低声问我:他在吗?我说不在。我不知道为什么要这么对她说。沈群说他这人很好,会准假的。我点点头,开始收拾桌面上的东西。

到了中午,我又去找孔副厅长。门还是虚掩着,他躺在沙发上打盹。可能是喝了点酒,脸色泛着红晕。我站在门口,不知是进是退,就挠挠头。右手挡住右眼的那一霎,我看见了他的梦。我索性捂住右眼,那梦便完全清晰了。他在同一个女子拥抱,手藏在裙子下面。那女子扭了扭身体,不是沈群而是小郭。我放下手,敲了敲门,好像敲得很重。孔副厅长醒了,问我有什么事。我递上请假条。他随便扫了一眼就拿笔批了同意,然后说他中午喝了酒,头晕,想睡一会儿。我就离开了,随手带上门。我感到有点抱歉,不该将他从梦中拽出来。他那样的年纪还能做那样的梦实属难得。不知他能否续上那个梦。

我把批过的假条放在老吴桌上,对室内环视了一下,觉得上下左右大大小小都是平面,没有立体感,也没有曲线。我突然就很向往山里。我安静地吸着烟,想留张条子给沈群。我写下"当心老"三个字,然后在"老"后面用烟蒂烧了一个洞。这样的表达,沈群或许能看明白。我把条子压在沈群的玻璃台板底下，然后就离开了办公室。我的脚步在走廊上拖泥带水地响着。经过文印室，我敲敲门，小郭不在。我又写了张和沈群一样的条子，又同样用烟蒂烧了个洞，塞进门缝里。

我没有回家，直接去了长途汽车站。人很拥挤，空气中夹着狐臭味。我买好票，坐在水泥台阶上吃西红柿，打量城市的天空，似乎在等待着一只鸟飞过。我等了好久，没有鸟。

6

二十年前我来山里插队当知青。那时我16岁，矮小的身体挑着一担行李，在雨后的夕阳里于山道间晃动。我穿着一身仿制的军装，戴着一顶真实的军帽，营养不良的脸上浮动着莫名其妙的兴奋。现在我又来了，两手空空，像城里的一名采购员那样东张西望，却没有人认识我。在村口，我拦住一位年轻的媳妇，问从前这里可曾住过一个知青？她说有，准确地说出了知青的姓名。那时我还是一个孩子，她说，我喜欢听他弹琴，在月亮下面。我摸摸下巴，这才觉得时间真的过去了好久。年轻媳妇领我在村里转悠着，询问从前那个知青的长长短短。你和他是好朋友？他现在好吗？他老婆好看吗？他孩子有几个，多大了？他怎么不同你一道来玩？他不是喜欢去岭上看炊烟吗？我含混地做了回答。他现在好吗？我不知道。不久我发现了我住过的那个屋子还在，原先是队屋的披屋，置有农具和氨水坛。最里面隔断一截，给我作房。从窗户往里看，我用过的床、桌子都还在，布满了迷彩服般的青苔。这让我

很高兴，涌出了一种类似革命家的激动。我问年轻媳妇，这屋子现在归谁。她说还归公家。我就请她帮我找来公家人。我想住这屋，我说。她就笑了，两眼弯得如眉毛，说这屋子很脏，而且还闹鬼——村里“老人”，都在隔壁开会说书。你怕不？我说不怕，并拿出十块钱放在她手上。她看了看我，不再言语，也没要钱，没多会儿领来一个穿海魂衫的男人，说这是村长。我递上香烟，村长边吸边打量着，又做了些简单的盘问。村里好屋多得是，怎么就相中了这间老的？我说这屋位置好，可以看到山岭和河流。你和那个知青是什么关系？我说从小一块长大，一块读书，后来又一块……没等我说完，村长便表态说每晚 20 块，铺盖得另租。年轻媳妇说她家有。这样就成交了。我预付给村长100 元，村长说会计出差了没有收据。我说不要收据。村长就笑着交出钥匙，吩咐年轻媳妇帮我好好打扫一下。

年轻媳妇手脚麻利，不多会儿工夫就将屋子收拾干净。她替我铺上竹席，又拿来一整套生活用品和几盘蚊香。潮湿在这个季节转为阴凉，我用二十年前用过的铁锅烧了开水，仍能嗅出锅巴的香味来。我沏好茶，盘腿坐在床上，床板很硬。我想同年轻媳妇多聊上一会儿，但我无法认清她是哪家的闺女。当年我时常在月下抱着一把月琴拨弄着，周围围了一圈孩子。他们叫我“下放学生”。下放学生你想家吗？下放学生你会烧锅吗？城里有蚊子吗，下放学生？下放学生，有人找你呢——在那个似乎并不遥远的夏夜，童音之后是一个紫色的身影，是另一个下放学生，女的。于是孩子们鸟一样散去，我赶紧穿上了背心。

我从公社看电影回来，她说，我听见了你的琴声，就……我在你的邻村。

我进屋给她倒水，请她坐到竹床上。她梳着两条齐腰的辫子，穿一件紫罗兰图案的化纤衬衫，可我无法看清她的脸。此刻我努力回忆着，我的眼前仍只有暮霭一片。我想问边上这位年轻媳妇，可曾记得那个月夜来自邻村的女下放学生？但是我没有问。那时她才几岁？我便沉默了，年轻媳妇仍在讲从前的事，又说那下放学生每天黄昏喜欢去岭上看炊烟。炊烟好看吗？我说好看。我说我也喜欢看炊烟，我现在就去岭上。

岭上空气真好。这种空气城里无法吸到，久违了。我从马尾松间走过，去接近两棵形容憔悴的桑树。然后我见到了一块黝黑的石头——那是我坐过的石头吗？它像一块煤，不过觉得长大了。我愉快地坐上去。我的手摸着它光滑的表面，石头余下的半边温热，像人的体温。我就有些奇怪：谁刚坐过？望望四周，只有树。不久岭下的炊烟四处升起，袅袅的，先是笔直升高，再散开，彼此融为一体。我很痴迷。在炊烟形成的暮霭中，我看见了群鸟的行姿。但是，我的左眼忽然有些疼了。接着一件不可思议的事再次发生：我看见石头上有一幅图画，笔画简单明了。画着一间房子，房后有树房前是河房顶上升着炊烟。起伏的山脉是背景。天空挂着一弯下弦月。我很喜欢这种朴素的图画，但从痕迹上看，它已有了历史。我不明白雨水和风怎么没有抹去它。或许它被抹去了——我用右眼去看时，它便消失得无影无踪。哦，这是属于梦中的图画，我终于思想开了。

我就这样带着这简单朴素的图画走进了梦境——这真让我激动，我又拥有了做梦的权利。陌生阔别的梦此刻就匍匐在我的枕上。我的梦境虽然没有人物，但已有声音，是一个女声在喊月亮。我听得真切，这是她的声音，那个半夜来访的紫色身影，与3 月1 日那天我听见的是同一个声音。我被这好听的声音唤醒，月光在二十年后重新落到我的床头。我出汗了。我用凉茶漱漱口，走出屋子，便踏进了如霜的月光。村子很安静，不时自岭脚传来水响和狗吠。稻场上有几个男子睡在竹床上乘凉，鼾声错落有致。庄稼人也是有梦的，可我现在已无法看见，因为我自己的梦又回来了。我好轻松，好欣慰。我已经听见了梦的声音，离我那么近，可我还是抓不住它。汽车没有碾碎我的梦境。在这个乡村的夏夜，渐渐填满我胸口的最后是忧伤。

我每天黄昏都去岭上看炊烟。我总觉得，那块煤一样的石头上留有她的体温。她在我身边？一连几日她都在我到来之前匆匆离去？我抚摸这石头，有一瞬，我忽然觉得是在抚摸她的膝盖，我的心跳加快，我的左眼越来越疼，我想喊一声，可我已忘却了她的名字，飘浮于眼前的仅仅是那紫色的身影，我看不清她的脸！或许，我该离开了。时间久了村里人会认出我，我不希望这样。如果明天不下雨我就准备回故乡去看看年迈的父母。今天是最后一个黄昏吧，岭下的炊烟不好，让风吹散了。我放平身体，躺在这块黑石上，不久睡意在凉风中渐渐浓起来。我确实有些累了。

后来一个女孩躺到了我身边。她梳着两根短辫，穿一件碎花的短袖和一条肥大的军裤。她说她18 岁，和我同年。我就感到奇怪，我生于1957年，现在是1993年，应该是36岁才对。她说我错了，今年是1975年。见我困惑，她便拿起我的草帽，那是不久前公社发的，上面印着“广阔天地，大有作为”和1975。草帽的边沿有我姓名的拼音缩写，确实是我的笔迹。那么，我这样问她，你又是什么人呢？她没有说，很失望地看着我。就算现在是1975年，是18年前，我们到这块石头上做什么呢？她说看炊烟，我们已看了两年。她进一步强调说：今天的炊烟最好，像梦一样。我说难道现在不是梦吗？她摇摇头，然后小心地抚摸着我的身体。我渐渐地感到，我的身体是结实的，胸肌和腹肌都不错，这显然不是现在的身体。我开始有点相信了，她抚摸的是我18岁的身体，但她的手突然在我腹部停下来。她说，我有点怕。她问，我们能这样做吗？我对她说，如果我们想这样做就能这样做。我问她想不想。她犹豫了一会儿，点点头。她说她是第一次。我说如果我真的是18岁，那么就一定是第一次。我们就无师自通地做了。她的血滴在石头上。她说有点痛。我说以后就不痛了。她问我们有以后吗。我说有，以后的时间很长。她便紧贴着我，说我们可以不回城，就在这岭下盖好房子成家。房前有河，她每天在活动的水里洗衣淘米。房后栽树，最好是樟树，风一吹满屋子都香。然后我们生两个孩子，一男一女。我打断她，说两个孩子嫌少。她说那就三个，两男一女，总之女孩只能要一个。我问为什么，她说女孩多了会不金贵。起风了，她说她会扎风筝，以后让我带着孩子去田野上放。我说我一定把它放得很高。我替她盖上我的衬衫。她说我穿这种带条的衬衫很好看，像水的波纹。我说我喜欢水和水做的人。我们就这样躺到月亮爬出山脊。我告诉她,我的乳名就叫月亮。她就乐了,问我生下来的时候是不是没有头发?我说这可能是一个原因,另一个原因是预示着我在18岁这年,会遇上一个像星星一样的女孩,现在我果然遇到了,我相信我今夜是18岁。她便对着我的耳边连唤了三声月亮,天突然白了。

7

我在岭上度过了我的初恋之夜,那不是梦,而是重现。那时我18岁,十八年后我又享受了18岁的欢乐,那是真正的欢乐。我说不是梦,因为我虚设的左眼能看见石头上的血迹还在,呈现着灿烂的颜色。露水只能打湿我的衣裳,时间也只能改变我的面貌。村里人已认不出我,认识我的是这块石头。现在,我要动身去找那个呼唤月亮的声音了。我相信我能找到。我去乡邮政所给当年的一个知青挂了长途电话,打听她的下落。那人曾是知青干部,我们相处还不错。他说你们后来没联系吗?我说没有。我又说这很可耻。他就叹了一口气,说人生啊人生。然后他说,她在我上大学的第二年去了师范,毕业后大概分在长江下游的一座小城。我谢了他,放下话筒便搭上过路的货车。在一个镇子,我又改乘去那座小城的客车,那时天色已晚。车上的乘客不多,都是去那小城的。司机一路急驶,说这段路很老,解放前就有劫匪。大家便不说话,也都不敢合眼。外面的月光还是很好,我就把手伸出车窗。我的手被月光染得斑斑驳驳。车行大约七小时即到达江边。没有大桥,过江得靠轮渡。乘客纷纷下车,立在甲板上看翻腾的江水。我也在看，突然迸出想跳下去的念头。我不知道在这湍急的江水里将会怎么样。我一定会喝很多水，但这水越来越脏，不能喝。从小我就认为水是自天上来的，无论是雨还是雪。水落下来那么干净透明，怎么一到地上就变得这么脏呢？江面不宽，轮渡半小时便靠岸了。汽车继续行驶，很快空气里就散出了焦煳味。我知道离城近了。

我在小城的街道上闲逛了一会儿，天便大亮了。到了上班的时间，我去了市教委人事科。我说明来意，接待我的人就显出若有所思的表情，但还是表示想不起我要找的人，他说全市的女教师很多，问其他人，也都想不起。我于是请他帮助查阅一下教师登记表。他犹豫片刻，说要交50元手续费。我当即就拿出了钱。结果却令我失望，现任教师登记表上没有她的姓名。那人就安慰我说可能是调走了，不在册，我来迟了。我确实来迟了。我茫然回到街上，不知该往哪个方向去，就看了看树梢，风往西南吹，我决定随风而行。城市的模样大致差不多，除了橱窗就是广告，再加上汽车。区别不过是大小多少。我自然会走出城去。我望着天空，看着它慢慢变出一点蓝来。后来我又从这浅浅的蓝色中看见了一只奇异的风筝。

它只是一双翅膀，不与任何形体相连。它是白色的，你可以认为它属于天使或者天鹅，也可以属于海鸥、鸽子和一切白色的飞翔物。但不属于飞机。在那个吹西南风的上午，我不经意地看见了它，突然产生了不祥之感。我觉得一件事可能已经发生了。这是她的风筝，我离开山里进城上大学的那天，是它送我翻过了那座岭，那天也吹西南风。

顺着线找过去，放风筝的是个女孩，十来岁。我对她说，你的风筝很漂亮。她就偏了一下头，说这风筝是老师替她做的，做了好久，一直没有时间放。女孩说城里没有放风筝的地方，现在放暑假了，她可以经常骑车到郊外来。我说这风筝很有意思，就一双翅膀，猜不出长在什么东西身上。女孩说，这是梦的翅膀，老师是这样讲的。我这才觉得自己好愚蠢，然后问女孩，谁是她的老师。女孩报出了一个名字，正是她！但我有点困惑，怎么教师登记表上找不到这个名字呢？我问女孩，可不可以领我去看望她的老师。女孩说不可以。女孩两眼泪汪汪地说：老师死了。我哦了一声，又抬眼去看天上的翅膀。我听见女孩说，月亮升起来的时候，老师便合上了眼。女孩说那天下着雨，并没有月亮，可老师说她看见了，还喊了一声月亮。我问女孩，那天是哪一天？女孩说：3 月 1 日。

一颗眼泪自我左眼渗出。然后我对自己说：我慢了一步。3 月 1 日。

1996 年 6 月　合肥—郑州

（原载《收获》1997 年第 3 期）

关　　系

1

男人和女人差不多是同一时刻到达三味茶社的。从木楼涂有橙色的阳光判断，这一时刻应该是下午5点20分光景。不是黄昏，但电影里的黄昏都是这会儿拍下的。如果真的临近了黄昏，胶片记录的则是夜晚：天空是一片深蓝，胶片上的时刻总要超前一个时辰，男人这么想着，觉得选择这个时刻来和女人见面不太合适。现在呈现于他眼前的仿佛就是黄昏了，离夜晚仅一步之遥。尽管海口的夜总是姗姗来迟。密度。男人想到这个术语。在摄影学上，这个词表示光对所摄事物的宽容性。

当男人推开茶社古拙的大门时，女人的目光像一只倦鸟正落在他的肩上。女人刚坐下，狭窄的楼梯上便响起了沉闷的脚步声。然后，男人略显佝偻的身影出现了，视线也向这边投了过来。

于是女人欠了欠身，打开了微笑。

男人：不好意思，不知道那条路改单行线了，又兜了个圈子……

女人：我也刚到。

男人：喝点什么？

女人:柠檬茶。

男人:加冰块吗?

女人:对。你呢?

男人:我喝绿茶。不过南方的绿茶太次。

女人:你现在可以喝到好的绿茶了。

男人:我这次还专门带了一斤龙井。

女人:坐船很辛苦吧?

男人:就是熬人,我倒不晕船。其实我头回上岛就是坐船的,“玉兰号”,这回是“丁香号”。

女人:我没坐过船。

男人:偶尔坐一次还是很有意思的。

女人:我倒想偶尔一次。

男人:真的,我们当初应该坐一次。

女人:你答应过。

男人:我答应过?

女人:你当然答应过。你说想让我陪你看看海。算了,干吗还这么较真儿呢?这已经不重要了。

男人:可我真的记不起这事了。坐一次船是很容易的,不是吗?

女人:现在不容易了。这条航线很快要停开了。

男人:是因为不赚钱吗?

女人:这还用问吗?

男人:怪可惜的。我是说坐船不一定不好,虽然熬人,虽然不舒服,但能在海上漂上一天一夜,看见日落日出……不过这回我什么也没看到,除了海,连鸟也没见到。我一直盯着监视器,海水也不蓝了,像湖水。

女人:从前你坐船是因为省钱。那时你很穷。

男人:我现在也不富。原先的钱全折腾光了,所以才回头搞电视剧。电视剧是个破东西,不过倒挺挣钱的。

女人:你又编又导,一部大戏下来数目不会小吧?

男人:还你的钱倒足够了。我今天把支票带来了,你没改名吧?

女人:我有必要改名吗?

男人:那就好。你拿好。最好你给我写张收条,表明这笔债已经了了。

女人:我不写。

男人:这不好。

女人:怎么不好?当初你拿走时打过借条吗?

男人:那时你是投资人,是股东。

女人:我从来没说我是股东。

男人:怎么说也是我们共同在做一件事情吧?

女人:我是在支持你,信任你。

男人:信任我把生意做大?可我偏偏栽了,血本无归。

女人:我早看出你不是做生意的材料。

男人:早看出?这话不真实。你能把八万块压到一根木头上?

女人:你这人真没良心。

男人:好了,不说了。说什么也晚了。你现在过得还好吧?

女人:这你就别操心了。你还是去操心你的电视剧吧。你一到,海口的报纸就替你吹开了。要不是看到报纸,我还怕见不到你呢。

男人:所以你及时来了电话。

女人:当然,我要拿回属于我的东西。

男人:你现在拿到了。收好,这张支票让人爱不释手。

男人的担心是多余的。真正的黄昏还没有开始,女人柠檬茶里的冰块还没有溶化,他们的谈话就干净地结束了。女人收起支票,戴上墨镜,先起身离去。她的步态依旧是动人的。男人从窗口往下看,女人从容地拦了一辆红色出租车。那是辆旧车,但提速很快,一会儿便消失在街市上。男人这才点上香烟,突然笑了一下。男人的笑让服务小姐不知所措,以为自己哪儿做得不对。于是男人对小姐解释道,他是在笑自己。

2

男人编导的电视剧第二天便正式开机了。这部戏写起来很轻松,男人在海口前后待了三年,一切都历历在目。男人甚至在文学剧本上就已经看到了未来的片子,所以现场的处理显得十分从容。制片部门的计划这一阶段是拍内景戏,美工选的景点也很不错。美工问:导演,像那么回事吗?你那时上岛住的房子和这儿的感觉有多大差距?男人说:我倒没吃什么苦,上岛没几天就进了一家大公司,当起了分公司的老总。男人说那时海口的老总比椰子还多。

不过，男人又说，我对生意没有兴趣，我讨厌商人。那个时期我也讨厌我。

1992年春天的海南岛热不可耐，但到了晚上，又让人感到舒适。风从海面拂来，浸着椰子的清香。那个时候，大陆的女人还没有完全脱下羽绒服，而岛上的姑娘都换上了裙子。发明裙子的人是伟大的，男人想。一块布围上，女人就变了，变得引人注目，就像陶坯过了一层彩釉。那个晚上男人在街上闲逛，留意每每从眼前飘过的裙子，而他自己却穿了一条短裤。后来男人在一个书摊前停下了，他发现自己的一本书被盗印，夹放在众多的美女封面中。男人拿起书，版权页上标明的出版社纯属杜撰，内文错字连篇。男人自语道：妈的，糟践老子！男人买下了这本书，他的心情转为恶劣。这时候一个女声送过来：你写的吗？男人回过头，看见说话的女人正用和善的目光打量着他。女人留着短发，穿着一条阿拉伯图案的大摆长裙。男人突然觉得女人的眼睛特别亮。

你刚上岛吧？女人问道。

男人点点头：你怎么知道？

女人：我看出来的。你上岛顶多一周。

男人：还真是。你看得出来？

女人：只有刚上岛的男人才穿短裤。

男人看看四周，穿短裤的还真只有自己，就说：奇怪，这么热的地方，居然不兴穿短裤。

女人：也不兴穿凉鞋。

男人：你来多久了？

女人:快一年了。我在《特区周末报》,这是我的名片。

男人:我在……

女人:我已经知道你了。这书是你写的吗?

男人:我被盗印了。

女人:是你的书被盗印了。

男人:不过今夜我还是很高兴。

……

胖子场记匆匆走来:导演,光布好了。

男人打开监视器,说:演员随光合一遍。

演员就上场了,按导演的调度走了位。男人觉得还不错,可以正式拍了。但他又把现场服装叫过来,说:让男演员穿短裤。服装说没有准备,打算立刻去买。男人说:别去了,海口买不到短裤。说着,拿起剪刀把一条长裤剪了。

第一天的戏拍得还算顺利。考虑到磨合,晚上没有下达夜戏的任务。吃过晚饭,主创部门一起看了回放,之后就自由活动了。1997 年的海口已经彻底没戏了,夜晚的灯红酒绿不过是一种虚张声势。但是之于从未来过海口的人,这地方仍是神秘的。剧组的人三五结队地上街玩去了。男人洗过澡,光着膀子坐到临街的晾台上。他的视线巡逻了这条挤满发廊和出售 VCD 光盘铺面的小街。男人安静地吸着烟,似乎在努力地感受岛上从前的气息。在男人迄今为止的生活里,那两年称得上是生命的欢乐时光。从海关钟楼传来了十下沉闷的钟响,男人穿上衣,拿起了车钥匙。

海口的路不复杂。

三年前男人离开海口时,龙昆南路的这座立交桥尚未竣工。桥上的灯光很好。在桥上,你可以看见远方的海和夜航的船。男人开着这辆捷达车,寻思着该去一个地方看看。所以一下桥,他就右拐上了滨海大道,直奔海甸岛那边了。那个时候,男人所在的公司就在这里。几天前他带美工摄像来选景,原想在从前的公司大楼拍一场戏,不料大门上已贴了法院的封条。现在男人要去的是一个生活小区,在这里的一套小屋里,他曾支起过一张大床。房东是当地的土著,居然还是个文学爱好者。当初这个爱好使他每月少收了两百元的房租。男人很想知道,从前他住过的房子如今由谁住着。而且他想和房东聊聊,如果后者愿意,他想邀请房东跑个龙套,在剧中扮演一位修防盗门的师傅。

男人把车停在小区的门口,刚下车,就看见女人自一棵椰树下走出,这让男人多少有点意外。

男人:你还住这儿?你不是新买了房吗?

女人:我是来收钱的。

男人:收谁的钱?

女人:我搬家时把所有的东西都作价给了房东,一直没工夫来收这笔钱。

男人:收到了?

女人:房东去深圳了。

男人:你现在是多方面的债权人了,可以到处收钱。

女人:这话什么意思?

男人:没什么意思,好事嘛。

女人:你是在说昨天我不该收你那笔钱。

男人:不不,那是你的钱,该收。

女人:当然。

男人:而且你还觉得亏了,当初要是存到银行里,还长出了利息。

女人:没错。

男人:真好玩。我们也有算账的日子。不过算清楚了还是挺好。

女人:你这人真是没劲。

男人:我想也是,没劲。

女人:戏开始拍了吗?

男人:拍了。

女人:你不会把我们的事往里写吧?那就太无聊了。

男人:我写的是戏,不是自传。

女人:就是将来写自传也别写那一截子。

男人:我没想过要写自传。

女人:那就好。你晚上没事了?

男人:对。

女人:去白沙门吧,这儿蚊子太多。

男人:白沙门好像新添了一个茶座。

女人:不去茶座,就看看海吧。今夜的月亮还行。我来开车。

3

1992 年 5 月的一个夜晚,男人和女人去了白沙门。男人刚学会开车,他去报社接女人的路上显得紧张而慌乱。那时海口的车密度为全国之首,男人费了很大劲才勉强把车停到车位上,前轮也没打直。在女人看来,这个男人有些卖弄。女人对男人的好感并不在乎他会开车。你车开得很赖,女人说,我开得比你好。

男人说:我只觉得今晚需要一辆车。

女人说:倒也是,等于随身带了两把椅子。

男人看了看女人,欲言又止。他还是觉得女人的眼睛好明亮,却不知是何缘故。女人驾车的确很好,换挡给油都自然流畅。半小时后,他们到达了白沙门。其时这里还是一片荒芜的海滩。只有一家简陋的小店,专门出售矿泉水及一些普通的面点。他们买了一箱矿泉水。这是一个有月光的夜晚,月亮并不大,但海平线在视野中还是很清晰。远处的船上跳动着橙色的灯光,拍岸的涛声起落有致。男人和女人下车走动着,喝矿泉水。

女人:你会游泳吗?

男人:会,我九岁就会游了。

女人:在海里游过吗?

男人:1981 年在青岛游的,是大学生夏令营。我第一次见到了海,吓死了。

女人:海吓住你了?

男人:我从没见过这么大的水面。

女人:我第一回见海也是在青岛,是 1984 年。我只觉得海很美丽,拍了不少照片。我不会游泳,但买了一件漂亮的泳装。

男人:泳装的功能不错,还可以拍照,现在又可以拍他妈的

MTV 了。其实你该在海里打个滚才是。

女人:我怕弄脏了泳装。

男人:这就怪了。

女人:那件泳装我后来一直挂在自己屋子里。

男人:我知道,你又拿它当挂毯了。

女人:都说海水很苦,又咸,是吗?

男人:没错。

女人:怎么个苦咸?

男人:你不妨尝一口。世界上所有的海水都是一种味。你现在就尝吧。

女人:别说了,我觉得矿泉水的味道都变苦了。

男人:你这人太脆弱。

女人:你呢?

男人:我怎么了?

女人:你刚才说第一次见到海时怎么着了?

男人:我吓死了。

女人:这不也是脆弱吗?

男人:不不,这是两码事。我是被海的壮阔震住了。算是触景生情的一种吧。

女人:触景生情?

男人:对,不是条件反射。

女人:你将来老了可千万别得前列腺的毛病。要不,一放自来水,你就会尿裤子的。

男人:这还是条件反射。我只触景生情。比如说多少多少年后,我又一次见到海,就会想到从前有这么一个月夜,我和一位漂亮的女人在海边……

女人:那时你就记不得了。

男人:不,我肯定记得。

女人:男人只记得一时,女人才记得一世。

男人:这是陈见。

女人:不,是真理。

女人说完就回到了车上。男人抽完一支烟,也上了车。他先帮女人把座椅放倒,然后自己也放倒座椅。这样,两人就并肩躺下了。男人抓住女人的手。女人笑了笑,女人说:我以为是带了两把椅子呢。

男人说:不,是一张床。

现在,那边音乐茶座的客人已见多了。放的曲子是1997年流行的一首破歌《心太软》。男人和女人在海边散步,刚才他们在车里坐着聊了一会儿,男人想上厕所,就下了车。等他回来,女人已站到了海边。这还是一个拥有皎好月光的夜晚。应该说,五年前在车上做爱的那一幕至今仍是鲜活的,他们都想到了。他们是在缅怀1992年夏季开始的爱情。这儿,是那幕爱情的起点。

女人:你说多少年后……其实不过五年吧。

男人:五年?你觉得时间过得快吗?

女人:有时觉得。

男人:我一直觉得很慢。我想我可能有点老了。去年我在北京筹备这部电视剧,在一家酒店住了三个月,觉得个个服务员都漂亮。其实是我老了。人一老,眼光就宽容了。

女人:你又泡了几个?

男人:泡?我不泡。我是真心相处。这你应该了解。

女人:那你又处了几个?

男人:我能同时处几个吗?相处是不容易的。我们换个话题吧。

女人:你现在和我说这些,没什么呀。

男人:这我知道。你不在乎了,这很好。

女人:我们曾经说过,不再见面了。

男人:但这部戏只能在海口拍。再说,那张支票我得亲自交给你。你取了吗?

女人:取了,也开始花了。今天我买了一只矿泉壶。

男人:你是个会过日子的女人。

女人:你认为我俗,是吗?

男人:人都俗。

女人:五年前你也这么想吗?

男人:我只认为你太脆弱,可惜没引起重视。这是个失误。

女人:你也有失误?你多自信呀。

男人:我的失误在于我太自信了。

4

海口的天气一直很好。在男人印象里,4 月的海口应该是很热了,这一年却早晚还觉凉。男人当机立断,把秋天的戏调上来先拍。制片主任对这种调整有些意见,他觉得导演多少有点随心所欲,白交了一周的场租。男人说:我这是为你省钱呢。我的外景戏都有纵深关系的镜头,你能让满街的人都换上秋装吗?现在拍掉,我们一点不费事。

秋天的戏总是带有一点悲凉。剧中的男主角是一个作家,在岛上混了一年,混得很糟糕,于是就乘船回大陆,在甲板上徘徊,酸溜溜地看着愈来愈远的海口。没有一句台词,但男人给出的时间很长——这也是作为片尾字幕衬底的。船用的是往返于琼州海峡的大轮渡,气势略嫌不够。而且行驶到海峡中央又颠簸得不行,弄得两个摄像手忙脚乱,男主角也呕吐了。不过从监视器里看,效果还挺不错。有点意思,男人自语道,不过南方其实没有秋天。这句话让胖子场记听见了,可是他听不懂。在返回的路上,场记问男人:导演,南方真的没有秋天?男人笑着说:如果有,那也是虚伪的。我们现在拍的并不真实。场记若有所思地点点头,实际上更不知所云了。

男人说的倒是实话。岛上三年,他没有经历过一个秋天。海口的印象永远是一团火。这个晚上后来下雨了。雨绵绵的,竟也显出了一点儿秋意。男人又坐到晾台上,视野中的城市蒙蒙一片。不知怎的,这情景让他起了一阵忧伤。他隐约听到一支老歌的旋律。那歌叫《在雨中》,香港那边过来的,1992 年正火着。在一次大陆艺术家沙龙聚会上,男人和女人同唱了这支歌,大家都说唱得很棒。那个晚上也下着雨,雨声很吵闹,但他们特别高兴。其实这支歌之于他们,在这一夜并不意味着示爱,而是庆功——他们挣下了一笔钱。20万。广告提成。他们都觉得这笔钱来得太轻松了,让人不敢相信。可是确实能从银行里提出来而且可以随便花出去。

女人:我提出了一万。

男人:没骗我吧?

女人:我都花掉三千了。我给你买了双鞋,你试试。

男人:我总觉得不真实。

女人:你这人做不了大事。

男人:我没想到……我从来没见过这么大的钱,我真想不干了。

女人:你想干吗?

男人:有这20万,我们去内地过隐居生活。我可以安心看些书了。

女人:20万只能买一间公共厕所,早着呢。

男人:我们去小镇上买房,顶多五万。我其实一点也不喜欢城市。

女人:可我喜欢。我不想提前三十年过退休生活。

男人:你不是说,我到哪你就到哪吗?

女人:干吗非要我依你,你就不能依我?

男人:我是真的讨厌城市。

女人:你还想再插一回队?

男人:我也不向往农村。我一直觉得小镇挺好,有商店和邮局什么的。福克纳就没离开过属于他的小镇。

女人:你不是福克纳。

男人:可这老头的生活总诱惑我。

女人:你还不是老头。别说了,趁我们年轻多挣些钱没错。现在机会多好。

男人:这钱让我觉得可疑。

女人:可疑?人家没少给一个子儿……

男人:我不是说这个。我是说这钱来得太轻松,让人不踏实。

女人:我都花了还有什么不踏实的?

男人:钱要一分一分地挣。

女人:你是不是太农民了?

男人:查祖宗三代,大家都是农民。

女人:行了,我的钱我花。你那十万留在银行下崽吧。

女人说完这话就去洗澡了。那时他们刚住到一块,几乎夜夜做爱,之后才洗澡。现在女人去洗澡,也就表明今夜休息。男人安静地听着洗澡间的水响,想抽支烟。可是烟盒里空了。男人就下楼去马路对面小店里买烟,看见路灯下雨丝已经软了。小店里,房东正在同店主等人搓麻将,一边谈论着他和女人。房东用夸耀的口吻说这对儿是典型的郎才女貌,岛上还不多见。这岛上多的是老板和鸡。男人不禁笑了一下,觉得房东的话对自己很鼓舞。他想女人当初看中的或许就是这个,一点与众不同吧。

这个晚上男人在外面多转了一会儿。细雨落到脸上很舒服,这细腻的触觉,文字是无法描写的。那时他觉得自己仿佛置身在一个秋夜,细雨传达的气息,让他想起了二十年前的初恋……

5

剧组的工作进展顺利。不足一个月的时间，镜头量已消去了一半，三天一集戏的计划得到了保证。制片主任自然高兴，主动改善了伙食，并不时给导演捎来一条烟或者一包洋参茶。全剧组的人对导演已刮目相看。起初，他们私下认为这个男人胆子太大，从未拍过戏，上手就是20集。现在他们放心了，甚至对男人的才华公开表示钦佩。男人是沉着的。在成为一名小说家之前，他的理想就是当影视导演。那时他刚进大学，从图书馆借来的第一本书便是库里肖夫的《电影导演基础》。就是说，男人对这个行当潜心已久，现在不过是厚积薄发而已。

这天，从北京飞来了一名女记者，是打算进行追踪采访的。她在报纸上得知有一部反映海南的片子在拍摄，并且知道该片的编导是个在岛上混过几年的作家，便有了极高的兴趣。记者突击看了剧本，第二天晚上即开始了访谈。虽为女性，言谈举止却比男人还大大咧咧。她一口咬定这个剧本带有自传色彩，问题自然单刀直入。

记者：如果方便，我想知道剧本的自传成分占了多少？

男人：这不是自传。

记者：你的意思是说，故事纯属虚构？

男人：没错。

记者：那么，感受是不是真切的？

男人：要是你被感动了，说明这个问题我已经作了回答。

记者:我的确受到了感动,但我也读出了属于你的一点尴尬。

男人:我不觉得意外。

记者:剧中的那个作家是个古典浪漫主义者,你也没我想象的那么开朗。你甚至有点古板,剧组的那些女孩子背后总叫你作大叔。

男人:她们当面也这么叫。我觉得这挺好。

记者:可我认为“大叔”不是块挡箭牌。

男人:她们很乖,我何需设防?

记者:你心里有一道防线。

男人:是吗?

记者:正如剧中的插曲,叫《一个人的时候》,让人伤感而向往孤独。于是我便想,这个岛或许是你的一块伤心之地?

男人:迄今为止我一生中最快乐的日子,也是在这儿度过的。

记者:故地重游,感慨万千吧?

男人:我不过是来拍一部片子。

记者:就是说,你计划中没有重返海口的愿望?

男人:重返海口意味着重新拥抱一个女人,但是时过境迁,人事全非……

男人的手机响了。来电显示的号码是熟悉的,男人迟疑了一下,还是接了。男人抢先说道:我正忙着,一会儿给你挂过去。对方说:我只有一句话,现在我就在你对面的西餐厅里。如果你有空过来,请把窗帘打开。男人说:我已经吃过饭了。女人挂了电话。男人对记者笑笑:我说到哪了?一边轻松地将窗帘拉开。

半小时后,男人去了西餐厅。

女人今晚重换了一套衣服,而且把长发梳成了独辫——这是以前男人所喜欢的。女人正在吃一份蔬菜色拉,喝西瓜汁。她给男人预备了红茶和一碟夏威夷果。男人在门边点了支烟,借这工夫,他打量着女人的背影。女人这套服装的款式和色彩都挺不错。

女人:你很忙是吗?

男人:今晚没夜戏。

女人:我看见剧组的车没动。拍得挺顺?

男人:还行。

女人:我刚从杭州回来。去上海组稿,顺便拐到了杭州。

男人:火车站拆了吗?

女人:没呢。杭州真不该有那么破的火车站。一下车,我心凉了半截。

男人:你以前没见过?

女人:1994 年我是坐飞机去的。

男人:回来没坐火车?

女人:回来也是飞机,我们先到深圳的。

男人:我怎么觉得是坐火车到上海的呀?

女人:那你肯定是和别的女人坐了火车。

男人:行行,别一见面就抬杠。上回说坐船,这回又是飞机火车的。

女人:我是说,对过去我比你记得清楚。

男人:你不就是想说我见异思迁吗? 这就怪了。

女人:怎么呢?

男人:该说的以前我都说过了。

女人:你在怨我?

男人:不,我现在没这个权利。

女人:好像造成这种局面的责任人是我?

男人:咱们不谈这个好吗?

女人:我要谈!

男人:有什么好谈的呢?支票你已经拿到了。我不知道你还想要什么。

女人:我只要属于我的东西。

男人:那就谈点别的吧。

女人:回忆有一半也属于我。

男人:你找我来,是想让我充当你回忆的提示器?

女人:你这人变了,真的是变了。

男人:变得刻薄了?

女人:应该是恶毒。

男人:这或许是单身独处的缘故,我想你会原谅吧?

女人:你还在乎我的原谅吗?这样也好,我心里倒一下子干净了。这次去杭州,我居然面对西湖自作多情地哭了……

男人:西湖是个让人伤感的地方。

女人:我他妈的还去看了我们住过的房子!

男人:这是怀旧。你这个年纪最好别过多地怀旧,对容颜有损。

女人:我还有什么容颜?

男人:你还是很漂亮。

女人:本来我想拖到你拍完片子才回来……

男人:我恐怕还得待上一个月,很抱歉。

女人:那一年我飞到杭州,为的是匆匆见上一面,现在却为了避开你,真有意思。

男人:你是不是觉得,我太妨碍你了?你男朋友生气了?

女人:他在大连。

男人:你应该从上海飞大连。

女人:我想坐一趟火车。我飞不动了。

6

1994年4月,杭州是个雨季。男人此行的目的是帮一位做房地产的朋友谈笔生意。朋友野心勃勃,想在淳安买下一个岛开发度假村。这个狂妄的设想并没有激发起他的热情,诱惑他的是杭州这座令人想入非非的城市。他随朋友去淳安住了两天,谈判进展顺利。但他还是私下提醒朋友审时度势,宏观调控意味着金融秩序的整顿,银根紧缩只是第一步。朋友的头脑还算冷静,还是第三天一早,他们甩下那一堆图纸,不辞而别杀回了杭州。

朋友安排他住进了西湖边上的一套公寓。他痛快地洗了个澡,然后躺在床上拨通了女人的电话。那个时候,女人正在为赴深圳的笔会做准备,她已经预订了机票。

男人:会议什么时候正式开始?

女人:后天。我想明天就过去。

男人:非去不可吗?

女人:报社抽不出人了,再说这事从一开始就是我经手的……

男人:……

女人:你怎么不说话?

男人:我在看雨中的西湖。

女人:想什么呢?

男人:想明天与你一道游湖、喝茶。

女人:就这?

男人:这是白天的活动安排……

女人:你这人真鬼。

男人:我是个触景生情的人……你快把电话挂了,先退票再订票。

女人:可是只有一天的时间……

男人:春宵一刻值千金。我们不是有钱了吗?

男人挂了电话,坐到了晾台上。雨淅淅沥沥地下着,西湖的上空形成了薄薄的烟霭,只有六和塔时隐时现。后来?后来应该是电话又响了。那是吃晚饭的时候,女人电话通知了她明天飞抵杭州的航班号,她说:你必须夹道欢迎。

现在,他该上车了。今天出外景,在老街。他很痴迷海口的老街,那些残存的南洋风格的旧建筑,任何机位拍出来都将不俗。男人匆匆收拾好,顺手带了把伞。场记问道:导演,这么好的天带伞干吗？男人有些恍惚，笑道：刚才我还在杭州呢。场记越发困惑，就问：你梦见杭州了吧？男人摇摇头：不是梦。梦是虚构。准确地说，是我的魂儿去游西湖了。

要拍的戏不复杂，但是场面控制很头痛。机器一支，围观的人便上来了。一个镜头连拍七条都有穿帮，没法用。男人有些烦了，只好把机位调到一家杂货店的楼上，并且用长焦距来吊。总算勉强过关。后面的镜头相对简单一些，景别都是中近景，控制的范围小多了。戏的内容是男主角摆脱一个看相的术士，后者断定他有飞来横祸，前者不屑地一笑，给了那术士十元钱。不料术士未接，却将这张票子斜折了两下，又还了回去。男人便问：先生嫌少？术士不语，转身离开了。男人始才觉得奇怪，目光茫然。

对这场戏，导演未做阐释。他说：大家别追问了，问也白问，因为我也不懂其意，我不过是觉得需要这样一笔色彩，就这么简单。摄像后来推了导演一下：你这家伙骨子里还是小说家，电视剧里玩起安东尼奥尼了。

午休的时候，男人的电话又响了。对方还是那个女人。

女人：不好意思，吵醒你了。

男人：没事，我在看报纸。

女人：上午我去了你们现场，我去买花，听见你在吆喝——你嗓子怎么哑得那么厉害？

男人：没办法。

女人：你备一点金嗓子喉宝，再坚持喝胖大海，挺管用的。

男人：谢谢。

女人:什么时候变得这么绅士?

男人:是礼貌。

女人:我想问问你,那十块钱的设计是什么意思?我不懂。

男人:我也不懂。

女人:废话,不懂你拍什么?费了半天劲。

男人:这是两码事。《阿甘正传》首尾的那根羽毛你懂吗?但这个镜头花了20万美金。

女人:你别打岔。我问你,是表示对钱的憎恶吗?还是钱引来了麻烦?

男人:我说过,我自己没弄懂。

女人:虚构这个细节有意思吗?

男人:这个细节恰恰是真实的。

女人:真实的?我以前怎么没听你说过?

男人:我怕说不明白,所以没说。

女人:你什么时候遇见看相的了?

男人:我们赚那笔钱不久。

女人:那家伙对你怎么说?

男人:他只说我脸上有灾。

女人:难怪你后来破财了。

男人:破财不是灾。破财是为了免灾。

女人:破财怎么就不是灾?没人给你投资,你还能拍电视剧吗?

男人:这话说不清了。

女人:你呀,假清高。你一辈子都会栽到这上头,别嫌我俗。

男人:我早就是个俗人了。这不,我拍电视剧了,我得赚钱还债……

女人:你这是什么意思?

男人:别误会……

女人:又绕上这个了,烦不烦?

男人:你太敏感了。

女人:是我还是你?

男人:要不,就是我们都太脆弱了。

女人:别把我硬扯进去。

男人:那好,脆弱的是我,行了吧?

女人没再说什么。

7

杭州的气候不标准。

飞机在天上盘旋了两圈才落下。女人一出现,男人便对她挥手。在男人身后是朋友的那辆黑色凌志车,正被细雨洗得锃亮。女人是第一次到杭州,在她印象里,杭州和西湖是一回事。所以在通往市区的路上,女人总在说:我看不出这儿就是杭州。于是,他们便在一个十字路口下车了,临时决定去逛西湖。朋友约定,晚上一起吃饭。男人说:算了,她就半天时间,玩起来没个准的。朋友说:玩好了就打我手机,饭总是要吃的嘛!

男人和女人雇了一辆三轮车去西湖了。雨中的西湖宁静而朦胧。他们打着一把伞缓缓走动，成为这著名风景里一个不确定的点缀。将近一年后，这情形在男人杂乱的梦境中得到复制，略有不同的是他们没有打伞。冷雨浸透肌肤，男人便从这彻骨冰凉中醒来。但他没有叫醒身边的女人。那个深夜，男人沮丧不堪。海南的经济形势风雨飘摇，他的公司已撤回了大陆。男人原想委托他人去经营公司，自己仍留在岛上和女人把好日子过下去。但是，公司在大陆发展得不尽如人意，一连几个项目都做亏了。男人有些心灰意冷，对公司的前途不再抱任何幻想了。

男人咀嚼着刚才的梦境，渐渐起了一种莫名的不安。杭州的飞行幽会或许是个错误，他这么想着，我们不该去凭吊西湖。他仿佛第一次意识到，西湖的美属于凄美，这正是一切关于西湖传说具有悲剧倾向的真正起源。

他弄醒了女人。

女人：几点了？

男人：4 点差一刻。

女人：这么早把人弄醒……你不是 8 点的飞机吗？

男人：我想把机票退了。不想飞了。

女人：那公司怎么办？

男人：自生自灭吧。

女人：你倒好大方。

男人：就算我们什么钱也没赚，我烦透了。

女人：现在烦了，当初干吗去了？

男人：当初……当初你不也认为……

女人:这事与我没关系。

男人:我认赔还不行吗?

女人:那你至少得把我的八万找回来。我要买房子。

男人:我现在还真没这能耐。

女人:那我不管……别碰我行吗?

男人:你怎么这样?

女人:我哪样了?

男人:行,你睡吧。

女人:把烟掐了,你也睡会吧。

男人:我不想睡。

女人:你打算一直坐到天亮?

男人:坐坐也挺好。

女人:那你去晾台上坐吧,6 点半叫我。

男人:你别送我去机场了。

女人:还是送吧。然后直接去单位。

男人:你睡吧,我去弄点吃的。

女人:冰箱里有速冻饺子。

男人:我吃点面包就行了。

女人:你这回大概什么时候回来?

男人:说不准,我得把公司理顺。

女人:理得顺吗?

男人:反正不会轻松,走着瞧吧。

女人又睡去了。到了 6 点半,男人没有叫醒她。男人立在床边有点依依不舍地看着熟睡中的女人,突然发现了一个早已存在的事实:女人的眼睑上文有眼线。这正是女人目光灿烂的原因。男人觉得自己太大意了,竟然在近两年之后才明白。在这个万里无云的早晨,男人的心情变得有些黯然。当飞机掠过琼州海峡时,他的睡意浓烈地袭上来,没多久便踏上了梦乡的门槛。

男人这回见到的,是西湖上空飘动着的一把黑伞。

制片主任又在催场了。雨刚过去,阳光从云隙中透射出来,形成了几条有力的光束。这景象在内陆是无法见到的。男人指示摄像拍一个空镜。摄像问:多长?男人说:给我拍15秒吧。然后男人就去椰树下抽烟了。刚才下雨时男人躺在小车里闭眼想了许多,头有点痛。连日来的加班加点使他看上去有些苍老。他的话也明显少多了。那个随组采访的女记者注意到男人的郁郁寡欢,见缝插针地把话题打开。

记者:导演,你最后一次离开海口是什么时候?

男人:1994年10月。这与采访有关吗?

记者:就是说,你与这个岛已经疏远两年半了?

男人:我并没有疏远她,只是保持着距离。

记者:心理上是这样,但地理上仍是天各一方。这好像很无奈,是吗?

男人:是的,无奈这个词很准确。

记者:我曾经读过你的一篇小说,内容记不清了,甚至连名字也忘了,但是有一句话我至今没忘——凡手摸不到的就是远。

男人:我写过这样的句子。

记者:很精彩。

男人:其实很片面。有时候一张纸就是一堵墙,海与岸之间也存在着距离。

记者:这话也蛮有意思。

男人:别记了,你这样让我紧张。

记者:我觉得你很矛盾。

男人:人都矛盾。

记者:我仔细读过剧本,整个基调实际上很悲观。

男人:我就是个悲观主义者。上回你说你读出了我的几分尴尬,倒不如说你识出了我的沮丧。

记者:沮丧?

男人:男人到了这个年纪,才体味到沮丧。从前讲孤独、讲痛苦之类,基本上是无病呻吟,很矫情。孤独的人是从不言孤独的,就像风中的一棵树。

记者:你所言的这种沮丧是……

男人:很简单,没有能力把日子过好。我羡慕那些会过日子的男人和女人。

8

那年在杭州时,做房地产的朋友曾问起过他们的关系。男人侃侃而谈,话语间流露着掩饰不住的骄傲。朋友说,你们可够浪漫的,搞飞行幽会。朋友接着又说:这浪漫过不了三年,不信你等着瞧。

果然是不幸言中了。

去年他去北京,在民族宫门前又与那位朋友不期而遇。他们便去咖啡厅闲聊。朋友对男人的一些事略有所闻,上来就问:你们完了吗?不等男人回答,朋友又往下说道:怎么样,我说过不了三年吧?这种事不能当真。男人说:我是认真的。朋友摆摆手道:那不叫认真,叫投入。认真是不会那么快就上床的,当然也就不会那么快地下床。男人说:我时常想起她,很怀念。朋友就笑了,说你怀念的不过是一个女人的名字,偶尔想想,暖一下自己。你一离开海口,我就知道这事没戏了。就是你再让她飞到北京来,热乎几天,分开后照样是没戏。海口不是家,是个临时码头。你见过在码头睡一辈子的人吗?

朋友这段话,后来被他写进了剧本。现在又成了剧组广为流传的一个警句,用来教训几个四处泡妞的小子。这两个月下来,剧组内部倒没有生什么乱子,大家的注意力全散到外面去了。听说有两个女演员时常被大奔驰接去吃夜宵。自然还有不少男人把钱送到小姐手里,其中有个别人偷偷去医院打一种进口消炎针了。剧组就是这么一个烂摊子。或许是地理的原因吧,这儿毕竟是中国的南方之南,是一个岛。岛总是和寂寞联系在一起的。当年上岛的那些人大都是淘金者,但也不乏寻梦者。人需要一部分活在梦中。是梦,便有醒的时刻。道理很浅显,似乎没有什么想不开的。问题是,一个人不能去重复做一个梦。一个已知的梦本身就是枯燥。

离封镜的日子越来越近了。所有的重场戏都已拍完，余下的过场戏收拾起来其实只需要一周时间。但作为导演的他有意放慢了节奏。他对制片主任说：最后阶段还是缓一点吧，免得出错。弦绷得太紧会断的。

今晚又没有安排夜戏。剧组的几个人想邀他去狮子楼喝啤酒、听京剧段子。他谢绝了。他打算去拜访过去的几位朋友。正要出门，女人来了，还带了一些水果和一件 T 恤衫。

女人：我来得不是时候吧？

男人：要是晚十分钟，就白跑了。

女人：那你忙吧。

男人：没事，坐吧。我给你沏茶。

女人：我带着矿泉水。这儿说话方便吗？

男人：没什么不方便的。

女人：我明天去三亚，大概要住上几天。我怕你很快会走——你走之前还会给我打电话吗？

男人：当然会。我一周之内不会走。剧组也有去三亚玩一次的安排，我不打算去了，太累。

女人：这把导演瘾过得如何？

男人：没意思。自找苦吃。

女人：你不是早就想圆这个梦吗？

男人：这算什么梦？纯粹就是为了挣钱。

女人：这也不错。

男人：对，没钱我哪敢见你？

女人:你又来了。

男人:我说的是实话。以前你在电话里总埋怨我不飞回来看你,其实……

女人:你往下说。

男人:其实那时我拿不出那八万块。我甚至连往返机票的钱都得去借。

女人:我没要求你找到钱才回来。

男人:不,你要求了。

女人:那是赌气的话。

男人:不是赌气,是十分明确的要求。

女人:你在拿这个当借口。

男人:借口?为什么?

女人:好轻松地与我分开。

男人:你这么想?

女人:我只能这么想。我分房子,你不回来;我生病,你照样是不回来。你让我怎么想?你把我一个人扔在了这个岛上!

男人:我扔你?我成什么人了?

女人:你连起码的责任都不负,逃之夭夭,我恨你!

男人:好好,你恨够了吗?

女人:一提这个我就来火。

男人:我们出去走走吧,免得火气下不来。

于是他们就开车往秀英港方向去了。这条道很宽,男人挂着四挡，沿路的椰树飞快往后撤去，风紧紧地刮在脸上。这是一个恍惚的夜晚，却拥有一轮明净的月亮。现在他们停车的地点应该是城市背后。这儿有风。不远处是停泊在码头的船，它们的倒影映在水里很优美。男人和女人都注视着那片倒影。过了一会儿，他们才把谈话继续下去。

女人：海口是没戏了，只剩下一些风景。

男人：这儿就是个玩的地方，我一直这么看，没想过在这岛上扎下去。

女人：我的情况不同。我是正式调过来的。

男人：这是个问题。

女人：什么问题？

男人：我是说，我们从一开始接触，各自的考虑就不一样。你稳定，而我是在流动。

女人：这又怎么样？

男人：稳定带有归宿感，你就得找丈夫，买房子，置办一些乱七八糟的东西。我呢，只需要揣着身份证和信用卡，顶多再拎一只箱子。

女人：你打算这么漂上一辈子？

男人：我不知道。我不喜欢从前生活过的城市，回故乡又觉得早了点。但我也讨厌这种“在路上”的日子，这两年我住了四个城市，住的全是标间——陈设都差不多，有人叫我“住标间的男人”。我总是在出差，一进标间就觉得时空没发生变化，见不到自己熟悉的东西，就闷。还有，电话号码不断在变，一些朋友无法与我联系，我差不多让人遗忘了。

女人:你这都是自找的。男人不要家,女人又何必要这种男人? 不怕你伤心,我现在对我们的分手不觉得后悔。

男人:这我知道。所以你不能说是我在找借口。

女人:那是另一个问题。

男人:你调整得不错,我很高兴。

女人:……

男人:我知道你这两年也不容易……你现在可以结婚了。

女人:我有这个计划。你呢?

男人:暂时还没这方面的考虑,想再单纯地做几年事。

女人:你这人欲望太多。

男人:我必须强迫自己多做事。我得把每一天的时间挤满!

女人:……

9

后来男人就送女人回去了。女人现在的住处是海口南端新开发的一个小区,报社在这里有两栋楼。小区的环境尚在完善整理中,不过道路已全修好了。男人随着女人的指示,把车一直开到楼洞面前。女人住在四楼。

男人:房子不错,装修了吗?

女人:春节前刚完工,要不要上去看看?

男人:算了,你明天一早去三亚。

女人:那好,谢谢你送我回来。

男人轻巧地调过车头，落下窗玻璃对女人挥了挥手，离开了。出了小区门口，他把车停在路灯照不见的地方。男人望着远处那栋楼的一个窗口，期待着里面亮起灯光。但是那窗口一直黑着。男人想，此刻女人可能就立在窗前。男人慢条斯理地吸完一支烟后，重新发动了车。他有意把车滑到路灯下，突然提速插上大路。这个晚上男人又在城里兜了一大圈，觉得眼下发生的这件事怎么看都像是一次外遇的前奏，尽管这外遇缺少应有的刺激。一对曾经相爱的人在分手两年后又开始了勾引，故事正朝着低俗的趋势发展，让人啼笑皆非。但十分地真实。人就是这么一个怪物。背靠背时你把一切理得清清楚楚；一旦脸对脸，这些便全乱了。女人说得对，再见是个错误。

已经很晚了。

男人又用水淋了一遍身体，草草揩了揩，只穿上一条小短裤。他坐到椅子上，像接受一次审讯那样注视着墙上比自己高大的影子。与影子也是可以交谈的。

你也认为重逢是个错误?

是的。我们不该再见面。

你完全可以避免这次重逢。你把那张支票寄给她又有什么不妥?

我想过，但放弃了。近在咫尺，不见不近人情。

不，你其实在向女人炫耀。你看，我把你的钱找回来了，现在我亲手交给你。

我只想兑现诺言。

你是想看到女人拿到钱之后的尴尬。甚至以此引起她的自责和后悔。你最想看到的是这个。

我是真心想了却一笔债务。

这是否有点自欺欺人?

我可能有一点失误了,不该选择黄昏去做这件事。如果在上午,或许会简单一些。黄昏总是容易让人伤感的。

那是个虚伪的黄昏。

如果拍出来还是逼真的。

同一张负片上,黎明和黄昏没有界限。日出和日落的意义都是人为的,不是吗?

这没错……

所以重逢怎么看都不像是一个故事的终结,倒更像一幕戏的开始。你们都在演戏给对方看。比如说刚才……

刚才怎么了?

刚才你难道不想上楼吗?

我确实动过这念头。

女人也在等待着你下这个决心。

如果我上去了,进了那间想必是布置得很漂亮的房子,我担心……

你担心会看见一双陌生的大拖鞋?

我想是的。

你甚至想象得出那双大拖鞋的颜色。

我觉得是蓝色的。

你不认为蓝色是你的专利吗？

可现在这个专利已经转让了。

你再打开你边上的这件T恤，肯定也是蓝色的。

我不想打开。

你也不打算穿它？

现在我觉得还是光着身子舒服。

本来，你这个时候已经在床上了。

不，我不会上床。

那么就在地板上。你的嗅觉历来灵敏，那床上有你不喜欢的气味。

我没有想同她做爱的意思。

不对，你回答得不诚实。

事实如此……

事实往往不重要。当你们在那家三味茶社重逢时，你们已经重新占有了对方。床上不过是一次印证。

……

手机突然响了，声音显得特别尖锐。来电显示的还是那个号码。男人听见女人的声音很惊慌，就问：你怎么了？

女人：我看见了一只耗子！

男人：耗子？

女人：我不敢睡了……

男人：没事，耗子不会上床的。

女人：我不睡，浑身痒痒……

男人:再冲个凉吧。

女人:要是耗子在洗澡间呢?

男人:奇怪,新房怎么会有耗子呢?

女人:你这话什么意思?

男人:我只是觉得奇怪……

女人:你是不是以为我在说瞎话?好让你再开车过来陪我?

男人:你怎么这么敏感?

女人:我告诉你,我还没那么贱!

女人把电话挂了。

10

几天后,这部电视剧封镜了。依照惯例,剧组这天晚上吃关机饭。制片主任事先企图以一条片尾鸣谢字幕来抵消这项开支,结果店家临时变卦了,好说歹说才同意打七折。这最后的晚餐气氛也没有预想的那么热烈,几个女人下午就陆续消失了;另外几个男的也出去和别的女人另摆了台子。制片主任很高兴,因为这样可以减掉一桌,折算起来等于打了五折,而且字幕也不需要打了。

男人再也没有接到女人的电话。这使他看上去有些阴郁。现在他感到有些疲惫,如果不是怕扫大伙的兴,这顿饭他也不打算吃。男人渴望的是立刻躺到一张软床上,蒙头大睡一宿。剧组明天的计划是去三亚观光,接着就解散了。这之后,男人将去故乡休息两周,再返回北京做后期。这样,大半年的时间便打发过去了。在北京的日子男人依旧是住标间,这让他烦恼。他曾设想在北京租一小套普通公寓，这样可能会亲切一些。但一想到生活上那堆琐事，设想很快就放弃了。

我得尽快有个家。男人多次这么想过。我需要一位贤淑达理的妻子。原以为这不是个问题，然而试过几次，男人有些失望了。男人觉得自己和异性交往中总横着一道无形的影子，构成了比较与参照。他注意到走近的女人们如今都文有眼线，明亮的眼睛越发可疑。其实男人心中已有了一个模式，他不希望这样。他希望的是获得一种全新的生活，而不是对过去的抄袭与临摹。男人最大的沮丧就是这个。

那位女记者端着干白葡萄酒过来了。

记者：祝贺你。

男人：谢谢。

记者：我想这会是部成功的作品。

男人：电视剧谈何成功？我不过是把它做完了。

记者：明天你不去三亚？

男人：我有点倦，你们去玩吧。三亚是个不错的地方。

记者：我知道“天涯海角”和“鹿回头”。我更喜欢“鹿回头”这个名字。

男人：传说也很美。不美的是那座雕塑。

记者：传说从前有一个猎手，手持弓箭追逐一头跛鹿。追到悬崖上，正待张弓，那鹿变成了一位少女，于是一场杀戮演变成了千古绝唱的爱情……你不觉得不可思议？

男人：爱情有时也带点血腥味。

记者:暴力在征服爱情。

男人:也可以说,爱情在向暴力投降。

记者:这爱情未免太脆弱了。

男人:爱情本来就是最脆弱的东西,可以向任何东西屈服,权力、金钱、时间、空间……

记者:我为那头鹿惋惜,她不该回头。她难道没看见面对的是一张弓吗?

男人:但她更重视一个男人。回头自有回头的道理……来,为鹿回头干一杯如何?

记者:这该是杯苦酒。

男人:到了明天,你仍会在那儿拍下许多照片的。

……

宴会不多时便草草结束了。天突然下起了雨,伴有强烈的闪电和浑浊的雷声。男人被拦在一家出售盗版 VCD 光盘的小店里,这儿正放着《布拉格之恋》,苏联的坦克刚刚冲进沉睡的城市。那是个极端恐怖的夜晚。接着是惊讶不已的特丽莎。然后镜头切到了翌日清晨,柔弱的特丽莎挤在抗议的人群里第一次对苏军坦克举起了相机。她不断揿按着快门,一名军官拔出手枪对着镜头嚷着——这是用广角镜头拍的,因此手枪显得特别的大。手枪指着特丽莎,然后是“砰”的一声——这不是军官的枪声,而是特丽莎的快门声,这是主观的音响……

男人还是捏了一把汗。这片子他曾不止一次地看过,而且这不过是一部电影,担心似乎有点可笑。外面的雨越下越大,雷声也渐渐近了。小店的老板骑着摩托湿淋淋地进来,对自己女人说:收摊吧!今夜弄不好有地震呢!女人问道:谁说的?老板说是听军区的一个朋友说的。男人在一旁笑了笑,觉得很荒唐。能预报地震的人绝不会待在这个岛上。可是,男人又想,两年前海口确实是发生过3.8级地震的,那一次震中在北部湾。那一次他在哪儿?杭州还是北京?总之是在某个城市的某个标间里。当时他在看《新闻30分》节目,得知海口昨夜有了地震。他立即拨通了女人的电话,但回应的是一串空洞的忙音。他这才意识到他们已经很久没联系了,这个号码已没有多少意义。男人在那一天里懊恼而沮丧,情绪怎么也调整不过来。似乎有一种预感,过去的一切已成为记忆。

这场雨看来一时半刻难以结束。男人走出小店,很快就给打湿了。雨打在脸上有点疼。跑回住地,男人用浴巾揩干身体。他的脏衣服已有一堆,晾着的也没见干。我只能穿这件了,他拆开那只牛皮纸包装袋,T恤果然是蓝色的。男人穿上它。刚才淋雨的感觉使他穿这件衣服时特别的舒服。然后,他慌乱地拿起了车钥匙。

11

女人:雨说来就来……

男人:我不是雨。

女人:是来向我辞行的?

男人:就算是吧。

女人:那你已经做到了。

男人:要是我妨碍你了,我马上就走。

女人:你看着办吧。我这儿不许抽烟。

男人:今天我是客人。

女人:我没有抽烟的客人。

男人:你男朋友不抽烟?当然,他不能算客人。

女人:他不抽烟。

男人:男人应该抽烟,这话是你说的,是吗?

女人:我记不清了。

男人:不过在这么漂亮的房子里抽烟确实让人惭愧。这房子不错,布置得也好,浅黄的基调用蓝色点缀,很雅致。我喜欢窗帘这种蓝,和你从前那件睡衣的颜色很接近,还有这件T恤……这电话怎么摘了?

女人:别动。今晚我不想接任何电话。

男人:出什么事了?

女人:没有,就是不想接。

男人:这屋里每件东西都是新的,包括垃圾桶。

女人:就人是旧的。

男人:人也是新的。你和以前不一样了。

女人:是老了还是丑了?

男人:不,不是模样。

女人:那是什么?

男人:我也说不清。

女人:是你的感觉变了。

男人:也许吧。这间是书房?

女人:不想参观一下卧室?

男人:算了,那是私人领地。

女人:我倒希望你看一下。

男人:你是在挖苦我,还是示威?

女人:我不敢。我怎么敢呢?

男人:你想让我看看床是吗?看看两个枕头是否并排放着?

女人:既然是客人,说话就该客气一点。

男人:好好,我马上走!

女人:你就不该再来!

男人:是的,我昏头了……一个家伙胡说今晚会有地震,我他妈的居然相信了!可我急着赶来只为了参观一个女人的卧室,欣赏一张大床……

女人:不,不是一张床……你过来,你过来看看清楚!你看见了吗,浑蛋?

男人:我看见了……还是那张席梦思……

女人:我什么都扔了。唯独舍不得扔的就是它……你嗅嗅!你嗅嗅你从前的汗味!

男人:……

女人:好了,现在,你可以走了。

男人:我有点累……

女人:你最好躺到沙发上去。

男人:这床有一半还属于我。

女人:你还是起来吧。我们谈谈。

男人:我不想谈。

女人:我们去客厅,面对面地谈谈。如果今晚真有地震,这也算是一个不错的结局。

男人:死在床上比死在沙发上要好一些。

女人:问题是没有地震……

男人:我们假设会有……

女人:不,我已经经不住假设了……

男人:我不觉得是这样。

女人:你走之后,我只假设过我们曾经有一个孩子,但很快打消了。

男人:打消是对的。

女人:我们中间隔的东西太多,一个孩子是解决不了问题的。

男人:何必要解决什么问题呢?我们本身就是问题,谁来解决我们?

12

两天后,男人撤离了海南岛。

因为补拍一个镜头,男人仍需要再坐一回船。天空一片湛蓝,白云像羊群一样笨拙地移动着。海口渐渐远了,海水也越来越蓝。男人立在船尾,出其不意地对着模糊的海岸线大喊了一声。

那位女记者诧异地问道:导演,喊什么呢?

男人说:喊一位朋友。

记者一笑:这么远,能听见吗?

男人说:听不见,但我需要喊一声。

1998 年 12 月 11 日　北京

(原载《江南》1999 年第 2 期)

重　　瞳

——霸王自叙

1

我要讲的自然是我的故事。我叫项羽。这名字怎么看都像个诗人，其实我自己早就觉得是个诗人了，但没有人相信。而民间流传的那首“力拔山兮”又不是我的作品——我不喜欢这种浮夸雕琢的文字。我的诗倒是真有不少，可我却没有把它们刻到竹简上。我觉得最好的诗还是保留在头脑里好，也比较安全。文字是个奇怪的东西，有时候它可以把人事固定下来，这大概就成了你们所说的历史吧？于是你们就根据这些文字去揣摩从前发生的那些事儿，但你们至少是忽略了一个问题——写历史的人又是如何知道“从前”的？而且据我所知，这个国家一般主张后人撰前史，就是说，对当时发生的事是不允许做记录的，就是你记下了也不算数。这很有趣，好像后人总是高明一些。有一种较为普遍的说法是，拉开一段距离才能看清楚。这让我困惑，当时看不清的难道“拉开距离”就看清楚了？不过，我又很理解。当时的人——我指的是那些所谓的“历史人物”，总爱把自己描绘得很漂亮，所以不那么可信。这一点，嬴政那家伙是个高手。他之所以要把那些书以及写书的人全搞掉，就是想把“从前”一笔勾销，一切从他开始，这未免也太天真了。关于历史,我说不出更多的话语,但我一直在思索着。有一天清晨,我在乌江边上吹箫,碰见一个孩童,我就随便地问他:你懂历史吗?历史是个什么东西?那孩子认真地看了看我,突然说了句让我惊讶的话,他说:当人坏了历史就开始了;当人变好了,历史就结束了。这孩子说完就在我身后消失了。我还愣在那里,觉得这件事很奇怪。我想这孩子分明就是个奇人,让我想起张子房曾吹嘘过的那位黄石公。我承认这大千世界确有奇人。但我不是奇人。我不是你们印象里的那个"力能扛鼎"的大力士,我的身高也没有八尺,非但不是,我自觉修长而挺拔的身材还散发着几分文气。我知道民间关于我的传闻,比较正宗的源头还是西汉那个叫司马迁的太史公。他写了我的本纪,慷慨给我以帝王君主的地位,把我写得挺好,至少写得比后来真的帝王刘沛公好。我想这或许与太史公当时的境遇有关,这个人不过是为李陵说了几句好话,就无端地让武帝给废了。但他仍然是个男人,他大概把自己作为男人的种种理想一揽子寄托到了我的身上。这让我同情,也让我多少有些尊重。所以我还是要感谢他——不是因为他视我为帝王。那年我到咸阳后,要称帝比写一首诗还容易,我想这大概不是海口狂言吧?我要感谢太史公,是觉得他把我的故事大致说得不错,但那还是一鳞半爪,而且许多地方不是那么回事。这就是我今天要出来说几句的原因。我没有别的意思,反正我已死过了两千多年,问题是有些事只有我自己知道,我要不说,就会越传越邪乎,以致我到现在莫名其妙地成了戏台上的一个架子花脸。这让我沮丧,我极不喜欢那个怪异的脸谱。它让我想到神魔,而我是人,是个有诗人气质的男人,是出色的军人。我死的时候也不过 31 岁,用你们今天的话说,我完全称得上是朝气蓬勃。

有一个叫周生的人曾告诉太史公,说从前的虞舜是目生重瞳,而我也是。太史公用了个“盖”字来表示对这说法谨慎的怀疑,但这恰恰又是真的。我想我的故事还是从我这重瞳子说起吧。

我也是很迟才知道自己生有重瞳的。那是公元前 210 年春天的一天清晨,我和叔父项梁从吴中来到这乌江边上度假。像往常一样我三更即起,然后就在院子里开始舞剑。我不喜欢我这把剑。我一直向往得到的是从前楚王散失在民间的那对青锋鸳鸯剑。这闻名天下的兵器出自干将莫邪之手,三年铸成。据说这剑带给人的不仅是胆略,还有灵气。我渴望它已经很多年了。然而这个早上我还不知道这剑对于后来的我具有更为深重的意味。做完这件事,我就去乌江边上吹箫了。我觉得这个时候吹箫很舒服。箫这乐器天生就是吹给自己听的,不能让别人欣赏。我不信乐谱,吹的大概要算自度曲吧,但它又严格遵守了我们楚歌的韵律。我们楚歌的韵律是十分丰富的,从不受五音的约束。它的魅力不在于气势辉煌而在于本质上的悲怆。我每次的吹奏感觉又都不一样。那正是我短暂的一生中最早的忧郁时光,我思念着很久以前死去的祖父。关于这一点,太史公说的不对,甚至非常错误。我祖父项燕并非死于秦将王翦枪下,他是饮剑自尽的。虽说都是一个死,但之于军人,自裁无疑是光荣的。这个细节我之所以喋喋不休,是因为太重要了。它不仅仅是关乎我项家的荣誉名声,更要紧的是它预示着宿命。很多年后,某种意义上讲我的归宿实际上也是对我祖父的一次公开模仿。那一刻我想,一个人的血液是没有办法改变的,我们项家祖祖辈辈为楚将,死不足惜,但的确要考虑怎么个死法。或者说,要选择死亡的方式。像后来我叔叔项梁那么个死就太窝囊了,人家喊了他几天的武信君他就牛皮烘烘,整天价地喝酒,结果让章邯十分轻松地就把他给砍了。这也是我后来不杀章邯的真实原因所在,据说他让我叔叔与他比画了几下,还了他个大致的军人本色。而章邯本人却当了我的俘虏。

我祖父的死对我打击很大。他是个没有野心的人,却又不甘寂寞,好像不打仗就活不了。那年王翦掳了楚王,他又扶昌平君为王,接着干。最后在一个雨夜,老人让手下把他的头颅和一箱兵书交给了我这个做孙子的。这让我很为难,也很困惑,我知道祖父这个举动暗示着什么,尽管那时我不过是个孩子,但我实在对驰骋沙场马革裹尸兴趣不大。我想那时我内心还是非常虚弱的,某种意义上,我对嬴政那家伙还很含糊。他荡平了六国,一统江山,成了中国第一个皇帝,我不可能不含糊。直到这一天,事情才起了变化。

这天早晨我忽然觉得眼睛变得特别明亮。我站在乌江边上,好像目光把江水给劈开了,一眼就能望见底。这无疑是个奇迹。我就捧了一捧水来照自己,然后便看见了我的每只眼睛里居然有两个瞳孔!而且它们正朝一块叠呢。越叠就越发地清晰。我有些不知所措,就好好洗了把脸,想让自己清醒一下。我一边犯嘀咕一边沿着江岸往东走,还是觉得这事太像个梦。这时,我看见了江心的位置上沉有一支画戟,很漂亮,但是我没有下水去把那东西捞上来。或许那时我已预感到,要想得到那支画戟,接踵而至的便是无边的麻烦。这是我所不愿意的。后来我走到一个坡上,坐下来,想借吹箫来把刚才那点奇怪忘掉,我不太喜欢这种神神道道的东西,虽然发生在我身上的这件事是真实的,但我也还是不喜欢。我就开始吹了。当时我背靠着乌江,面向北,吹起的箫声听起来的确有几分悲凉。我不知道这算不算亡国之声,但在这浑厚凄切的箫声中,我又一次地看见了我祖父项燕的背影。这样我自然就有些伤感了,想我们项家曾几何时那么风云叱咤,如今隐姓埋名地活在这吴中,与一些鸡贼狗屠打得火热,很没面子。我叔叔项梁还自我感觉良好地与那些人谈兵法,似乎随时要东山再起。但他的"起"与他父亲的"起"完全不同,他要的是那个贵族派儿,要万人拥戴的威风。这大概就是我这个侄儿最轻视他的地方了。说实话,凭我的能力要是诚心帮他,将来打出个地盘封个王侯什么的也并非难事。问题是这会送他的命的。他这种人捉起来是条虫子,放了就变成了龙,要不当年曹无咎好不容易把他从栎阳大狱里弄出来,怎么立刻就去寻仇呢?为这事我们还大吵了一顿,我说过去的事算了,别再追究了。他不听,还是把那人杀了。杀了就跑,就这副德行。所以我不愿意把刚才江底的那支画戟捞起来。我倒觉得一辈子就这么吹吹箫也挺好。

我的眼睛又出神了。怎么视野里的北方渐渐变成了绿色?而且这绿还越来越浓,像一块绿云似的朝这边汹涌而来。它当然十分遥远,我捉摸着那大约是几千里之外。难道是北方的草原?难道我这两个瞳孔重叠起来就成了千里眼?这可是连我都不敢相信的呀！然而我看见的就是一望无际的绿色。我很喜欢这颜色，据说它代表着生命的久远，我倒觉得它更象征着生命的质量。我虽困惑不已，但心情十分好。这种情绪真是离我很久了。于是，我就沉浸在这无限的绿色向往之中重新吹奏，我觉得我这把箫传出的声音也同样非常遥远。那时我还不知道这是个刻骨铭心的早晨，它发生的一切对我都是意味深长。

我刚吹完一曲，我叔叔项梁就匆匆跑来，看看四下无人便诡秘地对我说：你知道吗？今天嬴政从浙江那边过来了！

我就随口问道：你想干什么？是不是想学张子房搞出个博浪沙第二？

项梁突然变得有些害羞，说哪里哪里，我不过是想带你去见见世面。

他这个样子让我很不舒服，远没有在栎阳杀人那阵子神气。不过我还是有兴致，也就想去看看这个秦始皇帝是何等的人物。于是，我们叔侄俩连早饭也来不及吃就骑马往会稽城赶去了。这是公元前210年的春天，吴中的气候很不错，晨风带着朝露迎面吹过来，惬意得很。我们是抄一条年久失修的旧官道赶往会稽的，一路上项梁对我数落嬴政，说那小子心狠残暴，十恶不赦。我就开玩笑说，你敢对他动手吗？项梁长叹一声，说：我已是烈士暮年，雄心不再。我还是调侃道：那你干吗还成天舞枪弄棒的？项梁不禁苦笑道：我项梁毕竟还是将门之后嘛！后来他就不再说了，神情也变得沮丧起来。

我对始皇帝嬴政最大的不满倒不是他的残暴而是他的虚伪下

流。这么大的疆土把它统一起来,不杀人是办不到的。但是在他完成了他的使命之后,再这么干就不可理喻了。他把那些儒生也杀了实在是毫无道理可言。而且更卑鄙的是说他们企图谋反。他们这些手无寸铁的书生能反什么?拿什么反?倒是他大公子扶苏是个明白人,劝他父亲别这么乱来。嬴政说,你小毛孩子懂什么?这可不是一般的事,是他娘的政治你懂吗?嬴政就是这么个货色,虽说当了始皇帝,可骨子里仍是个下流坯。从这个角度看,民间私下传的他是吕不韦的种便不太可信。吕老头还是个学富五车之人,不会弄出这么个玩意儿。还有一件事叫我愤怒,就是那年他去湘水,不去朝拜湘君祠也就算了,反倒一把火把整个湘山给烧了。那感觉就是把湘夫人削发为尼了。他倒是振振有词地说,不就是尧的闺女舜的婆姨吗?女流之辈还称什么神呢?这不是流氓是什么?可是现在,他又装模作样地来会稽城祭祀大禹庙了。

虽是快马加鞭,我们还是晚了一步。我们到的时候已近黄昏,去禹王庙的路上全被人堵住了。这倒诱发了我的好奇心,而我叔叔的则更为强烈,就埋怨这消息如何走得这么快。看来这人一当上皇帝就是他妈的不一样了,似乎连放屁也觉得是香的。我就看了看项梁,又替他惋惜了一阵,心想你这辈子就别做这个梦了。我们站在一个坡上,项梁便说这个位置看不清楚,就想往人堆里扎。我拉住他,说:就这吧,不就是看一眼吗?我当然没说我今天眼睛发生的奇迹。这时猛听见一阵锣声,有人高叫道:皇帝出巡,天下归心,今日祭奠禹王,明朝五谷丰登。听起来不伦不类。百姓们全都跪下了,又都翘首以待,一睹皇帝风采。项梁急不可待地搓着手,还真像个刺客,嘴里的口水都流到了下巴。这形象让我讨厌,就用胳膊肘碰了他一下。他却说:别动,皇帝就要出来了!

正说着,我看见从大庙正门里走出一个瘦弱而略显佝偻的形象,面色苍白,额头上尽是虚汗,他的须髯也夹杂着枯黄,这就是那个独断专横不可一世的嬴政?真难以置信!就在我踌躇中,我看见始皇帝打了个喷嚏,居然还把裤带给挣断了,内裤像肠子一样淌到了脚下。我忍不住地笑了起来,这和我18岁那年在茅房里几乎一模一样,区别是,我一个喷嚏挣断的是牛皮带而不是黄绫带罢了。于是,我就低声对叔叔说:你信吗?我可以取而代之。其实我不过是开个玩笑而已,谁料却把项梁给吓坏了,他竟把我的嘴捂住,厉声说:小子,这可是要满门抄斩的呀!我推开他那只粗糙的大手,然后就扬长而去了。那时我想,这一趟跑得太他妈的冤枉,早知这样,我还不如在江边安静地吹我的箫,看天边那片奇异的绿颜色奔我而来。那才是我该期待的悬念。

2

自从在会稽见过始皇帝一面,我叔叔项梁就想教我兵法。在他看来,那次我口出狂言却是表明了我的远大志向。他当然不知道这不过是我的信口开河。其实项梁要教的都是我祖父传给我那一箱兵书里的东西。那些书我早偷偷看够了,可以说是倒背如流。所以现在项梁来讲说,我就打不起精神。于是他就怪我没出息,只晓得像个食客那样成天摆弄一根箫。我呢,又不想去伤他的自尊心,反正就是心不在焉地听着吧。谁叫他是我叔叔呢。这一点,当然太史公不会知道的。在他那里,我俨然是个有勇无谋做事缺乏恒心的人。这就错了。我这个人的确不信邪,但我崇拜真有学问的人。譬如说,我就很尊敬孙武。我觉得他的兵法是独一无二的宝贝,真能读通它的人却不多。其中就有我这个叔叔项梁。

那些日子我格外怀念我的祖父项燕,如果他老人家健在,我想我会成为他消灭秦王朝的得力助手。现在我对嬴政的畏惧随着他那个不合时宜的喷嚏完全消除了。我的直觉告诉我,此人不是我的对手。这个时候我就觉得从前的楚南公那句话显现出了如雷贯耳的力量,那老人说:哪怕日后楚国只剩下两三户,但灭亡大秦的还是我们楚人。所以亡秦是我们楚人的使命。现在看来,就是我项羽的使命了。其实依我目测,嬴政这个皇帝气数已尽了。我甚至都敢断言,这个人没准儿在巡视的路上就会一命呜呼。他的气色已经是死亡的气色,他那个喷嚏某种意义上就是回光返照,那是他最后的一点力气。可我并不希望他就这么死掉,我希望他将来死在我的剑下。但是有一点一直困扰着我。假如我们消灭了暴秦,天下姓了楚,那又怎么样呢?这困扰总让我想到雨天里冒雨奔命的人,他们就知道一个劲地往前跑,从来也没想过前面也一样是雨,等他跑累了,差不多也该淋成落汤鸡了。也许我这么想有些消极虚无,但事情本来面目就是如此。谁能保证楚家的天下就是太平盛世呢?我担忧的就是这个。这也是我后来同意把楚王孙心寻回来的原因。我项家的使命是辅佐天下,而非坐天下。我尽了职责,却也在逃避更大的职责。所以太史公把我列入“本纪”,我个人是有点看法的,觉得不妥。我在生之时连做真的帝王都放弃了,死后却来了这么一个“相当于”,多无聊!

我对所谓的江山与生俱来就没有兴趣。我忘不掉的是北方的那片绿色。这绿色现在越来越浓了,在观察它九个早晨之后,我发现有一个黑点在绿的背景中跳跃。但我还不知道是何物,相信它是个生命,我的好奇心与日俱增。第十天,也就是今天早晨,我终于看清了那是匹马,直奔我而来。我一望就明白这是匹日行千里的好马,威风凛凛,气宇轩昂。它那漂亮的行姿竟使我忘记了吹箫!现在,它已逼近了我,它的鬃毛在阳光下熠熠生辉,像飘舞的旗帜。我就下意识地站了起来。谁知这一站却把它给惊吓了,它长嘶一声扬起前蹄,把一个白色的东西掀到了空中,就像一片白云自九霄而落。我大吼一声——吁!那马儿便像听见军中号令似的刹住了脚,与此同时我已向前大跨了一步,接住了那片白云,这时我才看清我托在手里的是个姑娘。这倒是让我始料不及。

姑娘很美,可是因为连日的长途跋涉,脸上略显出疲倦,她好一会儿才睁开眼,见了我自然有些害羞,就问:这是何地?我就说楚地。她突然变得有些感伤,说:我总算是到家了。姑娘说她离开楚地已有好些年,对这块土地都觉得陌生了。那会儿为了躲避战祸,她被家人送到了辽西郡那一带去放羊。我问父亲什么时候才能把我接回来,姑娘说,父亲就一下沉默了。好长一会儿才说,等你听见楚歌的旋律那一天吧!我就等了一年又一年,直到十多天前……

姑娘的叙述让我听了很不是滋味。我想她至今大概还蒙在鼓里,以为我们楚人的奇耻已雪。我不知该怎样对她解释,可对着这样一双明眸说瞎话又不是我项羽的专长。我就说,你听见的还只是个前奏。她一下就明白了其意,默默点着头,然后又用宽容的眼光看着我,说:即使是前奏,那也是我们楚歌的前奏啊!楚歌若再不吹响,恐怕就失传了。这简洁的表白给我带来的鞭策却是异常巨大的,我从这姑娘眼中获取了男人最引以为自豪的东西,那就是信任。这一刻,我感觉自己像是爱上了她,可我毕竟还没有恋爱的体验与经历,还是显得有些局促。于是我就问她,你叫什么名字?姑娘说:你不是已经知道了吗?我正困惑,姑娘又说:你刚才不是喊了"虞"吗?我就叫虞。

我和这个叫虞的姑娘就这么认识了。这是我生命中的第一个女人,也是最后一个女人。反过来对她也一样。所以说我们是很幸福的。这并非我不好色,而是我从虞身上得到了女人的全部。她带给我的是一般女人所不能给予的,那就是一个男人的自信与尊严。关于虞的故事,太史公着墨吝啬,一笔匆匆带过。倒是几千年后戏台上出现了一些以她为中心的戏文,特别是经过一位叫梅兰芳的先生精彩表演,使虞的形象家喻户晓。但那个戏本身不得要领,演到最后倒像在挑拨我们夫妻关系似的。舞台上,虞趁我一不留神拔剑自刎,以此表示她对我的绝望。而真实的情况是,虞是在我的注视下从容自若地死去的,这个我后面再谈。

我和虞的相识就这么简单,但意义却是非同寻常。我不是夸耀这种不可思议的传奇性,我要说的是,她这一出现便结束了我内心长达八载的矛盾。那时我就觉得对自己的使命已是别无选择,我必须振作起来,去找我的敌人嬴政。我岂能让楚歌永远"前奏"

下去？当天晚上，我就潜入了乌江，把那支漂亮的画戟打捞了上来。这真是天下独一无二的好兵器！它的造型在清冷的月光下是那样的漂亮，它锋利而灵便，手感舒服，它使我再次向往传说中的那对青锋鸳鸯剑了。然后，我去找了我叔叔项梁。我对他说，我们该干了！那时候项梁正在喝酒，听我这一说，那双醉眼顿时就亮了，接着又暗淡了下去，就问：你说我想做张子房，那么现在你不是想当荆轲吗？我说，不，你误解了我，我不是想去当刺客，我也压根儿看不起刺客这类角色。我是想公开亮出旗号，招兵买马，向嬴政宣战！项梁就突然哈哈大笑起来，说：你这口气可比你爷爷大多了。宣战？你拿什么宣战？

然后他又说：我看你是让那个拾来的丫头搞昏脑子了吧？

我很生气，一把掀翻了他的桌子，说：你可以侮辱我，但我不许你侮辱我的女人。你记住了！说完我就走了，走到院子里，顺手一挥画戟，便把那棵海碗粗的槐树给拦腰斩断了。

因为这点不愉快，我和叔叔一个夏天都没有说话。到了这年夏天快结束的时候，我听到了一个既兴奋又沮丧的消息——始皇帝嬴政果然行至沙邱就暴终了！

3

时间不经意地就过去了一年。嬴政死后本应由太子扶苏继位，结果遗诏让赵高李斯给篡改了，这两个奸臣联手害死了扶苏以及良将蒙恬，把那个荒淫无耻的胡亥扶上了台。我尤其憎恶李斯，他本是嬴政最信任的重臣，明知赵高与胡亥图谋不轨，却因想保住自己的利益，置人生大义于不顾，与那两个家伙同流合污。这个貌似正人君子的李斯和赵高那老狗还有所不同，赵高坏在表面上，很容易识破，李斯却坏在骨头里。嬴政干了那些坏事，其中不少与这个李斯有关。著名的焚书坑儒就是他出的坏点子。几年后，他儿子李由落到我手里，却让我另眼相看了。那时我想，虽是父子，但骨血却不是一脉相承。李斯能有这么一个为国捐躯的儿子，也算祖上还残存了一点儿阴德了。不过他这个做爹的是真的很不让我喜欢。

秦二世一登基，我就看出秦王朝的末日将至。所以我就对我叔叔项梁说，我们要想兴邦雪耻，机不可失！可项梁还是那句话：还没到时候。我知道他的意思是期待着更好的时机，暂时不做出头的椽子。项梁就是这么个人，既不安分，却也不轻举妄动。

那些日子我的生活由于虞的出现发生了很大变化。我们可以说是朝夕相伴形影不离。每个清晨，我们还是去乌江边上，但我现在不再吹箫了，而是沿着江岸去遛她带来的那匹乌骓马。这无疑是匹千里良骥，我很喜欢。但我有一点遗憾，就是我第一次与它相见时，竟把它给惊吓住了。我想这乌骓缺乏胆量，将来拿它作战恐怕困难。虞对此也觉得奇怪，她经验里这匹马很勇敢，是不好驯服的，于是她就说：或许是它遇见了真正的主人了吧。虞还说，你身上有一股子霸气冲撞了它，我想我们都是让这股子霸气征服了。很奇怪，从前我极不喜欢这个“霸”，现在忽然觉得这个字眼很迷人，我就告诉虞，有朝一日我要称王，就叫自己作霸王。虞似乎有些困惑，就问：你不是说你以后不想称王吗？我一下就沉默了，是

的,这话是我项羽说的,我不想称王,我只想正正经经地做个好男人,做个优秀的军人。但是,将来天下打下来了,我不称王又该由谁来称王呢?尽管眼下一切都不成为现实,但对这个问题我还是深感忧虑。我希望将来能带着虞,骑着乌骓,浪迹四方,去过那种诗剑逍遥的生活。当然,这之前我必须完成苍天赋予我的使命,把暴秦给灭了。我想这件事应该不会拖得很久的。

这个早晨我又把箫吹响了。那时候我的女人正对着平静的水面梳妆,乌骓在距我们不远的地方吃草。这静谧而恬淡的画面令我感动。这大概是我有生之年短暂的美妙时光了。我情不自禁地站了起来,想从后面去拥抱虞。突然一阵风迎面刮了过来,天色也跟着阴沉了,似乎马上要下暴雨。这是个变化莫测的夏天。与此同时,我感到自己的视野越来越开阔,以至于连脑后的风景似乎都看得分明了。我知道,在此一刻我的重瞳又分开了。这已不再叫我吃惊。我吃惊的是另一件事,那是几百里外西北方的消息。我把箫交给虞,女人从我的脸上看出了不平静,欲言又止。然后我抄起画戟骑上乌骓就去找我叔叔了。

你知道吗?大泽那边起事了!

大泽?项梁显然还不知道大泽为何地,就从枕头下面找地图。

你别找了,我说,应该是在蕲县的西南。他们肯定是干起来了!

项梁这才发出疑问:你何以知道?

我看见的!

看见的?你能看见几百里之外?

他鄙视了我一眼，很不耐烦地走开了。我想这也不为过，我的重瞳大概也只有我自己知道，暂时还不会有人相信我。

但是第三天头上，我的预言被一个叫范增的老头证实了。这个从巢湖边上来的老者是一个看上去很沉稳的人，鹤发童颜，目光深邃。据说以前与我爷爷有过几次交往。他此番来吴中，就是通报大泽乡的情况的。那一伙戍边渔阳的人因连天大雨所困，于是就揭竿而起了，领头的叫陈胜，另一个叫吴广。他们动作很快，范增兴奋地介绍说，如今已占领了蕲县，号称是项老将军的队伍呢！

项梁一下就生气了，说：他们怎么能这么干呢？那口气就像是人家偷了他的宝贝。

范增说：天下百姓都知道胡亥不当立，当立的是扶苏，于是就自称是项燕的军队，势如破竹，为扶苏的冤屈鸣不平。

这时我就插了一句：这也只是暂时的幌子，我们要的结果是灭秦。

然而不管怎么说，项梁内心还是兴奋不已的。我想现在他所说的那个时机应该是到了。不多日，响应陈胜“张楚”的人多了起来。关于陈胜，我知道的情况很有限。某种意义上我们也算是老乡，我们祖先受封的项地，与他家乡阳城相距不远。据说他敢造反，客观上的原因是不能如期赶到渔阳，怕掉脑袋。而主观原因则是不信王侯将相会有种，对世袭分封表示拒绝。这当然很豪迈，但是也反映出他内心的虚弱与自卑。否则，他何以会把一块写有“陈胜王”的白绫塞进鱼腹？而且又唆使那个吴广夜晚装狐狸叫“大楚兴，陈胜王”，玩这种鸡鸣狗盗的小手段？这么做的目的岂不也是想俨然装扮成一个龙种？至于谎称我爷爷的旗号我就不说了。说实话，我看不起这个。这是个素质问题，所以陈胜一拿下蕲县，他就迫不及待地自称陈王了。这样的王能久吗？

几天后，我叔叔项梁接到会稽郡守殷通的传话，要他立即去城里一趟，说有要事面商。这可把项梁吓坏了，以为自己的谋反起兵之心为官方所觉察，便要我一道前往。他说：今天这事非同寻常，你得事事小心才是。然后又贴着我的耳朵说，若是情况不妙，听我的咳嗽为号。他只要一声咳嗽，我就必须把郡守杀了。后来的事也就是如此，到了衙门，项梁进去坐下不到一杯茶的工夫，就响亮地咳嗽起来。于是我就冲进去把那人的头砍了下来。可是从那死人的表情看，我觉得他不像是对我叔叔怀有什么恶意，再说室内也没有个埋伏。我就问是怎么回事？项梁支支吾吾，说：我刚才给茶水呛了喉咙。我很生气，质问他：那你为何不拦我一下？我这把剑下还从来没有过冤魂呢！项梁有些尴尬，拍着我的肩说：杀了就杀了吧。言毕，这项梁就整了整衣冠，一手提起还在滴血的郡守头，另一只手托着郡守的铜印，威风凛凛地走到外面，高声对那些兵士们说：弟兄们，我就是项燕将军的儿子项梁！今秉苍天之意，决心与东南的陈王联合抗秦，是江东的子弟随我来！于是大家都对他跪下了。那时我就站在他的身边，剑上滞留的血腥气使我的心情变得异常恶劣。我知道，我被这个做叔叔的玩了一把。也就是从这一天起，我被无边无际的梦魇缠上了身，时常半夜里惊醒，我甚至感到，我这血管里流着的已不是我们项家那种高贵的血液了。我为此沮丧不已。我记得从会稽城回来的那天晚上，我和虞又一次来到江边，我想用沙子好好洗洗手，我讨厌那洗不掉的血腥气！后来，我们都沉默了，月亮慢慢地在我们身后升起。

4

所谓的“张楚”在那年秋天还没有结束的时候就结束了。陈胜本人后来闹得众叛亲离，连他老丈人也拂袖而去，在一个雨夜被一个叫庄贾的车夫所害。这一点也不出乎我的意料，陈胜一介草民，一夜间被拥戴为王，那感觉就像马路上捡到了一大袋金子。他还能想到什么？蕲县拿下，在他看来江山就到手了大半，往后的日子里他除了享受就是多疑，动不动就大开杀戒，连一起滚稻草的弟兄都杀，能不垮吗？但是，如果没有这人的振臂一呼，天下抗秦的浪潮一时也掀不起来。

我们的队伍壮大得很快。到了秋天，已称得上是兵多将广了。各路好汉之所以投奔到我们项字旗下，凭借的还是我爷爷的德高望重。用你们今天的语言表达，就是这老人的号召力。这个事实既让我欣慰又让我感到压力。我们总不能躺在老人身上吃一辈子吧？另一件让我气恼的事是范增一手策划的，他固执地认为，陈胜之所以垮得那么快，是因为没有扶楚怀王的后人当王，这不得天下人心，于是他就建议项梁找来了怀王遗失在民间的一个孙子来称王。可这个孩子当时才 13 岁，在乡下替人放羊，我们把他寻来，他还以为要他的命了，吓得尿了裤子。我就把范老头拉到一旁，我说：这小子连男女的事都不懂，又如何担当得起兴邦灭秦的伟业？这简直就是儿戏嘛！范增说：将军，人生有时候就是一场戏呀！说完，他就对我诡秘地笑了笑，然后就去安排“楚王”的登基典礼了，忙得不亦乐乎。奇怪的是这个 13 岁的孩子竟也有龙威，居然就获得了许多人的拥戴。对此我实在是大惑不解。我不禁想起陈胜以前搞的那些名堂，看来事情还真不是我想的那么简单呢。这样的时候，我便想起另一个人来。此人就是后来与我相争天下的刘季。人们习惯叫他刘邦或者沛公。我记得那是我们到了鲁地薛城之后，一个阴晦的下午，从丰乡来了一伙人，为首的就是这个刘季。因为有张子房的引见，我叔叔项梁便热情接待了他们。最初，我叔叔对这个从前的亭长很不以为然，简短的谈话中哈欠连天。后来张良对他私下讲了一件事，那就是民间广为流传的“斩白蛇”，所谓赤帝之子斩杀了白帝之子。这完全就是无稽之谈，明摆着的瞎话。就像张良当年自我吹嘘的汜水桥头的故事那样子虚乌有。但是却让项梁迅速改变了看法，他不仅对刘季委以重任还居然冲动地让我们兄弟相称。没有办法，我们这支队伍就是这么鱼龙混杂，鸟兽同群。和他们混在一起，我感到极不舒服。问题是对付暴秦，光凭我个人的力量是不可能的，我还必须与他们和睦相处。其实从这一天起，我就对这个刘季产生了厌恶，甚至想把他干掉。这个人纯粹是个光吹牛不干实事的混子，貌似忠厚，实则野心勃勃，总想着一步登天。但我必须以我的方式来解决。

我这点心思大概只有一个人清楚，就是谋士范增。我们只是心照不宣罢了。因为这个，我改称这老人为亚父。在那个无边征战的岁月里，我无时无刻不感到寂寞，只有两个人能给我宽慰，除了亚父，另一个就是我的女人虞了。

现存的这些所谓的典籍里，对我最大的忽视，就是把我写成了一个对江山十分贪婪而对女人很随便的男人。这非常遗憾，我无法接受。民间至今倒是传颂着过去范蠡与西施的缱绻情怀。对此我深为诧异，我不明白为了江山拿一个女人去做交易有什么可值得歌颂的！范蠡这个奸诈小人干出如此勾当不就是为了讨勾践的好吗？有趣的是，最后又是夫差的那封箭书使他彻底动摇，于是就制造了个双双投河的假现场蒙混过关，隐姓埋名，卷了一大笔钱带着那个狐仙一般的女人躲到定陶做起买卖了。范蠡骨子里也就是个商贾之徒。既然如此，何苦读那些书呢？读书人有时候也确实是自己把自己给糟蹋了，这当然不是全部，从前我们楚国的那位屈大夫就是好样的，他不抱美人而是抱了块石头，唱着歌子跳进了汨罗江。我说过，我的确幻想着与虞将来去过那种诗剑逍遥的日子。我们同骑一匹乌骓马，琴心剑胆地浪迹天涯，这才是人生。所以那时我就每天祈祷，希望早一天进攻咸阳，这个心愿一了，我的好日子就降临了。我已经很久没有吹箫了，每日战罢回到大帐，我浑身就显得毫无力气，疲惫不堪，我的双手沾满了敌人的血，使我很不情愿去亲近我心爱的女人。我不能不为此感到苦恼。虞当然看出了我的心思，她说：什么时候不再流血，这天下就算是太平了。这恐怕很困难，我说：即使是我将来一统了江山，我也不能保证我从此不再杀人。于是，虞就对我谈起了草原。她说她在草原的那些年，每天和羊群在一起，天高地阔，草原无边无际，有时候就觉得这似乎就是和平的景象。但是，胡人一来骚扰，她的兴致就立刻败了。有时我很绝望，虞说，我真不敢相信这天下还有一块和平的地方可供我们安生。我就说:会有的,我会替你打出这么一个地方来。

我们不久就打到了雍邱,前来应战的是李斯的儿子李由。立马阵前,我突然从这位和我一般年轻的将军脸上看出了一种极为复杂的阴郁,以致我不忍下手了。我感到这个人今天与其说是来与我交战的,倒不如说是来送死的。我很快就意识到了什么,就勒住缰绳,对他说:你最好还是投降吧,你不是我的对手。李由说:我父亲是大秦的重臣,我是大秦的将军,你这么说是不是太狂妄了?我说:李由,你不提你那个父亲我倒没什么,你一提我可真生气了。你那老子活着的确是个祸害,他不比赵高那老狗好多少。像你老子那么不知羞耻地活着,我不知道还有什么滋味。我话音刚落,李由突然在马上哭了起来,他说:项羽,我今天就是来替我父亲死的。你大可不必手软!我李由求生无望,难道求死也无望吗?说着,他就策马朝我冲了过来。我开始躲闪了他两个回合,还在高喊着:李由,你投降吧!他根本不听,倒是越战越勇了,眼泪却一个劲地往下掉。说实话,那一刻我还真是心软了。我想我完全能猜出这个年轻将军的心思了,今天他就是前来赴死的,他需要像军人那样很光彩地死去,他想以这种方式既成全自己又挽回他父亲的人生败笔,他的选择无疑是对的。第三个回合,我便一戟将他挑下,血顿时就在我眼前像礼花一样开了。我立即下马,李由大概还剩下了半口气,我就蹲下去,把这个即将要死去的人一把揽在怀里,对他说:将军,你对得起秦国也对得起你父亲了,你走吧。李由的脸上慢慢显出了微笑,他用最后一点力气对我说道:谢谢你了,项将军。

李由的死对我的震动很大。他使我目击了一次男人的尊严，所以我将他的尸体清洗干净，白绫素裹送还给了秦人。但我不知道就是这个军人与军人之间的举动使老李家遭到了大祸。几日后，我听到消息，秦二世胡亥听信了赵高那老狗的谗言，认定了李氏父子叛变通敌，便把全家满门抄斩了！这让我惊讶不已，李斯该死，但不是这么个死法，这个习惯于察言观色见风使舵的人，丧失了做人的原则立场，干过不少坏事，如今这么个死倒让他平添了几分光荣。据说他在咸阳的大狱里还写了不少袒明心迹的美文，希望二世能免他一死呢。看来人对死的牵挂与生俱来，人对肉体的被消灭总是显得胆战心惊，人对死的恐惧远远大于对活着的检讨。也许他们本来就觉得活着属于天赐，是不需要检讨的。这是个问题。我已经死过了两千多年，我的阳寿不过31岁，但我觉得有些事还是需要说上它几句。我没有以正视听的意思，民间关于我的传说至今不衰，说明我至少还有值得一说的可能性。至于我的话是否可信，那是另一个问题。

5

雍邱一战，我们全胜告捷。本来按原定的计划应该一鼓作气地直逼咸阳。不料天降大雨，项梁的主力被困定陶，而我军也只能围着外黄不动了。这让我很是焦急，因为据说赵高已经把王离的军队从塞外调了回来，要与章邯部合并，这样一来，秦军的势力就壮大了，对我们将构成致命的威胁。于是在与亚父商量后，我派人给项梁送了封快信，建议他调整作战方案，集中兵力直取咸阳。但是，我的话没有奏效，反倒让他以为我好大喜功。他认为仅凭我们自己的人马是难以与章邯王离抗衡的，于是就派他的谋士宋义去说服齐国的田荣联合行动，同时又幼稚地认为，要等天晴之后才进攻，好像雨天不是打仗的日子而是喝酒的日子。我气坏了，也感到很苦恼，因为项梁现在不仅是我的叔叔还是我的上司，我必须听命于他。军人讲的就是一个服从，这是军人的光荣，却也是军人的悲哀。我很难相信这个自幼教我兵法的叔叔在几个胜仗之后怎么变得如此傲慢。连那个无能的谋士宋义都看出了他的危险，他本人却毫无觉察！我们只好等待着，大雨连天不歇，士兵们的斗志在松懈，而在定陶，此刻想必已是纸醉金迷了。我的重瞳在这一刻又重叠起来，远方的定陶上空飘荡着一块阴云。一种不祥的预感正在向我逼近，这是死亡的预感。

果然就在这天夜里，章邯冒雨偷袭了定陶。30 万大军如洪水猛兽般地把楚军的大营掀了个底朝天。那时候我叔叔项梁还在梦中逍遥自在，他仿佛听到的呐喊声成为他那美梦的最佳伴奏，等他睁开眼，章邯的剑已把他苍老的脑袋砍下了。落下的头颅上面仍是一双惺忪的醉眼。项梁一死，楚军的阵脚立刻就乱了。无奈之下，我们只好撤回彭城。后人把这一举动视作一次迁都。没过几天，大臣们带着那孩子——就是新的怀王也到了。那孩子现在似乎也有些王者风范了，也开始习惯于指手画脚地发号施令。他听信了那几个谋士的高见，觉得把兵权完全交到我手上还不是时候，认为我只会狭隘地想着为叔叔复仇，而置楚国兴亡大义于不顾。可是他们又离不开我们项家的光荣旗号，还得利用它得到天下人的响应。他们也离不开我的作战才能。这又是他妈的政治了。于是,楚怀王做出了这样的决定,让我率部去救被章邯围住的赵国,而派刘邦去攻咸阳,并说:先入关中者为王。这显然是担心我抢了刘邦的饭碗,就是说,他们这伙人本是不信任我项羽的,他们对我除了利用还是利用。我当时并没有说什么,事后,我才对亚父说:作为军人,我当以服从军命为天职;作为项家后代,我当以匡复大楚的基业为己任;但我讨厌被人利用。我不喜欢有人对我玩政治手腕。亚父范增默默点了点头,然后说:将军,天下有许多事并不遂人愿,人有时候就是让人玩的。依将军的才智势力,你可以随时废了怀王,但是这样一来,天下的百姓就会对将军另眼相看了,因为项家的天职是振兴大楚,而不是取而代之。这是项家的宿命。这话真是说到我心坎里了,我想,既然命中注定我要被人利用,再说什么就显得多余了。

正说着,赵国的使臣前来求见。这个看上去一脸晦气的男人见面就扑通跪倒,泣不成声:将军,章邯已将钜鹿围了一月,若不出兵,他们就会死于秦军的刀斧之下,您可怜可怜他们吧!

这话听了叫我难受,我想一个软弱的赵国是经不起章邯30万兵马的,他们的灾难就悬在了头上。我劝了那使臣几句,然后就去面见怀王了。我说得很坦率,我说要是我们像张耳陈馀之流那样见了秦军就退避三舍,那么赵国的灭亡只是迟早的事。如果我们连钜鹿的问题都解决不了,灭秦岂不是一句笑话?怀王思忖片刻,说将军有这番胆识令我钦佩,但为了保险起见,还是多去几个人吧。我就说:去多少人那不是我考虑的事,你决定好了。

结果第二天楚怀王颁布命令,突然宣布宋义为上将军,美其名卿子冠军,统领一切。这个决定的荒谬在于,他们把一个瞎猫碰死老鼠的吹牛当成了未卜先知。就算怀王是个不懂事的孩子,难道作为上柱国的陈婴也如此的糊涂?居然相信宋义曾料定项梁会兵败定陶。我一听心里就直想笑,这个宋义是驰骋沙场的人吗?我知道,这不过是个借口,实际上是他们对我不放心。陈婴也许忘了,当初我们拿下薛城之后,是我叔叔项梁保荐他做了这个上柱国的,现在项梁一死,他倒不放心我了。我若想当楚王,一个陈婴又岂奈我何?这算不算以小人之心度君子之腹?人往往就是这样,你不提防我我倒没什么可顾虑的;你要是对我不放心,反倒叫我怒火中烧了。我项家可以被人世世代代地利用,但决不能叫人又利用又不放心!我后来之所以要把宋义给杀了,就是要以此表明我的立场。

宋义这个人实在很不知趣。你既然不懂军事就不要整天端出一副上将军的架子,动辄恶语威胁,扬言谁不听他的使唤就问斩。他就是不懂在我项羽旗下的人没有几个吃这一套的。大军开到安阳。一听说章邯王离在前面严阵以待,他就慌神了,按兵不动。这样一耗就是十多天,赵国的使者急得直哭,宋义居然还有心思喝酒。那使者又回过头来找我,希望我能说服这位卿子冠军火速救赵。我就去对宋义说了,我说我们是去救赵的,像这么耗着不是个事儿。宋义鼻子哼了哼,不屑地说:论横刀立马我不如你项羽,论运筹帷幄你也不如我宋某人,所以怀王和上柱国举荐我来执掌帅印。他倒当真了!我知道这家伙打什么算盘,他是想让赵国和秦军拼得差不多时再乘虚而入，既交了差又保住了名声，这还是政治！以我的脾气，那天我就想把这小子杀了，然而亚父认为不妥，他说：时机不到，眼下正是天寒季节，又逢大雨，我们的军需很快就成了问题，到那时士兵们的情绪会于他宋义不利的，我们……

我们也乘虚而入？我打断他说，那样我们不也在玩政治吗？

亚父说：将军，打天下可是离不开这政治呀！

我承认亚父范增的话有道理，但是我感情上还是接受不了。这天晚上，我回到大帐显得异常烦躁，虞在我身边也十分不安，她说：人这一生就是心灵磨难的一生，该忍的你还是要忍。我说我已经到了忍无可忍的地步了，再忍，我或许就不是我了！

虞说：除了动刀就没有别的办法了？

我没接话。过了会儿我听见女人轻叹道：这个世界不好，就在于总是用刀说话。

然而我还是又忍了一个月。这天，雨又来了，我一早就想去营帐里看看，刚出门，就被那位赵国的使臣拦住。那人用手指着天空说：将军，您知道这天上的雨是怎么来的吗？不等我回答，他就接着说：这是我们赵人的泪啊！望将军凭着一个军人的良知，帮帮我们赵国吧！说完，这个瘦弱的男人突然拔出我的剑从颈项横过，血溅得我几乎睁不开眼！好一个以死相谏的大义之人！我蹲下去用手抚下使臣不肯闭合的眼睑，拿起了他手中的带血的剑。闻声而出的虞此时已吓得面无人色，倚门呆立着。我看着她，对她说：看见了吗？这也是在用刀说话呢！

说完，我就直奔了宋义的大帐，那些卫士见我这来势就预感到今天会有好戏,并不拦我,反而对我投以关切的目光。我进去的时候,那卿子冠军正在喝酒,一边翻着一本破兵书。当他看到我手里的剑还在滴血,便像鸟一样地惊叫道:项羽,你想造反了吗?

我说:我不想造反,只想搬掉我行军路上的一块绊脚石。说着,我就将这奸人的头砍下了。等我拿着他的这颗小脑袋出来,外面的将士们全部列队整齐地站着,对我行注目礼。那一刻,我的双眼突然迸出了眼泪。在我一生七载的戎马生涯里,这样的场面是第一次也是最后一次。我用剑挑着宋义的头颅高声说:弟兄们,我们在安阳困守了四十六天,赵国的百姓已是望眼欲穿。救赵是为了灭秦,灭秦是为了兴楚,国家兴亡在此一举。日后若有小人说我项羽居心叵测,就拜托大家为我说句公道话吧!

大家说:上将军,我们跟定了你!

这个瞬间,我体会到了什么叫作军人的幸福。

6

宋义一除,往后的路就顺了。尽管那时我们的给养很困难,但是士气空前高涨。不出两日,我们渡过了漳河。那时我们也就只剩下了三天的口粮,后面的给养跟不上。于是我下令把锅砸了,船也沉了,横下一条心与秦军决一死战。后人称这个举措叫"破釜沉舟",逐渐演变为一条成语,这多少让我感到几分得意。而我更得意的是,作为军人,我现在找到了感觉。我这时才真正体会到,我爷爷项燕为什么那么迷恋去做一名职业军人,这种快慰一般人是无法获得的。我听说两千多年后外国曾经有两个人达到了这个境界，一个叫拿破仑，另一个叫巴顿。据说他们的仗打得都很漂亮，但拿破仑打仗是为了当官，巴顿当官却是为了打仗。所以这两个人还是有着本质上的不同。我倒是更喜欢那个美国佬，而我的命运又远不及他那么如意。乔治·巴顿的仗打完了，他也就退出了历史的舞台，带着他心爱的狗去他的菜园子溜达了。我却不然，我还得没完没了地为这个打下来的江山操心——这实在是我的不幸啊。你们会慢慢体会到我这种感受的，我希望你们不要说我口是心非。

漳河被我们抛到了身后，钜鹿的城郭已呈现在我的视野中。这是公元前207年的冬季，寒风凛冽，冷雨如注，我们的队伍还是一往无前。破釜沉舟的消息不胫而走，那章邯就慌了神了，认定我此番之行是来找他拼命的。这个人在阵前与我见过一面，自己不敢交手却让那个王离来会。不出五个回合，王离便被我一戟挑落马下身首异处。我就将这人的首级悬挂在辕门头，以振军威。但是我没有料到，为此引发了虞同我的第一次争吵。虞说：王将军是战死沙场的，他尽了一个军人的职责，他的死值得尊重。你这样对待一个以死报国的烈士不觉得愧对你项家高贵的血液吗？

我说：我憎恨秦国！

虞说：你们不过是各为其主，你可以消灭他，但你没有权利去侮辱一个烈士！

我突然吼叫道：他是我手下的败将，我想怎么处置他都可以！

虞愣愣地看着我，然后轻声说：我替你感到羞耻。

当夜，虞就不辞而别地离开了我。女人是带着一腔失望与怨恨回到彭城的。这是我丧失理性的季节,虞的话没有引起我的重视,反倒叫我越发地疯狂了。不久,章邯来降,我虽依从亚父的主张将过去私人的恩怨一笔勾销,但是我仍然担心他带来的20万秦军会随时谋反,于是就在一个月黑风高的晚上下令将这些无辜的生灵全部活埋了。很多次,我对我这种暴行悔恨不迭。我不明白像我这样的人怎么会变得如此凶残?那是我一生中最大的败笔,也是噩梦真正的开端。我时常从噩梦中惊醒,在梦中,我看见那些冤魂在对着我放声大哭,然后又转为耻笑。他们所耻笑的是我的血液!在许多夜晚,剩我独自在大帐里,唯有青灯相伴。那呼啸的朔风,如哀丝嚎竹般叫我心惊肉跳!我就想,我项羽何以变得这样?难道是我做了上将军的缘故?我大权在握,便为所欲为,假如日后我做了皇帝,那我和那个暴君嬴政又有什么两样?权力不是个好东西,它会使一个人的欲望无限膨胀,它会让人变得丧心病狂,它会使良知泯灭,它自然也会使一个贵族堕落成为流氓。

一天晚上,我叫来了章邯。几十天前,这个败军之将前来投降,那个时候我似乎还分得清天下国家的轻重,尽管我对一个降将内心是轻视的。我听从了亚父范增的劝告,觉得大敌当前理应将个人的恩怨抛于脑后。况且当初我叔叔的失败,也在于他本人的骄傲与轻敌。他其实是自己断送了自己。我记得当我走出大帐来迎接章邯时,这个人感动得热泪盈眶,对我五体投地。他说:上将军如此宽大为怀,我章邯日后定随将军赴汤蹈火,在死不惜!那个时候,我颇有几分自豪感,觉得自己像个汉子,更像是项家的子孙。然而不久,我就对他起了疑心。我担心在入关之前章邯的人马会给我带来麻烦,于是就出现了上述的那惨不忍睹的一幕。翌日当章邯得知这个消息,他几乎是悲痛欲绝。我知道在他那泪眼昏花的目光中,我已经成了一个失信的小人。那目光毫无畏惧,大胆地透露出对我的轻蔑。现在这个人来到了我的面前,在进大帐之前,他自动摘下了佩剑。这个动作所表达的意思并非是消除我对他的防备,而是表示他是前来赴死的。这让我自惭形秽,更觉得此人值得敬重。于是我请他坐到我的面前,对他说:章将军,你知道我今天把你叫来是何意吗?

章邯沉默了片刻,跪倒在地:上将军,我知道,你是要我杀了你。

我默默点了点头,但是我内心很为震动,他何以能猜透我的心思?而我却居然想错了!后面将要发生的事则更叫我惊讶,在我把剑递给了他之后,章邯突然号哭起来。

上将军,该杀的是我呀!章邯哭泣着说,将军如此坦荡,章邯不能不实言相告,我带来20万兵马,就是预防不测的,这怪不得上将军多疑,实在就是章邯居心叵测,罪不可赦!说着,他就拿起剑准备自刎,我一把将剑夺下,感激地说:将军,我知道你这是替我开罪,请受我项羽一拜!

这件事我想永远是个悬念。我们正沉痛诉说着,亚父范增急急忙忙地跑来,见状很是诧异。但他带来的却是一个令我并不惊讶的消息:

沛公已占领了咸阳。

7

两个月前，当我们还在安阳为救赵犯愁时，刘邦的队伍就已经到达了昌邑，久攻不下，这个人居然就放弃了，一路向西直奔而去。那时我就感到，此人是惦着出发前怀王的那句许诺：先入关中者为王。

刘邦这一路上与其说是打仗倒不如说是游说，沿途的城池只要交出来，他什么条件都可以答应。不过这一手还真挺厉害，他很快就在南阳得了手，封赏那位投降的郡守为侯。后面的就如法炮制了，也就果真连连奏效。这大概可以看作中国统治的一种经典手段。所谓攻心之术，我听说往后两千多年间效仿这手段的大有人在，不仅得了江山，还得了宽大仁义的美名。这与几年后刘某人扬言的三尺龙泉得天下不是一回事，他倒应该说是凭借那三寸不烂之舌当了皇帝。

刘邦的运气不错。当他胆战心惊地向咸阳城接近时，咸阳城内已是祸起萧墙了。那老狗赵高最终还是杀了秦二世胡亥，企图以立二世的侄儿子婴为王做缓冲，不料机关算尽，反倒被先发制人的子婴所杀。那子婴原想仗着五万兵马死守峣关，与楚军做最后的一搏，却未知守军将领轻信了刘邦的许诺，不费吹灰之力就把他们全部剿灭。关于这一点，我自觉不好指责刘邦和他的军师张子房。他们以可耻的手段骗取了秦将的信任，那个人还在张罗着盟约签订宴席的规格，头已被周勃砍下了。这和我失信章邯坑埋秦卒是异曲同工。很多年过去了，每当我想起函谷关下的这一幕，仍然还是感慨万千。我们这些争夺天下的人没有谁是按照游戏规则来玩的,我也不例外。这是我的耻辱。所以我们后来得来的天下总是显得岌岌可危,这是报应,苍天有眼。纵观这大千世界,每一次的江山易主政权更替,无不伴随着杀人流血失信背叛的小人之举。这不是我们中国的专利。外国也一样。倘若我记得不错,最典型的例子莫过于公元1939年德国对邻国波兰的袭击。那个叫希特勒的家伙是你们这个世纪最下流的人,而另一个叫斯大林的在波兰的问题上也表现得并不光彩,他趁德国人突袭之际,也大兵压进了波兰的东部,于是这个波兰一夜间就被它的两个毫无教养的邻居瓜分了。这当然也成了过去的一页了,但我还是要在此做一次提醒。

江山原本是可爱的,只因为这么一搞,就让人失望了。我的遗憾在于,两千多年前的那个时候还尚无一点觉悟。实话相告,范增带来的消息虽不让我意外,但还是让我内心产生了震动。我能想象得出,此刻刘季的算盘是怎样拨的。这个从前的亭长第一次亲眼看见了豪华的宫殿和如花似玉的嫔妃,对坐关中王的位子是多么的馋涎欲滴。而这个人的野心还远不限于做关中王,他心里寻思的是有朝一日做嬴政第二。尽管他现在把部队驻扎到了灞上,尽管他约法三章,这些都不过是虚假的摆设,他内心贪婪的欲火一刻也未熄灭过。

我们的尖兵在函谷关受阻,守备部队声称没有刘沛公的命令不得洞开城门。这让我气愤,我是上将军,怎么连入关的资格都作废了?只好派当阳君英布去攻了。不过片刻,函谷关便拿下了。

这件事令我费解,刘季并没有站出来公开反对我,却又不许我入关,非叫我动手不可,是何居心? 亚父的判断是,这是他刘邦的一次试探,想看看自己的手到底能够伸多长。我觉得此言有理,于是就叫部队于新丰鸿门停下休整。我想,现在该是解决刘季的时候了。

你们所见到的史书上,对所谓鸿门宴的段落写得都是那么精雕细刻,绘声绘色。最著名的还是太史公司马迁的这篇《项羽本纪》。作为美文,我也非常欣赏这个精彩的段落。但是你们要是把它当历史读,那就有不小的问题了。

我说过我要除掉刘季已不是一日的考虑。从我自张子房那儿听见所谓斩白蛇那一刻起,我就做出了这个决定。我倒不是害怕此人,而是直觉到此人非同一般的小人。对于男人,贪婪不算毛病,也未必可怕。可怕的是那种什么都想要的男人。而既无真才实学又什么都想得到的男人无疑就是个祸害。这种人可谓欲壑难填。这种人不除实乃后患无穷。但是如何个除法长期以来一直困扰着我。我觉得凡事都该有个方式,杀人也不例外。而且在坑埋20万秦卒之后,这个问题就变得越发重要了。我做了一件错事,我不能一错再错。眼下对于刘季,我的方式正在酝酿之中,也可以说是等待之中。我等待的不是时机,而是杀人的工具。

我说过我一直在渴望得到从前楚王遗失在民间的那对青锋鸳鸯剑。但是后来我才知道,刘季也怀有同样的心思。多年以来,刘季和我都在寻找这件神奇的武器。而现在我们的用途却大不相同。刘季想得到它是想从中得到某种神明的指引,好以此夺得天下。我呢,却想利用它把那个一心想登基做皇帝的人消灭掉。我觉得拿敌手喜欢的武器除掉敌手是一件值得快慰的事,也很合乎我项家的规矩。然而很遗憾,我派了几批人赴楚地四方寻找,都毫无下落。我等待的就是这个。在鸿门的这些时日,我心中出现了一种极其复杂的情绪。我知道剪除刘邦已到了刻不容缓的时候,可我仍然想按照我既定的方式行事。这天,我又带着我的箫来到了一面坡上。我到的时候,亚父范增已在那儿,从老人的背影看,他在此已伫立了许久。我就走过去问道:亚父,您在寻思什么呢?

亚父说:我在看。看咸阳城的上空那片云,龙虎之形且现五彩,这恐怕是个危险的征兆。

我笑了笑,说:这难道就是你所说的天子之气?

亚父沉默片刻,又说:上将军,对沛公此人,在薛城时我们就已心领神会,如今他侥幸先入关,我们射鹿,他倒拾起来就走,此事关系重大,你不能再迟疑不决了。

我说:我知道该怎么做。

正说着,我的一个堂叔项伯领着一个男人匆匆来了。那人见面就说,他是刘邦那儿来的,受左司马曹无伤所派。说着就交出了曹司马的密信。我对曹无伤毫无印象,猜想这又是范增的安排。不过,曹司马的这封信倒引起了我很大的关切,那信中说,刘邦正企图拜降君子婴为相国,开始谋划当关中之王的后事了!这大概不会有错,这就是他刘季一贯的风格。但是,我最后还是一语不发地离开了。这个晚上我突然感到了一种莫名的孤独,似乎有点束手无策了。我并非害怕刘季,只要一声令下,咸阳城顷刻便会血肉横飞。但这不是我想要的结果呀!

或许是天意使然,就在我焦虑之际,我派去寻剑的人回来了,遗失民间的那对青锋鸳鸯剑展现在了我的眼前!这真不愧为王者之剑,让我想起传说中的英武少年眉间尺与那位神秘的黑衣人。我喜欢这个血性的复仇故事。我用食指慢慢拭过它的双刃,深信它会削铁如泥见血封喉。然后,我将它们安放在我的案几之下,眼前豁然开朗。而这时,帐外传来了急促的马蹄声。少顷,亚父和我那位堂叔项伯进来了。原来刚才黄昏那会儿,项伯以为我会明日发兵去攻咸阳,就快马加鞭地赶往灞上,对刘季通报了情况。亚父的神色明显地在指责项伯是个吃里爬外的家伙,就是说该军法从事。而项伯自有一番解释,他说之所以赶去报信也就没顾及死,当年他亡命下邳,是张子房救了他,如今他不过是还这个人情而已。但他隐瞒了他和刘季已结为儿女亲家的事实。

项伯说:沛公不是你想象的那种人,他的部队入关以来可以说是秋毫无犯,军纪严明,如果我们对他们下手,有悖天理,也不像我们项家的为人。明天,他会亲口对你说清楚的。

亚父很不屑地看了项伯一眼说:曹司马的信上可不是这么说的!将军千万别自作多情。

我就摆了摆手,说:你们都退下,明日沛公来,我自有道理。我不许任何人再掺和这件事!

第二天的情况大致和太史公说的差不多。一早,刘邦就带着张良、樊哙、夏侯婴、纪信等人由灞上奔向鸿门。我敞开大帐,并叫陈平前去辕门外迎接。与此同时,我让项伯去负责安排今日的宴席。他明白我这意思,我就是要让他知道,我项羽不是个靠酒里投毒之类的手段来消灭敌手的小人。我最瞧不起的就是这个。男人做事得像个男人,何必要去学那个混吃骗喝最后硬着头皮去充好汉的荆轲?那不是男人的方式。我要这么干,你们今天就会觉得我和宋代的那个骚妇人潘金莲是一丘之貉了。

所以后来的项庄舞剑令我十分恼怒,这准是范增的布置,太史公却把这笔账记在了我头上。当时的情况的确很紧张,于是我就对项伯说:一个人舞剑如同一个人饮酒,太乏味,你不如和项庄对舞。这是我的原话,不知怎的,太史公又把它写成了项伯的话。试想,我若不发话,项伯敢跳出来吗?他已经被昨日的泄密弄得魂不附体了,哪还顾得上公开替刘邦保驾?我叫他项伯出来,就是要遏制项庄的这份疯狂。我不允许任何人来玷污我项家的名声。我要刘季死,但要让他死得服气,也要让他像个男人那样去死,别给追随他的弟兄们丢脸。你沛公不是朝思暮想得到这把剑吗?我今天给你找来了。我们各执一柄,雄雌任选,然后我们当着众将官的面把账算清,接下来我们应该去一个空旷的地方进行决斗,胜者为王,败者也不失为一条汉子,这方式可算公平?如果你沛公贪生怕死,也可以不与我交手,但你必须许下承诺,从此退出这个舞台。我甚至可以陪着你一块退出。实不相瞒,我对这江山的兴趣是真的冷淡了。我需要的是快马加鞭赶往彭城去找我的虞。

酒喝得差不多了,剑舞的表演也接近了尾声。我朝左侧的沛公看了一眼,他的额头上已渗出了一层虚汗,脸色苍白,目光暗淡。这个人还没与我交手就已经垮掉了三分。我的手不禁伸向案几的下面，稳稳地握住了剑柄，正欲抽出，一件意想不到的事发生了！

我对面的亚父范增，拿着他身上的那块玉玦对我再三示意：动手吧！

与我共事的将官都知道这老头有拿佩玉指挥杀人的习惯。往日只要他一举这东西，边上人就会猜到将有一颗人头落地了。可这个不明智的老人今夜竟然指挥到了我的头上！那我算什么？我这个27岁的上将军怎么能够听命于一个年过七旬的老叟的唆使，来干一个小人的勾当？这样一来，这场鸿门宴岂不成了阴谋的代名词？我岂不是彻底背叛了我的血液？

我精心安排的计划就这么让一个老人给搅了。

我咽下了这口气，一饮而尽。这也就是我后来把刘邦放走的真实原因。我知道时至今日，你们还是觉得鸿门宴从来就是个陷阱，是一次流产的阴谋，这真叫我欲哭无泪！我能说什么呢？我的解释似乎没有一点力量，但我必须强调，我所说的全是真实的。

8

往事如烟。时间虽然过去了两千两百多年，可我经历的那些事儿却在眼前停滞着，挥之不去。昨天夜里我又梦见虞了，她还是那么美丽，但她的表情却是哀怨的。黎明前，我听见了她的哭声，那是悠远而凄怆的悲声，如同楚歌的旋律，寄托着对我的无限思念与爱怜！我便从这悲声里惊醒而起，那时分，我的窗外是一弯残月。

我第一次听见虞的哭声是在我开进咸阳城的第三天。那天早上，我主要的事是接受秦王子婴的投降。我的本意是不想再捉弄这个柔弱的小男人，更不想取他的性命。但是这个人一见面就显出了一副媚态，声言只要饶他一命就感激不尽了，别无他求。我突然就对此人反感了。这并非是我的喜怒无常，我是觉得这个人实在没有一点骨气。我就问：听说上次你面见沛公，是抬着棺材去的，脖子上还缠着一条白绫？

子婴被问得不知所措，就盲目地点了一下头。

我又问：那么你今天见我怎么就取消了这些安排？

子婴这才感到不妙，就问：上将军是要我死吗？

我说：我不喜欢你投降，你知道为什么吗？因为你好歹也算是一国之君，尽管你在位不过四十六天。君王是一个国家的象征，你来投降其实就意味着全体秦国人都成了亡国奴。阁下觉得这妥当吗？

子婴一下就沉默了。过了会儿，这个人泪流满面地说：上将军，子婴今日实在是替先人受过，再说什么也是多余了，你就发落吧！

我说：不对，你是替整个秦国捐躯，而我也不想发落你。我不会像嬴政那样去杀一个手无寸铁的人。我讨厌的是你的投降！

说完这话，我就拂袖而去了。走了很远我还听见子婴的哭泣。等我移师阿房宫时，有人告诉我，那子婴已被人剁成了肉酱。然而这件事留下的阴影却在我心里盘桓了许久。我想这子婴也是命中注定要落到这番下场的，他要不继承王位，情形会是另一个样子了。这么一想，我便对那死人感到了几分悲哀。继之我便想到自己,同样也是逃脱不了命运的安排。我的征战对我们家族是重要的,而对于我本人却索然无味。我干的是我不感兴趣的事,也可以说很无聊,但之于国家又显得举足轻重。我就想,一个人的使命或许是神圣的,但未必都有兴趣。从这个意义上看,我和这个子婴无疑就是同病相怜了。

这个晚上我陷入一种前所未有的孤寂之中。我仿佛看见我的魂魄像无边无际的汪洋中的一个岛屿。那岛屿是黑色的,在凄凉的月光下闪着寒光。没有人理解这块沉默的黑色石头,而它也不能自行沉没。它的身躯上记录着潮起潮落,而它的见证又是那么无力。我就这样想着,慢慢地睡去了。

不久,我听见了一个女人的哭泣。这分明就是虞的哭泣。是我的女人发自心底的呼喊。我惊坐而起,四下全是黑暗。清冷的月华在阿房宫的铜柱上颤动着,给我的感觉却是不寒而栗!白天的时候,我还曾设想派人去彭城把虞接到这世上最奢华的宫殿来,与她对酒当歌,共度良宵。而我在刚才的梦中听见的却是她如泣如诉的悲声!这声音使我内心震颤,它仿佛是子规的语言,带血的语言……

太阳映红了骊山。

在这个朝露浓重的早上,我骑着我心爱的乌骓来到了骊山面前。这座并不伟岸的沙丘之下,埋着曾经不可一世的秦始皇。我又一次想起楚南公的话:楚虽三户,但亡秦必楚。如今秦朝已灭,大局已定。我也算对得起我的祖宗了!我想我的事情做完了。现在,连始皇帝的坟冢也在我的马蹄之下,咸阳城霞光普照,炊烟袅袅升腾。那豪华无限的阿房宫镶嵌其中,闪耀着灿烂之光,但这该是最后的风景了。关中虽好,而我不能久留。阿房宫举世无双,但我会付之一炬!我要烧掉的不是一座奢华的宫殿,而是我项羽心中的一座坟墓。我是江东的子弟,那里有我的父老乡亲,那里,我的女人在等待着我回家。

于是在这天的黄昏,我下达了焚烧阿房宫的命令。我的命令立刻遭到了一些人的反对,这其中就有刘邦。他说:上将军,这阿房宫耗尽了天下百姓的钱财,把它烧了可不好向天下人交代呀!

我说:不对,阿房宫耗尽的是天下百姓的血汗,我烧它就是祭奠这些劳苦大众。

说完这句话,我就走出了这座宫殿。亚父范增紧随而来,他这才问我:将军果真要烧了这阿房宫?

我说:军中无戏言。

范增说:我想知道将军做这件事的动机。

我说:很简单,我害怕在这宫里待久了,嬴政会借我的身子还魂。

范增沉吟道:看来将军的志向果然不在这江山之上,令老朽钦佩。但是,不知将军是否想过,这打下的江山交到谁手里才合适呢?难道将军还真的把那15岁的孩子当成真命天子?

我说:亚父尽管放心,既然我项羽不想做皇帝,我自然也就不会容忍别人坐享其成。天下乃大家的天下,一个人掌管就是独裁,嬴政败就败在这个上面。所以我愿禀告怀王与大臣,将这天下重新分配:不做大,而做小,在原先的六国基础上还可再分。

后来的史学家对我做出的这项选择是持否定意见的，认为秦嬴政好不容易统一的中国，到了我项羽手上却又把它重新实行了分封，这是历史的倒退。我说过，我这个历史人物面对历史是个门外汉，我不好就此发表看法。我只能说我个人不喜欢皇帝这个称谓，我也看不出你们这以后的历史上出过几个好皇帝。很长时间以后，有个叫孙文的男人彻底铲除了这个词汇。这是很了不起的壮举。而我在当时的情况下，实在是想不出谁能管理得好这个天下，我只能表明我没有称帝的欲望。所以我划分出了十八个区域，封了十八个王。我也不想排斥异己，要不然，刘邦何以能成为汉王？在这个问题上，我和范增意见相左，在他看来，鸿门宴上我的手软是大错，如今封其为汉王那就是特错了。于是他总爱重复那句话：你等着吧，有朝一日我们会成为他刘邦的俘虏的！那时我还觉得这是危言耸听，我觉得从前刘季不过是一个亭长，所辖十里，如今统治巴山蜀水与汉中，难道还不满足？鸿门宴上我没有灭他，但我自觉已粉碎了他的野心，挫败了他的锐气，我的目的也就达到了。我记得虞说过：不要用刀说话。我想，一个人的欲望总是受到良知道德约束的，刘季最清楚他自身的分量，他的确杀过一条蛇，但那蛇不是白帝之子，那就是一条最普通的蛇，稍有胆量的男孩都能办到。

我们的楚国也被划成了四块，即西楚、衡山、临江和九江。我只要了西楚，定都彭城。这以后，人们就称我作西楚霸王了。那时我就想，我这下也算是功德圆满了，自由的日子似乎伸手可触。我记得在班师回彭城的路上，我有了一种身轻若燕之感。与此同时，我的重瞳又一次重叠到了一起，于是我看到那遥远的地方，我的女人在向我招手。我一鞭落下，乌骓撒开了四蹄，于灿烂的阳光下卷起了一阵黑色的旋风。这应该是公元前206年的春季，太史公从这时起就按汉的年代纪年了。其实刘邦登基是在四年之后，他后来这么一改，似乎显得汉代的日子长了不少。时间是个奇异的现象，人生如梦，草木一秋，一个朝代和一个人的生命一样，从诞生的那一天起就预示着死亡。发展的本质就是生死交替。这是规律。刘邦在位八年，也还是死了。他的阳寿有六十三年，一倍于我还要多。但我一点也不遗憾。

9

历史学家从来就认为我陷入所谓四面楚歌的局面实际上是这个时候形成的。认为自打这公元前的206年开始，我的境遇在每况愈下了。这话当然也有几分道理，然而真实的情况还不是这个样子。我不是一个能对天下负责的人，我只能对自己负责。我们项家从来就没有这个规矩。我的本意已经向你们表明了，我不是那种吃不到葡萄就说葡萄酸的人。我随时可以吃这葡萄，但没吃之前我就猜到它是酸的，所以不吃。这不是文字上的噱头，是重要的区别。重新分封之后，我也没怎么指望从此天下太平。我的想法很简单，也可以说很幼稚，我希望他们自己管理自己的地盘，为老百姓干几桩好事，即使闹，也不要把手伸到别人的土地上来。但是，情况偏偏就不是这么回事。

我回彭城不久，原定带着虞去乌江那边寻猎，过几天轻松的日子，还未出门，亚父范增就匆匆赶来了，说齐国的田荣撵走了齐王田都，又杀了胶东王田市，现在联合昌邑人彭越把济北王田安也杀了，田荣自立为齐王。亚父说：一个田荣就把整个齐国的天给闹翻，这个事的影响坏透了，必须严惩不贷。

没过几天，心藏怨恨的陈馀也在常山兴风作浪，赶跑了他的老友张耳，与代王歇沆瀣一气，赵国也乱了。

这多少有点出乎我的意料之外。我原想日后要作乱的非汉王刘邦莫属，尽管张子房再三对我表明，说汉王已烧了蜀路的栈道，发誓不再回头，我还是心存警惕。果然，在我平息齐赵战乱之初，刘季便向三秦运动了。这就是史书上记载的“明修栈道，暗度陈仓”，采取的是声东击西，倒是让久经沙场的雍王章邯上了圈套，兵临咸阳城下，章邯蒙羞自尽，接着，塞王司马欣和翟王董翳相继投降了，一时间，刘邦获得了空前的壮大。等到这年的秋季到来之前，响应刘邦的各路人马会师洛阳，他们下一个目标就是直指西楚之都的彭城。他们向我宣战了，这很正常，我倒觉得是件十分开心的事。我就对亚父说：当初在鸿门宴上，我原想和刘季进行体面的决斗，结果你老人家急着对我三示玉佩，把局搅了。我希望这回你最好与我配合默契，光明磊落地除掉刘邦这个贼子。

亚父说：霸王，你是个很标准的军人，但有时候也有几分书呆子气，历来战争都是只讲结果而不论手段的，你大可不必考虑什么规矩。

我就说：我天生就是个讲规矩的人。没有规矩何以成方圆？当初坑了章邯那20万秦卒还一直是压在我身上的一块巨石。

那些日子我真的很兴奋。说实话，连天的征战令我厌倦，但是真的偃旗息鼓了，我又觉得有点寂寞了。范增说这一点上我又很像我爷爷项燕。于是我开始沉醉于制订作战方案，严阵以待来犯之敌。我甚至觉得，解决我和刘邦的问题现在已是最后的机会了。有一天，尖兵来报，说刘邦的汉军全穿上了白衣，连赤色旗上也系上了白帏，声称为刚死的义帝发丧。我一听就气愤了，本来你刘邦来挑战是一件很正常的事，你不安分，要打，我只好奉陪。可你不惜以诬陷我来征战，这就他妈的是王八蛋的伎俩了！历史上的义帝死于赴长沙的道途，相传是被九江王英布的人所杀，此事与我毫无关系。现在刘季却一口咬定说英布接受了我的密令。真是荒唐！一个人做事总是有目的的，天下实行了重新分封，所谓的义帝不过是个摆设，就像后来出现的西方大不列颠帝国的女皇，我凭什么要杀那个十几岁的孩子？即使我要杀，我可以在彭城就下手，公开下手，又何苦密令英布呢？再者，这个英布又不是我的心腹之人，我怎么向他下达所谓密令？他不是很快就投降你刘邦了吗？他干吗不把我那份“密令”呈到你汉王手上，作为见面礼呢？刘季这一手很高明，既讨了个师出的名分，又振作了军威，还可以笼络天下人心，可谓一石三鸟。但就是太下流了。兴兵发丧可谓用心险恶。我被这流氓彻底激怒了！我想，这回我的手是不能再软了。

在经过周密部署后，我决定暂时放弃彭城，先让他刘邦出手，我后发制人。结果睢水一战下来，汉军死伤者达30余万，那些尸体横七竖八地堆在河里，几乎筑成了一道肉坝，迫使河流改道。这些战死的将士临死还穿着一色的白衣，现在他们是自己给自己发丧了。他们都是些好青年,倘若他们的汉王野心有所收敛,他们会娶妻生子男耕女织,过上祥和的日子,现在却成了炮灰。望着夕阳下的睢水河,我第一次感受到了什么叫残阳如血。这凄惨的景象连我的乌骓都看不下去,它向着北面仰天长嘶了三声。那是山东。

然而,刘邦逃脱了!

无论后人作何评价,穷寇莫追还是我恪守的原则之一。这或许不符合政治家的逻辑,但体现了一个职业军人的道德观。那时我想,如果你刘邦秉性不改,总有一天你还会落到我项羽的手上。我是不是很自负?是的,作为军人,我从来就是自负的。

我和刘季的这次交手,从我这方面看,唯一的损失就是让这家伙跑了。不过我又很佩服他,在如此混乱的局面下居然在亡命途中纳了妾,收了戚夫人,也算是大将风度了。他得到新人,却把旧妇和老爷子留给了我。我的手下曾多次提出把刘太公和吕氏杀了。我说:我和刘邦只是两个男人之间的事,与其他人没有关系。我也不认为这是楚与汉的问题。我有这么一个敌人,哪怕是假想敌,也算是圆了我作为军人的一个梦想了。没有敌人,军人那该多么寂寞。我本以为天下重作分封之后可以带着我的女人去云游四方,可刘汉王不让我歇着,我当然就要奉陪到底。这样到了第二年的春天,我们就对刘邦据守的荥阳城实行了包围。我倒要看看这回他刘季如何逃脱。没过几天,张子房递来了消息,说汉王准备投降了。既然如此,我也只好鸣金收兵。亚父范增却不同意,他认为这肯定又是张良的诡计,主张打进去。他说:刘邦虽然目下陷入了困境,但他还有大片的河山在手,还有韩信的几十万兵马可搏,他怎么可能俯首称臣呢?

我笑道:我和刘邦之间本来也就不是什么君臣的关系,我只要让天下人知道,他刘邦尽管有萧何张良那样的谋士,尽管有韩信那样的骁将,但最终也照样不是我项羽的对手。我要的就是这个。

亚父就说:那你当初对秦王子婴怎么是那个态度?

我说:这不同。刘邦是我的敌手,交战的结果非亡而降,很正常的。子婴是作为秦王朝最后的象征而存在的,他虽然没有野心,但投降就是苟且偷生,使全体的秦国人蒙羞。他必须一死对他的国家有个交代。

亚父长叹道:这老夫可就不懂了!同样是你的敌人,一个不战而降你却要他死;一个和你战了几年打你不过,你却愿意接受他的投降,这是什么逻辑?

我说:这是我的逻辑。

亚父也不想再辩,但从这老人颤动的白胡子看,他对我的看法越发地强烈了。他历来就主张痛快地杀了刘邦,然而他哪里知道,这个刘邦的存在对我该是何等的重要。第二天傍晚,受降的仪式开始了。等围困在荥阳城里的妇孺老人出来后,刘邦的车子就缓缓而来了。远远看见刘邦神情安然地坐着,亚父就说:汉王豆腐倒了,架子却还端着,俨然王者风范。听他这一说我忽然就觉得不对,定睛一看,就发现这是刘邦手下的将军纪信。这纪信真是好汉,不由我说,他就点燃了自己,于火中高喊:霸王,汉王已脱险,你收兵吧!天下最后还是汉家的!

我什么也没说,被眼前这悲壮的景象所感动。我当时离纪信

的自焚现场只有一丈开外,我能听见烈火撕毁皮肉的清脆声响。我内心感叹道:好一个壮士!

等我掩目转过身时,亚父范增已经不见了。

10

我和亚父范增的矛盾由来已久了。

自打鸿门宴那次起,这矛盾就越发加剧。我完全懂得这老人的心思,这些年跟着我着实费了不少心。他的确算是个高人,尽管我们观念上很不和谐。我欣赏并尊重他这种老人,张子房不能与他同日而语。范增老谋深算但从来不出诡计,他讲信用,也不靠装神弄鬼来美化自己的过去。所以他的离去让我很伤感。后来我听说他病死在归乡的途中,我忍不住地哭了一场。我是个孤儿,自幼父母双亡,靠叔叔项梁一手拉扯大。项梁战死定陶,亚父便是我最后的长辈了。如今他也走了,我不能不感到悲痛!我听说现在的史书上认为,我是受到叛臣陈平的挑拨离间之计,对范增和钟离昧产生了怀疑,才把这老人气走的。这可能吗?我项羽能对一个老人恩将仇报那我就不能叫项羽了。但我承认,范增老人是让我气走的,是失望而归。这是我们共同的遗憾。即使这一回他不走,到了割鸿沟为界时,他还会拂袖而去的。亚父对我最大的意见是责怪我的轻信,而他的离开又让后来的史学家们认为我多疑——一个轻信的人会多疑吗?

还有人说,我之所以落到楚河汉界这步田地,与当初不重用韩信这个人关系甚大。我承认,自从高密潍水一战韩信挫败了大将龙且并斩了龙且本人的首级，楚汉两家的军事形势的确发生了一些变化。然而即使这样，我对自己以前的决定仍不后悔。我第一次见到韩信，对这个青年的印象很好，凭直觉我就感到此人日后是不可多得的将才。但是不久我就听说了他那至今广为传颂的“胯下之辱”的那一幕，心便霎时凉了。忍是一个男人的美德这句话或许不错，但是这个人为求一忍而不惜出卖自己的尊严，就让我觉得可怕了。甚至让我厌恶。一个男人倘若连尊严都可以舍弃，那他还有什么不可舍弃的呢？所以后来他为求自己化险为夷，竟然拿他最亲密的朋友钟离眛的头去讨主子刘邦欢喜，也就不足为奇了。我讨厌“大丈夫能屈能伸”这种表达方式，我敬慕的是刚正不阿与宁折不弯的男人气概。比如说那位救主自焚的纪信将军，比如说后来那位宁死不屈的田横将军以及困守海岛集体殉国的齐国五百壮士。这种虽死犹生的男儿风范理当万世流芳。

相形之下，他韩信也不过是叱咤风云的苟且之人罢了。他最终落到吕后之手却是出乎我的意料。

当时战局的微妙之处就是韩信的左右彷徨，他既畏惧我，又不肯轻率地背叛刘邦，自己私下还打着三分天下的算盘。韩信据守齐国按兵不动，急坏的不只是刘邦一个人，我也急。我总觉得这时候进攻广武多少有点乘虚而入的意思。若不打，又怕贻误战机。人言韩信善战，他却始终不敢与我进行正面接触，反倒把我好战的胃口吊起来了。我倒是真的犯了难了。就在此时，张子房给刘季出了新招，派一个姓侯的家伙送来求和信。

那信写得极其诚恳，也称得上情真意切，一看便知是张子房的手笔。这封求和书的核心部分是提出割位于荥阳东南的鸿沟为界,以东归楚,以西属汉,此后双方互不侵犯,和好如初。但真正打动我的却是,楚汉两家几年的交战,殃及百姓众生苦不堪言,停止战争乃燃眉之急。这倒是一下击中了我内心最软的地方。想来也是,我们为权力争斗,最终倒霉的还是广大无辜百姓。至于说什么我和他刘季今后仍旧兄弟相称,我看就显得多余了。我从来就没有把这种人看做兄弟。什么是兄弟?那起码也该是情同手足,何以同室操戈?

这一天,虞正好从彭城来到了军营。我就让她看了刘邦的这封求和书,想听听她的意见。她看过之后沉默了片刻,才感叹道:要是你们从今往后真按这信上讲的去做,天下也就真的太平了,老百姓会指望过上好的日子。

我说:男人看重的是诺言,讲的是信义。

说着,我就签字了。我觉得我这个签名很漂亮。

虞说:你很得意是吗?

我笑而不答。

虞又说:如果是你出面求和,你肯吗?

我说:这不可能,胜利者从来是不主动媾和的。

虞就叹道:你这个人的悲剧就在于你一贯的胜利。其实某种意义上,我很愿意看到你的一次失败。我想这对于一个军人,才算得上完整。

这话倒叫我一时糊涂了。

翌日早晨,我让所有的文臣武将一律身着便装,列队于大营的辕门两侧,等候刘邦的人到来。同时我吩咐钟离昧把刘家的老爷子和吕氏领出来,打算就此交给刘邦。钟离昧说:霸王,这么一来我们就再没有什么赌注了。这话叫我不悦,就责怪了他几句。我说我本来就不是拿他们当人质的。前些日子我们攻打广武,我在城下对刘邦喊话,让他出来把老父妻子领走,可他害怕是计,不肯出来。我就说:刘季,你居然连父亲妻子都不要了,你难道就不怕我一怒之下把他们杀了?

钟离昧说:这事我在场,当时汉王竟然说,你我是兄弟,我的父亲也就是你的老子,你杀他就等于杀你老子,我还正等着你分我一杯羹呢。刘邦这样说不乏机智,但我听起来很不舒服。

我就笑了,说:这就是标准的刘汉王!你后来射他一箭,我明明看见正中了他的右胸,他却说是射在了脚上,这算什么玩意儿?

钟离昧问道:霸王,你看清楚了?

我说:不会错,我这双眼睛与众不同。

我没有多作解释。这时,外面响起了鼓角声,刘邦一行人马到了。他们也换上了便服,收拾得还真体面。我自然要迎上去,还不到跟前,刘邦就对我施了大礼,说:籍兄,我感谢你给了我这个面子,从今往后我们按章办事,以行践约,老账就一笔勾销了吧。

我还礼说:和谈是结束战争的典范,有你这句话,我很满意。

然后我就叫钟离昧把太公和吕氏交给了刘邦。不料那太公对儿子扬手就是一耳光,骂道:畜生!你还有脸来见我!你今天是不是来分我这把老骨头的?吕氏也跟着大哭起来,说刘邦不仅不来搭救她反倒趁机纳了妾。这一闹,使得原本肃穆的和谈仪式变成了一出戏文。幸亏张子房及时将他们拉开了。这个瞬间，我和这个神秘莫测的张良对视了一眼，子房把目光虚了过去。

接下来，是双方互换文书。整个仪式进行不过半个时辰就完了。我本想留他们共进午餐，刘邦说他急着要赶回咸阳，日后再聚。我说：这也好，我们在外面也待了不少时日，士兵们思乡心切，我们得回彭城了。

刘邦又对我施礼，这回是感谢我对太公与吕氏的照顾，他说：家父贱内在楚打扰已久，如此大恩容我将来图报。

我笑着摆了摆手，说：汉王言重了。我不过是尽了本分。你我的事只能由你我解决，与他们原本就没有关系嘛！

其实我心里在说，只要你刘邦按你说的去做，就是对我最大的图报了。为了表示诚意，我当即下达命令：全军将士整装待发，明日开赴彭城！我的话音刚落，鼓号齐鸣，一片欢呼。我望着这些江东子弟，心中突然感到十分内疚：他们跟着我南征北战，每一次战斗都要有人舍弃性命，他们图的什么？他们既不能封王又不能受地，所求的仅是有一个和平的日子，而我却不能给予。对于他们，战争是通往和平的一条险径，但绝非他们的前途。我的心越发地沉重了。

这天晚上，我和虞相对坐于大帐内，红烛高烧，久违的楚歌从营中飘荡而至。将士们在联欢，明天，他们就要踏上归乡的路途了，他们的家人在企盼着团聚。我给虞斟上酒，然后轻声地问她：你知道此刻我在想什么吗？

虞不答，也不饮酒，只是一往情深地看着我。

我拿起那把画戟挥舞起来，只见烛光像礼花一样五彩缤纷。等我舞毕，虞才站起来说：是不是突然仗打完了，你感到寂寞了？

我说：仗打完了我不遗憾。我遗憾的是自我起事以来，大小战斗经历了70余次，却没有遇见一个真正的对手。

虞想说什么，却终于没有说。

我抚摸着这把上天赐予我的画戟，心里不禁涌出了几分忧伤。我对女人说，等回到彭城，我要带她骑着乌骓再去乌江边上过几日。我说那时我会把这件心爱的兵器送回到它原来的地方，上天赋予我项羽的使命，我已经完成了。

虞把那杯酒敬与了我。

11

这两千多年来，我一直在想，对于人尤其是对于一个男人，最无耻的事大概莫过于背信弃义了。如果天下由一个既不信守诺言、又不准备践约的家伙控制着，这天下必定黑暗无疑。人不要脸是什么坏事丑事都能干得出来的。对于我，历史上的楚河汉界是我对历史的一个交代；而对于刘邦，应该是羞耻的标志。我履行了诺言，而这个小人却撕毁了协定。就在我们行至垓下之时，刘邦派韩信的人马对我们实施了包围。据说最初打这个算盘的还是那个一肚子阴谋诡计的张子房，他对刘邦说，鸿沟之约不过是个幌子，也可以看作是缓兵之计，如果汉王想一统江山，这时候调兵遣将打项羽一个冷不防则是千载难逢的良机。就这样，刘邦调动了韩信、彭越、英布、臧荼等几路兵马向我扑来。我知道，我的处境很危险，陷入重围按兵不动，粮草给养只能维持到一个月。我只能选择突围。但在这之前，我需要同那位号称智勇双全的大将韩信会一下。倘若我死在他的枪下，我死而无憾。我甚至感谢他成全了我，让我像个军人那样地度过生命的最后时光。

于是第二天，我策马来到了阵前，对着汉军的大营喊道：让你们大将军出来，项羽在此恭候了！

韩信果然就出来了。和几年前相比，这个人确实有了一些大将风范，神色也比较镇定。他对我拱手作揖道：霸王，别来无恙？

我笑道：我现在该称你齐王了，但我更愿意把你看作一个军人。

韩信说：我本来就是一个军人。

我说：可你怎么连军人起码的德行都忘了呢？你见过连战表都不下就偷袭的军人吗？

韩信迟疑了一下，说：霸王，军人是以服从命令为天职的。我是汉王的部下，他的命令我自然要执行。

我说：韩将军，这大概就是我们的不同了。我是发布命令的，你是执行命令的，但是，我心里十分清楚，你是个极善于把握时机的人。我兵临荥阳时，你的汉王朝思暮想地盼你来解围，你却借故推托，仅此一点，你不及纪信的忠诚。现在你来劲头了，我想这或许是两方面的原因吧？其一是你刚得了封地，成了名副其实的齐王；其二是你深知我将士疲惫，粮草短缺，桃子不摘自落，你轻而易举地就捞到了功勋与美名，可这对于军人是不是很不过瘾呀？所以说，我今天和你交手，无非是两个结果——不是你成全我就是我成全你。我很愿意把我的头交到你手上,但不会轻松地让你拿。怎么样,我们开始吧? 这或许是我项羽最后的一仗了,我希望我们玩得漂亮一些,也好让后人大书特书一番。

我说完,就勒住缰绳,在等待着他先出手。这时候我的重瞳再一次重叠起来,我似乎看见了韩信内心深处的虚弱与怯懦。这个人说穿了还是挂记着死,他怎么也舍不得把刚分封到手的几个县邑再交还给刘邦的。于是我的希望落空了,我期待已久的激烈搏杀很快就演变成了一场乏味的追剿。韩信和我交手还不到五个回合,就玩起了金蝉脱壳,一溜烟地向山里钻去了。

我后来听说,这个背叛军人灵魂的男人居然说,他的目的是想诱敌深入,好一举聚歼之。倒是那些助威的士兵给我留下了不错的印象。他们不阻挡我,像退潮似的闪开了一条路。他们的脸上刻着复杂的表情,他们想为我的武艺欢呼喝彩,但又怕伤了他们大将的面子,于是他们就用一种含糊的声音表达这种不可抑制的愿望,他们叫喊着:呜嗨——呜嗨——

这很像我们楚歌里的和声。我的画戟如风呼啸,我仿佛在指挥着这壮美的和声齐唱,同时我也被深深地打动了。这大概就是你们后来听到的四面楚歌的前奏吧?

楚歌是在午夜之时响起的。那时我刚刚卸下盔甲,吩咐马夫去给乌骓洗个澡。像往日一样,虞已在大帐里给我摆好了酒菜。虽说我们的处境很不妙,但是女人并没有表现出意外的惊慌。她甚至看上去是平静的,好像眼下的局面和平常差不多。几日前,当我们得知刘邦撕毁鸿沟之约时,女人第一次显出了愤怒,当时她说:沛公年长你许多,怎么德行如此之低下呢?她也就说了这一句。

我坐到虞的面前,说:真没劲,连韩信也混成了这样!

虞说:是的,我看了都觉得没劲。

想来也觉得好没趣味,我说,怎么我老遇见这号人呢?

虞这才问道:你打算怎么办?

我不假思索地答道:突出去好了。

虞说:你认为能突出去吗?

我说:不成问题的。我可以背着你突出去。

虞沉默了一会儿,说:我不想这样。

我说:不想?难道我们还坐以待毙不成?

虞说:对,我在考虑死。

这颇叫我吃惊,这个问题我还没考虑呢。我就扶着她的肩说:别这么想,我们突出去,我们不是说好了去乌江边上泛舟狩猎吗?

虞说:我觉得活着很累,也很乏味,因为我总要面对着那些我所不齿的人,而且还是男人。而且这些人最终都要成为统治者,要行使管理我们的权力,我无法忍受的就是这个。

我打断说:所以我要与他们决战到底!

虞说:没有决战。即使你杀了这个刘邦,还有另一个刘邦要做皇帝;即使是你自己做了皇帝,你又如何能保证你和刘邦毫无两样呢?你忘了吗,几年前你当了上将军不久,一夜之间就坑了章邯20万的秦卒?什么使你变得残暴?是权力。是独裁。这是无法改变的。

我一下没话了。

虞接着说:我做这个选择,还有另一个意思,就是不想连累你。

我说:这从何谈起?

虞说:你别太大意了。韩信今天虽然败了一仗,但不会一败再败,他会一直拖着你,一直拖到你草尽粮绝,他拖得起。我曾经想过,你的悲剧在于你是个常胜将军,打遍天下无敌手,但是现在,我不希望你因为我而成为他韩信的俘虏,那种人不配接受你的投降。如果你是我心爱的男人,你就必须突出去!

这时候,我们听见了四面的楚歌声,像大潮一样由远而近。那是真正的楚歌,其声悲壮而悠扬,仿佛自九天而落。这歌声寄托着我们楚人最简单的理想,就是正义与和平。歌声从楚营传到汉营,响彻云霄。我们情不自禁地走出帐外,今夜的月色散发出清冷的寒意。虞依偎着我,轻声说:你听,这是为我以壮行色呢!

说完,她抽出我的佩剑,刎颈而去了。她的暖血喷射到我的脸上,与我的泪水融成了一体。我很悲痛,但更多的是为此生拥有这样一个女人而自豪。我慢慢把虞放倒,然后小心地裁下她的首级,用我的衣服包好,再将她系到身上。

我下达了突围的命令。我说:弟兄们,让我们唱着楚歌上路吧!

12

我必须告诉你们的史学家,垓下突围与你们对我的美化不一样。试想,面对韩信30万兵马,我一支画戟能挑得开路吗?我是做好战死的准备的，结果却没有死。我的画戟上几乎没有溅上一滴血。就是说，汉军并没有怎么拦我，或者说只是象征性地拦了我一下。如果我这么说还欠妥当，那么后来我到了乌江边上，怎么恰好就碰见了那位乌江亭长呢？而且他还早备好了一只轻舟。他怎么能料定我要到此？太史公用心可谓良苦，非要借我之口来为我的死寻一个合适的托词，说我感叹是天要灭我，说我之所以不渡江东是无颜见江东父老。这似乎很具戏剧性，是个巧合。可我作为当事人不同意这种牵强附会的解释。我深知这是有人事先的安排，不希望我就这么给刘邦方便。这个人是谁？我不知道，我一直把他视为你们心中的那个人。这个人无疑是轻视刘邦的，至少他不信任刘邦以及刘邦们。如果按西方人的解释，这个人或许就是上帝。上帝之手总是看不见的，但每回伸出来都非常及时。

然而这回我让上帝失望了。我违背了他的意志。

当我从乌江亭长手里接过船时，我要做的是把我心爱的坐骑乌骓送上去。于是那亭长就急了，他几乎是用哀求的语气对我说：霸王！江东虽小，但仍有千里江山，数十万兵马可用啊！你还是尽快过江重整旗鼓吧！

我笑了笑，说：老人家，问题是我是个不爱江山的人啊。再说，我就是重整了旗鼓，东山再起了又当如何？再去与刘邦玩吗？要玩也行，但总得有个游戏的规则吧？如果我也不讲这规则了，岂不是两个流氓在闹得天下不得安宁吗？

那老人就此沉默了。过了会儿，他便消失得无影无踪。

那个时分，天已经微白，曙光在乌江上闪烁着黝亮。我徘徊在江岸边，心情渐渐变得有些沉重。八年前，我就是在这个地方看见远方那片广博的绿色的。然后，我又发现了现在握在我手中的这把举世无双的画戟。它安静地躺在江底的白沙里，我竟将它打捞而起。这事仿佛就发生在昨天。现在，我需要把它送回它的原处。于是我扬手奋力一掷，送走了我的武器。但就在此时，一种极不舒服的感觉缠绕着我。我想自己从 23 岁起事，大小战役经历了 76 次，竟然还没有遇见一个真正的对手。作为军人，这不能不说是个遗憾。现在，我的画戟已离我而去，我的坐骑也离我而去，我最爱的女人也离我而去了！

这世界仿佛只剩下了我一个人。

忽然，我听见了一个声音在轻轻地呼唤着我——

项羽，你听见了吗？

我说：我听见了。

我是谁？

你是我的虞！

你不该有所抱怨。

我没有抱怨老天对我不公……

其实，有一个对手一直在跟着你。那才是你真正的对手。

我知道，我刚刚知道……

那就好……

虞！虞！虞——

虞的声音消逝了。

而此时，我看见我的乌骓立在船头回首对我一声嘶鸣，然后纵身跳到了湍急的江水之中。我知道,我该与这个一直紧跟着我的对手进行最后的决战了。我抽出我的佩剑——当初的鸿门宴上,这本来应该是解决刘邦的手段,此刻却变成了我完成人生的助手。看来我的重瞳实在是不算什么。我头顶上还有一双亮眼——那是天的眼。从这个意义上,太史公认定是天在杀我,倒也自圆其说了。

我很轻松地就把我的头颅割下了。我最后的感觉是记得我的血很烫,带有微咸。

不久,吕马童和王翳他们赶来了。他们找到的是一具无头的尸体。他们没有找到我的头,当然也不可能找到虞的首级。这一对头颅去了哪里只有苍天知道。于是,他们只好把我的尸体当场就瓜分了,因为他们的汉王已悬赏,这具残尸足以保证他们一辈子的荣华富贵。据说乌江的岸边还流淌着我和虞的鲜血,江浪竟没有把它冲刷干净。

……

第二年春天,这块地方开出了一片不知名的红花。有一天,一个老人领着他的小孙女到这儿散步。那孩子就问:爷爷,这些漂亮的花儿有名字吗?

老人思忖了片刻,说:有。它叫虞美人。

1999年8月22日,初稿于北京天坛之侧

9月2日,改毕于合肥寓所

(原载《花城》2000年第1期)

戊戌年纪事

1

今天，是戊戌年的第七天。正月初七。按照家乡的规矩，这个上午我是不宜出远门的，所谓“七不出，八不归”，虽然外面的阳光很好。年前一场大雪着实让新闻界鼓吹了一阵子，银装素裹，瑞雪丰年，但那是城里的景致。此刻，我的门外是残雪之后的一片阳光下的狼藉。一匹断了尾巴的野狗在污秽的雪碴中用爪子掏着可以充饥的东西，它的嘴角挂着白沫。阳光灿烂，融雪的过程却是异常的寒冷，这是乡下的感受。

我是一个自谋生路的画家，用穷愁潦倒来形容我目下的生活一点也不过分。已经很长时间了，我的画卖不出去。一张也卖不出去。这些令我孤芳自赏的作品，既进不了金碧辉煌的展览大厅，也被庸俗腐败的市场所拒绝。我蛰居在这个自以为是的城市边缘，租着一间倒闭的乡镇企业豆腐坊，靠煤炉取暖。我的室内至今还散发着豆腐的馊味，感觉是睡在一只败坏了的大胃里。我手头总是拮据，日常生活的基本开支，主要靠给几家出版社做点封面设计，甚至给某些公司绘制户外大幅广告牌那样的粗活也干。但是，自从有了那种电脑软件和彩扩系统，这点营生也受到了挤对。生存还是毁灭，莎士比亚很久以前提出的问题，此刻就这样咣当一声落到了我的面前。我自然没有勇气自行毁灭，反倒毫无理由地非常渴望活下去。张国荣坠楼的那个晚上，我一宿没有合眼，脑海里总是浮现着那个英俊男子优雅的面容。他坠楼的身姿在我的想象中如同一只优美的燕子。我打内心地佩服他，尽管我讨厌那幅肝脑涂地的画面。我是个俗人，干不了一桩伟大的事，也割舍不掉那一堆俗人的牵挂。我面临着如何活下去的问题，哪怕是为人耻笑的苟活。我至少要保证饥寒不交迫，还希望手机畅通，更不要成天想着如何躲避房东的催要房租。

后来我才知道，今天，是我的命运发生改变的日子。

上午十点，我正在郊外这间简陋的画室里工作，考虑把昨天没有画完的一幅想象中的风景做些修改。室内的低温使我握不住画笔，手哆嗦得像个轻度中风的患者。阳光怜悯地打在我的手背上，门外那只野狗在高叫。可能是因为饥饿，这畜生吠叫的中气显得不足，声音怪异，好像老式留声机突然松了发条。然后我就听见了汽车的引擎声以及轮胎压榨雪碴的声音。我对着窗户外面看了看，很容易注意到有两辆黑色的轿车悠悠驶进了这个肮脏的院子。这对我算是一个罕见的景致，让我目光流连。接着，我看见有两个神秘的人物走下车来。这两个人，一高一矮，穿着近似，给人的感觉是统一着装，年纪却有差别。那个矮个子年纪大约与我相仿，看上去是高个的随从。他一进来就对我打招呼，准确地喊出了我的名字，像熟人那样拍了拍我的肩膀。可我相信自己并不认识他们。面对这两位不速之客我有些不知所措，拿画笔的手空悬了好久才放下，我一定在傻笑着，带着试探的口气问：你们，是来买画的吗？

他们没有回答，而是不断把鼻子皱了又皱，这个面部动作，既表明他们对室内的馊味过敏，也似乎暗示着对我的潦倒境遇缺乏起码的同情心。那位戴墨镜的高个子，我敢断定，此刻一直在黑色镜片后面矜持地审视着我。我也在用余光不时看着他，感觉这个人除了谢顶，身材和面貌与我竟有几分相似，年纪自然大我不少。他俨然一个有身份的人，但不像通常所见的那种画商或者个体老板，而像一个掮客。这种不合时宜的怀疑让我突然变得有些紧张和不习惯。

戴墨镜的谢顶高个结束了对我的审视，然后对同来的年轻矮子嘀咕了几句，就先离开了。这时候我注意到，这个人的两条腿长度不一，左腿似乎短了几公分，因此看上去有点瘸。他显然不愿意在公开场合轻易暴露这个细微的生理缺陷，尽可能把左腿拖着走，这让人觉得他多少有一点傲慢。他上了一辆黑色的奥迪 A6。在他上车的时候，不知道从哪里突然又冒出来了第三个人，也是一个戴墨镜穿西装男人，理着寸头。他敏捷地替高个子开了车门，并且帮助他把那只不利索的左腿搬上车。很快，谢顶自己把奥迪 A6 开走了，而那第三个人转眼间又不见了。这气氛让我有些含糊，不敢再多问什么。留在屋子里的那个矮子在我眼前转了一圈，可他散漫的眼光在提醒我，他不像是来看画的。我一直小心地跟在他边上，过了好大一会儿，他随口问了句：你一张画能卖多少钱？润格多少？

我担心他们是税务部门的，就说：这要看画幅大小了。我没有名气，卖画还不能像卖布那样用尺子量着估价。

我又说，其实也没有多少人愿意买我的画的。

矮子思忖着点了点头，说：高不成低不就啊。看来，你眼下日子过得有点问题。很紧巴？

我腼腆地点点头。

矮子终于不再晃了，在我面前站住，以一种自信的腔调说：简单点说吧，你如今已经辞掉了工作，靠卖画为生，一个月大约能赚多少钱？

我暗自吃惊，这个人怎么知道我已经辞职的？

矮子似乎看出了我的疑惑，就笑着点上了一支烟，说：哥们儿，你今年36岁，本命之年，江南人，对吧？你有过一次失败的婚姻。十年前毕业——不，是辍学于国家美术学院，前年辞职。对吧？你现在的身份是个自由职业者，圈子里互相吹捧为自由画家。你的专业能力还不错，致力于所谓的“文人画”，但名气不够，你每个月除了卖画，还为两家出版社兼做美术编辑，画点封面和插图，这样算起来，月收入大概有三四千的样子……对吧？

有人竟然在私下里调查我，这让我惊讶无比，也令我愤怒，但最后还是表现得非常慌乱。我说：请问，您是谁？您怎么知道我的情况的？

矮子就让我看了一个大红的证件，他所供职的单位很含糊，有点像某个鲜为人知的机构，也有点像一个特殊性质的公司。而且，更奇怪的是，这个人没有名字，证件上只填着一个代号——201。

矮子说：你今后就叫我201好了。

这是什么人？特务？间谍？黑社会？我的心好像一下从左边跳到了右边，额头上也渗出了汗。我就问：201先生，你们找我，究竟是为了什么呢？

这是我迫切想知道的。

201先生却对我微笑了，意思是让我放松，他的一只有力的大手像大枪那样落在我肩上，然后他说：你不要紧张。我们是来帮助你改变命运的，看你混成啥样了……你知道吗？为了找你，我们可花了不少的投资，简直就是大海捞针。还好，我们捞着了，你也没有让我们失望。

我感觉自己是在听一个醉汉说话。面前这个人虽然一直对我微笑着，却让我感到不自在。

自称是201的矮子接着说：具体地说，我们是来和你谈一笔买卖的。但我们对你的画没有兴趣，感兴趣的是你这个人……

我简直没法听懂他的话了。我说，201先生，我不明白你的意思。

201说：你当然不明白，但你很快会明白。我们是请你协助工作的。同时也是帮助你渡过难关。

我说：可我并不知道你们是干什么的呀，怎么协助？

201说：我们是干什么的这个不重要。我可以告诉你，我们之间是一种合作关系，当然是自愿合作，我们将要进行的合作，某种意义上可以理解为一项科研项目。

我说：我充其量算一个三流画家，考大学的时候数学只得了26分。我根本就不懂什么科研啊！

201说:不急不急,你慢慢就懂了,不难的。既然是合作,我们就不会让你白干,每个月可以支付你一万元的薪水。不算低吧?

我说:薪水可是不低,但我决不干违法的事。

201这次是干笑了,他说:你太多虑了。我们的机构从来就是维护法律尊严的,怎么可能指使你以身试法呢?不过——他把话音拖长:你刚才说你“决不干违法的事”,也言过其实了。中学时代你曾经参加过一次群殴,用板砖拍坏了一个同学的脑袋,按理是可以进劳教所的;大学时代你又因盗窃图书馆的名贵画册而被学校记过,这个行为距离盗窃罪也就一步之遥;你后来自动辍学,起因也绝不是什么家境困难,而是你把一个低年级女生的肚子搞大了,换个角度告你一个强奸你也没啥脾气……对吧?你还需要我说什么吗?

我想不需要了。他们早已把我的底细查得一清二楚,再说什么也是多余的。我这里只剩下了紧张和心慌,一种清晰的恐惧感像雨衣一样穿在我身上,我能感觉到它很湿,也很重。201没有就所谓的合作问题做出进一步的说明,而是先到院子里拨打了手机,对方是“老板”。我只听到他说,老板,人没有问题,同意合作之类的只言片语。我没觉得我已经同意合作了啊?201站在院子里又对我挥了一下手,让我锁上门,跟他走。我没想再问什么,按他的吩咐去做了。于是,我跟他上了另一辆黑色的高级轿车。这时,那第三个理寸头的男人又一次出现了,这回他不是开车门,而是坐到了驾驶的位置上,充当我们的司机。201对这第三个人说:207,去西岛。

叫作西岛的地方我是知道的。那是城市远郊芸香山下的一所高级疗养院,三面环水,一侧傍山,风景非常幽雅。几年前我曾经在那里进行过几次风景写生。在那里,我邂逅了一个年轻可爱的姑娘。后来我们相爱了,再后来她又不明不白地离开了我。可我还时常想起她的模样,想起和她在一起的日子。那时,我真年轻啊。

经过近两小时的行驶和三道岗哨,201 领我走进了一座乳白色的老式别墅。201 对门卫亮了一下证件,拉着我的手走上了二楼。他的手很凉,握得有力,我感觉就像被戴上了手铐。我看见这里有一些穿着白大褂的医护人员,还嗅出类似福尔马林的气味,不很舒服。在二楼的一个宽敞的办公室里,我再次见到了那位戴墨镜的,面貌与我相似,年纪大我很多的谢顶男人。201 在这个人面前立正说:老板,人我带来了。

他不说“请”而说“带”。我看着那位“老板”,原来他上午去我那里是亲自考察,起码是目测。现在,叫老板的男人摘下了墨镜,变得十分热情,对我伸出了手,一边握着一边说:欢迎你,青年画家先生。看见你,我就开始怀念我的过去了。我真希望时间就停留在从前那一刻啊。不过要真是这样的话,我们可能就没有见面的缘分了。

他的随和与幽默感使我的心情稍许放松了一些,话也就多起来,我说:从绘画的角度看,我们的身材、轮廓和五官,确实是有几分相似之处的。

岂止是几分,老板说,如果你的精神面貌有所改观,我感觉你就是我的从前！

说着，他就从保险柜里取出了一本老式影集。我慢慢打开，然后就吃了一惊——照片上的“老板”差不多就是我现在这个样子啊！只是他的衣着比我讲究，神情比我振奋。如果我拿出去给我的一些同学、朋友看，他们肯定都会相信，照片上的这个男人就是我。他们会说你小子这下可发迹了，太突然了。

老板在我边上坐下，说：我们是不是很有缘啊？

我不知该怎样回答，心里在琢磨，他们究竟想干什么？

老板说：我们费了很大的精力，经过层层筛选，最后才确定了你。

我说：可我并不知道，你们确定我，为了什么？

老板说：很简单。我们是邀请你参与一个严肃而有趣的项目。今后，你的工作——就是——扮演我。注意，不是拍电影。

2

十二年前，我们这个城市通往机场的高速公路上发生了一起非同寻常的车祸。由于消息得到了及时的封锁，至今没有人知道这起车祸带来的严重后果。一个家族在光天化日之下遭受了灭顶之灾，险些就到了崩溃的边缘。在这场车祸里，司机和一个年轻姑娘当场死亡，而一个老人却在瞌睡中躲过了一劫，没有丝毫的皮肉损伤。这在当时被看成是不幸中的万幸，也成为公交史和医学史上的奇观。老人是名副其实的历史老人，今天却没有多少人知道他的名字。车祸过后，老人就昏迷不醒了，以致在豪华病榻上一躺就是一轮。

这便是事情的真相，也是我担任新职的原因。车祸中幸存的那位老人，是老板的父亲，也是我的父亲年轻时代崇拜的偶像。我至今还依稀记得，我父亲在谈起这位历史老人时，布满皱褶的脸上涌动着少见的欢跃，他满腔热情地称其为大师，还说，他的著作影响了几代学人。但对于这些，我还是觉得陌生，我没有研读过这位大师的著作，自然就无法了解这块活化石的含金量。我深知这是无知的表现，也是后来我们父子反目的原因之一。我和我自己的父亲不来往好多年了，现在我却有幸成为他偶像的儿子。

在我现在所处的这个幽雅的环境里，人们尊敬地称老人叫老爷子，这是家族内部的称呼，很亲昵。遗憾的是这位可敬的老爷子却意外地休眠了，我们无法聆听他老人家的谆谆教导，也无法看见他那浑浊的目光中闪现的惊世睿智。显然，老爷子的病已经不是某个家族的事情了。在车祸发生二十四小时之内，一个临时组成的专家小组，全面接手了这项意义非凡的工作。上级的要求很明确，“要不惜一切代价保住老爷子的生命”。经过专家小组的会诊，最后确定幸存者的脑部有大面积的瘀血，脑神经系统出现了紊乱和部分坏死，老爷子今后将面临两种结局，随时苏醒或者随时死亡。在以后的十多年里，老爷子的脑部已经先后做过了三次手术，这样，死亡的可能性就极大地排除了。但是即使他活了过来，他的记忆功能也存在着严重问题。我听专家小组的组长司马大夫说，苏醒后的老爷子不同于那种普通的失忆症，准确地说，是他的记忆像老旧的时钟那样，因为某个零件的坏损，停在了十二年前那触目惊心的一刻。这之后发生的一切,对他而言,几乎是一片空白。

我后来听说,在最初的日子,老爷子是昏迷的。他整天被插着氧气,像尊雕塑那样安静地躺在床上接受种种输液。这些药品有许多都是空运来的进口货。老爷子的资历、地位与影响,决定他可以享受这个制度最优厚的医疗待遇。他住在芸香山疗养院最好的别墅里,那里很快被改造成特护病房,并配有精良的保安措施。即使在踏入最后一道门之后,还会有一个穿着藏青色西装的男人从门后面走出来,用刷子一样的金属探测器给你全身刷上一遍。然而我们的老爷子始终是昏迷的,所以,来探视的人就非常有限。他们不是不愿意,而是没有得到批准。主管部门的人说,鉴于老爷子目前还是神志不清,除了安排个别代表对家属进行必要的慰问外,其他探视一概取消。快了,你们等消息吧。回答总是如此的肯定。当然他们确实也相信,老爷子的苏醒是绝对可能的。他们正为这重大的苏醒精心准备着。

在那些日子里,他的亲人除了指挥训练有素的护理人员对他进行例行的擦澡、翻身、按摩之外,没有多少实际的工作。这十二年里,他们的生活里除了减少了老爷子爽朗的笑声,也没有感觉到真正失去什么。在每年一些重要会议里,老爷子均以请假为由保留着正式代表的资格,在一些节日宴会桌上,还依然保留着他显赫的位置牌,甚至在一些要人逝世的吊唁告别仪式上,照例会出现以他个人名义敬送的花圈。如果不是家族成员和贴身的工作人员,没有人会以为这个老人已经在病床上睡过了十二年。

目前看来,老爷子的情况是越来越好了,苏醒指日可待。今天,著名的脑神经专家司马大夫扭着他的水蛇腰宣布了这样一个振奋人心的消息。这个身材单薄、十指纤细的男子自从接手这个项目就神采飞扬,眉宇间每天都洋溢着难以掩饰的成就感。据说他就此正在撰写一部划时代的学术专著。

司马大夫问201:你们的准备工作都到位了吗?

201说:我们正在积极认真地准备。

司马大夫说:很好。经过大家十二年的不懈努力,老爷子生死这一关算是挺过来了。但后面的事情要复杂得多。这种记忆功能的紊乱症可能会伴随他终身。因此,我们的工作要仔细,不能让他感觉到这个世界突然有了这么大的变化。要知道,一个人的意识是无法跳过十二年的。

这时,一旁沉默很久的老板开口了:如果他有所察觉呢?

司马大夫的表情似乎有些为难,但还是冷静地作出了理性的解释,他说:如果老爷子感觉到了自己不是活在昨天,而是被人突然抓到了今天,势必心理上就会有一个很强烈的波动,不,是震动,剧烈的震动。那么脑部脆弱的血管可能就会出现一个顿挫……司马大夫没有往下说,但大家已经完全明白了他的意思。

老板站起身,先和司马大夫握了握手,然后说:您放心,我们的小组会积极配合的。只要父亲能够活着,哪怕他还有一口气,我们愿意付出一切代价。

司马大夫说:那我就更有信心了。

在这个"一切代价"里,自然也包括我的冒名顶替。但此刻我并没有意识到这代价有多么高昂,我甚至觉得,对我而言,这和一个特型演员拍一部大片性质差不多,是一个千载难逢的致富机会。它至少解决了我的温饱问题,我有可能过上一段衣食无忧的生活。而每月稳定的一万元的薪水,我可以整齐地交到银行,以便将来按揭一套可观的住房。我将会得到属于我自己的画室。有了房子,也就不愁找不到一个贤惠的姑娘了。我说过我是个平凡的俗人,因此我的理想也非常平凡和庸俗。

至于我的职责,那是很明显的,就是让我来扮演老爷子的儿子、我们的老板。那是老爷子仅有的儿子。201 对我说,老板曾经也是一个不错的画家,所以挑选我来完成这个任务是非常合适的。这是一个万全之策。201 说,对你而言无疑是份美差。

这样一说,我就有点纳闷,我怎么一不留神就成了别人的儿子啊?

3

在经过严格的体检和审查之后,这个机构和我签署了一份聘用合同。

这合同上写明,我的主要任务是扮演年轻时代的老板、老爷子的儿子。合同的条款上有这样的措辞:乙方必须认真履行每一条的义务,承担相应责任。

在第八条上还注明:在工作期间,该说的说,不该说的坚决不说;该问的问,不该问的坚决不问。

至于工作的时间,合同中没有写,我提出之后,201 才这样对我解释:难道你愿意放弃这份优厚的薪水?

我没有再说。但我心想,我总不能老是给别人当儿子吧?

平时和我打交道的就是201。这个矮子文化素质却不低,也很健谈,我想他很在乎自己是否被外界看成是一个知识渊博的人。他说无论从伦理学、心理学和人类的感情角度看,能给这样德高望重的人当一回儿子,也是完全值得的。这是一次难得的亲近大师的机会,如果有一天老爷子醒来,耳濡目染、耳提面命会让你终身受益。二战时期,英国首相温斯敦·丘吉尔就有很多替身,那些人——除了个别的被盖世太保纳粹暗杀的,以后都发达了,还出了回忆录,赚了大把的版税。

他的意思我明白了。就是说,只要老爷子被医学证明还活着,那就是健在。于是我的工作就谈不上结束。这样一想,我多少就有点忧虑。老爷子既然能在病榻上睡过十二年,就有可能继续躺上十二年。他会不会醒来?他何时醒来?要是他醒来的话谁知道还能活多久?可是,我现在已经没有权利再这么想了,他们的高明在于,这权利从一开始就是我自愿失去的,我是合同的一方,无端毁约至少是不道德的,后果可想而知。

接下来,对我的培训就开始了。首先是语言关,我虽然是江南人,但自小随父母去了淮河以北,按中国地理的划分,我应该属于北方人。我的口音虽然受到当地方言的影响,但我的普通话还算标准,大学的时候我就演过话剧,并且还获得过优秀表演奖。但现在需要纠正,改成那种江南普通话,也就是在标准的普通话里夹带着一些吴侬软语,譬如把作为声母的元音中的 zh、ch、sh,换成 z、c、s,把“吃饭”说成“雌饭”,把“睡觉”念成“穗觉”。听起来有点娘娘腔。这对我不算是难题。我天生有较强的模仿能力。另外,我还需要按照老板的说话特点,经常在讲话中夹带一些像"我的意思是""否则的话"这样的口头禅。授课的语言老师对我的进步非常满意,但他困惑的是,国家几十年都在致力于推广普通话,为什么这个机构却要把比较标准的普通话训练成另外的样子?他甚至还私下里对我说,你的声音造型能力很强,如果你有这方面的发展打算,我可以推荐你去应聘省一级电台的播音员。

和语言老师相反,形体老师对我的训练从一开始就缺乏耐心。201 对他交代的是,他们在筹备一部准备到国际上参赛的电影大片,我是男主角,圈子里叫男一号。我饰演的角色是一个身残志坚、自强不息的画家。这个过气的话剧演员原以为教一个人模仿瘸子是十分简单的事,可是没过几天他就感到头痛。他老是抱怨说这不是一个高难度的动作,只是一个简单的日常动作,你怎么就做不到位呢?他甚至向 201 建议,应该换一个演员,他的学生中随便找一个就能超过我。201 一听脸就沉了,冷淡地说:这不是你操心的事。那老师的笑容顷刻就凝结了,知趣地退到了一边。

其实形体老师误解了我。对我而言,偶尔模仿一下瘸子是容易的,但要逐渐化为日常生活,由模仿成为本能,那就非常困难了。这就是俗话说的那样,一不留神就露馅了。我要尽快找到老板那种两腿长度不一的感觉,拖着左腿、踮着脚尖走路。我不能像现在这样散漫地行动了,也不能把手随便插在口袋里东张西望。再者,在老爷子面前——倘若他醒过来的话,我还需要把腰部的肌肉放松,让脊梁骨略微弯曲一点,做出一副谦恭孝顺的样子。在天阴下雨的时候,我还需要下意识地捶捶膝盖,因为老板在17岁那年去黑龙江生产建设兵团插队,患上了风湿性关节炎,每逢天变,都会出现一点酸痛感。好在眼下老爷子还没有苏醒,我还有时间刻苦训练。

与矫正形体同步进行的,是对我的面貌做局部微调。老板的左眼是单眼皮,右眼是双眼皮,而我恰好相反。(这也是我们仔细看起来还有差别的主要原因)这样,我就需要做一次小型的外科整容手术。这个重要的细节,合同上根本没有体现。而且我也不愿意,我说这种简单的错位,一个实际年纪将近百岁的老人是无法识破的。但是他们不同意,老板认为他尊敬的父亲虽然年事已高,但素来明察秋毫,不允许我们的工作有任何的疏忽麻痹。他让201找我单独谈话,做思想工作,坚持手术必须在近期内实施的立场,但可以考虑在薪水之外另行支付我一万块钱术后的营养费。怎么样,我们出手还大方吧?201说。我还是难以接受,我从小害怕打针,更没有人在我身上动过刀剪什么的,我不能不感到一分生理上的恐惧。但我也知道,这种担忧和恐惧是没有任何意义的。既然他们都能从十三亿人海里把我打捞出来,可见他们的手段高明和没有商量的余地,我就更谈不上去抵抗了。于是,我小心地提出了另外的建议,我说,要不,你们干脆就把我的左右眼都做成双眼皮好了。201一听便发出了不屑的笑声,说:你以为我们是开美容院的吗?这是工作,同志!他的笑总是令我不安。果然,他后来又不经意地说了这样的一句话:你大概不会不知道李青这个名字吧?

我脑子木了一下,说:你说的,是哪个李青?

201 说:还能是谁呢?难道你自己做的事都忘记了吗?

我知道了,他们又开始来硬的了。我有些激动地说:李青是我的初恋,我们当时在一起,完全是双方自愿的……

201 说:既然是自愿的,你为什么要被学校开除呢?

我抬高嗓门说:我没有被开除,我确实是自动退学的。不信你可以去我的母校调查。

201 非常缓慢地点上香烟,又很有滋味地吸了一口,然后说:开除的决定我随时都会拿到,放进你的档案里,你信吗?而且,我们还可以让李青来报案。不要以为事情过去了很多年,但它却没有越过法律的追诉期。你自己想好,到底选择什么。

我还能选择什么呢?

我接受了手术。给我做手术的,是一个老女人,样子让人想起一条脱水的丝瓜。她温柔地命令我躺在手术台上,先用尖细的手指在我面颊上弹了弹,说:皮肤不错。然后,一个满脸雀斑的护士就将我的脸蒙住了,只露出了一双眼睛。我看见老板年轻时的大幅照片竖立在面前。我们在对视着,似乎谁都不肯眨眼,他是平面的,没有生命和气息,但我却非常畏惧他那犀利的眼神。很快,麻醉奏效了,当一个淡黄色的氧气面罩卡上我的鼻子,我就彻底失去了知觉。但我的意识却飞到了故乡的那条小河上,我看见了我死去的母亲在河边的青石埠头上洗衣,手里有节奏地挥舞着柿木棒槌。我站在她身后,喊她叫妈,她闻声回头,眼光却十分迟疑,她没有认出站在她身后喊她叫妈的这个人是她的儿子。那一刻,我感觉自己的眼睛有点痛了。

麻醉消失后的隐痛表明手术结束了。我被人送回了病房。在以后七十二个小时里,我的世界是一片黑暗。我生活不能自理,完全靠专门的护理人员伺候,即使是大小便,也不例外。那个想必是满脸雀斑的护士在把便壶塞到我裆下的时候,还嘲笑着说:你才多大岁数啊,连尿都尿不直了。我心里像被什么尖锐的东西划了一下,知道自己日后的麻烦提前来了。

第四天,也就是今天,是规定拆线的日子。上午,我被轮椅推到了一间房子。坐定之后,我听见有窸窸窣窣的声音,感觉灯光炽热。接着有人在替我把纱布一层层地拆开,当最后一层纱布拆除后,我眼前一黑,然后只看见面前有一些人头,最为突出的是一个谢顶。这一刻出奇地安静,听不见任何声音。我渐渐看清了面前的人。我想我的表情在这时一定变得很尴尬,感觉自己成了一只供人观赏的猴子。这时,老板说话了:手术很成功。

跟着就响起了掌声。这就意味着,“产品”顺利通过了验收。

他们离开之后,201 陪同我回到了自己的病房。他随口问了句:你不想照照镜子吗?

我摇摇头。

201 说:不要有什么想不开的。其实只是简单地把眼睛调了个个儿嘛。从明天起,我们正式开始工作。

说着,他把一万块钱营养费放到我面前。他没有马上离开,此刻他的表情很像我经常遇见的那种圈子里的经纪人,暗示着这一笔生意是他替我张罗的。他应该从这一沓钱里抽走二十张。心照不宣,他果真就这么做了。

201离开后，我的膀胱开始发胀了，就扶着墙壁慢慢走进了卫生间，虽然已经做好了心理准备，但镜子里那张脸还是着实让我惊讶，它太像我们的年轻的老板了！我看着镜子里的这张脸有一种欲哭无泪的感觉。这张脸已经不属于我了，可我却还要顶着它去为一个在病榻上昏迷了十二年的老人当儿子。一个此刻连尿也尿不直的儿子。我的手被小便弄湿了，怎么洗都觉得恶心。当我走出卫生间时，就听见一个女人的声音在外面叫：哥，你没事吧？

好久没有听见这么亲切悦耳的声音了。

4

喊我“哥”的，是一个高挑个、圆脸盘、长相还过得去的姑娘，年龄大约小我十来岁。我不认识她，事实上我也根本没有什么妹妹。有一刻，我怀疑她可能是我以前认识的某个一般关系的女人，不过是为了表示见面的亲切，就哥来妹去。但仔细一想就觉得不对了，这是什么地方，一般人能进得来吗？

我礼貌地对她点点头，可她一下就像鸟那样快乐地落到了我肩上，兴奋地说：哥，我总算是见到你了。听说你病了，所以我就从多伦多飞回来了！

我这才注意到墙角放置的一只贴满国际航空旅行标签的皮箱。上面还搁着一本十二年前红极一时的爱情小说。这本小说提示了我，让我联想到一个事实——十二年前那场车祸中，死去了一个姑娘……

你是……

我是小芳啊！

小芳？对了，201说死去的那个姑娘就叫小芳……

那小芳已经拿出了一些境外带来的点心让我品尝了。趁这工夫，她对我亮了一下手掌，那上面写着这样一行字：我也是被挑选来训练的。

我傻看着面前这个自称是小芳的姑娘，感觉到眼睛又出现了隐痛。没错，她就是我的妹妹，实际上也就是老板的妹妹了，但我还是有些发愣，不适应和这位妹妹耳鬓厮磨，她却滔滔不绝地对我介绍旅途中的情况。小芳说在日本成田机场转机的时候，遇见了一个很帅的男人，那个人对她似乎有点意思，一路都想索取她的电话号码。她没有给，因为她很快就发现这个男人是日本人，而她父亲是绝不会同意女儿嫁给一个日本人的。然后她就用英语说：在父亲看来，这显然是一个原则问题。

话说到这里，门就被从外面打开了。201走了进来，他的出现使室内的仿真效果顷刻瓦解。这屋里刚才发生的一切都像是一次正式演出前的彩排。我和小芳都不由自主地站了起来。

201对我们做了个手势，意思是都坐下吧。我们就又坐下。201清了清嗓子，像导演说戏那样说：见面的效果总的来说还是不错的。毕竟是兄妹嘛，又是好几年没见了，亲热一点也说得过去。但是，他的语调突然变得严肃，尽量还是不要过多的身体接触，小芳一扒到男人身上就下不来，这不对，要改。

小芳说：我改。

201说：有三个细节要注意。第一，你从加拿大飞回来不是因

为你哥哥病了,而是因为你父亲病了,知道吗?只有女儿和父亲之间才可能有这样的牵挂,哥哥病了就病了,顶多也就是打个越洋电话问候一下嘛,你怎么可能会飞回来呢?逻辑上不通的。第二,“帅”是这几年才出现的流行语,十二年前没有,要换成“有风度”或者“英俊”。第三,你最后一句英语说得还流利,但用词不当,你父亲不同意你嫁给日本人,并不是“原则问题”,而是“感情问题”——他是感情上难以接受,懂吗?因为他初恋的对象死于1937年的“8·13”……

小芳说:我懂了。

201瞪了小芳一眼,说:不要急于说自己懂了,这份工作对于你来之不易,不仅是钱的问题,可以说它改变了你的社会地位和个人命运——这个难道你还不明白?

小芳低下头说:我明白。

201说:你这个年纪要把精力放在学习上,不要成天泡在网上。人的劣根性是很顽固的,你时刻不要忘记你现在的身份,你是这个家族的掌上明珠,是你父亲的骄傲,作为一个国外归来的访问学者,要讲修养,讲涵养,待人接物要有分寸感,穿着可以时髦一点,但不能过头,一会儿去把指甲油给我涂掉。

小芳的眼泪都下来了,没有再说什么。

201看了看表,宣布:从今天起,你们回家住。你们兄妹多接触——当然不是全方位的,多交流——不要瞎打听,尽可能磨合得好一些,也让我有点成就感吧。

家是真实存在的,在丁香路19号。那是一幢过去租界遗留的老房子,欧化仿古的建筑风格,二层小楼的墙上爬满了藤萝,前后都有花园。我上中学的时候,每回骑自行车路过那里,都情不自禁地放慢速度向里观看。我喜欢这样的建筑,多年前它在我心中就是一个名人故居了,那里面始终静悄悄的,我从来没有见过那位可敬的历史老人。

我和小芳随201的车回家。一出芸香山疗养院,我就觉得方向不对,这不是回家的路啊。我提醒201,去丁香路不是这个方向。201没有理我,一直把车开到了南郊的一个工厂院子。

后来我才知道,丁香路19号那个家,眼下正在被秘密开辟为新的文化名人故居。说它秘密进行,是因为这所谓故居里的名人还健在,故居也就不成其为故居了。但是这当儿一家有来头的房地产公司介入了,他们有备而来,对老板提出联合开发这个故居的构想,拿出了一份厚实的可行性报告。那报告的中心思想是把一个旅游度假村和未来的名人故居一并开发出来,相互配套,相互影响,这样就能赚钱了。作为回报,房地产公司承诺每年将酒店盈利的10%投入老爷子的学术基金会,这个基金会每年会对一位做出杰出贡献的人文学者颁奖。他们计划把它操作成中国历史上最具权威性的、也是奖金最高的奖项。操作者野心勃勃,扬言总有一天要把斯德哥尔摩的诺贝尔干掉。不过当事人都明白,只要老爷子还活着,这个奖就是镜花水月。最终,我们的老板还是动心了。他认为这个项目既弘扬了民族文化,又抓住了经济中心,很好,但眼下决不可以大张旗鼓地进行,只能悄悄干。因为这样一来,媒体就不可避免地要介入,炒作的后果,弄不好就是对敬爱的父亲的诅咒和亵渎。处于两难境地的老板很苦恼,他既要为父亲活着付出一切代价,又想不让自己闲着。

这样,201 就带着我和小芳走进了一个模拟的家。这个家,是在一个废弃的车间里临时搭建而成的,有点像拍电影的摄影棚。开始,我们都觉得没有这个必要这么做。我们希望就住在芸香山疗养院里接受训练。但是 201 断然否决了,他说:要想以假乱真,必须身临其境。设身处地的训练能确保你们未来的工作一帆风顺。

我以为他还会说“平时多流汗,战时少流血”,他没有说。

201 说:你们要把这儿当家。你们必须安心住在这个家里。

在这个家里,你走进来就觉得时光倒流了十二年。在这些屋子里,老爷子一个人占着楼上,一间卧室,一间书房,还有一间宽敞的会客厅。这里陈设的一切,都是真实的文物。光书橱里的上万册的藏书,据说就装了一大卡车。还不包括一些列入国家级文物的孤本和善本。这里的家具却有拼凑的痕迹,从明代的太师椅到当代的五斗橱,从紫檀到香樟树,清一色的实木,看上去却不协调。201 一再叮嘱我们,要小心爱护,不要真正使用。(我们能够使用的基本上是些塑料制品)他说你们只是感受一下气氛,受些熏陶。在几面墙上,挂着绝对名人的字画,从落款上看,都是送给老爷子的,作者也都是死人。不过眼前这些字画其实都是水印制品,这逃不过我专业的眼睛。墙上还挂有一张中年妇女的照片,面貌慈祥,那应该是我们死去的妈妈,准确地说,应该是小芳的妈妈,我的继母。在客厅里,有一台国产的 21 吋彩色电视机,床头柜上放着一台半导体收音机,同样是国产的。别致的是那台老式的留声机,边上摆了周信芳、马连良、裘盛戎等京剧老大腕儿的唱片。我想老爷子肯定是一位名票。

老爷子的书房里还特地放置了几件提示时间的道具。一本十二年前的台历,是从百货公司仓库里翻拣出来的,为了仿真,他们已经请笔迹专家模仿老爷子的字迹,用铅笔在翻过的台历上记下了那个阶段他主要活动内容的备忘录,比如说接受某家报纸的采访啊,为某人的著作写序啊,参加某个画展的剪彩啊。写字台上还摆放着车祸前一天的报纸。阳台上有一盆那个时期广为流行的君子兰。

楼下是其他家属成员的房间。虽然十二年前真实的我们都已经独立门户了,但在这个大家庭里还一样保留着我们的位置。201说,通常在每个周末,我们这些做子女的都会回来住上一晚,陪老爷子共进晚餐,向父亲汇报这一周的工作情况和思想情况,然后聆听他老人家的教诲。遇到老爷子兴致好的时候,我们还可以得到他的墨宝。这个家曾经有过一位老阿姨,自从我的继母妈妈去世,阿姨就被辞退了,换成了一个男厨子,外加一个干杂活的钟点工。看来我们的老爷子特别注意晚节,事实上他儒雅的形象始终被学术界视为楷模。

我和这个叫小芳的姑娘就这么凑合到了一起。最初的几天,是201陪着我们一起住,他睡在厨子的床上,我和小芳各自进了自己的房间。这样过了几天,201觉得我们适应了,于是就决定离开。他走的时候就留下一句耐人寻味的话:注意纪律。

5

作为合同的一方，我每天的工作就是练习发音，矫正方言和矫正形体。当然，我还可以继续作画，但必须一改我原来的画风，转为模仿老板的风格，甚至就是直接临摹。说实话，我一点也不喜欢老板的画，严格讲起来，他的那些画格调不高，清代“四王”的痕迹很重，有的可以说是变相临摹之后的拼凑，我也不喜欢“四王”，我喜欢的是“元四家”，按照董其昌的提法，黄公望等人都是“文人画”的典范。我不是文人，但是喜欢“文人画”。那种诗画交融的境界让我激动，那种随心所欲、涉笔成趣的生活一直让我心仪。就技法上看，我喜欢石涛的简约，八大的恣肆，吴昌硕的飘逸，齐白石的天真。哦，这种生活实在让我向往啊。

小芳的工作和一名外语学院的学生差不多，就是抱着一本字典背诵英语单词，她的发音很好听，口齿也伶俐，我觉得她已经做得很不错了，不时在我面前卖弄个一句半句的，也不让我讨厌。闲着的时候，我和小芳也谈些闲话，当然是用中文交谈。这个姑娘虽说没有多少文化，也看不出有多少见识，但还是很善言辞，这点比我强。她说话的时候非要坐到我的对面，让我看着她的脸。这样我才能来劲，她总这样说。虽然她所谈的东西，比如追星啊，网恋啊，彩票啊，服装牌子啊，我不一定感兴趣，但是在这严冬季节，在一个市郊废弃的破车间里，能有一个年轻的还算好看的姑娘这么近距离地和我说话，已经是很温暖的事情了。不过，我需要和她保持一定的距离，同时也保持着警惕——我隐约觉得这个家不安全，可能不少角落都装有监视和窃听的设备。我们的手机从合同签署那天起就被没收了,合同的表述叫“交由甲方暂时保管”。这样作为乙方的我们与外界的所有联系基本上都切断了,不知道这个暂时究竟有多长。纪律规定,我们不能向外打任何电话,只能接电话,而对方永远是一个不变的声音,就是201。所以,每当我和小芳聊天时,我就会让她尽量把声音放小,或者打开电视机——这里面播放的都是十二年前的足球录像,那个让我厌倦的解说员已经死了好几年了,可在我这里却还没有退休。

午饭后,201给我们送来了一些旧款式的衣服,让我们做好去医院探视的准备。他说:从明天起,你们每天要去医院探视一下你们的父亲。

见我们没有回答,201又说:我们希望老爷子一睁开眼,就能看见自己的一双儿女孝顺地站在床前。

交代完这些,201就到处看了看。他的眼睛像鹰一样,视察着房间每一个角落,尤其不放过床上的每一个细节。我跟在他身后,想他这是在检查纪律执行情况。他说,你们相处得还好吧?我说还好,还不错呢。201说,小芳有点任性,从小就这样,你这个做哥哥的要多让着她。我说我会的,我不会欺负她。201就回头看了我一眼,那意思似乎是在暗示我同时也是在警告我,不许占小芳的便宜。我立刻就意识到自己表达上有错误,急着想解释,但201的大手已经落到了我的肩膀说:你这个哥哥要当好啊!这话听起来真他妈的语重心长。

我们从房间走出来,小芳就说:哥对我很好呢。

201说:那就好。

等201满意地离开后,小芳便迫不及待地把箱子打开,把那些旧款式的衣服一件件抖落开,跟着脸就沉下了,嘴里一个劲地唠叨:这堆破烂让我怎么穿得出去啊?

我就走过来劝她:这是任务,也是义务,毕竟我们都是拿了钱的呀。

一提到钱,小芳的眼睛就弯了,她一个劲地问我月薪多少?我觉得这是一个敏感的问题,就没有明说。我说数目还比较可观。对这样暧昧的回答小芳很不高兴,她说我对你可是真心,没想到你这个人还这么跟我玩心眼。我说,这不是什么玩心眼的问题,而是纪律问题——你难道不接受这样的纪律约束吗?小芳就不吱声了。过了会儿,她才委屈地说,他们一个月只给我五千。我还不如去坐台呢!

我暗自惊讶,原来这小芳是小姐出身,怪不得201那回说,小芳这份工作是在改变她的社会地位和个人命运。我看着小芳,感觉不出她是坐台的,相反感觉她十分高雅。我想我的感觉可能出毛病了,要不,就是老板一伙的手段太高明,我不得不承认任何训练都是有效的。

小芳说:我每天接受这些莫名其妙的训练,回报却这么少。可我又没有办法,要是不听他们的,我就得进劳教所。那不是人待的地方。

小芳无意中向我暴露了真实身份,倒也不紧张。相反有点破罐子破摔的样子,在我面前更加随便了。她索性把一只腿架到茶几上跟我说话,她说:老哥,我说我是坐台的,你不会瞧不起我吧?

我说怎么会呢,怎么说你也是劳动所得,自食其力啊。

小芳说:我反正就这一堆了,你怎么看无所谓。

那个下午,我和小芳都好忧伤。为了钱,我们莫名其妙地成了人家的儿女。人穷志短。其实后来仔细一想,这还不仅是钱的问题。

6

种种迹象表明,老爷子临近了苏醒的日子。昨天上午,那个满脸雀斑的护士小姐替他擦身子的时候,老爷子的手指动弹了一下。擦到腰部,居然出现了一点痉挛的迹象了,护士吓了一跳,连忙跑过来说了这一事实。于是司马大夫不无自负地说,这说明老爷子已经有了局部的知觉,腰部的那种痉挛是痒的反应。201 立即将这个变化电话汇报给了老板。后者随即下达了指示,要求从现在起对老爷子实行二十四小时全面监护,并要求我们这些做儿女的每天必须到病榻前探视。他自己是真正的儿子,却喜欢遥控。

当天下午,我和小芳就去医院探视了。出门之前,我们照例要在 201 的注视下,进行一次适当的彩排。我们先得换上那个年代的服装。这对我不是问题。即使没有接受这次任务,十二年前的服装穿在我身上一点也不显得落伍。但对小芳是个苦恼,她正是穿戴的年华,不要说十二年,就是过去一两年的衣服,重新拾起来,都会让人别扭。可她又不能不接受这样的安排。说到服装问题,实际上潜伏着很大的危险。比如说,老爷子要是苏醒过来,他肯定是要到公共场合露面的，面对满大街的奇装异服，他会怎么想？他要是看到军人和警察的服装已经都换了，他会不会感到吃惊？我把这种担忧对201说了，他点点头，说：你考虑得很周全。但这些我们都想到了。我们也有相应的措施。第一，老爷子即使苏醒过来，依他目前的身体条件，大概是出不了这个园子的，局面就不难控制了；第二，前来探视的人，我们会事先打招呼，让他们做好准备。

我明白了，其实他们私下对老爷子一直就是这样安排的。老人走不出这座人工的大园子，但他必须活着。

我们这个“家”距离西岛不远，没多会儿工夫就到了芸香山疗养院。一走下车，就有人注意我们的穿着。一个刚打完手机的女人看着小芳腰间别着的BP机，就热情地问：你们是来这里拍电影的吗？

小芳说：我倒是想啊。

那女人愣了一下：哦，是来看病的呀。

小芳气得回了一句：你才有病呢！

那女人吓得跳了起来。

201立即把小芳拉到一边训斥：怎么这样没有修养？你这个样子像从国外归来的“访问学者”吗？

小芳又落泪了，不再说话。

在201的带领下，我们走进了那间带有几分神秘色彩的特殊病房。这也是我第一次目击老爷子的尊贵面容，他看上去似乎没有想象中那么衰老。他的肤色很白皙，还略泛着一丝红润，显得健康。看来持久的昏迷能使人变得年轻，这是我所没有料到的。

这间病房早就按照十二年前的样子重新布置好了。为了强调时间性，老板还专门请一位书法家写了一幅“宁静致远”的匾额，题款是戊戌年春月。这幅匾额就挂在老爷子的对面，而在他的床边，则置放着一盆文竹。陪在我们身边的是老爷子真正的儿子，我们的老板。此时他已经把自己打扮成了一个医生，去掉了墨镜，改戴了一副金丝眼镜，这使他看上去更像一个权威人士。医护人员照常在做他们该做的事情，他们习惯把目光轮流在我和老板的脸上频繁移动着，但没有一个人敢随便问点什么。病房里实在是太安静了。一种盲目的期待在这样的时刻总是显得漫长。我低着头，心里在想，也许今天，也许明天，甚至马上，老爷子就苏醒过来了。也许不会。可他一旦苏醒，我就得开口喊这个不相干的老人叫爸爸。我有这么老的爸爸吗？

忽然我听见了一个响亮的声音，便下意识地站了起来，我弄不清那是什么声音。

老板立即凑近过来，伏下身子，把被子撩开一点，然后他的眉头就皱了，但脸却舒展开来，带着少有的激动，他轻声地说：不要紧张，这是屁。他已经能放屁了！

于是他就带着这份掩饰不住的激动走了出去，大概是去和司马大夫商量了，毕竟，这又是一个新的迹象。

一个人在床上昏迷了十二年，不能说话，却居然能放出如此响亮的屁来。我有点纳闷了。没过一会儿，我也被叫到了司马大夫的办公室。

司马大夫郑重地向大家宣布：我们的艰巨任务来了。

我还没有反应过来，大夫又说：从现在开始，我们必须生活在昨天。司马大夫所说的昨天并不就是昨天，这个看上去显得有些娘娘腔的书生，实际上很雅致。他说，这不是一个医学的说法，而是一个文学的说法。这个昨天指的是十二年前。

司马大夫说，老爷子虽然躺过了十二年，但在他本人看来，和一次普通睡眠之后的苏醒没有任何区别。因此，我们要保持他的这份自信，让他觉得，自己的感觉是非常正确的。

老板接着补充道：我们这个小组的工作目标，是让我父亲对自身发生的事情不知不觉。让他感觉到自己不过是从一场大梦中醒来，昨天刚刚过去，今天不过是昨天的自然延续。

然后，他指示201从皮包里拿出了一份材料。这是一个全套的工作计划，代号叫“戊戌年纲要”。主要分三大部分：一、日常起居；二、对外交流；三、近期工作。第一部分很复杂，总的要求是把与老爷子相关的一切全部调整到十二年前的样子。他们研究了老爷子的作息习惯和生活规律，制定了实施细则。比如说老爷子每天早上7点准时起床，然后坐在马桶上收听《新闻联播》和《报纸摘要》节目。这第一项里，就包含着两个技术问题。收音机和卫生纸。老爷子一直使用的是那种“红星牌”的半导体收音机，现在把它改装了，其实是一个录音机，里面放置着从电台资料库翻录的磁带，每天换上一盘。201说，老爷子从不更换频道，不选台，他每天听过这档节目，就不会再使用这个小东西了。

这给我们带来了极大的方便。老板说，那么，卫生纸的问题呢？

201说,“斑马牌”卫生纸,目前市面上可以找到类似品质的,但需要把包装纸偶尔在他老人家面前显露一下。

老板说很好。

接下来,是早餐。老板说,我父亲是江南人,多少年来早餐吃的是那种青菜泡饭和油条。这没有问题。但父亲的嗅觉很好,因此炸油条的油不能选择那种时髦的色拉油,要到乡下去选那种新鲜的菜籽油。这是需要特别提醒的。

早饭之后,老爷子需要看当天的主要报纸。201说,这也不是问题,我们已经从几家大报那里拿到了全年的合订本,只要拆开来,每天送上一份就可以了。老爷子的活动,一般不参加会议,也谢绝应酬,但请柬必须照送。要让他感到自己还继续受到各方面的重视和爱戴,他还在继续为社会发挥余热。然后就是在家中阅读和写作。阅读,主要是看一些大字印刷的内参文件和历史书籍以及他喜欢的闲书。他偶尔还会写书法,相信这是一项健身运动,可以增添闲情逸致,可以延年益寿。还有,老爷子已经考虑在写回忆录了,出事前他已经初步理出了思路,他口述,我们安排专人记录整理。

晚上的事情要显得相对简单一些。晚饭之后,老爷子自然要看《新闻联播》节目,201说这个还是依靠录像带来解决,很好办。他有时候还关心最近一个时期比较红火的电视剧,这个就全靠DVD了。201提醒我和将来身边的工作人员,要抓紧时间熟悉这些设备,切不要手忙脚乱。如果老爷子发现我们是在刻意隐瞒事实真相,那会惹出大麻烦的,谁都负不起责任。

大家正热烈讨论着，一个穿西装的、肚子很圆的中年男子来了。我见过这个人，就是那家房地产公司的老总。他带着鲜花来探视老爷子，却被201拦在病房外面。老板走过来，把那人带到了会客室。我想他们一定又是在谈合作开发名人故居项目。那个人来的目的跟我们完全不一样。我们在等着老爷子活过来，他是等着老爷子死过去。要不，他指望的那个项目可就耽搁了。所以那人很着急。据说他已经投进去好几千万了，工程已经做到正负零，本该卖楼花了，但是现在给卡住了。他不能不着急。

其实，很多人都在关心老爷子的下一步。

7

201所说的“注意纪律”，很明显，是在警告我和小芳之间不要出现任何男女之间的暧昧关系。可我们毕竟就是青年男女，我们不过是所谓的兄妹，本来就不带血缘关系。如今，我们为了一份报酬不菲的工作，被人领到了这个临时搭建的家里。我们和外界失去了联系，没有任何属于个人的消息。但事情总归有它的两面性，经过这样一约束，无论是站在职业画家立场，还是站在独身男人的角度，我反倒看出了小芳的几分可爱。她虽然相貌一般，但皮肤白皙。她的眼睛不大，但笑起来弯弯的很招惹男人。我老家称女人这样的眼睛叫桃花眼，暗含着长着这种眼睛的女人很风骚。尤其是她的身材，那是非常好，行话叫惹火。我相信她的三围都是顶级的。所有这些都构成了她坐台的资本。有一首歌里这么唱过，孤独虽然包围着我，可我并不寂寞。我越来越感觉到，小芳对我的好感也与日俱增。每天除了训练,我们一起操持着家务。我做饭,她刷碗;我扫地,她收拾屋子;她洗衣服,我擦皮鞋。有一天她笑着对我说:哥,我们有点像两口子呢。我看了她一眼,她也不脸红。我压低声音说:不要说这样挑逗性的话,这屋子里不安全。小芳鼻子哼了哼:把我们关在一起才是真正的不安全呢!

这句话让我幸福了一个下午。

那天晚上,我很早就上了床。我对小芳说,自己感觉有点不舒服,脑子很昏,两腿很重。小芳以为我感冒了,就给我弄药送水。她坐在我床前,温情地对我说:哥,要上医院瞧瞧吗?

我说不用。我说这很麻烦。她说不麻烦,她可以陪我一道去。她一点也不觉得这是一个男人布下的圈套。我真实的意思就是想她在我床前坐坐,陪我说会儿话。说不定,我们还会拉着手说话呢。我记得一个作家说过,对一个女人最大的恭维就是对她动邪念。这话还真他妈对。此刻我就是这样。我就觉得自己应该跟小芳干点什么,而且这是可能的。

我对她说,我想喝点姜汤。

她说:姜倒是有啊,就是没有红糖。

我说:我想出汗。

她就很骚地笑了,说:哦,这不难啊。

然后她就动手摸我的脸了,她说:哥,除了这眼睛让我觉得别扭,你实际上长得不丑呢。

我突然觉得身体的某个部位绷紧了。我对女人已经失去了很多天生的本能反应了,现在情况大变,这不能不使我欣喜若狂。如箭在弦,可是得引而不发。我担心按照这个趋势发展下去肯定会违反纪律,我意识到不安全,于是就小声告诉她:这屋子里肯定藏着摄像头,得打住。

小芳生气了,说:你这人怪怪的啊,惹了人家,又吓人家。

我说,不是我想吓你。是他们在吓我们。

那一刻我内心有点悲凉。我在这个春寒料峭的季节莫名其妙地和一伙人签订了一份不可思议的合同,心甘情愿地把自己卖给别人当儿子,还以为幸运地做成了一笔不错的买卖。他们看上去对我很好,很优待,似乎什么都可以给我,但就是不给我最起码的东西。

不知是我们特殊的境遇让上帝实在看不过去了,还是上帝在有意撮合我们。就在这当儿停电了,屋子里一片漆黑。最初的一瞬,我以为是视觉的疲劳障碍,直到小芳的手一下准准地捏住了我身上一件东西,我才知道屋子里确实没有光。于是我们就在黑暗中手忙脚乱地替对方脱光了衣服,她的皮肤真是好极了,我们干柴烈火地抱在一起,我们很快就气喘吁吁,大汗淋漓。小芳突然大叫,我急忙用枕头捂住。小芳像条大鱼似的在我身体下挣扎着,我就压得紧紧的。接着,我感到脖子上很痛,她生气地咬了我一口,然后就把我推下了床。她说:你他妈讨厌啊,我正爽呢!

说完这话,她就抱着衣服回她自己房间里去了。

我一个人躺在床上,黑暗让我觉得屋子特别空旷。我周围都是寒气,有点冷。我一连打了几个喷嚏,很快就感觉浑身不舒服了,带有酸痛。我想我这回大概是真的要生病了。没有睡意,就这么看着窗外的天，没有灯光，就这么胡思乱想。我又一次想起前些日子做的那个梦，我在河边看见了洗衣的妈妈，我喊她，她却不认识我。

半夜里，小芳又摸黑回到了我床上。这回她变得好温柔，像只水獭那样躺在我怀里，轻声说：哥，我和你在一起很舒服呢。我说我也很舒服。小芳就问怎样个舒服，我说是这个时期我最舒服的事情。小芳说，以前你和别的女人在一起，有这样的舒服吗？我说还真不觉得呢。小芳说你没有骗我吧？我说没有，我说我确实觉得好舒服。小芳说，我就是想知道你是不是真的舒服。我以前和那些男人泡，恨不得马上就完事，拿钱走人。可这回和你在一起，我特别想把时间拖长，因为我自己舒服，也想让你舒服。我搂紧了小芳，让她的身体紧贴着我。我们就这样沉默了好大一会儿。

小芳叹了口气，接着又说：哥，要是没有你陪我，我会疯掉的。我原来是担心不跟他们合作会失去自由，那劳教所的日子可真是没法过的，我怕。可是到这里一看，根本就不是他们讲的那回事。狗屁的科研项目，我都烦透了。我还是不自由，连手机都没收了，他妈的好狠啊！

我说，自由是个什么东西？现在我真是想不出了。

小芳说，这日子还不知道要熬到哪一天呢，哥，你说我们可以报案吗？

这话让我好吃惊，她竟这么想了。我就劝她，我们已经和人家签了合同了，也花了人家的钱，这就等于是自愿合作。你报什么案呢？

小芳说那是什么合同啊，简直就是卖身契。我当小姐，只卖身，可卖过的身子还是自由的呀。这下好了，连身子和自由一起卖了。

我又说，人家没有虐待我们，好生伺候着我们，人家也不是非法拘禁，不过给你规定几条纪律，你有什么理由报案呢？

我们又沉默了。过了好久，外面的天已经发白了，可我们还是没有一点睡意。小芳问我：哥，我们就这么下去吗？那个老家伙什么时候会醒来？我说我也不知道，他已经能放屁了，就是说，离说话的日子不会远了。小芳就很悲哀地说，我今年才26岁，他至少有99岁了，他怎么会有这么小的女儿？我哪会有这么老的爹？我说，实际上你这个爹只有88岁，他老人家在62岁那年生下了你。我们是同父异母的兄妹呢。

小芳就笑了：同父异母的兄妹睡，也是乱伦吧？

这句挑逗的话说过，我们又来了一次。这次时间比较长，小芳咬着嘴唇没有叫。我们配合得十分完美。然后，小芳回到了自己的屋子。她刚走，我就听见了鸡叫。好久没有听见城市里有鸡叫了。

8

黎明前在梦中，我又见到了妈。她还是在故乡的小河边洗衣服，也还是不认识我，但这一次她看我的时间比较长，她的眼光变得有些迟疑。我想喊她，可就是张不开口。嘴好像被一只大手捂住了。梦魇让我窒息，让我体验到死亡前夕那种恐惧。然后，我就攒足力气突然挣扎着醒来，一睁眼，就看见了一个熟悉的身影，这是201。

我连忙起床，对他心虚而抱歉地笑着。

201看了看表，说：作息时间要规律啊。这个时间，应该是你给父亲读报纸的时候。

我就说：报纸不是由秘书读吗？

201说：要是秘书临时有事请假呢？凡事应该想复杂点，年轻人。

我避开了他锐利的眼锋，去上卫生间了。可是小芳已经先一步进去了，我就在外面等着。过了会儿，小芳挺着一对大奶子走出来对我抛了个飞眼，我连忙紧张地撇了撇嘴。她愉快地哼着邓丽君的歌，回了房间。我的小便又尿不直了，心跳得非常乱，我想这种床笫之事是很难隐瞒的，何况是201的眼睛。这样一想就好害怕，有了一种犯罪感。不是我对小芳的犯罪，而是对他们。可是仔细一想，我并不欠他们什么。我顺势洗了个澡，想把时间延长，好让自己镇静。等我出来，201已经坐到客厅里了。从他自然的表情和抽烟的姿势里，我感觉事情没有那么严重，而且小芳也不知道去哪了，这让我似乎放心了一些。我就说：今天还去探视吗？

201按灭烟头，从公文包里拿出一张卡交给我说：这是你这个月的报酬，回头你自己去取款机上验一下。

我说不需要。

201说：还是验一下好，劳动所得嘛！即使是民工，拖欠工资也是要受到舆论谴责和有关部门追究的，我们讲信誉。你是文化人，知识分子,我们不会跟你玩猫腻,一切都很透明,是吧?但不要和小芳谈这件事。

我点点头:我懂,这是纪律。

201正眼看了看我,说:你能这么想,我很高兴。小芳这姑娘有点……有点那个,这是历史原因,你要多引导她。

我又觉得紧张了,没有说什么。

201点上香烟,站起来说:昨晚这里停电了吧?

我点点头。我说:是的,大概停了一会儿……我正打算睡觉呢。

201说:自备应急灯回头我让人给装上。你还有什么不满意的吗?

我说没有,我说:这里一切都令人满意。

话说到这里,小芳已经回来了,手里提着一些蔬菜。她肯定是偷听到了我们的谈话,就白了我一眼,没有说什么就进了厨房。201说,如果真到了老爷子可以回家的那天,他会提前让厨子到位。他说:你们先将就着点吧。

201离开后,我走进厨房。小芳在削萝卜,我想过去接手,她却用胳臂肘挡了我,不肯。我说还是我来吧,我手快呢。她说:不用。她突然把菜刀一拍,说:这里的一切都令人满意吗?

我吓了一跳。

小芳抬高声音说:你这个人很没劲知道吗?

我想她说得对。

那天的午饭我没怎么吃。我有些难过。整个上午小芳都不理我，让我很空落。小芳刷好碗，就回到自己屋子里了。她说她不舒服，请假，不上医院了。没过一会儿，去西岛探视的时间到了。今天来接我们的，是那个寻常不多见的寸头207。自从来到这里，这个人就始终没有和我讲过话，我也没有听见他和别人讲过话。我怀疑他可能就是个哑巴。他总是突然出现在我身后，让我心里发毛。我一点也不喜欢这个家伙。

于是我再次亲近了我的“父亲”。他老人家今天的气色似乎比昨天还好，越来越好。我们的老板还是一副权威专家打扮，见到我，还微笑着点了点头。趁这机会我说了小芳请假的事，他很宽容地笑笑，说：你们相处得还好吗？

我说还好。

后来老板带我去了隔壁的会客室。他有点疲倦，他递给我一支烟，自己也点上，说：我和我这个妹妹——就是小芳，是同父异母，这个情况你知道吧？

我说知道，201对我说明了。

老板说：我这个妹妹比我聪明。如果不是那场该死的车祸，她一定成就非凡。我很欣赏她……

说到这里，老板还真流了泪。

我不知道为什么今天老板要跟我谈这个。难道我和小芳的事情露出破绽了？我心下发虚，没敢就这个问题想下去。事实上老板也没怎么难为我，只要我回去之后给小芳带声好。还说如果需要去医院，随时通知201。

从医院回来，天已经转黑了。小芳还在屋子里躺着，我为她熬了点小米粥。做好之后，我端着粥去敲了她的房门，我感觉某个监视器正对着我的后背。我说：小芳，我可以进来吗？

小芳在屋里回答：门开着呢。

我推开门，看见她靠在床上看一本外国的电影画报。封面是美国影星梅尔·吉布森自导自演的电影《勇敢的心》。那是我喜欢的电影之一。除了这个男人，我还喜欢片中的女主角苏菲·玛索。那是一个风情万种的女人，我在一盘盗版碟上看过她的裸体。这样一想，我又想做爱了。我感觉面前的小芳就是苏菲·玛索，她们都长着一样的好腿。她好像也看出了我的心思，一边喝粥一边露出了一截白生生的大腿，像藕似的。可是，这屋子里所有的灯都亮着。客厅里那盏最亮，按规定是不许关掉的。要是想干点什么，行动路线会完全暴露。我偷偷摸了摸小芳的那截大腿，轻声问：你真病了？

她笑了笑：我想睡觉。

我说：你是想广义的睡觉，还是想狭义的睡觉啊？

她撇了撇嘴说：你们这些文化人就是酸，说啥都绕。你就直接说想操我不就得了呗。

我有些狼狈，沮丧地说：今天不会再停电了，也许以后永远不会……

这时，小芳对我亮出手掌，那上面写着：上厨房。

我就进了厨房。过了会儿，小芳也跟进来了。这屋子里大概就剩下这个死角了。于是这个做饭的地方临时成了我们做爱的场所。小芳一边扭着屁股一边埋怨：妈的，我长这么大还没有在厨房里碰过男人呢！妈的，我明明可以在床上大模大样地和你做，现在却在这里偷你。妈的……哎哟，你轻点行吗？

完事后，我们都坐到了地下。我点上烟，抽了两口就被小芳接了过去。她狠吸了一口，叹息着：这日子我可是没法过了！

我就劝她，慢慢习惯吧。

这时，小芳悄悄告诉我一个惊人的建议。她说：哥，咱们溜吧。

我大吃一惊，就说：这怎么可以啊？我们可是……

不等我话说完，小芳就说：那份合同没有经过公证，他们也未必敢拿出去公证，不算数的。

可是钱呢？我说，我们毕竟是拿了钱啊！

小芳说：我可以向小姐妹们借钱还他们。这个我不担心，我担心的还是劳教所，那不是人待的地方。可这个地方也不是人待的，是猴子待的。

接着小芳就说了她的设想。她说买菜的那个菜市有一个后门，出了后门就没有了监视器。后门对着一条小河，河上有座老桥，过了桥就进了一片林子……

我说：别这么想啊，睡觉去吧。广义的睡。

9

时间就这么过去了一段。转眼，窗外的树仿佛一夜之间生出了嫩芽，春天就这么来了。我们的“父亲”却不知道这春天的消息，他老人家无比安详地躺在病榻上，偶尔感觉着轻微的痒，偶尔也放着响亮的屁，可就是不睁开眼睛，让所有爱他的人和他爱的人沉浸在幸福的期待中。春天让人疲倦。因为和小芳偷了,我没有明确感觉到季节的更替,也没有感觉到这种生活的枯燥。某种意义上,我甚至还感到安逸。我想,时间真是个奇妙的东西,慢慢地就改变了一切,也让人适应了一切。时间是软刀子。有时候去医院探视,我望着面前的老人,突然还会产生一份冲动,我会以为他就是我的亲生父亲,虽然年纪大了许多。他安静地躺着,不找碴儿,这样就很好。我和自己的父亲好几年不来往了,我甚至都记不清他的模样。只是今天下午,我从医院出来的时候,看见玻璃门上映出自己的身影特别怪异,拖着左腿,佝偻着腰,一副过分谦卑的样子。这个形象让我不太舒服,好像还辛酸了片刻。但只是片刻,过会儿就好了。这个下午小芳还是没和我一块儿来,她说感冒了,在发低烧。她再次通过我请假,我却为她担心。她这么消极怠工迟早会有麻烦的,我不能不担心。我回来的时候,她还躺在床上看那本很厚的牛津英语,我就替她倒了杯水过去,顺势坐到她床沿上。

我问:可好点了?

她摇摇头,把书扔到一边,懒散地把头歪到一边,好像懒得跟我说话。我却想借此机会劝她几句,我想说你对我任性没关系,但不能对他们任性。我们是来上班的,不是度假。我正想着怎样开口,突然看见她对我又一次亮出了手掌:我怀孕了。是真的。

我吓得站了起来。

她又亮出了另一只手掌:不要怕,我愿意。

可是我怎么能不害怕呢?我想哭,想抱着她,想对她说宝贝这孩子你想生就生吧我愿意娶你我愿意当这孩子的爹我本来就是孩子他爹……

可是，我却没有说。啥也没说。

小芳这才转过脸来，看着我，她的眼睛显得特别干净。我们就这样看着，一直看到天黑下来。

第二天，小芳又去那个菜市买菜，就再也没有回来。

很快，201 就赶到了。他进门就长叹一声，然后把一样东西放到了我手上，说：这是从你床上拾到的，留着做个纪念吧。

我一看，是一团长头发，霎时就明白了。

201 说：都是你干的好事吧？

我不想分辩，眼睛很难受。

201 在我面前激动地走来走去。走了几个来回，这才说：我检查了垃圾，连续四十天没有发现你妹妹的卫生巾，知道出事了，可我还是来迟了一步……

我不想说什么，好像 201 刚才激动地说的这件事与我没啥关系，是在说别人。我愿意听他继续说下去。

他果然就继续说了，情绪还是激动：我不是暗示过你吗？你装什么糊涂呢？你把我当成什么了？你是知识分子，我也是啊，知识分子难道就可以不讲游戏规则吗？知识分子难道就可以不讲职业道德吗？

我还是没有说什么。有点奇怪的是，这会儿我怎么一点也不含糊他呢？我不怕这个 201 了，因为他说，他也是知识分子。我们实际上是一样的人。我不怕一样的人。

201 努力使自己平静下来，还递给我一支烟，又叹息说：也难怪，这事也确实他妈的难办！可你们是兄妹啊！兄妹之间干这个是乱伦，是缺德，是大逆不道，这在中世纪是要用火刑惩罚的！现在怎么办？小芳逃了，要是老爷子明天苏醒过来，睁开眼就想见他的掌上明珠宝贝女儿，我怎么办？我上哪儿找啊？你，你这个狗娘养的为了自己那点舒服，让我前功尽弃啊哥们儿！

我唯一要做的，就是对这个被称作201的男人抱歉地笑笑。我心里对他还产生了一点同情。我想他的处境比我还不容易，我给人当了儿子，他却给人当了狗，所以我应该同情他才对。

这天晚上，老板第一次来到了这个家里，这让我感到意外，也意识到小芳出逃的严重性。老板今天穿戴得很时尚，很洒脱，像个三流的电影明星。这种打扮使他年轻了好几岁，但他的神情显得忧郁。那个寸头207带着一瓶好酒和几份凉菜跟着一块来了，这家伙还是不肯说话。布置好这些，他就离开了。离开之前，他和老板对了一眼，这时我听见老板说：一小时之后我回去。就一小时。老板的这种表达让我觉得有些怪怪的，207不过是他的司机兼保镖，他应该说“一小时之后来接我”而不是说“一小时之后我回去”，还“就一小时”。感觉老板是在向207请假似的，看这个“哑巴”的脸色行事。

207抬腕看了一下表，然后就离开了。这个瞬间，我突然觉得背后有点凉。眼前这个一向沉默的、脸上始终是一个表情的寸头让我有点不寒而栗，拿着酒杯的手也有点不稳了。

老板这才说：我们谈谈吧。我们今天随便说，想说什么就说什么，很自由。

我小心地说:那,要不要通知你的人把这里的监视和窃听的设备都关掉?

老板就笑了,对我摇晃着手,说:你没喝醉吧?这里很安全,哪里会有什么监视窃听的设备?那些都是你的想象。

我很困惑,这是我的想象吗?可我为什么要这样去想象呢?

老板说:我知道你心里一直很郁闷。

我说:我已经不觉得郁闷了。

老板说:可是我感到郁闷呢。

我抬眼看着他,谢顶在灯光下好明亮。

老板慢慢把一杯酒喝下去。然后说:这个计划,确实有点不可思议,对吧?当初制订这个《戊戌年纲要》,我们也十分犹豫。需要一些投资还在其次,不踏实的是怕触犯法律——为了这个,我们咨询了国内最好的律师,觉得没啥问题,这才最终拍板执行。其实让你和小芳——就是那个溜走的姑娘,来冒名顶替我们兄妹,不是我的主意,但我现在还不能告诉你是谁的主意。事实上也没有人明确地在背后指使我,为什么?这里面学问很大。

我盲目地点点头,实际上也不知道他在说什么。

老板接着说:对于一些特殊的人物,死活有时候是一件大事。有的人活着的时候没价值,死后却价值连城,比如文森特·凡·高。作为画家,凡·高生前比你潦倒几百倍,死后也比你辉煌几百倍。有的人呢,死了没意义,活着意义非凡。比如说查理·卓别林,他一离开舞台就啥也不是了,更何况是进棺材。有的人的死是一件举国同悲的哀事,比如罗斯福,有的人的死被看作人类的一件幸事,比如说希特勒,事实上这家伙一死,也就表明纳粹第三帝国彻底败了。有的人本不该死,但自己却把自己弄死了,比如海明威、川端康成和你喜欢的张国荣。甚至,还有的自己愿意去死,但别人希望他活着——我父亲就是这样的人。

我有些茫然,不明白他究竟想说点什么。

老板又喝了杯酒,继续说:虽然我这个老父亲在病榻上躺了十二年,但在十二年前,因为我继母的突然去世以及严重的前列腺毛病的折磨,他就动过轻生的念头。他曾经想服半瓶的安眠药一觉睡过去,把自己了断。这是真事,如果那天不是我提前回家,晚一步他就得逞了。他对生活失去了信念,对活着失去了起码的兴趣。他说,他老了,到了该告别这个世界的时候了。他说像这样活着是一种耻辱。人与人不一样。一个重要的人物,人在和人不在,情形也不一样的。谁先死谁后死,后果也是不一样的。今年是戊戌年吧？多少年前的那个戊戌年,紫禁城内发生的“戊戌变法”,就生动地说明了这个问题的重要性。光绪皇帝和慈禧太后都死在那年的11 月里,一个 15 号,一个 16 号,两个人在相隔不到二十四小时内“龙驭宾天”。倘若是慈禧太后死在光绪皇帝之前——哪怕早死几个月,那么情形会一样吗？后果会一样吗？所以说,这不是一个生命简单的生死存亡问题,甚至都不是一个自然规律问题……

我小心地说:那,那您是怎么想的呢？我是说,您本人是希望这个父亲是死还是活？

老板停顿了一下,才说:最愿意看见他早死的人,是我。

我不感到吃惊,只是有点意外。

老板说:为了他的活着,这十二年里抛开花了很多钱不说,我算是耗尽了心思。我们曾经想为父亲申请安乐死,可是法律不允许。而且,名人故居的项目,现在情况突然改变了,市政要修地铁,规划中正好从那儿通过,要拆迁。这样我和我合伙人就啥也得不到了。但我还是希望他早死,至少他解脱了,我也解脱了。他在,我虽然跟着沾光,但无疑又被他巨大的阴影所笼罩,这种切肤之痛外人根本体会不到。他要是死了,算个小账,至少他的一些字画可以升值,至少我可以堂堂正正地活在今天,做回我自己,对吧?

话说到这儿,那个叫207的哑巴回来了,站在门口。

老板站起身,把外套穿上,一边说:你自己想好。决定之后告诉我。我们的长相气质如此接近,这也是一种缘分吧?

我想我已经想好了。

10

翌日一早,我离开了那个临时搭建的家。

我不知道这一走将会面临着什么后果。但我还是想离开。

我不想继续去当别人的儿子。我要当我儿子的爹。

2006年1月25日　北京寓所

(原载《山花》2006年第4期)

陷 阱

很长一个时期以来我处在被盯梢的境遇里。我曾多次向有关部门反映这个实际问题，遗憾的是没有得到重视。首先，在他们看来，谁也不会主动来找我这种人的麻烦。他们认为历史上被盯梢的对象只有三种：政治家、富豪以及美女。我显然与这三种人没有一点关系，因此我的言辞是荒唐可笑的。其次是我的样子不能够让他们信任。我五官端正，鼻子甚至称得上优美，不幸的是，一副千度眼镜落在它上面，使我在人们心目中的位置发生了倾斜。如今人们的注意力已放到眼镜的框架上。眼镜是现代生活中的饰物，正在拼命地同戒指、项链、耳坠争风吃醋。可我呢？我不过是个写小说的男人，除了受到极个别和我当初一样头脑发昏的文学爱好者的有限度尊敬外，谁也不愿多看我一眼。纵使看了，他们肯定会说：这人多像一只驼背行走的大青蛙！

然而即使是青蛙，也应受到保护的。政府对保护青蛙早已制定了具有法律效果的条文。青蛙是捕虫能手，是丰收的因素之一，这是全球公认的事实。青蛙具有受到保护的条件，我凭什么呢？

“你还是去医院看看吧！”有关领导这样告诫我，真是语重心长。

街上的阳光很好，很白。城市像被人抬着似的晃晃悠悠。一些老人纠集在悬铃木下交流养鸟经验。一个声音说:“我手里有只四眼鸟,真他妈逗!”这意思我明白。我从他们背后走过去,他们在我背后笑。我走进一家百货商店,对着迎面的大镜子审视自己。我觉得自己并不可笑。而且我发现,我和别人大致差不多,如果不严格要求,我有希望成为比较标致的男士。我喜爱这面镜子,它帮我恢复了自信。可是它只是假象。它掩盖不了我被盯梢的事实。我已经发觉,在我背后,也就是街那边的小巷口,立着一个穿风衣的男人,戴着一个大口罩。他的右手始终放在裤袋里。我们的目光在镜子里遭遇了。他突然又把目光虚起来,装出若无其事的样子,用小指去抠鼻孔,然后闪到一个邮筒后面去了。我敢保证,这双眼睛我曾经见过。可我已想不起来。他肯定认识我。他现在守着我回家的捷径。(他想在光天化日之下干什么?)

我终于没有胆量从那条小巷走过去。我绕道而行。尽管我无法摆脱盯梢者,但眼下我的安全是能够保证的。我继续走在热闹的大街上。为了避免内心的恐慌流露出来,我点上了一支香烟,做出逍遥自在的样子。这时候,一个十岁上下的男孩从我腋下钻出来,我们互相交换了一下眼光。他突然对我笑笑。这个很聪明很可爱的小家伙仔细看了看我挂在腰上的钥匙串,突然蹿到那边去了。(可怜的孩子,你被人收买了。)

我的周围埋伏着无数双可疑的眼睛。太阳目睹了这场酝酿已久的阴谋。我无能为力。我的申诉无形之中被剥夺了,谁也不会相信我的疯言疯语,除非我躺在血泊里。然而这也毫无力量。他们会说这是一场普通事故。一次自负其责自取灭亡的车祸——谁叫这个眼神不好的人横穿马路呢？接着我将被悬挂展览。我的遇难照片将作为最新的交通安全标本洗印成千上万套，张贴在每个角落。然后再用和血一样的颜色在旁边写上：

警惕呀，人们！

请记住血的教训！

我不能再上街了。

因为一片树叶从我头上飘过，我都本能地往下一蹲。

现在该是冷静地考虑防范的时候了。不管怎么说，我还有一个家。实际是我拥有一个基本上属于我的空间。这可以理解为我生命的最后堡垒。我很庆幸，我有这么一间好房子。这是一间纯粹石头堆砌的房子，它的面貌酷似一座古碉堡。它本来是作为一个什么设施基础的，以后计划修改了，宣布它成为废墟。三年前，我花十分低廉的租金获得了永久居住权。说实话，我并不喜欢这个寓所。我的几位女友皆因先讨厌房子而后讨厌我与我分手的。她们异口同声地责备这个石头家伙像座坟墓。我为此付出了高昂的代价。我后悔了三天三夜。现在想起来，当时我是多么的幼稚啊！石头，这可是日常生活中仅次于钢铁的顽固物质。而且它又很厚实，横截面至少有 50 公分，一颗普通的子弹显然无法将它穿透。在屋子的四面壁上各凿有一扇 10×10 公分的窗户。虽然面积的确小了点，影响日照，但总的来说利多弊少。我每天通过它观察外部情况，视线成扇面展开，东南西北无所不知。每个方向的结合部是重叠的，因此没有空子可钻。从守备的角度看，这种小的窗眼可以给进攻者以心理上的挫折。(谁知那黑洞洞的眼里会突然伸出什么来呢?)我的窗户即使没有铁棂子也不大要紧。一个成熟的人休想从它那儿钻进屋来。况且还有铁棂,直径20毫米的钢筋纵横交错。再看看房门吧!它有两层,都是铁的,安装了双保险的锁,还有一个足以引起四邻注意的报警装置。

这就是我的空间。我多么自在,多么轻松。我实在是太幸福了。感谢真主,阿门。但是,世上的问题都不是简单的。面对世界,我深感自己的无知和浅薄。在一个微雨纷飞的后半夜,一只知更鸟的咳嗽把我惊醒。

最近一系列迹象表明我的预感是正确的。那天夜里,我听到北边的窗下有移动的脚步声。起先我以为是夜行者,到这儿来撒尿。因为我的住宅在外人眼中永远只是一个废墟,我仍旧睡觉。可是我又听到了低声的交谈,是两个男人,口气有点讨价还价,无疑在交涉一笔见不得人的买卖。我突然觉得,这声音耳熟,甚至还有一些亲切感。可我想不起来。记忆的衰退让我无限悲哀。他们谈了许久,使用的全是过去的语言。我的思维像被钝刀割了一下,我几乎不知道他们在说些什么。我就听懂了一句:

“干掉算了!”

接着他们笑了,终于达成了协议。那会儿雨也止了,天上有了一丝惨淡的月光。我估计他们走远了,就紧贴着窗口以最小的角度向外观察。我并没有发现什么。我的视力十分糟糕。月光渐渐明起来,风却把所有的影子都弄乱了。

如果这算不了什么,就让我们再来看看几天前的夜里发生的另一件事。这事发生在子夜光景。熟悉我的人都清楚,这正是我伏案的时间。我写东西是需要绝对安静的。这种心理状态又使我能把一切细微的声音听得仔细。比如抽水马桶里滴下一滴水,一只耗子在咀嚼垃圾,我都明白。就在这个晚上,我听到了一种奇怪的声响。我冷静分辨了好久,才确信是蝙蝠磨牙声,令人毛骨悚然。我无比厌恶这个既非走兽又不属飞禽的小杂种!我恨不得活剥了它!于是我把所有的灯都拉开,进行搜捕。结果自然是一无所获。我的气恼使一只茶杯变得焦头烂额。过了会儿,我勉强平静下来,重新回到桌前。我本来有一篇东西要赶着写出来,现在思绪全被搅乱了。我点上烟,靠在躺椅上,企图找到丢失的感觉。这时候远方的钟楼又软软地敲了一下。余音未绝,那小杂种又出动了!这回演变成钢锉的声音,而且来自四方!我不禁感到了恐慌。灯依旧亮着,可我没有敢去搜寻。我知道我面临着的将是什么。

第二天似乎比平时来得迟些。等确信门外有人在跑步练拳拿牛奶后,我开了房门。我认真检查每根铁栏,又希望又不希望发现钢锉留下的痕迹或者锯齿般的牙印。我没有见到什么。但我认为昨夜的事不是错觉。我也无须继续向有关部门反映了,因为这是徒劳的。

迫在眉睫的是实行自我保护。我没有自卫的能力,但是我有自我保护的方法。小时候我读过不少西默农和柯南道尔。这几年我又读了克利斯蒂和谢尔顿。我自觉这方面的知识准备够了。在对房间的建筑结构做过精细研究之后,我决定设置机关。

陷阱,这东西听起来是过时了些。它让人联想到游击战麻雀战以及60年代越战期间的热带丛林。但是谁也不会把陷阱引进自己的寓所。这种心理很好,它为我的决策又提供了一条理论依据,增强了可行性。于是我对室内做了合理选择,在每天的后半夜进行掘坑工作。我的工具是一把炒菜用的铲子和一只汤勺。这是为了不惊动四邻。我每夜干两至三个钟头,挖出大约0.2立方米的土。第二天一早,我就用皮包把这些土送到郊外去。这样连续工作了若干个不眠之夜,坑总算初具规模了。下一步是坑内布置。我花费了不少脑筋。开始我考虑到越南人惯用的竹签,很快又放弃了。这很残酷,又具有浓重的暴力色彩。我的愿望是,在我的对手没有袭击成功之前,我不能首先伤害他们。我只想有效地制止他们的行为,维护自身安全。我后来采用了一种最新推出的化学溶液。这种东西具有强大的黏合性和较弱的腐蚀性。我曾用一头猪来试验,结果那厮一点也不能动弹而且直打喷嚏。最后一道工序是做表面伪装。这也不是简单的事儿,要做到自然,不露痕迹,天衣无缝。我用的是塑料地板,后来发现这玩意儿不行,由于悬空使它表面呈现出起伏状。我就改用了木块地板砖,可这东西又太结实了,普通重量的人很难使它塌陷。我于是借来木工刨子,将所需的地板砖一一刨薄,大约厚度同一枚五分硬币差不多。我略为用力一折,果然就咔嚓一声断裂了。我累得筋疲力尽,但我心里是愉快的。这个工程之于我该是多么重要啊!

与此同时,我加强锻炼。我要使自己的行动变得敏捷。陷阱不过是防身的权宜之计,我的敌人不会永远滞留在那个大坑里。人和猪毕竟不一样。设置陷阱的最终目的是求得一个非同小可的时间差。在对方还没来得及做出反应之际我已脱险在先。长期的盯梢和恫吓固然使我害怕,可也锤炼了我的心理承受能力。即使有一天我面对一个黑洞洞的东西我自信也不至于当场昏倒。我要做出反应。我唯一的反应就是逃。

逃就是跑。我的气质和胆量都决定我成不了那种“来吧,朝这儿打”的硬汉。我只能逃跑。也许这样的选择在有识之士眼中是十分没出息的。我希望他们原谅。我必须逃。逃命。长跑培养耐力,短跑训练速度,我每天晨昏两次长短结合坚持不懈。谁也不会比我更懂得跑的意义了。有一回天下雨了,我正在郊外的河堤上跑动,浑身全部淋湿。可我并不感到沮丧。气候恶劣对一名锻炼者来说是天赐良机。我经过一只小船面前听见有人大声喊:“进舱来避避雨吧!”那是位须髯飞霜的艄公,悠然端坐在舱内吸着水烟。我谢了他的好意,继续往前跑。艄公在我身后哈哈大笑:

“前面不还是雨吗?”

经过这番艰苦,我不仅拥有了安全感而且还获得了一段清静的日子。我每天待在家里,上午的时间用来读普鲁斯特和博尔赫斯,下午一般写作。我通过电视来观察外部生活,以通信的形式进行社交。每周我外出一次采购食品,顺便买几份过时的晚报。我的夜生活是枯燥的。我没有情人,也无艳遇,心安理不得。于是我学会了酗酒，常常把自己灌得烂醉。这样几次下来，我悟出了酒实在是个好东西。以后一喝酒，我便觉得身轻若燕。我的历史永远也不会抹杀我度过的这段美妙光景。

很久以后的一个深夜里，天上雷鸣电闪大雨如注，我苏醒了。一道钢蓝色的光从我的鼻尖前掠过，似乎宣布世界末日来临了。我不敢再睡，坐等天明。这场雨不久便结束了，清新的空气潮潮地走进我的屋子。鸡依旧鸣着，曙色渐渐染开。我靠在床上，看看陡然消瘦的手臂，很不理解。这一觉实在是睡得太久了，仿佛睡了一个世纪。我的胃不舒服，咕噜作响，我想下床来找点吃的。就在这时，我突然想到了我曾经布下的陷阱。它在什么位置，我已经完全忘却了。我的脚下，每一寸地面都是那么真实，但每一寸的地下都可能是陷阱。

1992 年 3 月　合肥

（原载《作家》1992 年第 3 期）

那年春天和行吟诗人在一起的经历

自称是行吟诗人的小个子出现时，我正在用大菜刀撬开一只匿名包裹。他头发像鸟窝一样，穿着一件盖过膝的烟灰色风衣，习惯性地把右手斜插在口袋里，目光忧郁。整个给我的感觉是一句笑话。“找你还真不容易，”他扶了扶眼镜说，“我一连问了 28 个人。”

诗人说很久以前曾与我在一次关于死亡过程的研讨会上相遇。可是我记忆里没有这个奇妙的会议，自然也无法认识这位诗人。我迟疑地站起来，诗人就大大咧咧地握住了我的手，像老朋友之间那样。但我还是说了，我记不起那次会议来。“你当然不会记得，那是一次梦中的会议。”诗人这样解释道。我感到沮丧，把手中的大菜刀扔到木凳上。于是诗人的声音开始变得像鸟雀那般令人想入非非。

“我想在你这儿住些日子。”诗人一边打着费解的手势一边说，“我要写一部大型诗剧，七场，是关于南方梦想的。与之并行的是一个少女和棕熊偷欢的故事。你觉得怎么样?”

很显然，对这样一位不速之客我已经感到疲倦了。我觉得他来自天边而且拄着拐杖。可我不能无视眼下这位天才。我斜靠在诗人对面的书柜上，做出对他的诗剧感兴趣的样子。

“为什么偏要和棕熊偷欢呢?”我这样问道。

“这是全世界男人共同的焦虑。”诗人动情而忧伤地说,“可是谁也无法制止这场世纪的游戏。连上帝也爱莫能助。”

“你能制止。”我说,“你可以不这么写,把熊换掉。”

“换掉? 换谁合适?”

“比如一个诗人什么的。”

诗人表现出极大的悲愤,脱口就是:

> 上帝赐你的武器千万不能乱用,
> 你要瞄准的只是形而上。

我们的谈话告一段落。我把诗人安置在朝西的那间屋子里——那是我亡妻生前用过的屋子(她一年前死于心肌梗塞),但收拾得挺干净。看来诗人对这个环境还比较满意,认为这是写作诗剧最后一幕的理想之所。“最后一幕无疑是属于死亡的。”诗人兴奋地说。我便有些不安了,在与诗人道别之后,我从月光里看见了亡妻飘忽的身影。

诗人就这样住进了我的屋子。这是那年春天拥有的头一个晚上,檐下的猫开始学习婴儿的啼哭。

在以后的几十天里,诗人几乎每天早出晚归。由于他的不期而至,蓝堡那年的春季快了三周。他不再穿那件风衣了,却爱把它优雅地挽在手臂上,像女皇那样招摇过市,风度绝伦的身影使城市的犯罪率一夜间翻了两倍。这些日子蓝堡已在流传诗人到来的消息,关于他的音容笑貌也不胫而走。纵欲过度的妇人们在黄昏滴水的屋檐下一边背诵诗人著名的诗句一边把羊皮裙子从高耸的臀部努力拉至腰间。因为诗人已在晚报上宣布此举为:翻越世纪之巅。

一天深夜,诗人喝得酩酊大醉回来。据说是一群不上班的女人联合宴请他。诗人以一首《女人颂》作为答谢,并且亲自站到椅子上朗诵,如泣如诉。结果女人们都笑了,爱昵地称他作“小家伙”。于是诗人号啕大哭,说上帝选择他来当诗人是一步妙棋。女人们最后拈阄出钱雇了辆破三轮车送诗人回到住处,诗人的眼镜后面依然闪动着感激的泪花。其时我还在撬着那只匿名包裹——几天来我有空就干这活,可至今无法弄开。我气得把手中的大菜刀使劲掼到地上,这个举动一下让诗人平静下来。

“我想喝一杯凉水。”他说。

“冰箱里有矿泉水。”

他贪婪地一气喝下半瓶,舔舔嘴唇又小心翼翼地问道:

“如果没有水,生命是否还存在?”

“不在。”

“那么灵魂呢?”

“也不在。”

“不是说灵魂是一盏不明的纱灯吗?”

“那大概是你的诗吧。”

“你还记得这句诗?”

“我想该是的。”

我收到匿名包裹是在诗人出现的那个黄昏。我从外面回来,看见这只一尺见方的木匣子置放在门口。我掂了掂,可以说没有分量,拿在手里犹如一片羽毛。包裹的六面都用毛笔写着我的姓名和地址,字体异常娟秀,仿佛出自淑女之手。可是这个时代已经没有淑女了,我便横生了一分疑惑。我想这也许是上个世纪的最后一件包裹了。

但是我却无法将它打开。

由于诗人横陈于我的栖身之所,因此我一夜间失去了九个情人。她们都是些搔首弄姿的小妇人,大胆的做爱方式叫你不寒而栗。你爱她们恨她们死活离不开她们。我的一位朋友曾对我说:爱情是这个世界最后的神话。如果连爱情都救不了这个世界也就整个完了。我想这是对的。你的生命如果交给女人就会像胶姆糖一样无限延长而富有滋味。我现在意识到留下诗人是一个祸害。她们不来了,连电话也不来。我不能就这么束之高阁,我还年轻。看来有必要同诗人谈一次。(我们本来就不相识,梦中的朋友算什么鸟事呢?)于是当晚,我推开了西屋的房门,竟被一股阴气呛得连声咳嗽。

诗人正在进行神秘的写作,我开门见山地说:“你还打算住多久? 七场话剧似乎太长了。”

“你没有权利斩断灵感的洪流!”诗人居然严肃地向我提出

批评。

“写多少场是你的事,让你住多久是我的事。这个权利我有。”我不客气地说。

“春天一旦消逝,我会悄然离去。”

“问题是今年的春天就他妈一点不想离去的样子,你没见檐下的猫已经有了一个排了吗?”

诗人便陷入了让人受不了的那种沉思。片刻之后又出口成章:

春天追逐着我,
我追逐着你,
你却追逐着她们

我弄不清“她们”是女人还是猫。这时诗人站了起来,有力地伸出双手继续朗诵道——

你们来吧!
我坐怀不乱。

这话听起来挺别扭。我们这个时代已不是赵匡胤千里送京娘那会儿了。坐怀不乱说明你有毛病,得赶快去看医生。诗人由于小便来了才敛住脸上的庄严,他去了卫生间。我发现他有一个良好习惯:上卫生间喜欢闭门关灯。他的尿声也极尖锐,在结束时,他总是忧愤地吟道：

太阳每日都在长大，

我可怜的小树还没有发芽……

我决定把那件包裹扔了。直觉告诉我，这是个莫名其妙的东西，留在身边没准儿哪天会招惹麻烦。包裹让我想到诗人，他们是同一天介入我的生活的；也仿佛具有同样的性质。我撵不走诗人，但可以扔掉包裹。到了真扔出手的那一瞬，我又有些后悔。一种难以名状的悲凉感进入到我的体内，开始了循环。

半夜里，我梦见了亡妻。一年前她死的时候医院出具的证明是心肌梗塞。但是一位民间郎中在观察亡妻遗容后对我说：她是被什么东西所压致命的。什么东西？我问郎中。是一种无形的东西，郎中平静地回答道，然后小心地给我留下一句话：

阴阳不可错位

亡妻在梦中对我嘶喊：我要出来！你把我身上的东西搬掉！你能帮我！

可我无法看清那个无形的东西。

诗人在一个忧伤的傍晚邂逅了一群不学无术的大学生。他们首先被诗人特殊的仪态所吸引，就把他围到一个专门给人修脚的铺面门口。因为这家小店的老板从前是诗歌爱好者。大学生向老板热情洋溢地介绍了诗人在当今诗坛的神圣地位,建议老板召开一个别开生面的诗歌讲座:一面聆听诗人的高谈阔论,一面享受着修脚的舒适,使精神与物质同步得到满足,这是天下少有的幸福。老板自然微笑,右手插到裤袋里做了简单的计算,最后认为二者的费用不可直接抵消。“但我可以八折优惠。”老板说。这话很让诗人生气,如果不是难舍这种学术气氛,他或许会拂袖而去。大学生们教导老板不要因小失大,要知道此刻站在你面前的小个子将是明天诗坛的巨人。并且断言:明年诺贝尔文学奖得主非我们的诗人莫属!老板差不多给整垮了,点了头说:“那就免费修一只脚吧。我这儿可都是些上等的姑娘,不比诺贝尔差。”

于是讲座与修脚一齐开始。诗人再次振作起来,痛苦回忆着自己的成功经历。老板的确没有夸大,修脚的姑娘个个都是国色天香,而且有着宫廷乐师一般优雅娴熟的指法。她们工作起来十分认真,只是埋怨服务的对象以后少穿尼龙袜。大学生们连声称是,结果诗人马上受到了鼓舞,要大家有什么问题不懂就问。大学生们都业已痒丝丝地昏睡过去,倒是老板一直在冷静地进行思考,他提了一个关于人生选择的问题:

“如果你口袋里只有十块钱,是去吃一顿还是去睡一觉?”

诗人回答:“吃一顿。”

老板不以为然:“我宁愿睡一觉。”

我知道这件事是在夜里。给诗人修脚的姑娘是我的九分之一。她从诗人鸟雀一般的声调里断定此人即是与我同居一屋的那个小男人。她因此恨他,本能地在他脚掌上划了一刀。“可是他似乎没有觉得,”姑娘困惑地说,“我怀疑他的皮肤是假的。”趁诗人同老板的争论相持不下之际,姑娘小鸟归巢般地回到了我的床上。那时分天空中飘动着细雨,猫们都不叫了。我们拼命,死去活来。

这个晚上后来发生的事像诗人皮肤那样的不真实。

我昏昏大睡,把身体不负责任地交了出去,可想而知有人在上面做尽了文章。如果不是后来猫们爬上了屋顶,集体放声啼哭,我大概很难醒来。猫们用锋利的爪牙挠动着碎瓦就像在掏我的五脏六腑。我感觉到痛,满嘴的牙也同时松动了。我吐掉脱落的牙齿,醒了,立即意识到大腿间一片冰凉。接着我大吃一惊——那只被丢弃的匿名包裹竟又回到了我的屋子,大菜刀靠在它边上。

这时诗人从卫生间里出来,对我很妩媚地挤了挤眼:“你怎么能把它给扔了? 多可惜。”

“是你拾回来的?”

“是。”他坐到我的床沿上,“回来的路上,我让它给绊了一跤。我就拾回来了,而且很轻松地弄开了它。”

“里面有什么东西?”

“我不告诉你,小傻瓜!”

他用跷起的食指按了一下我的脑门。

我越发不安了。我的皮肤突然变得粗糙,每个骨节都铆得太紧以致无法动弹。诗人蛇一般的腰肢让我想起民间郎中的闪烁其词。我意识到今夜什么事件不可避免地将要发生了。

“你刚才也坐在这里?”

“怎么?”

“你想干什么?”

“我没干什么……”

“你肯定干了什么!”

“……”

“你这狗日的!”

行吟诗人离开蓝堡是在那年春天里一个雨后的黎明。给他送行的是那群年轻的猫,一路悲歌而去。过了很久,有人在荒郊的独木桥边拾到了一只一尺见方的木匣子,那里面正好嵌着一个人的头颅。由于时间关系,其面目已腐烂不堪。没有腐烂的是头颅上的一件古代女子的假发,还镶有玉簪绢花之类,因此使头颅显出了三分可爱。

据说那就是诗人。

1993 年 5 月　上海—合肥

(原载《收获》1993 年第 4 期)

白底黑斑蝴蝶

在 1990 年 11 月出版的《一个美国人的生平》一书的第 48 章，罗纳德·里根以阴郁的文字叙述了以下两件事：

“1987 年 10 月 19 日这一天，”前总统写道，“股市价格暴跌，一天内下跌的幅度是 1914 年以来最大的。而在这之前，股市价格曾升到创纪录的程度。”

接下来所说的，是白宫医疗班子中的约翰·赫顿博士来到椭圆形办公室。这个男人沉静地向总统宣布了一个事实：南希，第一夫人，在贝塞斯达医院做定期乳腺检查时，被发现左侧乳房有硬块，属于恶性肿瘤，要实施手术。这样，在那年秋季开始的日子，美利坚合众国的第一夫人失去了左乳房，而她丈夫领导的国家股市暴跌。从阅读的角度，罗纳德·里根的叙述，给人的印象是：股市暴跌的原因是南希失去了一只重要的乳房。

但是，前总统的叙述是生动的。在世界接近世纪末的今天，生动，显得多么的重要。我们的生活越来越像一张天天涨价的新闻纸，散发着桂皮的味道。

1987 年 10 月，对于台湾雨林基地的上尉军官司徒建明，也是一个阴郁的季节。这位年轻英俊的俱乐部主任是基地的明星。他能写善画,最枯燥的话从他嘴里说出来都是生动的故事。司徒建明调至雨林的七个月后,做了一件引人注目的事:和护士白小鱼结婚了。白小鱼是基地长官白章参谋长的侄女,是基地最美最白的姑娘。那一年,司徒建明正好30岁。无论从哪个方面看,他都是春风得意无可挑剔。当然,对这桩郎才女貌的婚姻也隐隐传出一点微词,比如说,上尉之所以做这件事,是项庄舞剑意在沛公——为了攀附白参谋长。这实际是说不清的事。几年后,当司徒建明读到《一个美国人的生平》的第48章,内心产生了震动。他认为美国的股市暴跌与南希失去一只乳房没有丝毫关系,但阅读的印象又恰恰相反。这是很无奈的事。上尉希望所有的人改变这种有辱人格的印象,相信他的婚姻与政治无涉。“我可以说是最后一个天真的爱情至上主义者,”他这样写道,“我后来的那些不可理喻的行为,在我这方面是清醒的,完完全全的清醒:为了爱情。”这篇文字写于1992年4月14日,即在他被军事法庭判决为杀人犯并执行死刑的半个月前。

很长一个时期以来,司徒建明沮丧地认为,这个世界基本上没治了。漫天的战争与瘟疫、谋杀与抢劫、走私与贩毒、卖淫与强奸,使这个结论变得无可辩驳。司徒建明私下做过一件事,即把他视为丑恶的录影带片断汇成一盘。那都是些广为人知但鲜为人见的真实影像。但是,随着这项工作的展开,上尉很快意识到,一盘120分钟的带子是远远不够的。内容太多,只能分门别类地进行整理。比如第一辑,是关于政治谋杀的——

1973年12月20日,西班牙首相卡雷罗·布兰科被炸弹炸死;

1975年8月15日,孟加拉总统穆吉布·拉赫曼在政变中被击毙;

1979年10月25日,韩国总统朴正熙被他的情报局长打死;

1981年8月30日,伊朗总统穆罕默德·阿里·拉贾伊和总理贾瓦德·巴霍纳尔在总统府被炸弹炸死;

1981年10月6日,埃及总统萨达特在举行阅兵式时被伊斯兰军官所杀;

1982年9月14日,黎巴嫩新当选总统杰马耶勒中弹身亡;

1983年8月21日,菲律宾反对派领袖阿基诺从美国返抵马尼拉机场时遇害;

1984年10月31日,印度总理英·甘地在新德里官邸遭保镖枪杀;

1986年2月28日,瑞典首相奥洛夫·帕尔梅在大街上遇刺身亡。

遗漏的自然不少,从1948年1月30日印度民族主义领袖圣雄甘地被枪杀到1963年美国总统约翰·肯尼迪在德克萨斯州的达拉斯遇刺,再到1968年4月4日,美国黑人领袖巴丁·路德·金在孟菲斯被暗杀,再到1975年3月25日沙特阿拉伯国王费萨尔被其侄子开枪打死,都苦于资料的缺乏而不能编入。但司徒建明认为,发展的应该更多。在上尉调往雨林基地之后,他又收入了几条:

1988年8月17日,黎巴嫩总统勒内·穆阿瓦德因汽车爆炸

身亡;

1989 年 11 月 22 日,巴基斯坦总统齐亚·哈克因座机爆炸身亡;

1991 年 1 月 4 日,巴解执委会副主席阿布·伊亚德在突尼斯郊外被打死;

1991 年 5 月 21 日,印度总理拉吉夫·甘地在泰米尔纳邦进行竞选演说时被炸弹炸碎。

司徒建明给这部录影资料命名为《白与黑》。

1981 年 3 月 30 日,星期一,阳光灿烂。为了在建筑业工会会议上发表讲话,罗纳德·里根总统穿上了一套崭新的蓝色西装。"然而不知道由于什么原因,"前总统回忆道,"我在离开白宫以前脱下了我的最好的手表,戴上了南希送给我的一块旧手表。我通常只是在离开白宫到牧场干活的时候才戴它。"

这是一次成功的演讲,总统赢得了频频而礼貌的掌声。总统早年在好莱坞的演艺生涯是演讲成功的原因之一。另一个原因可能是听众大多数是民主党人——他们已不同程度地喜欢上了这位共和党的老头儿,他的风度与幽默感。

总统完成了演讲,微笑着从侧门走出希尔顿饭店,自一排摄影记者和电视摄像机前走过,正准备上车,忽然听见左边很轻地响了三声:啪、啪、啪。

总统转过身说:"真见鬼,这是怎么回事?"

这便是著名的里根总统遇刺的情形。但是很遗憾,它没有进入上尉司徒建明的《白与黑》。原因很简单：罗纳德·里根虽挨了三枪但没有丧命。再就是，这起刺杀性质的非政治色彩——刺客小约翰·欣克利不过是以此举向著名影星朱迪·福斯特表白爱情。“这显然是一个错误，”司徒建明评价说，“但不丑恶。”1992 年春，当司徒建明读完中国译本的《一个美国人的生平》后，仍然坚持对这一事件的态度。但是上尉被另一件事所牵动：在罗纳德·里根遇刺的一周前，他去了福特剧院，于不经意中抬头看了看一个“装饰着旗子的包厢”，那正是 1865 年林肯总统的遇害点。几天后，上尉因“谋杀基地长官”被处以极刑。上尉在最后的时间里回想到以上这个细节，觉得一切都是那么自然而简单地发生了，一切都在所难免。上帝在馈赠他一份无限幸福的同时也搭配给他一份彻底的灾难。

美丽的白小鱼是那个雨后的傍晚开始游入上尉的生活的。他们的认识，据后来白小鱼介绍说，是因为一只口罩。雨林基地设在一个新型的海滨城市边缘，夏日漫长，除了医院，大街上是无法发现一只口罩的。上尉司徒建明血管里流淌着诗人的血液，但他不像他的父亲，能对着一场大雪写出一百行诗。他从 9 岁起就只喜欢一只雪白的口罩。10 岁，开始喜欢女孩子戴口罩的样子，迷恋那种删繁就简、隐秘而含蓄的效果。那个雨后的傍晚，当年轻的上尉出差返回基地时，首先看见了一只漂亮的白底黑斑蝴蝶，他的视线随之飞舞，然后就看见了一只口罩。他下意识地煞住脚，原地整理着行李，余光则被口罩牵了去。一直牵到公共厕所边上。司徒建明记住了这个女孩子的发式：梳一根短辫。

后来白小鱼对这件事的解释一点也不浪漫。医院的供水系统出了毛病，卫生间太脏，她只能出来方便，有意没摘下口罩。她当然不会想到一只用于防臭的口罩还具有那么重要的审美价值以及由此产生的美妙爱情。

半年后，他们结婚了。这个让当事人双方都有点意外的决定是由基地长官白章参谋长做出的。白参谋长在第一次家宴行将结束之前，一边剔牙齿一边说出一句话：把事办了吧。

“当我躺在轮床上处于半昏迷状态的时候，我觉得有人握住我的手。这是一只女性的柔软的手。我感觉它在我的手上滑动，我就紧紧握住它，这使我产生一种非常美好的感觉。甚至在现在我都觉得很难用言语来形容这只手使我得到多大的安慰。”（《一个美国人的生平》第 49 页，新华出版社 1991 年版）

1992 年 4 月 14 日，上尉司徒建明在致妻子（实际这时已是前妻）白小鱼的最后一封信中，援引了以上这段美国前总统的叙述。他欣赏这个细节。接下来上尉写道：

“这个世界已完全堕落了，能拯救它的唯一手段是爱。”

类似的意思司徒建明早就表述过。但白小鱼还是感动了。她想再同这个曾经是自己丈夫的男人见上一面，然而时间已来不及了。差不多是在白小鱼读完信的当天，上尉被绑赴刑场。

那一天，据白小鱼回忆说，基地的气温突然降低了好几度。她去关窗户，看见一只白底黑斑蝴蝶停在晾台的红玫瑰上。“等我走近，它便碰了一下我的手，就飞去了。”那一刻的白小鱼非常辛酸。

她在这辛酸中缅怀与上尉在一起的甜蜜岁月,那些刻骨的细节。婚后的白小鱼对丈夫的评价很简约:你好棒。上尉说是吗？我很荣幸。

正如早晨每一片叶子都有露珠一样,每一个人都有隐私。作为男人,司徒建明长期渴望的是同一个女人进行一对一地相爱。他不喜欢那些拈花惹草的事,讨厌在几个女人之间跳来跳去的生活方式。他是个军人,战争让他兴奋,和平时期一切都显得平淡乏味。结婚对于他是一个男人向一个女人的宣战,是一个男人对一个女人的战争,是持久战,也是疲劳战,他并没有打赢,尽管他频频受到褒奖。除了爱情,司徒建明的兴趣几乎全转移到编辑《白与黑》上。这是他的隐私。他没有把这件事告诉妻子白小鱼。“我不希望一个漂亮的女人面对一堆丑恶。”他说。在雨林基地,知道这件事的只有中士上官云海。复姓使这两个男人成为朋友。上官云海对枪械的权威言论又使司徒建明迫不及待地交出了《白与黑》。他们逾越了军衔的障碍,无所不谈。在一个夜晚,当俩人第七次共同看完那盘带子后,中士突然说:“我想当一名杀手。”上尉经过几秒钟的迟疑,用一句粗话打断了中士不可思议的念头。这天晚上上尉问妻子:“你喜欢一个杀手吗?”妻子立即答道:“我喜欢周润发演的那种杀手。”司徒建明笑着把衣服脱了:“好,我现在就来当一名杀手。”白小鱼说:你来呀,朝这儿打,你杀不死我。

那一次司徒建明变得近乎粗暴,先行的种种铺垫全免除了。他像一名狙击手那样死死咬定目标,正待击发,腹部却受到了意外的一击。白小鱼一下坐起来叫道:“你弄痛了我!”

司徒建明仿佛大梦初醒,一身的汗瞬间全收。过一会儿他才轻轻地说:“我好像不行了。”

在以后的日子里,那个晚上的情景多次重现。那时的上尉就像一名统帅,面对死一般沉寂的战场,看着硝烟一点一点地散去。战争结束了。战争似乎过早地结束了。

过失酿成大错的白小鱼最初有些慌张。她劝丈夫用点药,但遭到了上尉的拒绝。没过多久,白小鱼感到事态其实并不是很严重。他们在一起的时候还是很好,只是司徒建明身上不出汗了。司徒建明仍是说我好像不行了。白小鱼说你行。她没有说你好棒。

像往常一样,每逢周日,司徒建明夫妇都要去白章参谋长那里。白章是一个颇具儒将风采的男人,能写一手好字。但他不轻易给人写。基地想索字的人,大都通过他的侄女白小鱼。司徒建明对此不以为然。他认为这不过是附庸风雅,而那所谓的书法,看不出任何师承关系与功底,是典型的那种“外行看是内行,内行看是外行”的货色。所以只要是请白章写字,上尉都借故不去。这次就是。白小鱼要请叔叔给一家小药店题匾,曰:回春堂。上尉问是不是一家春药店?白小鱼生气地说:“你这人现在怎么变得这么粗俗?”上尉就笑了,说要去编片子,就不奉陪了。白小鱼一边化妆一边说:“你不去更好。”

但上尉后来还是去了。他把钥匙忘在家里。上尉买了两瓶酒往参谋长住处赶,临近那幢米色红顶的别墅,突然打了一个寒战:参谋长鳏居在家已近半年——他太太不幸死于车祸。参谋长是一个有魅力并且也是一个精力旺盛的男人。司徒建明在门口停歇片刻,敲门。门虚掩着,他走进去,客厅里没有动静。一只白底黑斑蝴蝶在飞舞,他的视线随它向楼上移去,这时候他听见了妻子的声音:你好棒! 上尉脑门一阵凉,立即转身就走。他一边走着一边问自己:我为什么要走? 我为什么要走? 没走多远,上尉遇见了一位长官,忙把两瓶酒换到左手,行礼。长官好像刚用完午餐,脸上红扑扑的:“去看参谋长了?”上尉说刚从那儿来。他又说:“他让我带两瓶酒回来。”长官看看酒标,说:“你怎么总收他的垃圾?”说完就挺着肚子走了。上尉还站在原地:这话他妈的是什么意思?

这天晚上,司徒建明没有回家。他找到中士上官云海,俩人先看了《白与黑》,然后去一家小酒店把那两瓶酒给喝了。上尉问:“这酒……是垃圾……吗? 你说!”中士说:“是……垃圾……”上尉说:“哦,难怪……”

他们都躺下了。

1865 年 4 月 14 日,林肯总统在福特剧院包厢遇刺。这一天,正是耶稣的受难日。1992 年 4 月 14 日,上尉司徒建明接受了最后的审判。当法官问:“被告,你还有什么陈述的吗?”司徒建明想了很久,说:“我要讲的,你们都不会相信。我自己也不相信,可事实的真相就是如此。”

以下是司徒建明的陈述——

当我怀疑白章同我妻子有那种关系时,我决定杀了他。我认为我妻子不会对别的男人说“你好棒”的,当然后来她的解释是夸她叔叔的字,但我不相信。有人说我总收白章的垃圾,这让我想起我第一次去他家时的情形,他让我和他侄女结婚,这种爽快让人觉得可疑,好像是为了摆脱或者转嫁。总之,我相信了我的判断。我开始制订行刺计划,但在动手前,需要一次核实。杀手看我的手势行事——只要我一挠头,他就开枪。

那天我约白章到了预定地点。我开始了试探。我想问题的突然提出一定会使他惊慌失措。我问参谋长,当初为什么那么爽快地同意小鱼嫁给我?他一愣,有点生气地说:你找我来就为这?你们是不是要离婚?参谋长好像有所预感似的抽了口烟,感叹道:小鱼这孩子就是不安分,见一个爱一个。当初让她结婚,是希望婚姻和家庭对她有点约束。她父亲已不在,也算是了却了我的一桩心事。没想到几年下来,又闹事了。你们干吗不要一个孩子?

白章的话与神情让我产生了后悔。我相信他是一个正经人,一个好叔叔。我一下没词了,他倒是还在刨根究底:你们到底发生了什么事?严重吗?我就说没什么,真的没什么,小鱼她挺好。这时,一只蝴蝶——那种白底黑斑蝴蝶,从我额头上擦过,我下意识地挠挠头,手刚落下,就看见白章的胸部一下炸开了……

杀手你们已无法找到,我已安排他去了国外。我是主谋。是我杀了白章。

半个月后，上尉被押赴刑场。据行刑的人后来说，司徒建明上尉临死前的最后一句话是：南希的乳房和美国的股市毫无关系。

1996年2月29日　合肥

（原载《作家》1996年第4期）

蓝堡市的撒谎艺术表演

撒谎艺术作为一项公共性的竞赛,最初出台时马丁市长是谨慎的。怎么可以搞这种竞赛呢?他很气愤,对递交报告的人不想再看一眼。

来人不动声色。在市长怒容消退后,才说,难道法律不允许吗?

市长显然是给问住了。法律的确没有禁止撒谎的条款。撒谎和诈骗不一样。撒谎……是个什么东西呢?市长踱着步,他的身影在夕阳中变得浑浊不清。可是,他说——好像是为了挽回一点面子——这在道德上也是讲不过去的呀。

撒谎难道就完全不道德吗?来人立即接上,一个人得了肝癌,知情的人对他撒谎说没事,不过是小毛病,劝他放松点,劝他多吃,并且还偷着把药瓶上的标签都换掉,让他以为自己每天服的是些治头痛脑热或者补充营养的东西。阁下,这样的撒谎能说不道德吗?

马丁市长递给来人一支雪茄,审视着面前这张熟悉而陌生的脸:皮特,你真是个天才。市长收下了这份申请报告,然后同叫皮特的男子一路谈笑着走出了市政厅。今天是周末,黄昏将至,市长要去位于城郊的电视塔。

自前年春天就任蓝堡市市长以来，马丁先生就有了任重道远的感觉。这位白净文雅又有点忧郁的男人，对这座于沼泽中建立的城市有着不同寻常的感情。他的祖父是蓝堡的拓荒者，建市的功臣之一，但没有来得及参加竞选就不幸中了14街一个妓女的圈套，欢乐地在她怀里升了天。马丁的父亲原本继承父志力图大业，结果被卷入了“七月旋风”——那是多年前的一宗军政联手的集体受贿案，无辜冤死狱中。然而世事总不是凝固的，在一个晴朗的日子里，上帝的光环终于照到了马丁家族的第三代身上。

现在，马丁市长已登上了电视塔。这是本市的制高点。在过去的执政的日子里，市长不知不觉地养成了周末黄昏登塔鸟瞰全市的习惯。他觉得这样可以增强责任感。高耸的孤立使他意识到市长这一职务的荣誉与分量。那时视野中的城市如同一个沙盘，他便于掌握与调整。他不满意某些街道的过于狭窄与弯曲，看上去很像中世纪的一幅插图。对路灯的忽明忽暗，他不认为是电压不稳所造成的，而觉得似乎是一种民心的象征。是呀，民心。他总这样感叹着。民心是看不见的。那么多窗户都拉上了帘子。天黑了，人们在帘子后面吃饭、看电视、调情、做爱。他们思考吗？有不满现状的吗？对本届政府有缺乏信心说三道四的吗？这样想下去，他就有些阴郁。民心难测。不是吗？忽然他想起刚才皮特送来的那份报告。撒谎竞赛，就是说让大家赤裸裸地跳出来进行公开撒谎。这难道不是了解民心的一种极好的方式吗？让他们表演吧，表演得越充分越彻底越好。市长似乎有些激动，他将会看到许许多多让人大吃一惊的事发生，将会看清很多意想不到的面目。

皮特,这个流氓!

亲爱的,你这是在说谁呀?

市长被背后这个甜美的声音吓了一跳。他转过身去微笑着说:我在说阿道夫·希特勒。宝贝,你可又来迟了。

皮特的报告说:举办此次大赛,旨在提高全体市民的应变能力。时代的发展要求市民具备这种必备的素质,报告这样阐述道,它关系到大家的切身利益。如果你在计程车中遭到抢劫的时候,如果你路遇歹人强行施暴的时候,如果你出门旅游受到盘剥的时候,如果你在生意中碰见敲诈的时候,如此等等,仅有法律和警察是不够的,还必须依靠你的应变能力,才可以化险为夷,转危为安。

报告又说:举办此次大赛还有着特殊而深远的意义。什么意义,报告又没有详说。

报告提出:为了使本次大赛取得圆满成功,还必须制订如下规则——

1. 参赛者可以不披露自己的真实姓名,实行统一编码;

2. 参赛者表演时可佩戴面具与假发;

3. 未经当事人同意,所有新闻媒体对获奖者不得进行采访报道;

4. 任何机构不得对参赛者进行私下调查;

5. 任何人不得以任何理由对参赛者进行打击报复。

马丁市长连夜审阅了这份报告。他只修改了两个地方:

一是标题,在"撒谎"与"表演"之间加上一个他喜欢的词——

艺术。这样可视作一次娱乐性活动，如同办一个民间画展或假面舞会；

二是把报名费每人200元改为300元，注明上缴的80%“用于市政建设与资助慈善事业”。

然后，他愉快地在上面签了字。

三天后，这份由市长签署的“蓝堡市首届撒谎艺术表演大赛”的公告张贴在市政大厅庄严的门口。同时，晚报和电台、电视台都发布了这一消息。大赛组织者皮特原拟花重金组织一支明星演出队，在街头巷尾进行流动宣传，但在报名的第一天结束后，便断然取消了此项开支。

行情比预料的要好，皮特向市长汇报说，截止到下午5点，报名者已超过两千。

有这么多？市长从旋转的皮椅上跳了起来。

看来身怀绝技者大有人在。皮特说着将一杯杜松子酒递给了市长。

市长陷入了兴奋而忧虑的沉思。是什么吸引了参赛者？是“荣誉军团勋章”还是十万元奖金？上帝，这才是报名的第一天！他慢慢坐下又慢慢喝了口酒：皮特，我看报名的时间可以压缩为三天，一周太长了。

阁下，政府的权威岂能动摇？皮特说，公告张贴在市政厅门口，那上面可有您那漂亮的签名。

局面一定要控制住，市长严肃地告诉皮特，你可千万别给我弄砸了。

您放心。皮特轻松地放下酒杯，把腾出来的手放到市长肩上：我们去放松一下？是桑拿，还是……

市长做了一个手势：我晚上的时间一般是留给麦琪的。

一种良好的习惯保持下来并不是件容易的事。自从与麦琪结婚以来，每次进家，马丁都必须先吻一下妻子。他吻得很认真。但是近一年来他有点敷衍，这是因为麦琪身上散发着一种陈腐的韭菜味。这种气味从白皙圆润的身体上散发出来实在是不可思议。麦琪身体健康，又有与生俱来的洁癖，怎么会有这种气味呢？他们几乎不吃韭菜，除非做中国饺子——那也是极少有的。这当然是个问题。麦琪是个自尊而敏感的女人，马丁不能正面反映这一点。他只是提醒妻子平时多用点儿香水。

吻过麦琪，马丁就去了洗澡间。这表明这个晚上他不会再出门了。他将把这个晚上的分分秒秒填满：看电视新闻，检查五个孩子的作业，给乡村的老母挂电话问安，和麦琪讨论下一周的菜谱和家长会上的发言，然后是夫妇俩共同观看叫作“子夜星光”的电视节目，就寝。当然，麦琪还有些突然插进来的内容，比如在 4 月里头发应该染成什么颜色才与季节协调，吃丰乳片是否影响性快感之类。这些私语本该是放到枕头上去说的，但马丁这些日子非常疲倦，一上床便鼾声依旧。

看了晚报，麦琪递给先生一杯咖啡，皮特这个创意很有趣。这家伙长得越来越像阿兰·德龙了。

晚报上还登了他的照片？有多大？

这个不重要。麦琪说，重要的是你的签名。

这个浑蛋，成天无所事事，就知道动这种脑筋。

不过，他还是很帅。麦琪说完在咖啡里加了块方糖，就回厨房去了。

麦琪的眼光很准确。那个皮特还真有点像阿兰·德龙。据说有好几次他被人围着要求签名。市民的素质就是这样糟糕，时代发展到今天居然还会发生崇拜明星的事，何况还是个假明星。皮特这家伙……马丁突然有点紧张，这家伙的声音怎么听起来那么熟悉，像另一个人，那可是个坏小子。

大赛如期举行。

本次大赛分青年组、中年组和老年组。这引起了少年们的极大愤慨，对这种无视他们存在的行为表示抗议。他们联名上书市长，认为这是不公正的。“自古英雄出少年，”他们这样写道，“著名的《狼来了》就是少年的创造。”马丁市长还接待了他们的代表，但无法劝阻他们放弃这种欲望。市长最后耸耸肩说：即使同意你们参加，报名费也解决不了呀。300 元，这可不是一个小数。

我们可以对家长说这是定制校服的开支。

可是……校服呢？

我们就说校长携款外逃，警方正在通力追捕。

马丁市长心下一沉，刮目相看。他语重心长地说：还是来日方长吧！

围绕这次大赛的舆论哗然，空前活跃。舆论没有去评判大赛的意义与性质，而是把焦点聚集到“表演”上。频频出现的“绝活”让记者们大开眼界并伴随他们度过了一连几个通宵。晚报的发行量和电视台的收视率都跃至历史最高点。决赛的门票已于三天前全部售罄，人们期待着名次的产生，期待着一睹冠军的风采。据舆论的导向，编号为0576、面具为蒙娜丽莎的选手极有可能夺魁。目前此人已一路过关斩将，总积分居第二位。鉴于决赛的规则中要求表演是“确实发生的并已达到了预期目标的事”，积分位居第一位的选手今天下午宣布弃权。“我不过是想做一次游戏，”那人说，“并不想来真格的。”不来真格的又有什么意思呢？难道是拍电影吗？一枪崩了你，然后你再爬起来洗洗脸回家去和太太睡觉？

你的气色看上去很不错，亲爱的。

春天来了。这个城市春天总是来得早。

我怎么感觉不到呢？你摸摸我的手有多凉。

你没觉得这些日子猫闹得厉害吗？

可是耗子也没见少呀？

亲爱的，猫在这个季节是不逮耗子的。“酣睡，然后醒来，长长地打一个哈欠，叫猫子又出去做爱了。”——老伊萨的诗写得多棒！

你也很棒。咱们下塔吧，我怕风。

让我准备点零钱。那个看塔的老家伙胃口越来越大，今天得多给一点。

你害怕了？

在这个城市我有值得怕的吗？当然，除了你。你是只猫。

皮特有好几天不见了。这让马丁市长多少有点寂寞。虽然大赛正有条不紊地走向尾声，但皮特的突然消失，似乎不是一个好的征兆。天知道这家伙又躲在什么角落里使什么坏呢？这与所谓“特殊而深远的意义”有关系吗？市长有些不安，又有些无聊。他打开电视机，屏幕上仍是大赛的专题节目，记者正在对0576号“蒙娜丽莎”进行现场采访——

记者：您对夺魁有信心吗？

蒙娜丽莎：我觉得目前我的状态不错。

记者：对决赛的规则，您有没有顾虑？比方说您的家人和朋友事后会怎么看？

蒙娜丽莎：（笑）他们知道我是谁呢？你看我这面具，是用最先进的乳胶制成的，没准儿我还会用这张脸去勾引帅小伙子呢……

没错。你是谁？我又是谁？只有上帝知道。市长躺到沙发上，慢慢吸着雪茄。他又开始想皮特。想得很遥远，那已是几十年前的事。一个在歌剧院门前卖报兼偷钱包的坏小子，14岁捅破别人肚子16岁让姑娘怀孕的小流氓。他不叫皮特而叫皮克。身上据说有41处刀疤，有一处是在右腿上，伤了一根什么重要的经络，所以日后撒尿便像公狗那样得先支起一条腿。据说这坏小子是死了，死在外省的码头上。马丁见过皮克，那坏小子的声音很怪，爱将一个词的尾音拖长。如果皮特就是从前的皮克，那么一定是将偷来的最后一笔钱送到了整容院，按阿兰·德龙的模子换了一张

拾玉镯

脸,混入了绅士行列。马丁不禁笑了起来,对自己这种富有创造性的想象感到有几分得意。可是笑容很快就敛住了:这种事在今天做起来简直易如反掌。市长环顾这间圆形的办公室,觉得枝形的吊灯和老式的壁炉都散发着晦气。他还产生了一点恐惧,这种心理使他迫切想回到家中,与麦琪和孩子们待在一起。他把所有的窗幔都拉开,把阳光放进来。然后,他给麦琪拨电话。

电话无人应答。

决赛的日期定在 2 月 14 日情人节这一天。地点在皇家歌剧院。

决赛开始的前一小时,久违的皮特出现了,依旧是风度翩翩。他驱车来到市政厅,邀请马丁市长前去为即将产生的冠军颁发“荣誉军团勋章”。

我以为你在一个美人儿怀里醒不来了,皮特。

您说的不错,但我还是醒了。

我还梦见你死了,死在……外省的一个码头。

那不是我。是从前那个叫皮克的坏小子。

皮克?你还记得皮克?

我想差不多每个市民都会记得,就像记得今天是情人节。

由于车在路上突然爆了胎,他们赶到时决赛已临近尾声。0576 号“蒙娜丽莎”不负众望,一举夺魁。当主持人将这一结果宣布后,全场观众欢呼雀跃,鼓乐齐鸣。马丁市长被这一宏大的场面吸引住了,后悔自己没有看到决赛的全过程。他仅仅知道冠军是个女的。观众的情绪极为高涨,他们一边鼓掌一边议论:这个女人的确受之无愧,居然不动声色地同不是丈夫的男人生了那么一堆孩子,而且还让做丈夫的深信孩子们连手指头长得都像他。这个结果最后将由公证机关秘密核实后予以确认,倘若有一点弄虚作假,将处以奖金三倍以上的罚款,没收"荣誉军团勋章"。

颁奖仪式开始了。乐队奏响了市歌《春天从不迟到》的旋律,0576号"蒙娜丽莎"带着"永恒的微笑"走上舞台,将从马丁市长手中接过24K金的勋章和政府出具的十万元现金支票。观众们在欢呼,不断向台上投掷鲜花。然后,马丁市长衣冠楚楚容光焕发地出现了,他向观众招手致意,高声说:首先,请允许我代表大家拥抱亲爱的"蒙娜丽莎"! 市长信步走过去,正欲拥抱,忽然嗅到了一股陈腐的韭菜味,但他在片刻的迟疑之后完成了这一规定动作。他向她授勋,把缎带套上她的脖子,这时他轻轻地说:我要勒死你。接下来他又在她耳边说了很多。观众被这一类似调情的景象迷住了,他们有节奏地鼓着掌。他们希望能看到市长先生亲吻"蒙娜丽莎",可是"永恒的微笑"渐渐消失了。

"蒙娜丽莎",慢慢取下勋章,把它挂上了市长的脖子。

马丁在第二年的竞选中完全失败。选民们永远忘不掉那个意味深长的场面。为什么"蒙娜丽莎"要将"荣誉军团勋章"挂上他的脖子? 是他更厉害吗? 他没有面具,人们便记住了这张脸。人们当然不会同意这样的人统治这座不同凡响的城市,那将会把一切都出卖掉。据来自蓝堡市的人说,现在,市政厅门口的街道上一个卖三明治的老头——可能是化装的,因为他胡子忽多忽少忽黑忽白。人们怀疑此人就是从前的市长马丁。

在这年春天来临之际，新市长走马上任了。那是个有魅力很有干劲的男子，给人以安全感。到目前为止，民意测验显示的结果是：除少数人对新市长撒尿的姿势感到有所不适外，其他一切良好。

1996年3月　合肥—郑州

（原载《花城》1996年第5期）

纪念少女斯

关于我和少女斯的故事至今无人知晓。我一直不想讲这个晦气的故事，原因之一是我想维护我作为好男人的名声。另一个原因是怕玷污我神圣家族的荣誉。在今天这个时代，荣誉和名声还多少显得有点重要。我父亲总以贵族自居，脸上永远挂着“从前阔过”的笑容。现在他完全老了，除了喂养五只猫什么也参与不了。而且他又患了白内障，晴朗的日子彻底背离了他。晴朗的日子属于我和少女斯。这个故事就发生在晴朗的日子里，虽然散发着晦气。

少女这个概念，辞典上说的与我认为的不是一码事。少女与年纪无关，我总这么想。有的妇女到了更年期仍幻想着在悬铃木后面与小伙子来点小动作，证明她还是少女。我所认识的少女斯就属于这种女人。她的年龄像四季一样变幻莫测，她的情怀又如四季的花朵，无论怎么开都令人愉快。她天真无邪的样子让我屡屡受骗上当，但仍不失为天真无邪。她爱哭，尽管80%是装的，但100%的有泪水。可以说她整个的是一个错误，唯独那特有的情怀不是。我多次在心里恨她，在梦中杀死她，又他妈的忘不掉她。少女斯渗透在我的每一根神经里、每一滴血里，就连呼吸也带有她口中奇怪的青苔气。她说来就来，一闭眼即伸手可触——她的皮肤像鱼一样。梳着齐耳短发，明眸皓齿，穿工装裤，斜挎着一只棕色羊皮大包（里面装着钱夹、化妆盒、BP机和一本埃里蒂斯的诗集），走起来晃晃悠悠的样子，嘴里永远嚼着零食的少女斯向我走来了，时间是1992年5月的一天下午。那个时刻，我在南方一座城市的一棵奇异的树下，回味着前一个晚上梦境里闪过的几个细节。

什么是女人？有一回她这么问我，是不是同男人“在一起”了就是？这就是少女斯的做派，她挑逗你还不用挑逗的字眼，一副文文静静、知书达理的样子。我们这种狗男人总爱讲点情趣，一听这话就想“在一起”。到了真在一起的时候，你发现她丝毫不文静，一招一式都超出了你的想象。她问：你和几个女人在一起过？我当然不会回答，我说这个问题不要搞得太明显，我现在是和你在一起。可她一口咬定：我可只是和你在一起。这话让我觉悟。我想这肯定是谎话，但我又不想去驳斥她。我上去了就下不来，而且产生了强烈的责任感（有什么办法呢？人家硬说是第一次和男人在一起）。

我们这个年纪的男人没有多少好货。我们憧憬最纯洁的爱情又恪守着最无耻的肉欲。我们也时而反省，结果事到临头就乱了方寸，这真叫可悲。知道可悲而为是可耻，再为是可恶，如果不承认便是可笑了。可是，我们这个年纪又据说是最具魅力的，我们要赶潮。现在生活条件好了，营养品保健品比狗还多，连50来岁的男人也跟着沾光。现在对一个女孩子说我已经50了，几乎是一种炫耀。时代真是眼睁睁地看着往上蹿，像物价一样。

少女斯对我说：你这人很可笑。我说是吗？你说得真对。一边说着一边把袜子翻过来。那些日子我的生活跟这袜子一模一样肮脏，扔掉又舍不得。穿好袜子我叹息不止。少女斯便偎过来，用爱怜的目光抚摸我全身。为了安慰我，她在我眼前一丝不挂地走来走去，还做了一套健美操。这一幕至今很鲜活，可当时我并不知道这个形体语言意味着什么。很多天过去后，我才明白：她要从我这棵树上飞走——最后的收式就是“飞”。

那年夏天的一个雨夜，少女斯陷入了伤悲。忧伤使她看上去像一位失足青年。这让我焦虑，我知道将有严肃的问题，比如“我想有个家”提出来。我于是像父亲那样拍拍她的后背摸摸她的脑勺，关心地问：是不是不舒服？结果她叹道：我怕是不能怀孕了。这真让我胆寒。这年头收获什么都好就是不能收获孩子。少女斯一直申明她有避孕的措施，现在又自己戳穿了自己。我弄糊涂了，我说不能怀孕这样很受罪。她抬眼看着我：要是我愿意呢？

我的悲观主义倾向由此产生。那一夜我翻来覆去抽掉了一盒烟。我不希望少女斯怀孕，这样事情会复杂。其实最初的一切十分简单，我们在南方这座具有移民性质的城市邂逅，同属于揣着身份证和钱满世界晃悠的人物，谈着谈着就“在一起”了。这不是很简单吗？天渐渐发亮，少女斯碰碰我说：睡吧，我不怀孕。

第二天我醒得很迟。阳光打到床的另一侧，那地方暖烘烘的。我习惯在睁眼前朝边上摸摸，这回是狗日的太阳把我骗了——少女斯不在床上，不在屋里。我环顾四周，屋子收拾得体面而整洁。

少女斯走了,我们之间这一幕匆匆落下。接着我发现,我们家族的精神也走了。

我有一个小金佛,这是我家的祖传。我爷爷年轻时候在家扛长工,活干得不怎么的,却和东家的二丫头勾搭上了,水都泼不开。生米煮成熟饭,地主婆只好把自己的陪嫁小金佛给了闺女,在一个黑夜把他们打发出门。地主婆说儿呀这东西你带着也好日后应急。那是个稀罕的小东西,有二两的分量,精雕细刻的活儿。我爷爷当即扑通一跪,发誓要守着这宝贝不典不当。结果不出几年,我爷爷混成了江南的豆腐大王。50年代我那念过大学的父亲心血来潮,把这个真实的故事编成了虚假的戏文四处上演。戏据说还可以,但结尾十分可笑——让我奶奶把小金佛捐给了高级社。这完全是胡扯,小金佛一直在我父亲的皮箱里睡着。我到南边来,父亲在看过摸过后把它郑重传给了我。带着吧,父亲说,留着应急。其实我接下了一个包袱。父亲明知我是孝子贤孙,不会亏待小金佛又让我随身带着。以后每次电话末尾总要挂上一句:东西还在吧?我说当然。我说我现在小发了想把小金佛寄回去。父亲说不可,那是我们家族的精神,你每天看一眼会想起爷爷当年的创业史。可是,我的小金佛刚刚让一个少女拿走了。我真倒霉。为了少女我输掉了我们伟大家族的精神,使爷爷高大屹立的豆腐大王形象顷刻崩溃,露出了可爱的肚脐眼儿。

南方的天不久就阴了。报纸上天天打的广告仍是牛皮烘烘,都说自己的房产是他妈的皇家花园但愿意放血售出,好像大伙不是来做买卖的而是搞慈善事业。满大街都是讨债的孙子却找不到欠债务的爹。好看的小姐都失踪了，剩在发廊的货色还照样张着伤口一样的大嘴。我每天都在街上闲逛，我要找到少女斯，追回我的家族精神。我的形象比意大利电影里那个偷自行车的人要悲惨数倍。小金佛丢了再也偷不到，不像自行车可以随便捡。我蹲在街头吃快餐盒饭，行人都视我作流浪艺术家，但他们不知道这个吃盒饭的流浪汉正做着一个贵族的梦——多少年后，等我做了爷爷，我会胡子一捋地告诉孩子们：怎么样，爷爷年轻时是不是很骑士风度？虽说蹲在街头吃盒饭但可以掏二两金子给爱情。

不管怎么说，小金佛的归宿比我父亲的剧本安排得好。

肮脏的爱情也叫爱情，那时我这么想。不叫爱情叫什么呢？

爱情来去匆匆是我们这个时代的特征之一。爱情来的都是时候去的都不是时候。现在很难找到饿死街头的艺术家了但到处都是寻爱的艺术家，年龄从18岁到81岁。我其实不是艺术家，很艺术的是我天生这双眼睛，能轻易发现少女。我这辈子就注定要栽在这上面。两个多月后的一个傍晚，失踪的少女斯背着我们的爱情突然又回来了。那时我正在朗诵一首令人沮丧的著名诗篇。她胆怯地看着我，像是等着挨揍。我的确扬起了手，却如燕子一样落下。我摸摸她的脸颊，你瘦了，我这样说。然后我们就在一起了。我在这前后20分钟里背叛了我的家族精神，我真是不肖子孙。天色黑下来，我看见肮脏的爱情像蝙蝠一样在空间里飞翔。

你恨我吧，她说，你肯定说过要宰了我。她用手梳理我汗涔涔的头发,两眼柔情似水。我这才发现偷我小金佛的少女依然还是少女。我怎么好意思对一个少女实施暴力呢?我伸出双臂凌空舒展了一下,就势把她搂到怀里。少女斯突然大哭起来。

你知道我为什么回来吗?我怀孕了。我例假超过了七八天。我去医院做了尿检是阳性是怀孕。

我坐起来。我被例假尿检阳性弄傻了。可“怀孕”这个词听起来又特别美好。我把手放在她腹部上,我问:是这儿吗?她说现在摸不出来我现在很苦恼。我问:你苦恼什么?你不是担心不能怀孕吗?她说这个孩子不能留下来,你这人根本就靠不住我不能留你的孩子。她这样哭哭啼啼弄得我也苦恼了。我最后表态说:流吧。怎么个流法?去医院还是买药打?她说我不吃药我想去医院,我做检查时对医生说我爱人出差了我得同他商量。你真是这样说的?我就是这样说的,我不能委屈这个孩子虽然他还没有五官。你是想让我当这孩子的爹?你本来就是他爹。

流产的日子阳光灿烂。我一副风尘仆仆从外地赶回来的样子,手里离不开香烟。医生说这儿禁止吸烟。医生说你们男同志今后可要注意不能由着性子来。医生就像善良的外婆,安慰我说不要紧这种小手术我们一天要做上百例我们是三八模范医院。我点头哈腰地交出少女斯。我说去吧不要紧张。这口气听起来像电影上的指导员。据说很痛,她说,据说还不能打麻药。我沉思着看看外面的天空。我说痛可能会有一点,不过很快就会过去。她点点头。她说你再抱抱我,随便抱一下也行。我们就在走廊上随便抱了一下。少女斯把头发撩到耳后,掀开那道不怎么干净的白门帘进去了。时至今日,这个画面还是那么大义凛然深深感动着我。那时候我就像出卖组织的叛徒一样在走廊上走来走去。我仔细听着帘子里面的声响,可我没有听到一个少女的哭声。

一会儿医生大咧咧走出来交给我一张处方:去交费取药。我问做好了吗?医生说好了,现在你爱人在休息。医生说你爱人子宫后位一般不容易怀孕,怀上了也不容易弄掉。我问能进去看看吗?医生说再等一会儿,她需要打一针,帮助子宫收缩。

子宫。书上说子宫像一个倒挂的梨,精子和卵子就在那里拥抱这便是生命之初。现在这个生命没有了,丢到了垃圾桶里。

面容惨白的少女斯弯着腰向我走来。我扶着她,问她:你怎么不哭呢?她说我哭了,我没有力气所以哭不出声。医生说东西很大要换大号的吸头。她们吸我。一吸我就觉得在把我内脏往外掏。我看见挂着的那只大瓶子里面尽是血沫。我把少女斯背上出租车,我说:我要把你好好补一补。她满意地把头靠到我肩上,她说:我现在完全是“过来人”了,你不能再拿我当少女。我说你还是少女这个不会改变。她说不是了,慢慢你就觉得了。这时候司机揿揿喇叭,说二位不要在车上恩爱免得我分心出交通事故。司机感叹说他妈的这年头好夫妻真是不多。出租车驶进闹市区,我们都不再说话。

那一年我38岁,谁看我都顺眼。但自从和少女斯在一起,我发现自己整个的就完了。少女斯是把杀人不痛不见血的刀子。她来去自由,充分利用了我全部的弱点。现在我背着她回来,爬七层楼,我累得像只老狗。我想我真有点老了,连撒尿都像糟老头那样软绵绵的没有劲儿。我就对她说:我发现我老了。我以为她会来点安慰,可她没有。她说你是爹了还不该老?我说我才38岁。她说你的心老了。我感到悲伤,坐到沙发上去想刚刚扔到垃圾桶里的孩子。据说是一块肉,据说是一个儿子。我想他要是不弄掉将来一定会杀了我。少女斯在床上对我招招手,让我过去。她说:我一下觉得自己好空,就剩了五官。我亲亲她,我说你什么都在,好好的一样不少。她坚持说:我空了。然后她又开始流泪。少女的眼泪总是特别多。她捧着我的脸说:要是那孩子不是你的,你还会陪我去医院吗?我把她的手拿下来,我说:你别吓我。她又捧起我的脸:你说,会不会?我什么也没说。她放下手说:谢谢你。

我和少女斯的故事到这里就该完了。这个故事很糟糕我没有办法,因为故事本来就是这个样子。那些日子属于一个皇帝和一个乞丐,而我则扮演了上述两个角色。生活中人们习惯叫我艺术家,这完全是一个误会。我多愁善感,郁郁寡欢,偏偏胆小而妄为。我后来又有不少女朋友,但她们一望便知个个都不是少女。真正的少女已离我远去。那时候我兴高采烈地从菜市回来,发现屋子里又变得干干净净,我断定少女斯走了。屋子里还留着她的汗味,我想她一定是刚刚出门没有走远。我们没有走在一条道上,失之交臂。我跑到晾台上向另一条路上看,果然就看见了齐耳短发斜挎大包的背影。我没有喊。我望着少女斯晃晃悠悠的背影在心里数数,如果数到8她回过头往这边看,我立即就冲下去把她扛回来,对她说:我们做好夫妻。可是她终于没有回头。我咽下口水,回到屋里,手中的老母鸡嗷嗷乱叫,然后从逆光中看见了我们的家族精神。

1996 年 5 月　合肥

(原载《作家》1996 年第 10 期)

寻找子谦先生

1993年4月17日早晨,何光被门铃声吵醒,然后就见到了自称是子谦先生女友的余佩小姐。何光知道余佩这个名字,是这年春天开始的时候,他听说子谦先生因为一个叫余佩的女人同妻子闹离婚,还听说这个女人比子谦小22岁。除此之外,何光别无所知。

子谦出走了。余佩说,他是不辞而别。

这个消息并没有使何光感到惊讶,但余佩以泪洗面的情状让何光不安起来,很快也意识到这件事的非同小可。

余佩说,自从与子谦相识,后者就不曾离开过自己。就是出差,他们也是形影不离的。

你很担心?何光这么插了一句。

余佩停止了抽泣,说:你应该知道他去哪儿了。我和他在一起这些日子,他只对我提起过一个人,就是你何光。

何光内心很感谢子谦先生对自己的厚爱。一个男人对枕边的女人谈论另一个男人,是需要勇气的。但是何光还是有些为难,因为他确实不知道子谦先生的去向。

何光把余佩引进客厅,扔给她一本画报,说你别着急,我收拾一下,咱们再作商量。然后何光就去卫生间洗脸刷牙了。他关紧了门，解了一次漫长的小便。何光找了一个不出声的角度，尿液顺马桶的左壁缓缓而下，果然没有发出一点声音，以致后来余佩认为这段时间何光是在吃早点什么的。

何光回到客厅时，余佩已镇静了许多，脸上的泪痕也用粉纸擦尽了。何光这才觉出，余佩真的算得上一位小美人儿。何光的妻子出国做访问学者已近三年，这个家几乎找不到一点异性的气息，所以余佩的不期而至，倒使这个家蓬荜增辉了。

你吃好了？余佩问。

何光说，我没有用早餐的习惯。以前老婆在家时……

你离婚了？

没有。王小宁出国了，何光说，王小宁是我老婆。你喝茶。

王小宁出去几年了？

有三年了吧。

三年？余佩笑了一下，你这三年可不容易。

何光有些后悔，不该在同余佩的谈话中暗示自己独处的事实。自己和子谦先生是忘年之交，况且后者眼下至少是失踪了。

我们怎么办？何光点上烟问道。

你说呢？余佩说，你同他是好朋友，你应该对他更了解一些，我听你的。

何光想了想，说，首先，他不可能去死。子谦先生是个爱惜生命的人，这种人是不会死的。

余佩说，我想也是。他年纪虽奔50了，但是……我们过得一直很好。

那么，何光说，他的突然失踪极有可能是一种方式……

余佩看着何光，可能听不懂这种表达。

何光接着说，这种方式对他解决问题很有用，比如说给司法机关造成一种压力，便于裁决他同妻子的离婚书。

你觉得子谦这样做是为了离婚吗？

应该是。何光对自己的这种分析持有信心。再说，不为这个，又为什么呢？

当天中午，何光同余佩一起匆匆吃了份快餐，就登上了犁城去蓝堡方向的火车。他们先是办了硬卧，何光睡上铺，余佩在下铺。他们坐在下铺交谈。车行四十分钟，在三十铺站上了一批去南边贩面料的小贩。这些人一上车就支起箱子打扑克，边玩牌边喝酒。何光很不习惯在这种氛围里去讨论一位朋友的生死攸关问题，便去找了车长，加了些钱，同余佩双双移到了软卧车厢。余佩说，早知这样还不如乘飞机。何光说，飞机太快了。余佩就问，快有什么不好？何光解释说，他想沿这一线寻找子谦先生。如果蓝堡找不到，还可以回头去军埠，而军埠是不通飞机的。何光也觉得自己这些解释与速度没有关系，他私下埋怨自己的嘴太快了。

软卧车厢就他们两个，布置得很干净。何光慢条斯理地沏上茶。他想给余佩也沏一杯，可余佩说不渴，要渴了就喝他的。你不在意吧？余佩说，我没病的。

然后他们接着交谈。

何光提出去蓝堡，理由有两点。其一，蓝堡是子谦先生的出生地。蓝堡近半个世纪的历史，就出了子谦这么一位文化名人。这种故土之情是难以割舍的。其二，据何光所知，子谦先生17岁那年的初恋也开始于蓝堡。恋爱的另一方姓莫，莫小姐其时15岁，发育已是很好了。由此他推测莫小姐应出身于大户名门。因为那个年月，不是这样的家境，15岁的女孩连乳房都未必能长高。男人，何光说，尤其是进入中年的男人，对初恋总是看得很重的。这种总结的口吻让余佩很有几分兴奋。

他们那时候，余佩笑着说，会做爱吗？我想象不出子谦17岁的身体是个什么样子。

何光没有回答。余佩这个女人有些轻浮，可是并不令人讨厌。他看了余佩一眼，却在想这个女人和子谦先生在一起的情形。子谦是个瘦高个，穿西装还算挺拔，颇有几分风度。文化人中，像子谦先生这种注重仪表的人确实不多。当然，脱光了的子谦肯定是另一个样子了，大约形同仙鹤吧。不过这种体格的男人在床上一般是见功夫的。

子谦可真是风流了一辈子。余佩说完，便躺下了。

所以我首先排除了自杀的可能性。何光说，当然，凡事都不是绝对的。要不，我们还出来干什么？

何光发现后两句话余佩可能没有听见，她戴上了耳机，听起音乐了。何光看着窗外掠过的田野和村庄。他想这回出门多少有点不可思议，寻找子谦的下落似乎显得不重要了。他不明白，早晨见到余佩时，她那些眼泪是从哪儿来的。何光后来就去了车厢连接处吸烟。他总结了这半天来的经历，觉得自己也很荒唐，言谈中勾引的意味处处可见。眼前掠过的是一行行吐出新绿的杨柳枝。4月在中国是春意正浓的季节。很长时间过去后，何光才真正感到，选择4月出门怎么看都是一个错误。

软卧车厢与餐车相通。不到6点的光景，何光就叫了余佩去用餐。余佩已经睡了一觉，醒来后眼睛稍有些肿。何光注意到余佩睡着时两眼合得并不是很拢，有点似睡非睡的意思。如果不知道她是睡着了，这种眼神是绝对迷人的。何光断定女人入睡的依据是女人异常丰满的胸脯，起落得很均匀。何光对此没有自责，因为余佩当时的睡姿与光线构成了一种特殊的角度，最亮的部位便是那两点。亮的、动的，最不济的视线也会被它们牵走。

子谦肯定是在蓝堡吗？余佩喝了口西红柿鸡蛋汤后这么问道。

我说过，凡事都不是绝对的。何光说。

如果子谦不在蓝堡，我们这趟算什么呢？余佩看着窗外说。

何光没再接话。是呀，算什么呢？

他们返回时，车厢里已多了一位老干部身份模样的人。那人是下铺，何光便坐到余佩这一边。何光主动同老者搭腔，问了一些很琐碎的话。余佩还是听歌，她把鞋脱了，两条腿就放在何光的背后。

你们去哪？老者问。

去蓝堡。何光说，去看一位朋友。

你爱人是搞文艺工作的吧？老者问。

何光笑了笑。他没有说，这不是我爱人。不是爱人又是什么？

情人？恋人？怎么看都不像是同事，一般熟人又干吗要结伴而行呢？何光想这是不容易说清的，倒不如不说。

不说就是默认。而且何光为了证实这种被认定的关系，必须要拿出相应的行动来。所以后来何光要为余佩拉拉被子，把杯子递到她手中，把她的鞋放放整齐，何光还为她削了一个苹果。何光每做一样，余佩都说一声“谢谢”。她戴着耳塞，声音吐出来比平时大。

你们结婚没多久吧？老者又问。

何光这回是含混地点了点头。

老者笑着说，我一看就知道。只有新婚夫妻才会这么情到礼周。

火车上这一夜让何光心烦意乱。他想这事开始变复杂了。他对余佩所做的一切，在对方眼里无疑是献殷勤。余佩会怎么想？会认为他是一个缺德少义乘虚而入的小人吗？何光一夜都为此烦恼。他越想越觉得窝囊，事情的性质莫名其妙地被改变了，作为当事人，他却难以申辩。

翌日上午，火车抵达蓝堡。那位老干部模样的人下车前分别同何光和余佩握手，说，祝你们永远恩爱、相敬如宾。余佩听了这话不禁笑了，看看面红耳赤的何光，用胳膊碰碰他，他拿我们当夫妻了。何光说随他瞎说吧。余佩说，也难怪，你一路上对我那么体贴。何光难以解释清楚，便一笑付之。

他们先住下，各包了一间房。何光计划在蓝堡逗留两日。第一天去文联、文化局和文史办，第二天通过公安局查询姓莫的女人。从地域上看，莫姓在这个地区虽是大户却是小姓，查询工作不会太难。鉴于目前子谦先生的状况不明，两人商定对外的口径是追踪采访，为子谦先生筹拍一部电视片。何光是编导，余佩为电视台的主持人。余佩说这成了冒充，万一惊动了当地的头头脑脑，就露馅了。何光觉得有道理，便将余佩改作自己的助手。

第一天，他们受到了很好的礼遇，几家文化单位听说是因为家乡名人的事，十分热情。但从他们的谈话中，何光觉得子谦先生至少有十年没有光顾过故里。文联的一位副秘书长也是位小说作者，何光这个名字对他而言比作如雷贯耳毫不过分。这是何光始料不及的。余佩说，你的名气也不小呀，千里之外还有人知道你。何光淡笑道，我们这些人，也就剩下这么点东西了。话一出口，连他自己也觉得莫名其妙。副秘书长领他们去看了子谦先生读过书的中学，并说校图书馆专门辟出一柜，陈列子谦先生的作品及研究他作品的资料。何光对此有些不同看法，子谦先生的成就主要反映在文学批评上，他是靠研究别人来造就自己的。子谦先生的批评文章有其风格，属明修栈道暗度陈仓那一路，借他人作品之像塑自我之形。不过何光仍是要感谢子谦先生。当年若不是子谦先生连续三篇大块文章，何光在小说界的知名度绝对不会有今天这个样子，至少不会扩大到千里之外。

在中学转悠了很久。副秘书长接到传呼，便去回电话。趁这工夫，余佩对何光说，她刚才看到池塘边那个小亭子，能想象出子谦初恋时的情形。他喜欢在亭子里动手动脚，余佩说，我们第一次，也是在公园亭子里。何光听了这话，心里陡然有些不舒服。他觉得余佩不该把事情说得太具体。太具体就是形象了。

第二天的工作情况很糟糕。他们在一位户籍警的引领下,一共走访了八户莫姓人家。其中七户均不知世上尚有子谦其人。唯有一位裱字画的中年男子表示,子谦这个名字略有耳闻,是他堂姐的一位旧时同窗。

那么你堂姐呢?何光问道。

在美国。裱匠说,她一家都在美国。

余佩看了看何光,意思是:难道我们还要找到美国吗?

何光递给裱匠一支烟,希望他尽可能回忆起一些关于他堂姐和子谦先生之间的往事。裱匠就问:你们是来查案子的?何光说,我们想搜集一点有关子谦先生过去的资料。何光这么做,是想让余佩相信,子谦先生当年确实同一位莫家小姐恋爱,否则他不会选择来蓝堡。何光一路上担心的,是自己的安排会引起余佩小姐的误解,把寻找子谦先生的行动当作一个圈套。

裱匠在何光再三要求下,谈起了一件事。子谦这人缺乏教养,他说,学生时代就偷看女生上厕所。我堂姐为这事差点投河哩!

你认为那个裱匠讲的是真事吗?在由蓝堡往军埠的途中,余佩这么问了何光。后者没有及时做出回答是因为不好回答,说是说非都不合适。蓝堡与军埠相距不足两百公里,所以他们是乘大巴前往的。车上的人不多,他们却坐到最后一排,便于交谈。

我认为是真的。余佩说。

也许是瞎说。何光说,三十多年前的事了,谁还能记得那么清楚？况且还隔了一个堂姐。

不，余佩说，我相信是真的，这才像子谦。

你怎么能这么看呢？何光有些不悦了。

余佩说你别误会，我不是在中伤子谦。人生有许多事，做的人和看的人想得完全不一样。也许在子谦记忆里，那就是他的初恋。

何光不禁看了看余佩，忽然从她刚才一番话里听出了这个女人的分量。他觉得自己过于小看余佩了。余佩显然还有姿色以外的东西。她敢于去和一个比自己大22岁的男人相爱，这不是一般女人能够做到的。而且在这个男人生死未卜的时间里，她能以局外人的眼光来看待正发生着的事，这也不是一般女人能具有的素质。

子谦这个人生命力很旺盛，余佩接着说，兴许正是这一点，让我看重了。何光没有吱声，心里却是紧了一下。他便去看窗外，居然发现了一对掠过的燕子。何光印象中有许多年没有见到燕子这种东西了，就说，看见了吗？燕子呢！余佩说我比你先看见，远远的两个黑点，我就知道是燕子。只有燕子才成双成对地飞。何光这才笑了，说你这是信口开河吧，从前我们家屋檐下有燕子窝，总是三只燕子一块飞。余佩说真若是三只的话，其中肯定有两只是公的。何光问，何以见得？为什么就不能是两只母的呢？余佩往何光身上靠了一下，说，你这人还挺爱较真儿的，我说你听不就行了？接着就哈哈笑开了，前面的几位乘客都回头看他俩。何光不禁有点耳热。这个余佩！可他弄不清女人究竟想说什么。燕子分雄雌，我偏说成公母，再说就可能成男女了。两个男人围绕着一个女人,这便成了一个故事。何光想起临行前在他家客厅里对子谦先生的那些近似慷慨陈词的分析与判断,觉得真是太多余了。他想女人对男人的了解远比男人对男人的了解更准确。现在他的担忧完全颠倒了。他开始替自己担忧,好像自己落进了别人的圈套,还是自动落进的。至于这个别人是谁,是子谦先生还是余佩小姐,或者是他们,他怎么也想不好。

何光甚至想中断这次寻找。

所以一出车站,何光就提出来,他预感在军埠也将一无所获,子谦先生不会在军埠。余佩说,既然来了,当然还是要找的。找得到和找不到是另一回事。你不是说,军埠这个地方对于子谦有着特殊的意义吗?

何光说,现在看来,意义未必特殊。子谦不过是在这里让一个女人怀过孕而已,其实他可能使不少女人怀过孕。

也包括我吗?余佩居然这么问了。

何光说那是你的事。你没怀孕说明你掌握得很不错。

为什么这个女人怀孕就显得特殊呢?余佩跟着又问。

何光说,子谦只同我提及过军埠的女人,姓翟,叫翟南南,当时是县政府招待所的服务员,现在可能当科长了吧。子谦的妻子不曾怀孕,所以翟南南就很特殊了。

那么,余佩问道,子谦来军埠的目的何在?是想让那个至少不能称作小翟的女人再怀一次孕吗?

何光说那倒未必。何光说男人对为自己怀过孕流过产的女人一般是内疚的,因为那个女人为他吃过苦,他会时常怀念她。

你这是说子谦呢还是在说你？余佩说，你妻子肯定怀过孕。

何光说你错了，她还真没怀过孕呢。

那么就是别的女人，你别介意，我们是随便聊聊。余佩说完，把刚买来的瓜子匀出一半倒在何光手上。何光没有回答这个问题。太阳已开始西斜了，还是得先住下。他们打听到原先的县政府招待所已改成了一家酒店，价格不比市里便宜。何光这回出门带的钱不多，就想换一家。这时候余佩说，我看就到此为止吧。

你是说不找了？何光明知故问。

我觉得意思已经到了，你说呢？余佩正视着何光。

1993 年 4 月 21 日下午 5 点一刻，何光和余佩又乘上了往犁城方向的火车。这回他们直接找车长争取到了软卧。这列火车的终点站不是犁城，在犁城停车的时间仅十分钟。但是他们在犁城没有下车，而是补足了票，去了南方的一座大都市。不久，这两个人的消息全都没有了。何光所在的单位因涉及一项知识产权的分配，曾四处打听何光的下落。他们也找到了那列火车的列车长。后者表示实在记不清楚有何光这个人同自己打过交道，只说凡通过他搞软卧的人，一般送他一条烟而已。倒是一位负责给软卧车厢送水的乘务员提供了一点线索。她准确地描述了何光的形象特征，包括前额上有几点麻子都没有疏忽。她还说自己收了车厢里那个女人的一瓶牌子还很硬的中法合资香水。我知道她不希望我对外说什么，乘务员说，其实也没什么大不了的事。乘务员始终不说自己的所见，而是重复了那个女人的一句话：

你能让一个女人怀孕吗？

1997 年 4 月 11 日,一位自称是何光先生女友的女人来到了作家潘军的寓所。她说,何光出走了,是不辞而别。见作家未有及时的反应,女人又补充道:

你应该知道他去哪了。我和他在一起的这些日子,他只对我提起过一个人潘军,就是你。

1998 年 1 月 25 日　合肥

(原载《时代文学》1998 年第 3 期)

九十年代的获奖作品

1993 年 2 月,33 岁的摄影师凯文·卡特搭乘 YD－13 直升机去南非北部边界的苏丹,拍摄大量饥民的生活情况。作为出色的现场报道摄影师,卡特和肯·奥斯特布鲁克、莫尼诺维奇、西尔瓦三年前组织了一个被称作“平平俱乐部”的工作班子。那时,曼德拉的“非国大”与祖鲁人支持的英卡萨自由党正打着仗,一夜间白人倒失去了安全感,因此卡特他们需要结伴而行,这样多少会使胆壮一些。但是这一次,四个人分成了两班,卡特和西尔瓦一早就出发了。

不久直升机降落在伊阿德村,这里正有一个联合国救援组织向灾民发放食品。他们走下飞机便听到零落的枪响。西尔瓦哆嗦了一下。他不禁想起自己第一张照片的拍摄情形。那是在一次葬礼上,几个悲痛的黑人发现了一个白人小伙子,就开车追赶并打死了他。西尔瓦侥幸在一片腾腾杀气里对准了焦距。后来他告诉卡特:我真是死里逃生了!卡特说没错,咱们干的就是他妈玩命的活。西尔瓦判断着枪声的方向,还是有些紧张。可是很快,他们被眼下那些快要饿死的人的惨相怔住了。那些人活像一堆焦炭。于是两人开始工作。两个胶卷拍完,卡特就感到胸口堵得难受,一种窒息的感觉使他转移了视线,去看村里难得的那几棵树,可怜的一点绿色。他从几具尸体边迈过去,正想点支烟,忽然,他听到了微弱的呻吟声。卡特看见一个赤裸的皮包骨头的小女孩正艰难地从灌木丛中爬出,而此时一只兀鹰落在了这行将饿毙的女孩身后,瞪大了眼。卡特及时捕捉了这个让人震颤的瞬间,然后他将兀鹰赶走,抱起了女孩。他哭喊着上帝的名字,在那个阴霾四伏的上午,凯文·卡特几乎是疯了。

1996 年 7 月,吴越读到关于凯文·卡特的事迹时,他正在长江大堤的一顶蓝色帐篷里。吴越原名吴启正,是 K 市宣传部的一名科员,因为常给报纸投通讯稿,就取了吴越这么一个笔名。但是从来没有人喊,认识他的人全都叫他小吴。吴越原是部里的打字员,兼管图书资料室。1987 年,他考取了电大,之后身份就变了,进了新闻报道科。那时这个科有四个人,吴越实际干的也还是打杂。科长老王对他不错,总是在发表的稿子上把他名字带上,当然不会带他分稿费。日子一久,吴越就想自己动笔写了。他写了许多好人好事的稿子,从中央到市级报刊都寄,不过一篇也没见报。这样他就有了压力,觉得面子过不去。而且那时他正同一个护士恋爱,总是提前预报成果。护士就问:报纸呢?稿费呢?吴越支吾不开,这才觉得耍笔杆子比打字的确要难一些。有一天,吴越发现中央一个部门报纸上有篇署名吴越的文章,谈的是环保与污染,就想以此搪塞对象。为了表明属实,他去邮局填了一张汇款单,给自己开了 60 元的稿费,汇款人自然是那家中央的报社。但是邮戳是个不好解决的问题。吴越就想自己每天到机关门口去等邮递员,一拿到汇款单立刻用墨水将邮戳弄模糊,再同护士一道去邮局把钱取了。设计似乎很严密。可是三天后的这个上午,部长要吴越随自己下乡搞调查,顺便拍几张照片。于是这张汇款单便落到了他人之手。一周后,吴越出差回来,差点把这事忘了。他隐约觉得,部里的人看他的眼光有点异样,却不知因为什么。后来等到下班,科长老王把他留下来。老王拿出那张汇款单,吴越的头一下就大了。老王说:你怎么这么傻呢?文章千古事,得失寸心知。要是容易,还有人去做工种地么?吴越的眼泪大颗落下,一句话也说不出。老王拍拍他,说你的出发点是好的,人也聪明,我看你今后专职搞摄影吧。老王说摄影是个死东西,只要人勤快,肯吃苦,把有新闻价值的画面一框,再动一根手指,就成了。那时吴越感觉,科长的话就像黑夜里拨亮了一盏灯。

这以后吴越就从事摄影报道了。K 市的大报小报每月都能见到他的作品,因为领导在他的作品里,只要他的照相机框到了领导,就等于提前发表了。吴越当然也不满足,深知这种沾光的事不能长久,便暗下了决心,想凭个人的能耐打出一方天下。他把所得的稿费转化为小商品的形式,平分给了大家。那段时间,通讯报道科的人每月都能领到小吴发放的香烟、啤酒、水果以及瓜子。吴越又变得可爱了。

K 市位于长江中下游地区。防汛是每年都有的事。1996 年的汛情不算严重,但 K 市的江防却差点出了大问题。长江第三次洪峰通过时,K 市的水情刚刚接近保证水位。其时天气恶劣,普降暴雨,江堤的某一段同时出现了四处管涌,情况告急。市长闻讯赶到现场指挥军民联手抢险，他本人也跳到了水中。就在他跃入水中的那一瞬，吴越按动了快门。

1994年5月23日，凯文·卡特走上了美国哥伦比亚大学图书馆的讲台，接受了普利策新闻摄影奖。这份以美国资深报纸出版人约瑟夫·普利策姓氏命名的奖项，代表着美国乃至世界新闻摄影界成就的顶峰，与世界新闻摄影比赛(WPP)即“荷赛”具有相提并论的权威性。凯文·卡特一夜间成为世界新闻摄影界一颗璀璨耀眼的新星，受到了广泛而殷勤的拥戴。他一举成名，巨大的热情使这个看上去有几分忧郁的南非青年显得不知所措。他出入在纽约最繁华的场合，整天被签名与采访所困扰。但他是激动的。“我无法拒绝热情，”他这样告诉朋友，“再说，我太需要钱了。”

当《时代》周刊的朋友打电话通知卡特，他的那幅《饥饿的女孩》获奖了，卡特几乎不相信自己的耳朵，甚至怀疑是恶作剧。那个时期，凯文·卡特正处于一生中最为阴郁的日子。他辞去了约翰内斯堡《星期天报》周末版体育摄影记者的职位，没有薪金和健康保险，也没有死亡福利。但他从事的又是一个诱人而危险的职业。而且，他的爱情生活也弄得一团糟。他的情人脾气极坏，喜怒无常，把他撵出了家门。卡特带着私生女，连住的地方都找不到。

4月18日，“平平俱乐部”的这伙人又奔赴托可扎，计划拍摄一次暴力事件。连日来的晦气使卡特沮丧而神情恍惚，居然忘了带胶卷。于是他中途返回了城里。阳光极强，卡特装上胶卷却不想再动了。他对强光下的拍摄历来显得信心不足，就沏了杯咖啡，想陪女儿玩一会儿。突然,西尔瓦惊恐地闯了进来,气喘吁吁地说:奥斯特布鲁克被枪杀了!莫尼诺维奇也负了重伤!西尔瓦吓得连哭都哭不出声,浑身战栗着。卡特把嘴唇都咬出了血,吼叫道:为什么不让我死?为什么不让我去替肯挨枪子!

死亡的阴影像鸟翅一样总是不断在凯文·卡特的心头掠过。卡特的父母是虔诚的天主教徒,却又是种族隔离制度的拥护者。卡特20岁那年,因为帮助一位黑人,曾受到父亲的指责。他一气之下吞了二十多片安眠药和一包老鼠药,结果没死成。现在,肯·奥斯特布鲁克的遇难使卡特又一次萌生了死念。但是几天后,他听到了自己获得普利策奖的消息。

题名为《身先士卒》的照片不久相继发表在市、省、中央三级报刊并被多次转载。1996年底,这幅照片参加了全国性的影展并获得评委会特别奖。突然的荣誉使作者吴越恍然若梦,他的形象完全得到改变,成为拥有国家级奖项的摄影家。不久,他被提拔为通讯报道科的副科长,坐上了科长老王对面的那把椅子。这个科分享着吴越的殊荣,但分享吴越稿费的日子一去不复返了。随着《身先士卒》的获奖,吴越的身价也高了。他的作品频频发表,而且稿费的标准也越来越往上走,每月的数目远远大于工资。于是事情就来了。有人提出,吴越用的相机、胶卷以及暗房,全是公家的,而稿费都归了个人,这不合理。摄影和文字通讯不一样,稿纸墨水才值几个钱呢?科长老王觉得这似乎也是个问题,便提出了一个折中方案:相机和暗房设备仍可以无偿使用,但胶卷由实报实销改作公家报销一半，另一半由吴越自理。不料，这个方案被吴越拒绝了。为什么？吴越质问道，我干的全是公家的事，为什么还要私人掏腰包？电视台的人用的设备更值钱，谁见到克扣他们稿费片酬了？回答得振振有词。老王感到下不了台，感到吴越已不再把他这个恩师放在眼里，就把桌子一拍：你狂什么？你那张片子不就是瞎猫碰死老鼠吗？他以为这下会把小吴震住。吴越冷笑道：我是瞎猫不错，可你能认为市长是死老鼠吗？这一说，老王傻眼了。当时边上有很多人，老王自知是出言不逊，后悔莫及。在这个周末的支部生活会上，老王首先做了检讨。几个月后，老王被调到市地方志办公室当副主任，看上去是升了一级，却远没有在通讯报道科实惠。他脱离了政界最有利的位置，撂在了一堆线装书中。

1997 年 4 月，吴越被任命为通讯报道科科长。他上任的第一件事，就是把老王坐了七年之久的那把旧藤椅扔了。这年春天结束的时候，K 市市长被新一届人民代表大会选为副省长。据说他的得票率很高，投票者早已从那幅著名的照片上认识了他。大家觉得，那无疑是张感人的照片。当然也有几句微词。有人说，作为一市之长，关键是运筹帷幄、指挥若定，而不是跳到洪水里参加搭人墙。像这种“身先士卒”，容易让人想起多少年前的学大寨，书记一到基层，首先便裤脚一卷，下田插秧了。领导就是指挥，指挥是不需要摸爬滚打的。可是我们中国人又最讲感情，面对溃堤危险，面对水中搏击的军民，你能西装革履地立在安全地带指而挥之吗？

普利策新闻摄影奖评委会对《饥饿的女孩》的评语是：它以显

著的方式表明了人性的倾覆，揭示了整个非洲大陆的绝望。凯文·卡特在一次记者访谈中介绍说，当时他在现场等了二十分钟，希望那只兀鹰能展开翅膀。“这样会具有更强烈的视觉冲击力，”他说，“作品则更为完美。”但是这次采访给他造成的麻烦却让他始料未及。有人立刻在道义上对他进行谴责，说他本身就是个捕猎者，是在场的另一只兀鹰。那个小女孩随时都会饿死，而这个可以做她父亲的男人却冷眼旁观了二十分钟！连卡特的一些朋友也为之叹息：是呀，卡特，你当时为什么不去帮那可怜的孩子一把？卡特为此痛苦也为此恼怒。他说：当我给一个受伤者拍摄时，你难道要我先替伤者揩尽血迹再按动快门吗？作为一个新闻摄影记者，我只能从视觉的角度思考问题。我不得不这样做！

从纽约回到约翰内斯堡，卡特的精神已濒临崩溃的边缘。他在笔记中写道：“心情恶劣，没有电话，没有付房租的钱……钱！我被鲜明的杀人、尸体、愤怒、痛苦、饥饿、受伤的儿童、快乐的疯子的记忆纠缠不休，总是警察，总是屠夫……”钱的入不敷出一直是卡特心中搬不开的一块石头。那时“平平俱乐部”已溃不成军，肯·奥斯特布鲁克的被枪杀如同一团驱之不散的阴云盘旋在大家的头顶上。莫尼诺维奇还躺在病榻上呻吟着，西尔瓦整天待在家里修剪那棵衰败的葡萄，一边听着关于南非大选的广播。为了钱，凯文·卡特接受了一份去莫桑比克采访的活儿。长期的神经衰弱使他在出发的前一个晚上定了三个闹钟，可第二天他还是误了早班飞机。更为糟糕的是，他艰难地完成了这次采访任务，却把一包未经冲洗的胶卷落在了返程的飞机上。等他发现并驱车赶到机场时，那架飞机刚刚升空。卡特在巨大的引擎轰鸣声中吼叫着，痛不欲生。他两手空空地回到自己的寓所，当晚就发起了高烧。噩梦再次袭击了这个日渐虚弱的青年。

卡特最后梦见的是照片上的那只兀鹰。他清晰地看见，兀鹰向他展开了双翅。

1997年对青年摄影家吴越来说是意味深长的一年。虽然他当上了通讯报道科科长，但因为K市市长晋职离任，留下的阴影便更为广泛地包围了这个青年人。人们公开地把吴越的提拔和市长的晋升扣到了一块，说是相得益彰。甚至有人出来为前任科长老王鸣不平。人们指责吴越的忘恩负义，说这个侥幸交上好运的人心怀叵测，去市长那儿放了老王的坏水。吴越陷入孤立无援的境地。天渐渐暖了，吴越度过了一个漫长而烦躁的春季，想一心投入到防汛的采访摄影中。他已做好了充分的准备，并把跟随领导的任务安排给了他的助手。他决定扎到历史上最著名的险段，拍出完全属于自己的作品来。“我需要为自己平反，”他在笔记中这样写道，“我要以新的作品来证明自己的实力，拒绝沾光，拒绝施舍。”但是非常奇怪，这一年的长江风平浪静，雨水也降到了另外的地方，报纸上称这是厄尔尼诺现象。那时K市和全国各地一样，正以巨大的热情和资金，投入到迎接香港回归的喜庆中。

吴越在江堤上逛了两天，心情沮丧。引而不发使这个青年人对城市失去了激情，他决定去山里过上几日。在通讯报道科干了十年，每回下乡，吴越都是由县里、乡里的人陪同着。他觉得很不

自在,像提线木偶那样受人牵制,自己不过是相机的操作者。所以这回他事先没有打一个电话,独立行动了。

5 月,山清水秀。杜鹃花在山崖上怒放着,山脚的村落炊烟袅袅。吴越骑着一辆旧自行车,想沿这条砂石公路进入到山的腹地。这时,他突然发现了一只白色的大鸟。后来吴越告诉别人,如果这天不是见到这只神奇的鸟,他或许不会拐上右边的一条黄泥小路。这路是陌生的,从雨天留下的痕迹看,几乎找不到一条自行车的车辙。吴越走了近一个钟头,才看见一个肮脏的身影。那是个大约十岁的男孩,却长着老气的脸,衣衫褴褛,像电影里的乞丐。吴越问这孩子,前面是什么村。男孩不语,只是对吴越傻笑着,有节奏地抽着鼻涕。吴越正琢磨,这时从边上的树丛里又跳出了四个儿童,近似的面孔和一样的笑容令吴越心下一沉。他隐约想起以前听老王说过,这山里有一个傻子村,全是近亲结婚的恶果。吴越拿出尼康相机,退到一棵马尾松后面。这些孩子直盯着相机,怪异的表情中透露出一丝灿烂的天真。吴越很快拍完了一卷,然后推着自行车跟在这几个弱智儿童后面,向不远处的村落走去。我就像在赶一群刚从泥沼里爬出来的羊,吴越后来这样说道,可我没有牧人的好心情,我想哭!

在进村的路上,吴越想到了凯文·卡特。

1994 年 7 月 27 日,约翰内斯堡天空晴朗。黎明前的一场小雨使干燥炎热的气候略显得凉爽,空气中也有了几分清新。凯文·卡特在大病一场后心情突然好了起来。他出外转了一圈,破例拍了一张风光片。似乎第一次有这种感觉,灾难深重的非洲却有世界上最为动人的原始风景。卡特急于想看到这张片子,想让西尔瓦帮助冲洗制作——他的暗房已好些日子不用了。他给西尔瓦去了电话,谈得兴致勃勃。但是西尔瓦却建议他最好尽快去看精神医生。

无所事事的卡特后来就去冲洗自己的那辆红色货车了。其实这车淋过一场小雨很干净。卡特细致地擦洗,他的身影在红色油漆中晃动着,像一幅加滤色镜的片子。忽然他犹豫了一下,仿佛从这片红色中又一次看见了那只兀鹰的影子。这时,有人在喊他。卡特转过身,看见一位身着黑裙的女人正向自己走来,这是肯·奥斯特布鲁克的遗孀莫尼卡。

你好点了吗,卡特?莫尼卡说,你的气色看起来还不错。

我挺好,卡特说,我想我很快就全好了。

卡特说家里太乱了,于是两人就站在车边交谈着。卡特谈论着天气、女儿和童年经常去玩的一条河,最后又谈到了那只无法摆脱的兀鹰。"那家伙其实一直也在盯着我。"卡特这样说道。那时莫尼卡还没有完全从丧夫的悲痛中恢复过来,卡特的话如同醉言呓语,她只是耐心地听着,却没有察觉到此刻面前这个男人距死亡只有一步之遥。夕阳西下,他们分手了。卡特上了红色货车,微笑着告诉莫尼卡:我们不同路,我走了。如果运气好,我会见到肯。莫尼卡后来告诉西尔瓦和莫尼诺维奇,当时她以为卡特是想去公墓看望长眠的奥斯特布鲁克,而她上午刚从丈夫那儿回来。

凯文·卡特这个晚上开着红色货车,几乎转遍了约翰内斯堡的大街小巷。夜9时许,这辆车停在了布莱姆方特恩斯普洛特河边。这是条优美的河,卡特在这儿度过了难忘的童年。这也是他第一次目击死亡的地点。他清晰地记得,一个黑人侍者被白人警察射杀,尸体浮在河中。那时他才6岁,父亲用粗糙的大手捂着他的双眼,但无法挥去血腥之气。卡特在河边静立了一会儿,希望能看到月光在水面的倒影。可是这个晚上没有月亮。然后,他找出了一截花园里常用的那种绿色软管,用胶带把它固定在汽车的排气管上,再通过车窗送入车内。他重新回到车上,检查了一下手刹,发动了汽车。大量的二氧化碳废气很快充满了驾驶室。卡特戴着随身听,放倒了座椅,顺手拿起一只平时装胶卷的袋子枕在头下。他随着那支忧伤的曲子慢慢闭上了双眼。

第二天,人们发现了凯文·卡特的尸体,并在座位上找到了一张条子:

真的,真的对不起大家,生活的痛苦远远超过了欢乐的程度。

吴越在山里住了四天,于第五天傍晚返回了K市。他没有回家,而是直接去了暗房开始冲洗胶卷。这无疑是一次特殊的采访。作为摄影家,吴越始才体验到什么是真正的创作冲动。他在笔记中是这样描述这种异乎寻常的心情的:

当我把镜头对准这些弱智的孩子时,我的心在战栗。我在内心深处哭泣,我呼喊着我的母亲,期盼她用手拍我的肩,理我的头发。我被孩子们揪心的笑容折磨着,喘不过气,夜夜都从噩梦中惊醒……

我诅咒贫穷,这是万恶之源!

第六天,吴越从上百张小样中挑选了五张进行了加工制作,并把这组照片命名为“以笑的方式呼喊”。

吴越很快把作品投给了北京的一家报纸。几天后,他接到了编辑的电话。对方说他个人喜欢这组照片,但确实不好发。对方没有更多的解释,只是讲了许多客套话。吴越说:那你退回来吧。后来吴越又将照片寄给了一家专业性杂志,得到的回答是:近期难以安排。吴越大为困惑,觉得这些报刊像彼此通了气似的,对待作品的态度都是礼貌的拒绝。可这是他最满意最有信心的作品,怎么就这么难发表呢?到了这年6月的一天,吴越在街上意外地碰见了一个熟人。这人是香港某报的记者,吴越去北京领奖时曾和他有过一面之交。K市的重逢让他们高兴,吴越自然要尽地主之谊。两人去了江边一座叫“心潮逐浪”的酒楼,一夜的话题都是香港回归。这记者原也是内地人,80年代末去了美国,混不开了又转到了香港,干起过去的营生,不过年薪尚有20万港币。记者这回来K市,是为了寻觅一位文化名人的踪迹。名人业已作古,但于30年代在K市留下的一段生死恋情,至今传为佳话。

吴越陪香港记者在K市寻觅了三天,也帮他搜集了一些资料,拍了一些故居遗址之类的照片。末了,吴越把《以笑的方式呼喊》

一组照片交给了这人。记者一看就很惊讶，说这组照片具有穿透力，太精彩了。记者说要建议老板以显著位置推出，并表示在吴越提供的背景材料基础上撰文一篇，向全世界呼喊中国的贫穷，山区缺碘、近亲结婚、计划生育国策在农村面临困境、愚昧在蔓延，总之，大有文章可做。吴越的情绪也被煽动起来，眼前又浮现了一个月前在山中的那一幕幕，不禁流出了眼泪。送走记者的那天晚上，他独自坐在办公室，忽然想到了凯文·卡特的死。那个年纪和自己相仿的南非同行真正的死因并不是受到非难和对钱的焦虑，而是为他的获奖作品所折磨。隐形杀手或许就是该死的普利策奖。

这时，有人敲门。进来的是老王，吴越很觉意外，他们已有好几个月没见过面了。老王一眼就注意到从前自己坐过的那把旧藤椅换掉了，就轻叹了声。吴越给老王沏茶，老王摆摆手，说：别忙了，我顺道来看看，就两句话。于是老王问起那组照片，问是不是交给香港记者带走了？吴越说：你消息可真灵通啊。老王说那个记者去地方志办公室查阅名人材料，谈起过。老王说：你赶快发份电传，把照片追回来，别发了。吴越有些吃惊：为什么？老王说：马上香港就回归了，这是百年的庆典，你弄出那种照片，合适吗？再说又是境外投稿，还有个新闻纪律问题，你不懂？这一说，吴越心里便一顿，神色也凝重了。老王说：小吴，你还年轻。以前我说过，照片是个死东西，何必要往活里拍呢？说完这话，老王就走了。吴越送老科长出门，觉得这个人的背影很像自己去世多年的父亲。

月光透过梧桐树的缝隙泻到地上，像落了一层薄霜。对面的楼上，传来理查德·克莱德曼演奏的钢琴曲《秋日的私语》，听起来令人伤感。吴越倚在门框上，觉得自己的那把椅子怎么看都有些别扭。他想，当初急着把老王坐的旧藤椅扔掉，或许是一个错误。

1998 年 8 月 22 日　北京

（原载《花城》1998 年第 6 期）

去茂名的路上幻想一顶帽子

1996年12月我应邀去广东茂名出席一个小说笔会。通常这样的会,事先我都要问清楚,是哪些人去。倘若与会者中有一些很难坐到一块的,我自然就放弃。我这些年东奔西走,除了笔会,任何会我必定是拒绝。笔会最大的快乐就是以文会友,我相信在这次的会上肯定会遇见许多老友的。果然,组织者一说就让我高兴,眼前立刻出现了那几张老脸,却也一如既往的生动。

笔会报到的时间是12月20日,而19日这一天我人还在成都。那时我正在为将要开拍的一部长篇电视剧物色演员,一个月内飞了五个城市。因为忙乱,我迟到了一天,就是说我要在21日才能飞到广州。其他的人已在前一天乘火车先行了一步。编辑部只留下一位编辑在广州等我。后来我知道,迟到的还有另一位北方的作家。

12月21日这一天成都是个阴天,寒意浓重。这天早上我不知因为什么做了一件可笑的事,就是去宾馆的发廊理了发。这个举动与一把造型别致的椅子有关。那是一把很漂亮的椅子,黑羊皮上镶着仿紫檀木的扶手。我路过发廊,脚下便迟疑了,盯着那椅子看。这时服务小姐迎过来,问:先生,洗头吗?

我不想洗头,但我觉得事情突然变得不好解释——不洗头你停下来看什么？我当然也可以说“我不过是想看看那把椅子”，然而我却没有这么说，而是很礼貌地告诉她：我不洗头，只理发。以后的事可想而知，我满足了对椅子的欲望，躺在它身上，手在仿紫檀木上尽情地抚摸，而我本来就不多的头发又短去了一些。从那一刻起，我便想买一顶帽子。我就是带着这个幻想登上由成都飞往广州的飞机的。

不知是理发的缘故还是这一天广州的气候骤然变冷，两个半小时后，我出现在了白云机场，立刻就感到我是多么需要一顶帽子。那时我的朋友正在出口处远远地向我招手，我却一边摸着脑袋向他走去。我说我来晚了不好意思我想买一顶帽子。朋友欣赏着我的新头，开心地笑着，说你这家伙像个新郎官似的。这显然是在挖苦我。任何男人包括美男子只要是刚理发，那份尴尬不言自明。我说我是真想买一顶帽子的。于是朋友就陪着我去了机场商店，可是我没有看见我所需要的那种帽子。商店里只有夏天遮阳的凉帽或者草帽。我落空了，幻想还是幻想。我想托朋友去市里的正规商场看看，朋友说恐怕来不及了，因为我们还要在机场等那位北方的作家，他的飞机在四十分钟之后就会降落。这样时间差不多就到了下午5点，我们得去随便吃一点，朋友说，然后去赶7点一刻的火车。看来也只好如此了。但我的头很不舒服，后脑勺一带总觉得凉风飕飕。我实在太需要一顶帽子了。我告诉朋友，我再去周围转转，让他原地等候北方的作家。一会儿我再回来。他提醒我记着经常看表。

我和朋友分手后便去了另个一方向，接连转了几个私人小铺面，还是找不到这季节能戴的帽子。我便有些沮丧。机场相当嘈杂，又一班飞机进港了。广播上说这是北京来的，我挤在出站的人流中，像个便衣似的左顾右盼，接着就看见了一顶漂亮的帽子。

那是一顶大盖帽，压在一条独辫之上。那应该是一个女兵，准确地说是一名军事院校的学生，肩章上没有衔。军装的魅力在于穿在任何女人身上都好看，那一刻我这么想着，况且这个姑娘穿任何衣服都好看，她有着“衣服架子”的身材和不亚于明星的长相。她的军帽压得很低，像电影里见到的德军味道，背着北京街头流行的那种双肩包，十分诱人。我薄弱的视线追随着她，后脑勺更是觉得凉了。一个女人倘若走到街上发现眼前有许多的大肚子姗姗而过，其结论只有一个，就是这个女人自己也怀孕了。事后我曾这样想，假如这一天我不幻想一顶帽子的话，我的视线或许也就不会让一顶帽子牵了去，哪怕是这世界上最美丽的帽子。这个解释似乎还没有力量，也通俗，而另外的解释则更通俗，但却是有力的。如果那顶军帽戴在一个爷们儿头上，我还会转过身来看吗？

不过，我也就稍稍侧了侧身。那未来女军官的俏丽身影很快就被后面的人流遮住，淹没了。这时已是4时20分，我还可以转悠一会儿，或许我能买到我希望的帽子。

我有点怅然。我惦着那顶帽子而不觉放弃了幻想，或者说我已有了新的幻想。几分钟后，奇妙的事情发生了，帽檐压得很低的她又转了回来，这次她给我的是一个正面。就是一个叫人想入非非的女人。她是个丹凤眼,鼻梁挺拔,她的手像男人那样随便地插在裤袋里,步态有些吊儿郎当,神情却很从容。她好像是在等人。她一定是在等人。当她又一次从我面前走过时,我突然叫住了她。我说,哎,丫头,你是演员吗?(我习惯喊剧组里的姑娘叫丫头,她们也很喜欢我这么称呼。)

她用略带诧异的眼光看着我,并向我走近,回答道:也算是吧。我是学表演的。

我看你就像个演员。

那,那你是干什么的?

我?我想了想,我说:这个我以后再告诉你行吗?

她笑了一下,点点头。

我又问:你在等人?

她说是,她说:我等我朋友,说好了来接我,怎么就见不着了?你也是等人吗?

我想买一顶帽子。这种答非所问使我有了一瞬的局促,我想我的精力显然是分散了。她的朋友?那无疑就是男朋友了。我看了看表,我的时间已经不多了。于是我接着说:我可能下个月去北京,我能再见到你吗?

她稍加思索,就写下了她的姓名和呼机号。她写得十分工整。她叫郎乔。

这时候,来接她的朋友出现了,是个和她年纪相仿也很漂亮的姑娘。她说:嗨,小乔!真不好意思,路上塞车,整整憋了一个钟头——这位是你——

郎乔没做解释,我急忙说:我们才认识。

然后我就把我的姓名和手机号留给了她。我说:我们会再见的。

在我身后不远处,那位北方的作家已经和接站的编辑朋友站到一块了,他们在望着我笑。我走过去,和北方的作家握手。他摔开我的手便调侃道:好家伙,这么快就泡上了一名女军官!

我说:我其实是在找一顶帽子。

去茂名的火车正点驶出广州站。这是我有史以来所坐的最为豪华的一趟车。我所在的是一个软卧单人包厢,一张双人床显得大而无当,还配有抽水马桶。听那位编辑说,这次笔会的赞助商是一个大老板,没有别的目的,只想见见几个作家的样子,一块喝喝酒什么的。广东能有这样的老板实在是文学的幸事,这样的人应该到作协来当官。(既然霍英东先生能做国家政协的副主席,这位老板为什么就不能当作协的副头儿呢?)1996 年 12 月 21 日是我在这一年里最快乐的一天。我是个俗人,意外的享受和结识美女都会叫我欢喜。此刻我睡在这张大床上,依然在幻想着一顶帽子。我在想,如果我早上不在成都理发,我肯定就不会在广州惦着要买一顶帽子;如果我不打算买帽子,我肯定就不会对戴帽子的人感兴趣;如果我不在筹备一部电视剧,我也不会贸然去和一个姑娘说话的。既然我现在做导演了,我似乎就拥有了随便叫住一个姑娘的权力,堂而皇之。还有,如果我们不在机场等候北方的作家,自然就离开了白云机场。如果来接那位小乔的朋友路上不塞车,她也就不会第二次从我眼前通过。最后,也是最重要的,如果小乔的朋友是个男人,我想此刻关于帽子的念头肯定就彻底地打消了。可是这一切都已不是“如果”,所以我对一顶帽子的幻想还会继续。

茂名笔会为期一周。这一周的印象转眼就变得很模糊,只记得吃了许多极不愿意吃的海鲜,通宵达旦地打牌。这本来就是出钱者的初衷,人家对文学不感兴趣,但后来人家对搞文学的人也烦了,觉得这些家伙和他在街上见到的人没有一点差别,却每天都有新鲜的要求。我们住在山上,那环境称得上山林精舍,但无法接收到来自中央电视台的信号,而那时正进行着世界杯的预选赛,我们自然不想错过,于是就向东家嚷:派车送我们下山看球吧!东家就派了车。等我们回来,会议组织者下达通知说,我们的会得提前两天结束了。

在回广州的路上,我们被弄到了硬卧,原先说好的红包也被拦腰一砍。这一路上我们的精神支柱就全仗一位军旅作家“高科技含量很重”的荤段子了。于是一到广州,人便作鸟兽散。

临走前的那天晚上,我忽然想起郎乔留给我的呼机号有可能在洗衣时给弄坏了。一检查,衬衣口袋里果然就只剩了个小纸球。费了很大劲将它张开,还是看不清字迹。我便有些沮丧,心想这下算是全泡汤了,那一连串的“如果”被我一时的粗心化为乌有。隔壁的人喊我去打牌,我不到一个钟头就输了八张。我努力想着那女孩的呼机号,怎么也想不起来。这时负责报销的会务人员来了,让大家填单子,把来时的机票什么的掏出来。一见我的机票上注明着 12 月 21 日，忽然就轻松了下来——郎乔的呼机号就是 12021。我立刻辞了牌局，回房间给北京打了呼机。接下来便是激动不安的等待了。我觉得这件事与普通的艳遇有着本质的不同，带有一点命中注定的意味。但是，近两个钟头过去了，没有回答。我在这漫长的时间里做出了乱七八糟的猜测，突出的只有一个：呼机号是假的。如今这种事简直多如牛毛，连作家在小说里也不断重复。不过我遇见的还是他妈的头一回呢。

我便自嘲地对着镜子笑笑。我想镜子里的那个男人本来就属于有贼心无贼胆的家伙，被丫头耍一把应属正常，就打着口哨进卫生间洗澡了。我想使自己迅速平静下来，把这件带有戏剧性的事忘掉。我产生了这样的感觉：到目前为止什么也没有发生，却又像发生了许多。突然电话响了。我裹上浴巾水淋淋地跑出去，果然就是郎乔的回机。

是你吗？她说，你还在广州？

我说还在，去北京大约要到明年的一月中下旬。

那时我们快放寒假了。

我肯定在这之前到。我说，我呼了你这么久，怎么现在才回呀？

我们刚下表演课呢，在排小品。

是这样。你好吗？

挺好的。喂，你到底是干什么工作的？能告诉我吗？

等到北京时再说行吗？反正我不是个坏人。

我觉得也不像。

然后我们就都笑了起来。放下电话，我眼前再次出现了一周前在白云机场见到的那个漂亮的女军官的形象，那顶帽子实在是神气而动人。我们老家有支民谣里唱道：歪戴帽子斜插花，养个老婆不在家。就是对这种女人的赞美。漂亮的女人一般都是不在家的。

1997年1月16日我去了北京。这次还是为了找演员，尤其缺女的。我自然要给郎乔一个机会。其实从第一眼起，我就认为这丫头可以来试剧中的一个角色，形象气质都比较贴。于是住下的当天，我就在她呼机上留言相告，让她速来剧组面试。

她很快就回话了，问道：你是导演还是制片人？

我说是导演。

她说：我的运气怎么这样好呀！

我说：现在还不能定，等试了镜再说吧。没准儿还得做小品呢。

做呗，她很自信地说，我肯定能过关的。

你赶快来吧。

放下电话，我就对剧组的其他人简单地介绍了这个郎乔。我着重渲染了白云机场的那一幕，我说：一个年轻漂亮的女军官，大盖帽压得低低的，稍有点歪，双手插在裤袋里在你面前晃来晃去，你会产生什么感觉？

有人接过话头说：泡她！

大家哄堂大笑。但从他们的表情上看，我的这番话产生了明显的作用。虽然我是导演,可是在选择演员这件事上,我还是想多听听大家的意见。这个下午陆续有演员来剧组洽谈面试,不过让我一眼相中的几乎没有。谈到近5点,郎乔还是没赶到,外面的天已开始转黑了。制片主任问我:那姑娘怎么还没来呢?我说谁知是怎么回事,早该到了。这话刚说完,副导演进来说:导演,有人找你。

制片主任问:是那女军官吗?

副导演说:我看不像。

我有点纳闷,因为我还没有来得及约其他人,来剧组面试的全是副导演联系的,我便随副导演走到会客室,一个打扮很时髦的姑娘礼貌地从沙发上站起身,对我笑。我心里咯噔一响,因为我面对的这个姑娘就是郎乔,我竟差点没认出来。我不知道我的表情里是否流露出了这一点,而我已经在竭力地掩饰了,居然把香烟递给了她。她没接,却很麻利地从时装口袋里拿出了别致的打火机,替我点上,说:导演,你好像瘦了。

我下意识地摸了摸下巴,问:怎么来得这么迟呢?

她说:我去做美容了,见导演嘛。

你以前见导演都要做美容?

我是第一回见导演,忙了一下午呢。

说到这,外面在喊吃饭了。

我自然要留住她,她却说:我们去外面吃吧,我请你。我说,你还是个学生,免了吧。你最好别把我当导演。她说:你本来就是导演嘛。在餐厅吃饭的过程中,我感到剧组的其他人话变得少了。

这天她晚上还有课,那个小品排了一个月,她都烦了。我送她出门,路上的雪冻得结实而光滑。我就问,你今天来怎么不穿军装呢?你戴帽子很好看的。她说:我几乎天天穿那身衣服,我周围的人也都是那种衣服,看了眼就发晕。我难得穿一回我喜欢的。突然,她停下来说:我穿这身不好吗?

我笑了一下,含糊地点了一下头。但我的心情在这个瞬间变得复杂起来。郎乔后来好像又说了很多,但现在我实在回忆不起来了。我能记得清晰的还是白云机场的那顶军帽。时至今日,我对一顶帽子的幻想还是幻想,没有人会知道,我是多么向往那顶帽子。

1999 年 10 月 20 日　北京天坛之侧

（原载《作家》2000 年第 1 期）

枪，或者中国盒子

1999年9月一个阴晦的星期天早晨，从文在简陋的寓所里接待了一个儿时的伙伴。这个人原来的名字叫李开运，现在叫李全。他的不期而至让从文显得不知所措，毕竟已经有多年没有联系了。如果不是额头上那道月牙形的刀疤，从文真难断定面前这个西装革履、神情自负的男子，就是从前那个爱流鼻涕的同桌。李全告诉从文，自己目前在南方开了一家经营建材的公司，并爽快地问从文有没有兴趣跟过去一块干。李全还当场承诺，愿意支付从文十万的年薪和百分之十五的干股。从文慌张地戴上眼镜，只说这事来得太突然了，他毫无准备。对于在机关当副主任科员的从文来讲，这自然是一个千载难逢的好机会，几乎就是一夜暴富。可他最终还是谢绝了对方这个过于潦草的建议。他说自己不是做生意的材料，也不适应南方潮湿多雨的气候。其实真正的原因，是他坚信天上没有掉馅饼的事。他觉得这个从前的李开运，现在不过是在开空头支票，甚至是随意借题发挥来暗指他的不得志。

李全也没有多劝。人各有志，李全说，我不勉强你，等你想好了，随时给我打电话。说着就给了从文一张印制考究的名片。李全没有说明他此番来这个城市的真正意图，但给从文的感觉，好像就是专门为动员自己而来。这让他很有些感动和不安，同时私下计算着这笔意外的接待开支。事实上,李全在从文这里住了三天,没有花从文一分钱。这三天里他都是早出晚归,独自行动,晚上带回一些打包的卤菜和整箱的听装啤酒,和从文起劲地聊天。聊一些儿时那些鸡鸣狗盗的破事。

第四天早上,从文还在睡梦中,李全碰醒了他,说自己今天要走了,公司里有点急事。

说着,李全把一个一尺见方的小包裹放到了从文面前,说临时寄存一下,等下次来了再带走。从文点点头,本想起来叫一辆的士送李全到机场,但是后者已经迈出门了。从文要做的,便是把那个小包裹放进柜子里。

从文没有料到的是,这个以前的李开运、现在的李全,竟是一走了之。时间过去了一个多月,竟然连个电话也没来。在从文看来,李全的这次来访好像真的就是上个世纪发生的事了。

2000 年 5 月,从文在一个黄昏里再次想到了李全。准确地说,是想到了几个月前李全临时寄存的那个小包裹。这天晚上,从文要出席一个同事的婚礼,所以提前下班回家。洗完澡,在柜子里翻衣服时,无意中瞥见了那只放在一角的小包裹。他就把它端出来,第一回觉得这个东西的分量。然后就引起了好奇心。他想这么一个小东西,李全居然还要寄存,可这到底是个什么东西呢？他闻了闻,没有气味,又晃了晃,也听不到响。但他的好奇心更加旺盛了。李全为什么不愿意带着它上飞机呢？还是不敢？这样一想,他心里便咯噔了一声。他怀疑这里面有可能是毒品。李全在叫李开运的时候,就是一个容易闯祸的家伙。他曾经用一根皮带抽趴下了三个人，但也挨了人家一刀（留下了那道月牙形的刀疤）。这些年李全去了南方，都说混得不错，看上去也确实不错，衣冠楚楚，出手阔绰。但从电视上见到的那些玩命贩毒的，基本上都是这般模样的人。从文带着这点心思出门了，琢磨了一路。在之后那个显得过分排场的宴席上，他硬是回忆不起来，自己吃了点什么，居然嘴里这么苦。

人的好奇心是很难克服的。那只摆在眼前的小包裹使这个夜晚变得十分漫长。从文翻来覆去地睡不着，小便也变得频繁，后半夜他想想还是起来了，然后就从抽屉里找出了剪刀。揭开外面的一层报纸，里面露出了一只硬纸盒，上面用透明胶带封着口，封得很整齐。从文小心地拆开，里面又是一个纸盒，还是用透明胶带封口。于是再拆开，里面还是一个纸盒，还是用透明胶带封口。如此反复三次，盒子越来越小，从文的心却越跳越快，等彻底打开之后，从文的心几乎就要跳出胸膛——

里面是一把锃亮的手枪。

从文惊吓得往后一退，似乎那把枪已经发射了，把他击中。

果真是枪啊，他内心这么感叹着。怪不得李全那小子不敢带着它上飞机呢！等这阵惊吓过去之后，他渐渐平静了，他像研究一个模型似的伏在这把枪边上，几次都想用手去碰碰。从文从小到大没有碰过真正的枪支，甚至没有这么近距离地审视过一把手枪。在极短的时间内，从文从好奇转为惊吓，再由惊吓转为意外的满足。毕竟，枪这种东西不是任何人都能拥有的。这个晚上，从文最后的动作，是把这支枪握在了手里。那一刻，他竟感到十分惬意了。

第二天从文一觉睡醒，睁眼就看见那把钢蓝色的枪，在阳光中神气十足。他又伸手拿过来，握在手里，觉得手感特别好。握枪的动作不止一次地唤起了他少年时代的英雄梦想。他有一种温暖的感觉。从文当天就上书店淘了一本关于枪械兵器的小册子。从文从这本小册子上知道，他拥有（或者暂时拥有）的这把手枪属于六四式制式手枪，是为了纪念中国人民解放军前总司令朱德64岁诞辰而命名的。这种手枪的特点是小巧，50米之内可以防身，30米之内极具杀伤力。从文还按照书中的图谱，学着慢慢把枪分解，当他用右手向后拉住套筒时，一枚闪亮的子弹跳出了枪膛。子弹的意外出现让从文再次受到了惊吓。如果没有子弹，这把枪如同一个玩具；可有了子弹性质也许就成为凶器了。

他不能不为此担心。

上班的时候，从文去机关资料室查看了《刑法》。

《刑法》第128条：违反枪支管理规定，非法持有、私藏枪支、弹药的，处三年以下有期徒刑、拘役或者管制；情节严重的，处三年以上七年以下有期徒刑。

从文意识到如果不及时交出这把枪，那就已经构成了犯罪。但是他又想，私藏不应该是他这个样子。首先，所藏枪支理应是属于自己的，而他的枪是李全寄存的；其次，事先他并不知道李全寄存的这个小包裹，到底是个什么东西。他可以把那几个盒子重新封起来。

于是从文就想把包裹恢复原样。这时候，问题来了。用透明胶带封口的盒子，每拆一次，胶带都沾上了表面的纸屑。现在要想恢复原样，几乎就是不可能。那么，即使有一天警方查清了这支枪的主人，从文也逃脱不了干系——你既然知道里面是什么东西了，为什么不报案呢？为什么？从文解释不了。他想，还是尽快报案吧。枪械属于国家管制的物品，也是容易横生是非的东西，还是离自己远点的好。从文很快拿起了电话，准备拨110。但是拨了11，他又把电话挂了。他想到了问题的另一面。

如果警方顺藤摸瓜去找李全，怎么办？这等于他把李全出卖了。李全拥有这支枪，但未必就拿这枪去作案。他或许像南方那些老板一样，从广西、云南那边弄支枪回来防身壮胆呢。从文打小就看不起告密者，何况现在还是这种没有利益关系的告密。还有，假使有一天，李全从天而降，来取这个包裹，怎么办？能说交给警方了吗？即使没交，拆开看了都可能是一个问题——一个敢于私藏枪支的家伙有什么干不出来呢？

从文的脑子一下就乱了。他决定还是先给李全打电话，可是李全名片上所有的电话都打不通。李全是不是已经“进去”了？还是出境在逃？要不就是已经死了？有一天后半夜，他做了一个噩梦，梦见李全向他讨这把枪来了，伸过来的手特别大。他当时吓得连尿都出来了。醒来之后，他把枪又拿在了手里，最后放到枕头下面——他觉得这个举动很像一个大人物的做派。奇怪的是，自从这把枪放在枕头下面，噩梦便彻底远离了从文。

枪最终没有交出去。时间很快就到了夏天。从文每天下班回来，第一件事就是把枪从枕头底下拿出来，握着，比画着，对一个虚拟的目标瞄准着。有一天他突然萌生了一个更加大胆的念头:何不找机会把这枪打响一回呢?这样想着,他就兴奋起来,迅速做出了决定。这个星期天,骑自行车到郊外的山坡上,对着一面池塘把枪打响。他为这种安排激动不已,晚上喝了点酒。他已经很长时间没有这么快乐地喝酒了。从文是一个性格孤僻的人,长相又有一点窝囊,这些年因为和局长的关系紧张也影响了仕途,至今还是一个副主任科员,所以他没有名片。一个小公务员是不需要名片的。他的一些同学如今混得都不错。在机关的,有的已经升到了副厅长。在大学里的,有的已经当上了正教授。还有成为知名作家的、成为出国访问学者的、做起大老板的。总之,他属于混得最不得志的一类。这种晦气也集中反映在爱情婚姻上,有的同学已经离过两次婚了,他却刚刚获得一次正式的恋爱。

从后面的情况看,倘若不是因为爱情,落在从文手里的这把枪或许就另有安排。

第二天黎明,正当从文要去郊外进行实弹射击的时候,他接到了女朋友小惠的电话,说她中午要来省城。小惠是一个小学教师,和从文是老乡。他们的恋爱开始于一年前,但实际上半个月就同居了。小惠是来省城看一个展览的,从文去车站接她,一路好高兴。可是等来到自家的门口,他才忽然想起来,那把枪还压在枕头下面。从文顿时就心虚了,开门的钥匙拿错了两回。他的慌乱与笨拙引起了小惠的注意,小惠说:你怎么了?好像不是进你自己家似的。从文腼腆地笑着,说:你来了,我好激动。等一进家,他就装着铺床,小惠以为从文迫不及待想寻欢,显得有些羞涩,说你这人,一关门就急着铺床。从文红着脸说:那是啊,小别胜新婚嘛。小惠说:什么新婚啊,我可没说要嫁你呢,看你混得熊样。说着,就坐到马桶上去了,门却没有关严。趁着这工夫,从文用枕巾把枪一裹,从卧室拿到客厅,塞到了沙发底下。

小惠说:你在藏什么东西吧?

从文说:没有啊……我在收拾呢,太乱了……

小惠说:不对。每次收拾房间都是我的事,你肯定在藏什么东西。

从文说:人是会变的嘛,我现在勤快多了。

小惠边系裤子边说:放屁,你肯定在藏什么见不得人的东西。你说,是不是哪个女人的短裤落下了?

从文差点想哭了,说:你真冤枉死我了,不信,你搜查好了……

小惠没有搜查,但是也没有和从文上床。显然,从文的解释是不能令她满意的。于是女人带着一股子怒气断然离开了这间屋子。

小惠走后,从文像个孩子似的哭了起来。

这天晚上,从文一个人走在城郊的马路上,想着白天里发生的事,心里特别委屈。他不能埋怨小惠,现在回想起来,他自己都觉得当时藏枪的动作十分可疑。小惠说的不错,那确实是见不得人的东西。可是他却没有理由向自己的女人解释,女人也不肯给他这个机会,说走就走,一走了之,就和那个该死的李全一样。他恨死了这个从前的李开运,平白无故地把他坑了。可是,这事最要怪的还是自己,谁叫你那么好奇呢?如果不打开盒子——那个典型的中国盒子,不就太平了吗?

这时身后有人喊了他。

从文回头一看,从路边林子里走出了一个比他高半头的男人,一脸的横肉,目光却锐利得像一把刀子。那人直截了当地对从文说:哥们儿,手机给我用一下,我有急事。

从文觉得来者不善,没敢搭理,想尽快走自己的路。但是前面又出现了一个男人,戴着摩托车头盔,拦住了他的去路。

分明遇上拦路打劫的了。从文只好老实地把手机交出去。后面跟上来的横肉二话没说,拿着手机就走了。前面那个头盔,示意从文把双手举起来,搜走了他身上仅有的二百三十一块钱。从文说,哥们儿,你总要给我留下一张“的费”吧?头盔就抽出了一张十元的,轻巧地扔在了地上。从文拾起这张纸币,已经不知道惊吓了,这个瞬间他有的全是后悔,后悔今晚没有把那支枪别在腰上。他想,如果刚才那个瞬间出其不意地掏出枪来,指着那高个子横肉,那是什么样的感觉?那家伙还敢这么横这么抢吗?另一个头盔敢不发动摩托跑吗?他想起有一次出差去北京,到首都剧场看了北京人艺演出的老舍话剧《茶馆》,别的差不多忘了,但有一句台词此刻却格外清晰地蹦了出来——“没枪的干不过有枪的”。

此后,每回只要是夜间出门,从文就偷偷把那支枪别在了腰上。不久,秋天来了,从文买了一件深蓝色的挺括的风衣,又换了一副好点的墨镜,还自己设计缝制了一个帆布枪套,斜挎在腋下。这一年是他们大学同学毕业十周年聚会,四面八方的同学都来了,有的还带着小车。从文自然也出席了。大家一见从文,都说从文的样子比以前酷多了。一个当作家的女同学认为,从文的主要变化还不在外表,而是由内而外散发出了一种男人的洒脱与豪迈,这是难以置信的变化。无论这种言辞是否带有夸张的成分,从文都感到幸福。在这次聚会上,从文自始至终没有怎么说话,也没有怎么喝酒,只是挨个到每个同学那里坐坐,好像要让大家都能领略到他这种气质。大家先是集体聚餐,然后分小组活动。从文那个小组后来在班长的带领下去唱卡拉OK,班长如今是一个县级市的市长,所以一进来就宣布,今晚把这个酒店的多功能厅包了。班长说,大家尽兴吧!于是几个爱唱的女同学就抢先拿过了话筒,轮番唱起了当年流行的一些老歌子。从文觉得这些歌子的一个共同点就是感伤,听得他眼睛都湿了。

忽然音乐停了,大家看见一个魁梧的男人把插头拔了。后来知道是隔壁几个打麻将的嫌吵,就过来干预了。这男人说,你们唱够了没有啊?够能闹的了,闹得我手气好背!这一说,同学们都不响了。那个当作家的女同学说,算了,大家散了吧。大家似乎也都默认了。这时,黑暗中一个方向传出了从文的声音:接着唱!这场子是我们花钱租的,谁还敢霸着不成?

从文的话引得大家紧张起来。大家意识到会有事情发生。果然,那魁梧的男人就直奔从文那边去了,一路说着:哟嗬,你小子好狂啊!

从文继续埋在阴影里说:本来嘛。

班长上前劝说:从文,你少说几句。

班长又把香烟递到那人面前,赔着笑脸说:先生,我们这位同学今天喝多了……

突然,只听得一声玻璃爆碎的脆响,穿风衣的从文走出了阴影,大声说:我根本就没有喝多!

然后他把班长推开,自己跟着那人去了麻将室。几个女同学都想哭了,当作家的那个摇着班长的衣袖说:赶快报警吧!

班长也紧张得不知所措,这里毕竟不是他的地盘,何况又是公款消费。

但是很快,从文已经从隔壁的麻将室出来了。他的表情十分从容,脸上也没有大家期待中的青色和红色,唯一的变化是把那件深蓝色的风衣挽在手臂上。陪着他的还是刚才那个男人,这回却换上了笑脸。那人对大家拱拱手说:大家请随便唱,今晚的单,我买了!

事情像一阵风似的过去了,但大家至今不明白其中的奥妙。大家只是私下感叹,一个副主任科员怎么就那么容易把事摆平了?

从文陪着这支枪默默度过了三年。这把枪让他尝到了前所未有的苦头,却也给他带来了前所未有的快感。他想枪实在是一个奇怪的东西,能让一个自卑的人变得骄傲,也能让一个懦弱的人变得勇敢,还能让一个谨小慎微的人变得大大咧咧。从文每天回家都要背着枪在镜子面前站上一会儿,他以欣赏的目光看着镜子里的男人,时常出其不意地把枪掏出来,做出射击的姿态。他还像香港动作片里那样,把枪拿在手上很艺术地转动着。有时候,他把镜子里面的人想象成各式各样的嘴脸,然后用枪指着他们说:怎么样?有种的上前一步?你小子怎么不横了?你他妈的还敢压制老子吗？你有什么屁话就跟这把枪说吧！你问问我这把枪答不答应……

这样的时候他才体会到什么是热血沸腾。

他想佩带着这把枪，去县城把小惠接回来。然后陪她走一段夜路，最好能再遇见一宗拦路抢劫的事情，那么他就有理由把这支枪打响了。他想过要用这把枪蒙面去抢局长的家，用枪指着那颗秃头，逼他打开保险柜，他相信里面有很多钱。而且他已经考虑周全了，把即将抢来的钱一半用于结婚，一半捐给“希望工程”。他甚至想过在一个夜黑风高的晚上杀回老家去，用这把枪去干掉当年的村长，这家伙曾经调戏过他的姐姐。

我得把这把枪打响一回。他总是这样对自己说。

这个故事到这里实际上已经没有下文了。关于从文和这把枪，后来社会上有许多的传闻，但都没有什么意思。有人说，从文在一个夜晚，偷偷把枪扔进了一口老井，从此了却了一桩心事。也有人说从文最终还是把枪交给了警方，似乎没有受到多大的追究。但是最新的版本则是另一个样子——

2002 年 10 月一个下雨的黄昏，从文正在检修房间天花板上一根漏水的管子，站在一个高凳子上。屋子里散发着无限的霉气让他心烦意乱。这时，他感觉有人在拍他的小腿，低头一看，脚边下站着一个理板寸的男人，竟是失踪几年的李全。和几年前相比，从文不再感到意外了。相反，他在这一刻异常镇静，对李全说：李开运，你终于还是来了。你是来拿你的东西的吗？

李全含糊地点了点头，一条腿还轻微地抖动着。

于是从文就从腋下把那把枪像占姆士·邦德那样迅速拔出，往下一点，对着李全的脑门抠动了扳机。

枪像受潮的爆竹那样响了，李全如同一根木头那样往后倒了下去，不到两分钟就咽了气。从文看着李全扭曲的脸，觉得刚刚被自己打死的这个人一点也不像是李全，脸上一点自负的痕迹都没有了，却唤起了他对从前那个李开运的记忆，流出的血好像也不是血，而是鼻涕。有点可惜的是，子弹的入点打碎了额头上那块月牙形的刀疤。从文拿起一块硬纸板，盖住了那张可疑的脸。

然后，从文带着这支枪去了附近的派出所自首。当警官质问他作案动机时，从文沉默了一会儿，看着交出去的那把枪说：

我只想把它打响。

2004年9月28日　北京

（原载《人民文学》2004年第12期）

恣情的诗意
——潘军小说论

方维保

潘军在20世纪80年代走向文坛时,他的小说虽然带有现代派色彩,但基本上是现实主义的。《小镇皇后》《篱笆镇》《墨子巷》《红门》等不少中短篇小说的格局基本上没有跳出前辈作家和当代作家们的圈子。现实主义是其创作的底蕴。只是到了中篇小说《白色沙龙》才出现了转机,透出了令人欣喜的灵气和神韵。而长篇小说《日晕》则已完全摆脱了现实时空的限制,任凭作家自由驰骋,思绪跳荡而散漫,但"跳荡而不飘忽,表面看似散漫而有着内在隽永的韵律"①。

潘军在20世纪90年代是一位先锋派小说家,在当年的《钟山》的先锋派小说大展中,他就是重要的一位。他的小说浸染着先锋派、特别是新历史小说的叙事色彩。

对于历史的叙述,方法是多种多样的,有对历史的记述,如《三国志》,它尽量保持与历史本相的一致;另一种则是对历史的"演义",用某种观念来重新阐释过去曾经发生的事实:革命现实主义文学则以"历史趋势"来叙述与构想历史,所以历史于是成为一个符合趋势"的因果前定的链条。作为先锋小说家的潘军在叙述历

① 唐先田《长篇创作的尝试:评潘军的〈日晕〉》,载《清明》1988年第3期。

史时对既成的历史叙述法采取了非常明显的反叛的姿态，即如同对待那头“黔之驴”一样的嘲讽和戏弄的态度，他总是尽量使“历史”（真实—本事）与叙述分离，证明了历史不仅仅是“历史”本身，而且也是一种叙述的结果，而正是多视角的叙述（主体）使历史离开真实越来越远，真相越来越成为永远不可谛视的永恒之谜。能指碎片或者说本文之网，“延异”了可能隐藏的意义，本文成为纯粹的能指游戏，“语言主义”分散了或者说消解了中心，这样的文本操作体现了先锋派对于“习惯”中的语言之后的意义的怀疑甚至谋杀。长篇小说《风》的故事由现实、回忆、想象三块组合而成，依照惯常的叙述，这三块最后应当指向一个共同的主题——意义，如茹志鹃的《剪辑错了的故事》和谌容的《人到中年》都是多视角叙述，但始终是围绕一个中心，或者说是在确定一个“事实”。但潘军在文本中把应该被确定的“英雄”一再置于被“疑问”的处境：叶家有两个少爷都可能是英雄“郑海”，但打开英雄的墓，却发现棺材里的骨骼有六根指骨，分明是老爷的义子六指。确定的“意义”在此被以疑问的形式延迭。前来给墓碑揭幕的专员林重远自称是“郑海”的战友；既然“郑海”可能是子虚乌有，那么这个“战友”又从何来？“意义”再次被抛出叙述之外。故事接下去更是离奇：在青云山上，林专员遇见了一个老樵夫，他们一见如故，便常常在山上的亭子里下棋，种种迹象表明他们就是当年的叶家兄弟。几天后，人们发现林专员死了，老樵夫也从此消失了。“郑海”的墓碑一夜之间被铲平，成了一块无字碑。“意义”至此被彻底埋葬。所指就这样不断被提及，但最终却没有明确的指向，文本也因为脱离所指而成为叙述游戏。

历史是什么？潘军在写作《流动的沙滩》时，曾引用新小说派的代表作家克洛德·西蒙的一段话作为题记："我们对任何事情都没有十分的把握，因为我们始终是在流动的沙滩上行走。"他似乎告诉你，历史就是那种确实存在的但又是不可确知的宿命般的悬念。它在发生作用之前会给你暗示，但真正发生的时候还是令你措手不及、令你不可思议、令你心惊胆颤。人作为主体却被那种神秘的力量主宰，这不但让人沮丧而且让人恐惧。恐惧是人的本能它是存在的本质。当叔本华在讲述"西西弗斯神话"时，他所传达的不仅仅是人的韧性，还有人对于被控制的刻骨铭心的恐惧。《和陌生人喝酒》中仍然笼罩着这种神秘的气氛，陌生人 A 的婚姻波折是通过他的自述、我的转述、她的证实和我的亲眼所见来逐段展开的。在这展开的故事中，阅读者最急于了解的是主人公离婚的真实原因，这构成了作品的情节，但同时这正是作品所播散的焦虑情绪的集中所在。他的离婚的真实原因被一再地"落实"，但在每一次落实的当下，阅读者就马上感觉受到了欺骗，因为那还不是"历史的真相"。真相一再地被"迁延"，那导致 A 夫妻离散的两张交响乐的票到底是谁送的？"很长时间以后，我突然明白了许多。我想这件事做起来并不难，而且做事者早已是胸有成竹了。或许这就不是个玩笑"。那么，是不是那个最终和 A 共结连理的大提琴手呢？同样是不得而知。"真相"被掩埋了，而且可能永远不会被揭示。真相永远不可被确知，人的言说可能每一次都接近，但每当接近时却发现接近的并不是"真相"，而是一个新假象。当真相不可被确知的时候,所有的对真相的言说都成了语言游戏。当人的两脚总是蹈在虚空中,你还能宁静而安详地活着吗?当历史被虚无化的时候,人的存在难道不是一场荒诞?这个短篇小说与长篇《风》保持着一致的叙述格调。这种历史怀疑主义和对叙述形式的迷恋即使在风格有所改变的后来也一直被保持着。

这样的叙述与日本导演黑泽明的影片《罗生门》和马原的小说《冈底斯的诱惑》采取了同样的叙述策略:通过摇镜头式的动荡不定的叙述,不断地变换叙述视角,使故事彼此交叉,又彼此消解,割裂叙述与深度意义之间的联系,使故事本身呈现出神秘莫测和闪烁不定的“故事本能”,一座让读者头晕目眩的结构迷宫。而历史——真相因多种可能性的呈现,而被拆解、分割,且只停留在可能性阶段,或部分真实阶段。阅读主体只能窥见“部分”,当他因此而迷惑或无所适从的时候,正好承认了作者的“历史不可知论”。

这样的能指游戏,揭示了被“习惯”了的叙述背后的所隐含的真理。这样的叙述是对传统现实主义,特别是“红色古典主义”时期的“中心主题论”和故事因果链及其对阅读主体的强迫性主宰的强烈反拨,在还原历史的同时,也诱导阅读主体参与历史和思考历史。同时,陌生化和对交流的拒绝,不但拓展了艺术和读者的想象空间,也非常确切地传达了现代主义的生存理念。马尔库塞说:“艺术有义务让人感知那个使个人脱离其实用性的社会存在与行为的世界——它有义务解放主观性和客观性之一切范围的内心的感觉、想象和理智——有了那种自主性才能使艺术脱离既定事物的欺骗力量,自由地表现它自己的真实。因为人和自然是由一个不自由的社会构成的，它们被压抑、被扭曲的潜能只能以一种具有疏隔作用的形式表现出来。艺术的世界是另一个现实原则的世界，是疏隔的世界——而且艺术只有作为疏隔，才能履行一种认识的职能：传达任何其他语言不能传达的真实；它反其道而行之。”①潘军和先锋小说拒绝文本与阅读的交流，正体现了他们对于生存“疏隔”的理解。

至1997年，潘军仍然喜欢在文本中设置谜团，仍然喜欢用第一人称“我”自由自在地叙述故事，仍然喜欢设置精巧的结构。但显然，他已经没有了当初操作结构游戏的热情和沉浸游戏中的那份愉悦了。中篇小说《三月一日》是作家表达游戏疲累的作品，也是他走向写实的过渡性的文本。这是一篇典型的弗洛伊德意义上的“梦的解析”。三月一日“我”在城市里失去了做梦的能力，却具有了窥视别人梦境的能力。究其原因，文本语义上起源于一次“突发事件”——车祸。在事件中，“我”获得了意外的快乐，但更不得不接受被一切人排除在外的焦虑。这是“局外人”的孤独和清醒。窥视是城市的功能化和物质化压抑之下的结果，而要重获做梦的能力、流泪的能力，一句话——人的能力，唯一能够救赎的惟有那记忆中的“风筝”，但风筝就在“我”异化——被汽车撞死的时候也死了。“我”的假死与风筝的真死，看上去是宿命的因缘巧合，但正是这种“巧合”揭示了其中的必然联系，记忆中的田园爱情的死亡，才使人彻底丧失了人的本性。“我”在旧地重游中找回了旧梦，也重获做梦的、流泪的能力，摆脱了在现实中做人的尴尬，但记忆可以

① 潘军《基调与意味》，载《上海文学》2000年8月号。

救人于一时，它可以救人于一世吗？风筝的没有翅膀，暗示了一个必然的忧伤的结局。被作家在《风》中所摒弃的叙述的中心——意义，终极关怀重又回到他的文本之中。文本的样式是卡夫卡《变形记》式的，但潘军只走了现代主义的“前半生”，他把“后半生”留给了沈从文，留给了中国式的伦理乌托邦。

《秋声赋》在叙事上更趋于平实，几乎没有了《风》中的激进的叙述花样。它是一个大体的戏仿乱伦结构，以编年体的形式叙述故事，小说一开始就利用安徽土语爹爹和北方话爷爷之间的语义模糊（北方话称祖父为爷爷，称父亲为爹爹，而安徽土话却正好相反）设置了一个“谜团”，暗示主人公旺可能在伦理上出现的混乱。情节果然向这个方向发展，但潘军就如同他一贯的做法一样，设置线索让你向那个向度展开你的思索，但至最后总是让你的想法落空（这一点还保持着1993年的顽皮和狡猾）。他让主人公在爷爷与爹爹的角色中历险，最终却让主人公回到伦理所赋予的角色责任上。这种“逆转”在意料之外，但对于经常读潘军小说的读者来说，却又在意料之中。他总是在具有刺激性的题材的边缘游荡，但终究还是要匡扶他的“思无邪”的道德准则。他的叙事也由最初的“不可信任”而走向平实和“可信”。

引起较大反响的中篇小说《重瞳》表现了潘军对“历史”——被书写的历史如《史记·项羽本纪》一如既往地持怀疑态度。它通过项羽的自述来叙述故事。由于是自叙形式，所以它能够很好地深入内心发掘人物心灵的“真实”，对历史进行还原。这里的叙述人项羽，是历史全程的在场者，使主人公既在当时又在现在，一种全知视角,历史时间和当下时间的对照使作品呈现出历史反思的特点。叙述人项羽,担任着角色和叙述者的双重责任。但这种讲述方式与此前的长篇小说《风》是同样的,“项羽”与“我”都是隐含的作者,读者很容易看出作者的意识。只不过,由于题材的限制,《风》讲述的当下时段故事使作者可以以“我”直接参与,而《重瞳》讲述的是过去时段中的故事,“我”要成为角色之一已不大可能。因此可看出潘军叙述的特点,“我”,隐含的作者尽量参与故事,并成为其中的角色,而不喜欢以纯粹旁观者的姿态叙述。就是《秋声赋》中的叙述人“我”已经被抽干为完全的平面皮相,但仍然存在于文本之中。现代主义文学对自我的迷恋在潘军的小说中可见一斑。潘军尽管通过叙述人“项羽”表示了对历史、既存的书面或口头历史的怀疑,但与《风》显著不同的是他却给出了一个确定的“历史”,《风》只将“历史”/真相消解,对它的重建并不在意,而在此历史却已显山露水,历史当事人的直接叙述,实质上已经重构/重建了“历史”。

这种在焦虑之中的重建欲望在潘军的2000年的创作中越来越强烈了。话剧剧本《地下》,在一个卡夫卡式的荒诞时空展开故事,地震后的倒塌的大厦里的两组人物:一对不是夫妻的男女,两个同一单位的同事。一对男女在现实中婚姻各不如意,当环境被压缩后在一种“假名”的情况下,慢慢化解了现实/地上的人与人的隔阂,产生了美好的感情;同样,一老一少两位同事之间,现实/地上是领导和下属的关系,经过地下的被迫交流,相互解除了“代沟”。当他们被救出时,人们不禁要留念地下的生活。这部话剧的结构和风格都极其类似于20世纪80年代的实验话剧,诸如《两个人的车站》、《WM》。剧本的结构是现代主义的,但表达的倾向却是古典的。作品的结构很精致,但缺乏潘军此前小说叙述的灵气和才气。这部作品结构形式是荒诞的,但有着很明显的人文关怀,即对现实的人与人的关系的关注。也就是说,作品的价值倾向被指向了一个"中心",一个确定的中心。特别是在这一文本中我看到了在《秋声赋》中业已存在的、在《独白与手势》中被扩大的那种为了消解焦虑和安慰灵魂而表现出的"和解"的愿望。这种和解是"十八岁离家出走"的先锋派对于"家"的回归,是对于父亲、母亲以及情人们所在的故乡的再体认,是对于那种温柔善良和残忍无聊的文化的再次融入。更是对于浓缩了这一切的历史文化的作为过来人的宽宥和承认。

潘军的小说在文本的表层有着一股放荡不羁的作风,他任意地玩弄历史,别出心裁地拆解和组合文本,有时甚至企图借助图片来参与故事的叙述,如《独白与手势》。他的语言在一些时候是玩世不恭的,甚至是粗俗的;但这正是他的浪漫的诗意所在,它极其生动地传达出了一个负才傲气的当下知识分子的狂狷的个性。在潘军狂荡不羁的作风中蕴含着他对现实/历史和生命的感悟和省察:忧虑中的及时行乐,狂欢中的惊悸和震颤。他的《风》《流动的沙滩》《结束的时候》和《南方的情绪》等一批作品都具有典型的现代主义风格,故事摇曳动荡,而语体却在透明中包孕着无尽的张力。而他的更多的创作却一直处于"现代主义"与"可读性"之间(他自己称之为"两套笔墨"),处于清晰与模糊之间,处于顽皮戏谑与诚挚深刻之间。视野开阔、恣意纵横但又不失绳范，轻松嬉戏的语言却极富穿透力和隽永的诗意，具有现代主义的探索精神而又不乏古典的情怀，喜剧式的叙述中有着“念天地之悠悠，独怆然而涕下”的历史沧桑感。而如《小姨在天上放羊》《去茂名的路上幻想一顶帽子》等篇，篇幅短小却有诗一样的意境，把一些令人失望和感伤的故事叙述得美妙得让人感动。特别是《三月一日》和《重瞳》将变幻不定的故事举重若轻地落足于典雅的意象“风筝”和“虞美人”上而又如蜻蜓点水般轻盈，真是风流尽得。他的这些不知前因后果的情况下所“拍”下的“生活点滴”，很有惊鸿一瞥的艺术效果。正像他对电影的理解一样，“他的每一个设计都非常的精致和不同凡响，但看上去又那么漫不经心，以至于你很难找到雕琢的痕迹”①。潘军的小说很显然是一种主观化的作品，他习惯以自己的视点来加以观察。在他的小说，这种称作“导演主观视点”的角度统领了全局。但他的作品又明显打着纪实的烙印。他的叙事是主观叙事，流露的却是纪实风格。在叙述的时候，如一些评论家所发现的，他从不做专门的心理或景物描写，而是强调叙述主体的感觉，将主体的情绪化入叙述语言和作风之中，在一种漫不经心之中达到风度最调和状态。

从上述的潘军小说的编年式解读来看，作家的创作经历了一个从文体/语言叛乱到回归传统叙述的过程。这也与当下的先锋小说的创作趋向是一致的。先锋派的领袖人物余华自从《活着》发

---

① 马尔库塞《美学的方向》，转引自绿原译《现代美学》，文化艺术出版社，1985。

表后，又出版了《许三观卖血记》，几乎是义无反顾地走回了终极关怀的意义中心之中。潘军也不例外。他的叙述出现了平实化的趋势，《独白与手势》之《蓝》、《白》两卷就是这样的文本，虽然他仍然醉心于虚构/荒诞时空的设置，同时他的平实之中却化入了现代主义的叙事因子。从他的作品中可以见到卡夫卡、加西亚·马尔克斯和博尔赫斯的影子，但中国的现实主义精神仍是他的底蕴。这样不但使他的故事好读了，同时也使他的作品获得了现实主义的深度，无论是思想上的还是结构上的。汪晖在评价余华时曾说："在当代中国作家中，我还很少见到有作家像余华这样以一个职业小说家的态度精心研究小说的技巧、激情和他们所创造的现实。"[①]潘军也是这样的一个职业小说家的写作态度，他认为"文学是生活的需要"[②]，对文学有着赤子之心，在创作中对小说结构"漫不经心"的精心营构、对语言"看似无意"的推敲锤炼、对小说诗意的醉心，都显示出职业作家的老练和专业精神。对于潘军可以这么说，他算不得先锋小说的最优秀的代表，但是他确实是先锋小说告别仪式中的最引人注目的一位。正因为潘军的创作，才使先锋小说没有显得那么草草收场，而有了一个辉煌的结局。

---

① 汪晖《我能否相信自己》(《余华随笔集》序言)，人民日报出版社，1999。

② 潘军《坦白——潘军访谈录》，安徽大学出版社，2000。